U0926221

上册

青岛出版集团 | 青岛出版社

图书在版编目（CIP）数据

离离/云拿月著.—青岛:青岛出版社,2023.2
ISBN 978-7-5736-0281-7

Ⅰ.①离… Ⅱ.①云… Ⅲ.①长篇小说－中国－当代 Ⅳ.①I247.5

中国版本图书馆CIP数据核字（2022）第178633号

LI LI

书　　名 离离
作　　者 云拿月
出版发行 青岛出版社（青岛市崂山区海尔路182号）
本社网址 http://www.qdpub.com
邮购电话 18613853563
责任编辑 龚雅琴
特约编辑 李文竹
校　　对 李玮然
装帧设计 蒋　晴
照　　排 梁　霞
印　　刷 三河市良远印务有限公司
出版日期 2023年2月第1版　2023年2月第1次印刷
开　　本 32开（880mm×1230mm）
印　　张 16.5
字　　数 396千
书　　号 ISBN 978-7-5736-0281-7
定　　价 65.00元（全2册）

编校印装质量、盗版监督服务电话 4006532017　0532-68068050

目录

[上册]

第一章　丝　巾　1
第二章　交　代　23
第三章　沙　滩　45
第四章　破　碎　69
第五章　留　学　93
第六章　回　国　131
第七章　拍卖会　163
第八章　算什么喜欢　196
第九章　手机壳　227

目录

【下册】

第 十 章	相 亲	269
第十一章	践 踏	298
第十二章	吃 醋	330
第十三章	礼 服	360
第十四章	过 往	394
第十五章	在一起	425
番 外 一	一家三口	477
番 外 二	儿女琐事	494
番 外 三	人间璀璨	511

第一章　丝　巾

大厦三层展厅的入口处，整齐地摆了好几排花篮。

小助理推门走进展厅的休息室里，忙得就差擦汗了："刚刚又送来一堆花篮，再多门口就放不下了。"

苏答的画展开了几天，陆续有不少人送来贺仪，都是一些业内人士，给足了面子。

半个钟头前才送走几位前辈，苏答正坐在一旁休息，闻言抬头："你辛苦了。"

"不辛苦不辛苦。"小助理笑着应道，顺手给她倒了杯水，"首日来的那些记者已经出了报道，我看了，评价都挺不错的。"

"是吗？"

小助理说"是"，掏出手机翻找新闻，递到她面前。

"喏，你看。"

屏幕上都是这两天观众对画展的反馈。

"苏老师的色彩运用真的是新一代画家里数一数二的，上次画展那幅主题作品和这次的主题作品用色都太厉害了。”

“这一次的主题很不错，非常新颖，我已经约朋友打算看第二次了。”

“苏老师的个人风格好强烈，感觉特质比上次画展更突出了。”

…………

评论内容五花八门，留言的有的是亲自来现场看过展的观众，有的则是圈内的美术爱好者。

她看了一会儿，后面评论的重点渐渐跑偏到她身上。

“真正的神仙画家。”

“苏老师这颜值画什么画啊，在娱乐圈出道不好吗？”

“不管看多少次都想说，苏老师真是凭一己之力拉高了整个美术圈的平均颜值。”

“苏老师真好看！”

苏答眼神逐渐迟疑：“这都是什么跟什么……你没点错页面吧？”

小助理拿回手机看了一眼，确认：“没错啊。”

这篇报道刊登了苏答的照片，虽然是张只露半边脸的侧面照，但评论里好些人的注意力都因此跑偏了。

那张图还没有苏老师本人漂亮呢！小助理朝她看了一眼，心想。

苏答今年办了几场画展，在国内美术圈算是开始崭露头角，不是第一回被人注意到颜值。

小助理反过来宽慰她：“习惯就好嘛。谁让你长得好看？夸脸也算夸啦。”

苏答扯了下唇角，一时不知该不该笑。

她肌肤瓷白，生得极美，整个人艳丽又有些慵懒的气质，一弯起唇来少了几分攻击性，眼里像盛满了清冽的泉水一样，反差十足，让人看一眼就忘不掉。

“这儿还有呢。”

小助理滑动屏幕，又读出一条：“周末陪朋友去看了这场画展，在现场看到画家本人了，好好看呀，想和美女姐姐谈恋爱……”

“这可不行。”苏答放缓表情跟着逗趣，“我有男朋友了。”

小助理被她逗笑，又看了几条评论，闲话几句后没再继续。

苏答还有别的事，在办公室待了一会儿，见时间差不多，便准备走了。小助理刚要帮她叫车，她手机屏幕一亮，有电话打进来。

电话是司机打来的，她一接听，那边就说是已经在楼下等她了。

苏答微愣。

“先生让我来接您。”司机主动解释，又问她大概什么时候走。

“我现在就下来。”苏答回过神，收起手机叫住小助理：“不用叫车了，我自己走。”

她交代完其他事情，离开展厅，一下楼就看到车在路边等着。

司机朝她颔首：“苏小姐。”

苏答微微点头，没多说，报出要去的地址。

等快抵达目的地时，苏答给佟贝贝发去消息，不一会儿就见到佟贝贝在路边招手。

佟贝贝从旁边的咖啡店出来，直到苏答下车，才注意到这辆车的车型：“哇，这车是限量款吧？你们艺术圈的经纪公司这么有钱吗？”

还没等苏答回话，佟贝贝被阳光刺得眯眼，注意力很快转移开：“啧，太阳好大。”

她将手挡在额前，拉着苏答往咖啡店里走去：“走了走了，先进去坐。”

车门前简短的话题就此结束。

两人在店内找了个座位坐下。

佟贝贝一边喝咖啡一边叹气：“你为了躲蒋家跑到不同地方开画展，这一出去都快一年了。我杂七杂八的事情多，都没能去找你。你回来还不到一个月又忙着开画展，我连逛街都只有一个人，无聊死了。”

苏答这场画展开始的第一天，佟贝贝很赏脸地去捧了场。今天上午她原本想约苏答去逛街，但苏答要去展厅走不开，她只能自己去。

见她身边都是购物袋，“战利品”不少，苏答微诧：“你买了这么多东西？”

“无聊嘛。我给你买了新鞋子，正好晚上参加宴会穿，等会儿去我那儿试试。”佟贝贝撇嘴，说着拿出手机给苏答看照片，“哎，对了，我这几套小礼服，你帮我看看选哪套好？”

几套衣服都挺不错，苏答给了意见，佟贝贝还是犹豫不决。

很少见她对这种事这么上心，苏答奇怪地问：“你不是对这种场合兴趣一般吗？怎么这次……？”

佟贝贝叹道：“你以为我想啊？还不是我姨命令我别给家里丢脸，非要我好好打扮，像个人似的出去见人。”

晚上宴会的邀请函是她姨弄来的，她又邀了苏答作陪。

她做了个无奈的表情：“毕竟不顾忌程家，也得顾忌着贺氏。”

苏答端咖啡的动作微微一顿。

佟贝贝自顾自地说：“晚上的宴会虽然是程家老大做东，但和他交好的那几个人都来。况且为了请贺家那位，程家老大把香江宴所全包下了，所有东西都是最好的，可重视呢。”

程家是房地产巨头，跺一跺脚周围的城市都要跟着抖三抖，但在贺家面前仍相形见绌。

贺氏光是近来在汴郊和江滩开发的两个项目就不知让多少人眼热了。

虽说程家老大和贺家那位关系不错，时常玩儿在一起，这次却不只是他们个人的事，程家的长辈们也上了心，程家老大自然得把架势做足，面面俱到，客客气气。

“今晚宴会厅的门槛怕是都要被踏破了……不过这些也跟我没什么关系。”佟贝贝“啧”了一声，随后耸了耸肩，“我就不丢人地去，不丢人地回来就行。”

她看向苏答，话锋一转：“对了，你不是说你男朋友也回北城了吗？什么时候带来看看？”

“他……”

苏答思绪还在今晚宴会上没回来，突然被问起男朋友，一时不知道怎么说，略有犹疑地抿了一下唇：“他晚上也会参加宴会，等见到了，晚点儿我介绍你们认识。”

苏答在外这一年交了男朋友，她和佟贝贝在手机上聊过。佟贝贝只知道对方也是北城人，别的不太清楚。

佟贝贝闻言，笑道：“那敢情好。”

两人一块儿坐苏答那辆车回佟贝贝的公寓，一路说着话，快到公寓楼时，佟贝贝约的造型师朋友打来电话，说找不到路了。

“你们在哪儿？……那你们站着别动，我过来接你们。”佟贝贝让司机停车，没挂电话，一边下车一边对苏答说：“你先上去，密码你知道的。”

苏答点头。

佟贝贝火急火燎地跑了，只留下一个匆匆忙忙的背影。

车在公寓楼底的车库里停下。

苏答正要开车门，司机忽然叫她：“苏小姐。”

手停在车门把手上，她回头。

司机从前排拿出一个长方形的烫金小盒递给她：“徐助理让我转交给您。”

苏答愣了一下，接过打开一看，里面是一条蓝色的真丝丝巾。

司机温声道：“徐助理说，是贺先生选的蓝色，您要是喜欢今晚可以戴着。”

是夜，香江宴所。

从车上下来，佟贝贝后知后觉地注意到了苏答手腕上的那抹蓝色：“嗯？你什么时候系的丝巾？”

苏答说：“你刚刚补妆的时候。”

她把丝巾系在腕上做腕饰，那抹蓝色莹润艳丽，更显得她肌肤皓白。

佟贝贝隐约想起她似乎是从包里拿出丝巾的，半嗔半感叹：“这颜色这么艳，也就你戴才好看。”

言毕，佟贝贝和她手挽着手进去。

璀璨灯影在人声中摇晃，端着酒杯与点心的侍者熟练地穿梭在一众言笑晏晏的宾客中，空气里交织着的各种香味越来越浓。

来的人不少，尤其是年轻的女人，她们大多是奔着贺家来的。

佟贝贝侧头在苏答耳边小声说：“我讨厌的那群人今天也会来，估计也是为了贺家那位，真晦气，不知道会不会和她们遇上，最好别。”

她没忘另一件事，问：“哎，你男朋友呢？他来了吗？人呢？”

苏答拿着手包，四下看了看，有点儿拿不准：“应该还没。”

“那我先带你去见我朋友。”佟贝贝认识的人多，拉着苏答，一边要拿手机找人，一边往别处走。

还没等佟贝贝找到要找的人，两人中途和一群女人撞上，苏答被撞得踉跄一步。

撞到她的女人手里拿着杯酒，手一晃酒洒出来一些，瞧见她身边的佟贝贝，脸色微沉，先发制人：“你小心些，怎么走路的？”

好的不灵坏的灵，佟贝贝才说不想遇见讨厌的人，这就碰上了。

这群人和佟贝贝有过节儿。

佟贝贝立时不爽了：“是你撞到她的，谁该小心点儿？”

苏答微微蹙了下眉，手背有点儿凉，丝巾沾到了对方洒出来的酒。

佟贝贝瞧见了被打湿的丝巾：“喏，你的酒洒到她的丝巾上了！”

那女人身边站着一群同伴，顺着话看向苏答的手腕，撇撇嘴不以为意：“洒到就洒到，大不了赔你一条新的呗。”

佟家这些年风头渐弱，大不如前，只留了点儿根基和底蕴好看，这帮人自觉圈子更高级，一直看不上佟贝贝。

佟贝贝被气着了，还没说话就被苏答拉住。

苏答看向对方反问：“你要赔我新的吗？”

女人一翻白眼，正要开口，一个与她同行的人不太了解她们之间的过节儿，瞥见苏答丝巾角落上绣得精美巧妙的金线花纹标志，嘴快地说：“哎，那个好像是贝加丽二十周年系列的配饰？我没记错的话好像限量二十条。”

女人面色一变，一行人齐齐看着苏答。

贝加丽作为高奢品牌，平时并不做饰品，这条丝巾属于设计师特别设计的周年庆典系列，总共只有二十条，只赠顶级客户，并不对外售卖。

奢侈品她们不是买不起，但限量到这个数目，就不只是钱的问题了。

“不可能。你……”女人正难堪，忽地认出了苏答，“你不是蒋家的那个？”

她顿了一下，目光别有意味起来，满是狐疑地扫过苏答的手腕：“你这是限量款？别是高仿吧？”

“高仿”就是假货，这话说得过分，在这样的场合这样说别人，等于把别人的脸皮撕下来踩。

佟贝贝听到先前那句“限量”也很惊讶，当下又被这句话气到：“你怎么说话的？！”

苏答被质疑，并没有局促，而是朝女人看去，淡淡地道：“如果不是高仿呢？”

那女人被她看得愣了一下，很快又硬气起来：“不是高仿？你——”

“配吗？”这两个字还没说出来，女人的话忽地被廊下传来的一阵脚步声打断。

一行人出现在众人的视线里，为首的是今晚做东的程家老大，而他身旁被簇拥在最中间的就是这场宴会的中心人物，佟贝贝提了好几遍的“贺家那位”——贺原。

他们一行人走近，停在廊下。

周围一刹那安静下来。

人群最中间的贺原身形挺拔，穿着一身剪裁合宜的西装，单手插兜，另一手夹着烟，没说话。

他脸上没什么表情，眼尾微狭，鼻子很挺，五官线条凌厉，给人一种冷冷的感觉，透着凉意，还有股薄情的味道。

程家老大走出来一步，笑着问：“在聊什么？各位兴致不错的样子。”

这话说得含蓄，但在场各位都不是傻子，自然能听出他的言外之意——他问她们在争执什么，这样吵吵嚷嚷。

那群女人中有家世还行的人，似乎和程家老大打过交道，不着痕迹地抢着开口：“噢，没什么。就是我朋友不小心把酒洒到了这位小姐的丝巾上，刚好她系的丝巾我们看着眼熟，像是限量款，全世界只有二十条，我们好奇，就问问。她系的丝巾看起来和那个限量款挺像，又不太像……”

她笑着说话，话术高明，用词委婉，滴水不漏，把怀疑苏答买假货的意思表达出来，又不显得自己刻意刁难苏答。

苏答感觉身边的佟贝贝情绪激动起来，连忙安抚地扯住她，正要作答，廊下冷不丁地响起一道低沉的声音——

“不像？”

在场众人朝声源看去，俱是一愣。

贺原的视线越过众人投向苏答，而后扫过那群跟她对峙的女人，莫名多了些寒意。

他慢条斯理地弹了一下指间的烟，声音低沉而威严：“我怎么不知道，我送的东西有哪里不像？”

在场所有人都因为这句话愣住了。

好几秒的时间里，庭院里静得针落在地上的声音都能听见。

贺原撂下话后便没理会那群女人，淡淡地瞥了一眼庭院，目光扫向身边的程家老大，语气意味不明：“你说这地方不错，我怎么觉得有点儿吵？”

程家老大闻言脸色微变，很快重新堆上笑容：“嗐，再往前走，里面安静。”

庭院中那群找事的女人无不表情僵硬，纷纷意识到贺原在指责她们吵。

今天被宴请的重要客人是贺原，他这样说，程家老大不会当场跟她们这些人发作，但估计下一回再有什么重要合作，她们连程家的门都难进了。

贺原手里那根烟快烧到尾了，对程家老大的话不做点评，无视周遭其他人，只看苏答，淡声问：“走吗？”

满场的视线都在他们之间暗暗来回徘徊。

苏答点了一下头：“等我一下。”

那群女人仿佛哑了。她对着撞到她的那个女人，继续说起先前的话题：“你弄脏了我的丝巾。”

对于贺原说的话，这群人虽然又惊又诧，还需要努力消化巨大的信息量，但有脑子的都明白了——苏答腕上的丝巾是贺原送的，谁还会不识相地质疑这是高仿的?

“赔就算了。”苏答语气一如先前那般，没有半点儿趾高气扬，只是平静地道，“只是你先撞到我们，蛮不讲理地冲我朋友大呼小叫好像不太好。请你跟我朋友道歉。”

那女人已经傻眼了，早没了先前的气焰，脸色青一阵白一阵，脑子有点儿反应不过来，整个人愣愣的，结结巴巴地对着她俩开口：“对……对不起。”

苏答没再揪着她不放。见身侧的佟贝贝同样愣怔着，苏答捏了捏佟贝贝的手，用眼神示意，低声说：“你先去找你朋友，我过去一下，晚点儿再跟你说。”

佟贝贝迟疑一秒，点头。

苏答不再停留，抬步走向廊下。

她距离贺原还有几步之遥的时候，贺原一手插兜，定定地站着，朝她伸来另一只手。

她抬眸和他视线相对，将手放进他的掌中，同他的手相牵。

宴所很大，如程家老大所说，内厅里果然安静。

苏答跟着贺原在沙发一侧坐下，其他人各自落座。他和他们说话，她在旁边静静地坐着，一直没插嘴。

贺原之前原本就想让她和自己一起来参加这个宴会，只是佟贝贝也邀请了她，她说要和朋友一道来，他才作罢。

在座的人和贺原或多或少有点儿交情，能说得上话，气氛不全然似在交际场上那般客套。

他们说生意也说私事，气氛和谐。

苏答听着他们的话，身旁的贺原忽然看向她手腕上的丝巾："怎么想到系在手上？"

"顺手系的。"苏答顿了一下，回神，小声问，"好看吗？"

他们挨得近，他悠闲地靠着沙发，姿态散漫，握起她的手把玩，眼皮微垂："好看。"

她白瓷一样的皮肤衬着蓝色，有种一掐就要留痕的细腻感。

不过他很快皱眉："沾上酒了？"

苏答说："一点点。"

"湿了系着不难受？"贺原眉头微挑，"摘下来丢了吧。"

他干脆地说丢掉，苏答有点儿没反应过来，眨了眨眼。

贺原丝毫不心疼丝巾，哄她道："下次再买新的。"

他兀自捏着她的手。正巧那边说话的人叫他，他又重新加入了他们的话题。

苏答唇瓣微动，不好再开口，便没继续说话。

他们聊着，苏答坐了一会儿，和贺原说了一声，起身去厅内的洗手间。

洗完手正要出去，她抬眸看见镜子里照出的自己的身影，视线触及腕上的丝巾，蓦地停顿。

苏答想起贺原说的话，看向一旁的垃圾桶，半天没动。

丝巾沾了酒，是有点儿别扭。

她慢条斯理地将丝巾取下来拿在手里，却舍不得往垃圾桶里丢。

她倒不是因为价钱而犹豫，只是因为……贺原今天的领结也是蓝色的。

镜子周围有一圈光晕，用作照明，苏答的脸在镜中白得透明。她眼前浮现贺原衣襟间的那道蓝色，和她手腕上的这一抹蓝色别样合衬。

苏答垂下眼，指腹轻轻抚过丝巾的缎面，把它叠了几下，放到小手包的角落里。

直到宴会结束，苏答和佟贝贝都没再见上面。

她被贺原一手牵着，陪着他满场周旋了大半晚，也不知佟贝贝和朋友去了哪儿，途中她们一次都没碰上。她全程绷着，直到跟他回房间后才终于喘了口气。

大概是为了避免奔波，贺原的助理提前在香江宴所楼上的国际酒店开了套间。

酒店顶层格外高，人站在落地窗前俯瞰，半个城市的夜景尽收眼底，仿佛能透过薄薄的玻璃感受到外头呼啸的夜风的凉意——当然，也可能只是空调的风在作祟。

苏答有一套公寓，但地段不算特别好，和这里根本没法儿比。毕竟蒋家不会给她太多东西，她也没资格要求。若不是因为叔叔，她连这些可能都没有。

贺原却不同——他名下这样的房产数不胜数。

就像她那条丝巾，无论在别人看来多贵、多稀有，对他来说都不是问题。

苏答在落地窗前站了一会儿，听见套间的书房里传来动静——贺原进门后没多久就接到了电话，似是有事进去处理。

苏答朝那边看了一眼，洗了点儿水果端去给他。

书房的门留了一条缝，贺原讲电话的声音从里头传来。

他好像还在忙。

他工作时一般不会和她说什么，有时一忙就是一整天，顾不上别的，常常让她一个人待着。当然，她也不会去打扰他。

贺原本就看起来冷漠，在工作状态下尤其不好惹，总有种咄咄逼人的感觉，拒人于千里之外。

苏答想了想，还是没推门，回到客厅将果盘往茶几上一放，在沙发上坐下，发现一晚上不见的佟贝贝终于来找她了。

佟贝贝发了好多消息，一条接着一条，苏答都快看不过来了。

她好不容易浏览完最后一条消息，又不知道该从哪里开始回答那些问题。

佟贝贝的最后一句话仍在确认。

佟贝贝："你真的跟贺原在一起了？你说的男朋友就是他？"

苏答："嗯。"

她不是有意瞒着佟贝贝的。

苏答离开北城将近一年，后来开始开画展，去了不同的城市，和佟贝贝许久没见了。

她回到北城还不到一个月，贺原比她还忙，这段时间在外处理一个项目，前两天才回来。

她觉得当面给佟贝贝介绍贺原才显得不那么随意，只是一直没找到合适的机会。

佟贝贝："你们怎么就在一起了？"

佟贝贝："唉。"

佟贝贝："我还真有点儿怕他。"

两人没聊几句，佟贝贝突然一副"悻悻"的语气，苏答一下不知如何接话。

佟贝贝这话苏答也不是不能理解。

苏答在蒋家这么多年，蒋家的门第虽说和贺家差得有点儿多，但都在北城，所以她以前也听过一些贺原的事情。

贺原这人性子让人难以亲近，手腕狠戾果决，年纪轻轻令人闻风丧胆的名声就已经响彻生意场。

但凡惹着他了，不管是谁他都不留情，骨子里透着股凶劲儿，这股劲儿不仅是对外人，对自家人也不手软。

纷争在这种家族里很常见，可如今他们家不论平辈还是长辈，基本没有敢在他面前造次的。

同龄人里许多二世祖还在混日子，他却已经掌握了贺家的话语权，再加上大家平时听家里人说得多了，想到他难免发怵。

苏答没法儿接，只能随口扯开话题，和佟贝贝聊了一会儿别的。

她疲惫劲儿上来，高跟鞋穿久了难受，把鞋蹬开，光着脚踩在柔软的地毯上，刚放下手机小憩片刻，贺原就从书房里出来了。

苏答懒散地窝在沙发上，听见动静，坐直身体："忙完了？"

贺原在她身边坐下，不咸不淡地"嗯"了一声："困了吗？"

她摇头，说："还好。"

贺原的外套已经脱了，衬衫不见丝毫褶皱，他伸手将她拉进怀里，身上飘着一股淡淡的酒味。

他的眸色和夜一样黑。

苏答对上他的眼神，耳垂微热。

然而她躲不开，因为他的手又搂住了她的腰。

桌上那盘她洗过的水果还没动，贺原像是来了兴致，拈起葡萄喂她。

他微微垂眼，用修长的手指将外皮青绿的葡萄抵到她唇边，动作缓慢，目光灼灼地盯着她半推半就地小口吃东西的模样。

葡萄一个接一个地被吃掉，他的指尖渐渐若有似无地探进她的口中。

他有的时候很喜欢喂她吃东西，苏答也发现了这一点。

葡萄颜色青却不酸，苏答吃了几颗，摇头说："不要了。"

"不要了？"

她"嗯"了一声，舌尖还有葡萄汁液留下的甜味。

贺原不说话，只看着她，指腹在她的唇角摩挲。

她被看得不自在，想往后一点儿，下一秒，就被他捏住了下巴。

贺原低头吻下来，苏答唇上温热，"嗯"了一声下意识地启口，更是给了他机会。

好半晌，被压在宽敞的沙发上，苏答有点儿喘不过气，手不自觉地抵在他的胸前。

俯身压着她的贺原声音略低："我们多久没见了？"

那张英俊的脸近在咫尺。他对人向来淡漠，然而此刻，总是感情寡淡的眼里像是因为酒又像是因为别的什么，多了一丝化不开的暗色。

苏答目光游移，耳根微微发热，不是特别确定地说："快……一个月？"

他的眸色又深了几分，她抵在他胸膛前的手被他抓住。

苏答感觉到他的动作："等一……"

贺原低头贴着她的脖颈，呼吸间的热气拂过她的耳畔，纠正她的话时声音暗哑得过分。

“是二十六天。”

不给她机会拒绝，也不给她时间反抗，他不由分说地彻底将她喉间所有的话吞没。

长夜转瞬即逝。

苏答起得比自己想象的早，洗漱后坐到餐桌前，就着早餐喝了小半杯酒。

贺原晨起后又冲了个澡才出来。

他睡袍的衣襟有些松垮，沾上水汽的头发稍带湿意，面容微有倦意。

苏答咬着一块小面包，抬头看见他的身影，指尖停在嘴边。

贺原的视线扫过她，落到领口时，逐渐放慢速度。

苏答脸一热，轻轻扯了扯衣领，遮住那些乱七八糟的痕迹。

贺原在苏答对面坐下。

早餐是客房服务生送上来的，西式餐点，每样分量不多，只几口的量。

他随口问道：“怎么一大早就喝酒？”

“佐餐嘛，甜的。”这种酒度数不高，苏答纯粹把它当饮料喝。问他要不要，他摇头，她便老老实实地收回手。

贺原慢条斯理地用着刀叉，吃了几口早餐，忽然说起昨天的丝巾：“你系着挺好看的，喜欢的话我让人再买一条。”

那条丝巾还在她的手包里。

昨晚回来后她手腕上就空了，他大概以为她已经把它扔掉了。

苏答有点儿不好意思告诉他自己没舍得丢，思忖着道：“那个颜色可能不太好找一模一样的。”

他还是那副表情，语气淡淡地说："能有多难找，让他们慢慢找就是了。"

对他而言这确实不是什么难事。

苏答一向拗不过他，也懒得说什么丢没丢的，索性小口吃着东西，点头应下。

两人吃完早餐，贺原的助理徐霖来了。

苏答还坐在餐桌边，徐霖冲她点头问好。

贺原擦净手扔下餐巾起身，徐霖便跟在他后面进了书房。

书房的门没完全关上，开着一小道缝。

他们似乎在说什么事情，好像是贺原的爷爷还是姑姑找他，为一些不完全和生意有关的事。

动静隐约从里头传来，苏答依稀能听见几句话，嘴里吃着东西，咀嚼速度变慢，被动地听着，却没从餐桌旁离开。

不一会儿，徐霖像是发现了门没关上，抬起脚步到门边把那道缝掩上。

"啪嗒"一声，门阻断了里面的对话声，将她隔绝在外。

司机来了以后，苏答没待多久便离开了。

贺原还在书房里和徐霖谈事情，她走之前敲门跟他说了一声。

两人半天才谈完事情。

贺原把拿在手中旋转的钢笔往桌上一丢，到客厅里开了瓶酒，倒了一杯。徐霖想起另外的事，从书房里面跟出来，继续征询他的意见。

摆着早餐的桌面还没收拾，贺原靠在柜边，淡然地品着酒。

他面无表情地听着徐霖的话，目光扫过苏答先前坐的座位，她用过的细长酒杯里还剩下一丁点儿液体。

苏答平时不太爱化妆，素颜美丽又清雅，早起的时候就更不化了，因此杯沿上并没有口红印。贺原却觉得杯沿上仿佛印着一层她留下的唇纹，空气里也有她的味道。

他形容不出这是一种什么样的味道，她用的不知是什么香水，味道不是很浓，只有凑近了才明显。每一次碰她，他都能感觉到，那香味像是透过她的皮肤沁出来的。

“司机送苏答回去了吗？”

徐霖正说着话，冷不丁听他这么一问，愣了一下，点头：“算算时间苏小姐差不多该到家了。”

杯中平时常喝的酒突然有些索然无味，贺原看着那瓶她喝了不到两杯的低度酒，目光微闪，低声吩咐：“让人送两瓶桌上的酒过去。”

她说这酒甜，应该很喜欢那个味道。

徐霖瞥了他一眼，连忙道：“是。”

回到自己的公寓，苏答在沙发上瘫坐着歇息了一会儿，回房换了身居家的衣服。

昨晚贺原闹得有点儿过分。

照镜子时瞥见那些痕迹，她忍不住撇了撇嘴，腹诽几句。

他总是这样，哄人的时候说得好好的，真到紧要关头就不管不顾，一回比一回狠。

苏答没什么劲儿，吃过早餐后疲惫感泛上来，回来的路上就和小助理说了，今天不去画展展厅。

她从开展起连着几天都到场，小助理只以为她今天想休息，让她放心，直到午后才打来电话和她说画展的事。

苏答冲了杯茶，听小助理兴致勃勃地在那头说起这半天最新出炉的业内评价，大多是好评，当然也有挑剔或是抨击。

再就是画作售卖的事。

小助理喜滋滋地告诉她，画展上挂出来的画作几乎已经卖完了，最好的成交额比上一次的还高。

提到苏答的画的最高成交额，小助理很是激动："这应该是今年圈内最高的价格了，不单单是同期新人，连之前出来活动的几个挺有名的画家的画也没有卖到这个价位的。这次，我估计又能出一拨新闻！"

苏答笑笑："那挺好。"

她语气淡定得过头，小助理嗔怪："苏答姐你怎么这么淡定啊？这可是今年最高价啊，最高！"

生怕她听不清，小助理还特意强调了几遍。

"除了之前那位倪老师，很少有人一出道画就卖出这么好的价格。"小助理说，"苏答姐你总不会不知道倪老师吧？她在拍卖场上一直很厉害。我感觉苏答姐你可以奔着这个方向赶超赶超，不是没有可能的！"

小助理说的倪老师，苏答不是很了解，但也并非一无所知。不过她一向对这些不是特别在意。

她最开始想开画展，也是因为想有一个展示自己和面向大众的机会。

别人好不好、有多好，对苏答来说都是别人的事。她没想过什么赶超不赶超的问题，听小助理这么激动，只能敷衍地应和了两声。

"话又说回来，"小助理勉强被安抚，换了个话题，"苏答姐，你男朋友是那位贺总对吧？"

苏答签的经纪公司和贺原有点儿关系，小助理是公司安排给她的，自然知道一些苏答和贺原的关系。

她没什么好隐瞒的，闻言“嗯”了一声。

“我跟业内的一些朋友吃饭，听见别人说，贺总以前似乎也会参加那些什么艺术拍卖会，好像是委托人去弄，不知道是真的还是假的。”小助理语气里满含八卦，“像贺总这种成功人士，估计一出手就是几百万元吧？”

似乎有点儿不敢想象，电话那边的小助理咂了咂嘴。

苏答知道小助理没恶意，纯粹是好奇。不过她没见过贺原对画或是对艺术有什么喜好，更谈不上是发烧友。

外面各式各样的传言多了，她没往心里去，随口道：“这个我真的不太清楚，可能吧。”

小助理便没再追着问，而是聊了些别的事情，两人在轻松愉快的氛围中结束了通话。

苏答起身倒了杯温水，回到客厅，不一会儿，佟贝贝的电话又打进来了。

她们谈的还是昨天的话题，和贺原有关。

毕竟是好朋友的恋情，佟贝贝没法儿不关心。

能说的苏答基本说了。

佟贝贝聊着聊着又叹气：“像他那样的人，身边的女人肯定少不了。”她马上补充，“我不是故意泼冷水当讨嫌鬼啊。你长得这么漂亮，哪个男人不喜欢？”

佟贝贝一向不吝夸苏答，时不时就把“我们离离这张脸简直就是艺术品”挂在嘴边，说得丝毫不脸红，这回却是实打实地替她担心。

“我只是觉得他那种身份，稍微对周围露点儿意思，那些女的——昨晚宴会你也看到了，一个个花枝招展的——还不得挤破头啊。”佟贝贝越说语气越纠结，不等苏答说话，吐了口气，低声道，

“而且我知道了一个小道儿消息。我姨和贺家最小的姑奶奶，就是贺原他姑，以前不是打过交道有点儿交情吗？我从我姨那儿听说……”

“嗯？”苏答听她几秒不语，回过神自己接上，“你从你姨那儿听说了什么？”

苏答对着窗外出了好一会儿神，直至天色变了，发觉坐了很久，终于站起身。

带回来的小手包还在茶几上，她把丝巾从包里拿出来。丝巾沾上了酒渍，这样的痕迹，原本应该送到店里去清理，但她不想费那么多事，拿着丝巾进了浴室，自己在洗手台前用手搓洗。

细致轻柔地洗完，用烘干机烘干，她把丝巾叠起来，拿进房间。

卧室衣柜底下的抽屉里，有一个是专门用来放配饰的。

抽屉里有好多条丝巾，全是和她在一起的这大半年里，贺原时不时送的。

他也送她别的东西，她回北城时全带了回来，而这些丝巾被她叠好，通通放在了这里。

苏答拿着洗净的蓝色丝巾蹲在抽屉前，动作略微迟滞，脑海里响起佟贝贝刚才在手机那边说的话——

“贺家好像正准备给贺原挑结婚对象。”佟贝贝说完问她，“这件事是真的还是假的？贺原跟你说了没？”

她愣住，回答不出。

沉默已经是最明白的回答，佟贝贝听出她这阵沉默的意思，也愣了一下，不好再探究是真是假，飞快地转移话题。

之后她们便没多说，这通电话潦草地结束了。

一个人的公寓静得吓人，卧室里更静。

丝巾在苏答手中被捏得有些皱，鲜亮的蓝色缎面像是泛起波澜的湖面。

室内的空气压抑得仿佛凝固住了。

许久，苏答才深吸一口气，缓缓松开力道。

她抿唇重新将丝巾抚平折好，放进柜子的抽屉里。

那条丝巾被叠得整整齐齐，和其他的一样，全无半点儿污迹。

第二章　交　代

窗帘将外面的光线挡得结结实实，室内略显昏暗。

电脑屏幕亮着，贺原坐在桌后，淡淡的光影将他的脸照得越发冷然。

视频画面里是一张苍老矍铄的面容，眉眼和贺原有一二分相似，只不过多了些岁月沉淀后的波澜不惊。

“你姑姑应该和你说了吧？”

低沉的嗓音俨然是上位者的语气，毕竟掌握贺家大权这么多年，贺老爷子一向说一不二，无人敢违抗。

贺原坐在椅子上，相比贺家其他人在老爷子面前战战兢兢的模样，他并不板正甚至有几分随意的坐姿显得过分闲适。

听见这话，他反应很平淡，似乎不怎么想搭茬儿，好几秒后才慢悠悠地“嗯”了一声。

贺老爷子哪儿会看不出他的不配合？“敷衍”两个字就差直白地写在他的脸上了。

“我知道你不乐意，”视频那头的声音更沉，“但是你要清楚你现在身上的担子，你代表的不只是你一个人！”

贺原仍旧一副油盐不进的模样。光从表面看，老爷子根本拿不准他究竟有没有听进去。

他姑姑已经跟他说了要给他挑选结婚对象的事情。

这不仅是老爷子的主意，贺家上下也都乐见其成——至少大部分是。

联姻对别家来说是一种向上的手段，对贺家这样的门第，这一举动的含义更多是“扩张”。

贺家走到今天的地步，贺氏的利益共同体无不对贺原寄予厚望。

靠着一代代人的努力发展至今，老爷子把大权交到他的手上，眼见着他还能带着贺家更进一步，那么他的婚姻与其随随便便浪费，不如选择一桩有助力的，物尽其用为上。

“没有必要抵触，更不要想太多，你只当是一件需要完成的任务就行了。”老爷子一字一顿，随后又放缓语气，“你在外头那些事情，我们不会管你。你喜欢什么，这些都是小事，只要你分得清楚轻重缓急。”

贺原神色淡漠，眼神阴沉了一瞬，没吭声。

他没对老爷子的话表态，没有附和只言片语，但也并未反对。

翻来覆去都是那些话，说多了也懒得再说，老爷子在那端看着他，语重心长地道：“你是我最看重的一个，应当明白我对你的期望。”

那张脸上终于短暂地有了表情，浓黑的眼睫轻颤，贺原默然片刻，语气沉沉地开口：“知道了。”

视频通话结束，贺原随手合上笔记本电脑。

敲门声响起，徐霖得到允许后推门进来。

“贺总。”

贺原靠着椅子，半晌没说话。

徐霖早已习惯他这样，上前把怀中那沓需要他过目的文件放到桌上。

文件有不少，整齐地摞着。

贺原淡淡地瞥去，没伸手接，待徐霖将文件按照轻重缓急分好，忽地问：“酒给苏答送去了吗？”

徐霖顿了一下，颔首：“已经让人订了，今天送去。”

贺原脸上闪过些许几不可察的倦怠之色，他坐直身子，伸出手碰到文件，又停住。

“就送一瓶吧。”他似是想到了什么，神色微微缓和，拿起文件，似叹非叹地低声说，“她酒量一般，喝多了不好。”

苏答不想做晚饭，用手机订了餐送到家，随便吃了点儿。

她洗完澡后，门铃响了。

这个点一般不会有访客上门，若是佟贝贝来，会提前跟她打招呼。

她到门前透过猫眼一看，发现门外是贺原身边的人，自己见过不少次。开门得知对方的来意后，她愣了一下，但也没多问，收下对方特意送来的长方形礼盒，到餐厅拆开。

把礼盒里面的酒放到桌上，她看着瓶身发起呆来。

这酒是她早餐时在套间餐桌上说好喝的那款。她酒量一般，也不太会品，这个没什么酒味又甘甜的口味很符合她的喜好。

她当时就是随口一说，没想到他会记住。

苏答在桌前坐下，想给贺原打电话，拿出手机看了看时间又作罢。

他晚上估计有会议要开，要么就是在应酬，最近他的事情多，她是知道的。

窗外天色已经黑透了。

苏答正在出神，小助理又打来了电话。白天小助理说的是画展的好消息，这次同样是工作，不过是与采访相关的事宜，采访的时间和流程需要提前和她确定。

苏答脑子里挤满了东西，一时想到佟贝贝先前说的事，一时又想起很多别的事情，好不容易才腾空大脑，调整到工作状态和小助理沟通。

心里烦闷，她干脆一边讲着电话，一边起身找出开酒的器具，把那瓶酒打开。

那边小助理听到开酒的声音，停住话题："苏答姐，你在喝酒吗？"

"嗯。"

小助理有点儿担心："你最近不是睡不好吗？你喝酒越喝越清醒，这都晚上了怎么还喝？"

苏答很淡地笑了一下，说："没事，我就喝一点点。"

她喝酒精度数低的酒确实越喝越清醒。这瓶酒的度数就不高，但她还是给自己倒了满满一杯酒，让电话那边的小助理继续说："你刚刚说到采访的主要问题，然后呢？"

小助理见她坚持，不好过多干涉，收回思绪接着往下讲。

苏答一边喝酒一边听她说完，其间有条不紊，对答如流。

两人聊了半个多钟头，采访的事情核对完毕，小助理挂电话前不忘叮嘱："苏答姐，你早点儿休息。"

苏答和她道过晚安，喝完杯里的酒，把剩下的酒封好放进冰箱。

她回房躺下，只留了一盏床头灯，闭眼良久，感觉有股热意浮上脸颊。苏答抬起胳膊挡在额头前，在已经足够昏暗的灯光下偏偏怎么都睡不着。

她脑子里全是和贺原有关的事情。

她和贺原是在将近一年前，她离开蒋家后开始交往的。

蒋家人遇事只看对蒋家有没有好处，别的都不重要。他们养了她这么多年，觉得该到收取回报的时候了，于是拿捏着她的婚姻要她嫁人，丝毫不留反驳余地。

蒋家在北城是中等门第，确实不算什么，但收拾她绰绰有余，她只得离开蒋家另寻出路。

正好大学母校庆典，她便去申城参加校庆。

苏答很早就想开画展，毕业后一直在朝这个方向努力。在申城的那几天，她屡屡碰壁。

校庆当晚的酒会上，很多毕业多年受邀出席的校友在场，她打起精神在人群里周旋，为自己困顿的职业生涯寻找出路。

直到酒会快要结束时，一个在艺术圈内有点儿资历的人来牵线，说贺原想约她吃饭。

贺氏集团给他们大学的捐款向来不菲，校内有几栋楼就是他们出资盖的，更别提往年各大活动的赞助费。

她知道校方邀请了贺氏的人，但没想过贺氏会和自己有什么交集。

她在北城的时候也听说过贺原，于是带着疑惑和不解赴了宴。

那晚贺原表现得很得体，言辞不露骨，话里的意思却也明白——他可以给她开画展，甚至给她更多的东西。

苏答从来不相信天下有什么免费的午餐。陌生的男人说要帮助一个素未谋面的女人，她不傻，知道其中的缘由。

贺原好像对她有别样的意思，但和她以往遇到的那些人又不像。

他不下流，不粗俗，没有任何出格的举动，语言上不存在一丝一毫越界的挑逗，似乎就只是来和她吃一顿饭，目光扫过她身上时，平静无波。

他的目光是很沉稳的，只是有时她察觉到他的目光，不经意间抬眸对上他的视线，会有些招架不住。

贺原像在欣赏，又像在狩猎，带着游刃有余的分寸感，进退自如。

席间，她始终没办法和他长久对视。

苏答最后还是拒绝了他。

她本以为这次会面大概到这儿就结束了，贺原对她的拒绝却显得很平静。

直到她要走之前，他叫住她，只说："不论如何，苏小姐的画展会顺利的。"

苏答用了几秒钟的时间反应过来，他还是要成全她。

她觉得很奇怪，忍不住问："我不太懂，贺先生你这样……为什么？"

贺原表情很淡，目光轻轻扫过她，深沉的眼神在那一刻有种男人特有的侵略性，玩味中又夹杂着几分让人以为是错觉般的认真。

他优哉游哉，很轻地勾了一下唇，缓缓地说："追你。"

很奇怪，前面他暗示的那些话，她听在耳里只感觉紧张，然而他说出这两个字的时候，她却忽然有些难以招架。

那一瞬间，脸猝不及防地就热了几分。

校庆酒会后大约两个月，他们在一起了。

苏答还记得第一次在贺原那儿过夜时发生的事，他从天黑到天亮都不曾停，如果不是第二天还有事要忙，怕是还要折腾。

第二天她嫌领口露出的肌肤太惹眼没法儿见人，找了条丝巾围上。

后来贺原就像养成了习惯，也像是在玩儿情趣，时不时就会送她一条丝巾。

苏答闭了闭眼，长长地吐了口气。

之前的事齐齐涌上心头，她丝毫没有睡意。

喉咙里发干，渴得难受，她从床上起来，趿拉着拖鞋来到餐厅，又倒了一杯酒，在桌前坐下。

酒入口清甜，香味从唇齿蔓延到喉间。

夜渐渐深了，四下静悄悄的。

这酒越喝越睡不着，她或许要辗转到天亮才能合眼了。

可她仍然执迷地，着魔般想尝一口，再尝一口，这难以抛舍的酒液。

不知是不是因为睡前喝了酒，苏答睡醒起来，头有点儿疼。

早饭后接到从蒋家打来的电话，苏答那股好不容易消散的不适感立时回返。

来电的是蒋老爷子身边的老人——何伯——蒋家上下的事基本都由他经手。

苏答对着来电显示看了许久，半晌才摁下“接听”键。

“喂？”

“小姐。”何伯透着沧桑的声音传来，态度恭敬疏离，和对其他人倒是没什么不一样，“老先生请您今天回家一趟。”

苏答早就料到会有这一出。说实话，这通电话这时候才打来，已经比她预料的迟了。

她沉默了一会儿，问：“几点？”

何伯说："看您方便，但最好不要过午。"

"我知道了。"苏答一个字都没多说，言毕直接挂了电话。

蒋家院子里种着许多绿植，平时有人专门负责打理，照顾得很是细心，一片生机蓬勃。

苏答大学是在申城念的，毕业后回了北城，直接在外独居，搬进了叔叔送给她的那栋公寓，偶尔年节时才会回这栋房子。

不过毕竟是住了好多年的地方，她进门没多久，那股熟悉的感觉很快就浮现出来。

书房里，老爷子正在等她。

苏答推门进去，站定："爷爷。"

老爷子正在书桌后握着毛笔写字，没抬头，慢悠悠地把最后一个字写完才看了她一眼，开口直切重点："程家那位在香江宴所办的晚宴，你去了？"

苏答踩在桌前的地毯上："是。"

"和贺九去的？"

"贺九"是贺原的外号，他的朋友们经常这么叫他，叫得多了便渐渐传开了。

她还是那一句："是。"

老爷子没再多问，把纸拿到一旁，放下笔站直身子，脊背略显佝偻，视线落到她身上，无声地打量着她，像是第一次真正看她。

苏答知道这是因为什么，左不过和贺原有关。

她躲避蒋家的安排，一去一年，回来就和贺家的人搅和在一起，换成蒋家其他人，不免也要这样别有深意地看她。

"奉林以前常说你聪明。"老爷子突如其来的一句话让苏答愣了一下。

蒋奉林是老爷子的小儿子，也是苏答叫“叔叔”的人。

她还小的时候，是蒋奉林牵着她的手带她走进蒋家大门的。后来的许多年，也是他一直庇护着她。

老爷子的话说一半留一半，他似乎笑了一下，那笑意又不真切，很快敛去了，悠悠地道：“随你便吧。”他说，“原本有个晚宴想让你和你表妹她们一块儿去，既然这样就算了。”

苏答没想到他会这么说。

所谓“去晚宴”自然是为了交际，蒋家想安排给她的人必然在场。换作以前，老爷子肯定会强硬地要她出席，这还是第一次改变主意。

看来他到底还是顾忌着贺原。

见老爷子重新提笔，蘸墨写字，苏答站着不知该不该走。没等她开口说要出去，老爷子头也没抬，声音沉沉地来了句：“奉林说你聪明，我希望你是真聪明。贺家那样的门第，你最好还是看明白些，自己掂量清楚。”

苏答一愣。

老爷子不再说话，摆了摆手示意她可以离开了。

苏答动了动唇，话音卡在喉咙中。

安静的房间里只有纸和笔摩擦的声音，她闭上嘴，转身出去。

苏答出了书房，刚走到客厅，楼上就下来一个人。

“真是稀客。”蒋沁抱臂睨她，“这么久不回来，我还以为你早就忘了家门朝哪边开。”

苏答瞥她一眼：“我回不回来和你也没什么关系。”

蒋沁的妈妈是蒋老爷子的女儿，离婚后带着她改了蒋姓回到蒋家。她沿着楼梯走下来，打量苏答，挑眉：“听说，你跟贺九搞上了？”

苏答看她片刻，勾唇："你这张嘴还是一如既往——吐不出象牙。"

不带脏字地顶了回去，苏答懒得多费口舌，径自走开。

走到大门口停下，她深吸一口气，院中的绿植让空气闻起来清新了许多。

方才在书房里，老爷子的意思很明白，他觉得她和贺原的感情长不了，贺家的门第，她高攀不上。

苏答面色淡淡的，目光不知落在了院中哪里。

忽地，一辆车从大门外开进来，她抬眸，车停好后从上面下来一个中年男人。

她视线一顿："高康叔？"

高康比何伯年轻很多，跟在蒋奉林身边办事，一直沉稳可靠。

他走上前，停下脚步问候："小姐。"

高康平时都在望康山的疗养院照顾蒋奉林，没事不会离开。

苏答下意识地紧张起来："您怎么来了，叔叔是不是不太好？"

高康连道两声"没有"，让她安心："我是来跟老爷子汇报近况的。"

苏答脸色稍霁："我最近可以去看他吗？"

她离开蒋家快一年了，只在刚回北城的时候见了叔叔一次。

"先生前阵子状况不太好，现在虽然没事了，但还要养一阵。"高康说，"等过段时间，先生精神好了，我再给您打电话。"

苏答有些失望，勉强笑了笑："那好。"

高康没急着进去，停了停，看着她问："先生之前的建议，您有没有考虑？"

苏答抬眸，顿住。

高康看见她的神色，轻叹一声，一字一顿诚恳地道："先生还是希望您能出国进修，您好好想想。”

苏答去一趟蒋家，比外出几天还消耗精力。

下午为工作的事和小助理见了一面，晚饭后她回到公寓，歇下没多久，发现有未接电话。

未接电话是贺原打来的。

白天出门前，苏答将手机调成了静音模式，后来一直忘了改。

来电时间已经过去几个小时。

她正要回拨过去，门铃声先一步响起。

这次不是贺原让人来送东西，是白天她在蒋家遇见的高康来了。

高康交给苏答一个厚厚的纸袋，里面装着一沓文件，全是蒋奉林早就为她准备好的出国留学所需的材料，包括她在国外生活的事宜，事无巨细，都帮她考虑到了，不需要她担忧。

苏答把文件从头到尾看了一遍，说不清是什么感觉。

调回寻常模式的手机振动起来，是高康打电话来问她看过文件没有。

苏答回答：“看过了。”可她略有犹豫，“高康叔，我……”

“没有要您现在就做答复，只是让您看看。”高康不逼她，“先生早就准备好了这些，之前也跟您说过，您知道的。这些材料留在我这儿也一样，不如您自己收着。”

苏答没说话。

高康沉默几秒，忽地问道：“小姐，我冒昧地问一句，您是不是谈恋爱了？”

没想到他突然问这个，苏答怔了一下。

不知高康是否听说了什么，但他似乎并不是想要一个答案。

“我没有别的意思。”他很快便道，“我只是觉得，您抵触出国，除了奉林先生的缘故，好像还因为有了别的牵绊。”

“我——”

高康没让她把话说完，很有分寸地结束话题：“您早点儿休息，我不打扰您了。”

这通电话就此结束。

客厅里又恢复了寂静。

苏答在沙发上坐了好一会儿。只有她一个人的公寓，每每在她不走动时，尤其是在她沉思的时刻，更显得安静。

对着雪白的墙壁出了会儿神，苏答吐了口气，拿起手机，回拨贺原的电话。

不到十秒，电话接通了。

伴随着贺原略显低沉沙哑的声音一起传来的，还有他周遭嘈杂的男人和女人的笑闹声。

苏答停顿一秒，问：“你在哪儿？”

“嗯？”他似乎没听清她的话，直到那边稍稍没那么吵，才道，“在外面，和程远洲他们出来坐坐。”

程远洲即程家老大，上次她在香江宴所见过。

贺原反问她：“你今天去哪儿了，电话都不接？”

“白天手机调了静音，刚刚才看到。”苏答说着，不经意间又被他那边的声响吸引了注意力，顿了顿，别扭地低声道，“你那边怎么有女人的声音？”

电话那端传来很轻的气息声，他似乎笑了一下：“不高兴了？”

苏答想说没有，但说不出口。

见她沉默下来，贺原敛了笑意，给她解释，低沉的声音一如既往地好听：“他们叫来的。”

他语气随意，没太把这件事当回事。

“吃饭没有？”

他好像在抽烟，她听见了打火机“啪嗒”的声音。

苏答微微撇嘴：“嗯。”

“之前找不到你，所以才跟他们出来坐坐。”贺原说，“你要是接电话我就不来了。”

她没吭声。他又问：“我现在去接你？”

“不了。”苏答看看天色，时间不早了。这一整天她也累了。

贺原不依不饶，悠悠地道：“不想我？”

或许是他的嗓音太过好听，苏答的脸莫名发热，总觉得从中听出了别的意思。她握着手机，很坚定地抵抗，跟赌气似的：“不想。”

他轻应了一声：“好。”

苏答能想象到他的表情，那张冷冷淡淡的脸勾起一边唇角，眼睛微眯，带着几分危险的意味。她抿了一下唇，下一秒就听到他拉长语调说：“下次别求我。”

“……”

她的耳根腾地热了两分。

每次那种时候，事情总是以她求他结尾。

她嘴硬地低声嘀咕：“谁求你？”

贺原喜欢逗她玩儿，但见好就收：“真的不要我接你？”

“不要。”苏答还是拒绝。她没有多余的精力了，贺原来接她，这一晚上怕是有的折腾，更别想消停了。

贺原没再纠缠：“那你早点儿休息。”

“好。”她应下，又叫他，“贺原——”

话还没说完，被那边突然响起的一阵笑闹声打断，她一下止住。

贺原疑惑，问她下文：“怎么了，想说什么？”

苏答喉咙微动，忽然也忘了自己要说的话，道：“没什么。”

说了句“你早点儿回去”，她便匆匆挂断了电话。

客厅再度被寂静的气氛填满。

刚才在电话里和贺原的斗嘴玩闹好像只是她的错觉，短暂的快乐如潮水般退去。

苏答低头看向自己腿上的留学文件，闭上眼，往后靠在沙发上。

电话一挂，贺原轻轻弹了弹手中的烟。

程远洲立时招呼几个女人去他身边，但没等她们扭着腰靠近，贺原先一脸不耐烦地发话了：“离远点儿。”

她们依然噙着笑，脸上不见半点儿不悦，倒是很识相地挪开了。

程远洲笑嘻嘻地在他身旁坐下：“你一个人坐得这么远干什么？女朋友打电话查岗，害怕啊？”

贺原懒散地咬着烟，瞥了他一眼，反问：“怕什么？”

旁边的几个人跟着聚过来。

不知是谁开口说：“哎，我怎么听说你家老爷子想给你挑人结婚？”

夹烟的手微顿，贺原不动声色地问：“你们怎么知道？”

程远洲“嗐”了一声：“这还能不知道？又不是多隐秘的事情。这件事虽然没传开，但我们几个有所耳闻不是很正常吗？”

贺原没接话，眼神微沉。

这帮人都知道贺原有女朋友并且在香江宴所那晚刚见过她。当晚是程远洲做东，比起其他人，他对苏答印象格外深刻，看了贺原一眼，开玩笑道：“这要是让你那小美人女朋友知道，得跟你闹吧？”

贺原蹙了一下眉头。

“你夹在中间，”程远洲“啧”了一声，挤眉弄眼，“这两边该怎么交代啊？”

沉默了好半天，直到指间的烟快要燃尽，贺原才慢吞吞地端起酒杯喝了口酒。

眉间闪过烦闷，他淡声道：“有什么不好交代的？”

苏答的画展进入最后几天，除去采访，她还需要参加一些活动，安排不算太满，但每天都有事要处理。

最近贺原也忙了起来，应酬明显变多。

他们一连几天都没见面。

中途即使清闲，苏答依然没有主动联系他，而是待在家里画画、浇花，做自己的事消磨时光，说不上来为什么，或许只是觉得一个人独处，心能静下来。

天还亮堂。

苏答坐在客厅里画了小半幅画，手有点儿酸，甩了甩手腕正要歇下，小助理打来电话联系她。

“晚上的饭局安排好了，七点钟，等会儿我过去接你。”

苏答差点儿忘了这一茬，坐直身子问：“其他人呢？”

“都应下了。”小助理说，“菜单定好了，都是我选的，不会出问题。”

小助理做事，苏答是放心的。她答应下来，再次确定小助理来接她的时间，发现还有不到一个小时，挂了电话就起身去换衣服。

晚上是苏答做东。

她不爱应酬，很少主动安排这种饭局，但没办法，架不住要请的那位邓先生太热情。

邓先生是企业家，算是她的粉丝，不是北城人，苏答是之前在外地办画展时和他认识的。从前两次画展开始，他已买了她的好几幅画，对她特别热情，只不过这热情里掺杂了别的东西。

连小助理都看得出来，他买画并不是奔着画本身。

苏答不是没有表态，委婉拒绝过他几次，但碍于他一直没有明确向她表达过好感，便不好说得太多。一上来就说得太直白，反倒显得她很自恋。

她只能与他保持礼貌的距离。

邓先生也没做得太过，前两次画展都很捧场，这次来了北城，非说要招待苏答。苏答推拒不了，而且身为地主，哪儿好让他请客？于是她只能做东，顺便邀请了一些业内人士作陪，免得场面尴尬。

天渐渐黑下来，傍晚时分，小助理掐着时间来接苏答。

他们吃饭的地方是一家大酒店。

邓先生买画一掷千金丝毫不手软，苏答自然不能小气，虽然对他没有想法，但是存着借机和他讲清楚的心思，礼仪上还是做到了位，高规格地招待对方。

下了车，小助理看看手机："邓先生他们应该已经到了。"

两人走进酒店大门，来到富丽堂皇的正厅，接待的人立时上前迎接她们。小助理被引着去前台登记，苏答随她一起，在一旁等候。

菜单和其他服务要求都确认完毕，两人正要去包间，门外进来一伙穿西装的人。

小助理步子顿住，连忙用胳膊肘儿碰苏答："哎，那是不是贺先生？"

苏答顺着小助理的视线看去，一愣。

被簇拥在中间的男人正是贺原。他身材高大，眉目冷淡，西装笔挺，一进来马上有人迎上去，似乎已等他许久了。

周围的人堆着笑和他说着什么，他反应平平。

像是注意到了苏答的视线，贺原蓦地抬眸，朝她看来。

两人对视几秒，苏答收回目光。

“苏答姐，你要不要……？”

没等小助理把话说完，她道：“进去吧，其他人等急了。”

顿了顿，小助理轻声问：“你不过去打个招呼？”

“他忙正事呢，不吵他了。”苏答温声说。这是心里话，他有应酬，还是在这种非私人场合，她不想过去打搅。

没再多看，苏答抬步朝旁边拐弯处走去。

邓先生等不及了，出来迎接她们，正好走到走廊拐角处，迎面看见她，笑得热情：“苏老师！等您好久了，这边请，这边请。”

苏答朝他弯唇，含着礼貌的笑听他说话，和他一齐往包间走去。

小助理订的包间在走廊里侧，除了这位邓先生，另外几位应邀来作陪的业内人士也到了。

苏答一一和他们问好，寒暄完没一会儿，服务生过来敲门，道了声“不好意思”：“打扰各位，您之前订的包间空出来了，需不需要更换？”

小助理先前想订的是更大的包间，但碍于那种规格的包间都被订了，只好退而求其次选了这里。这一间包间倒是能让所有人坐下，不过还是不够宽敞。

包间大些当然更好，苏答看其他人都无所谓，便点头同意：“那换吧。”正好还没开始上菜，他们只是换个包间，不麻烦。

一行人起身去另一间包间。

小助理一口一个“老师”地招呼着众人，同时给还没来的人发消息通知。

邓先生一直在和苏答说话，走着走着，他们俩就落在了后面。

他的话着实多，两人行至廊下，不远处就是院子，苏答正想着什么时候适时地打断他，突然听到有人叫她。

“苏答。”

她转头一看，贺原正手里拿着根烟，站在廊柱旁。

灯在他背后，将他那张脸照得俊美无双。

苏答微愣，还没反应过来，贺原已经单手插兜，走到了他们面前。

烟被他拿在手中，没抽。

那位邓先生倒是率先开了口：“贺先生？！”他一脸诧异，随后隐隐带着激动，笑着朝贺原伸手，“您好，您好。”

下一句他又补上自我介绍。

贺原看了他几秒，对他没什么印象，但还是缓慢地伸出手，动作有点儿懒洋洋地、很轻地同他握了一下手。

邓先生热情地问：“您怎么会在这里？您也是来用餐的吗？”

“不是。”贺原勾了一下唇，说话时悠悠地看了一眼苏答，“只是看见了我的女朋友，过来找她。”

苏答对上他的视线，莫名觉得他的语气有点儿凉。

邓先生见状反应过来：“啊，您说的是苏……”他瞥了一眼苏答，很快收回目光，脸上闪过一丝尴尬，但马上便藏好了，不住地赔笑。

贺原伸手把她拉到身边，苏答僵了一下，被他伸手搂住腰。

在大厅里碰上后，她没想到他会特意过来。

贺原唇边笑意更深，对邓先生道：“我女朋友酒量不好，麻烦少敬她两杯。”

邓先生连声表态：“不会不会，您放心。”

贺原这般姿态，他哪儿还敢再打苏答的主意？他也是不知道苏答的对象是……原先的那一点儿心思霎时消散干净。

当着别人的面和贺原做出亲密举动，苏答多少有点儿尴尬。

邓先生倒是会看气氛，刚才缠着苏答说个不停，现下立刻识趣地走人：“那我先去包间，贺先生、苏老师你们聊。”

他边说边连连颔首，把空间让给他们，先一步走开。

人走开了，只剩他们两个，她腰上的手臂没有松开，反而收得更紧。苏答被贺原看得不好意思，轻声道：“你不是还有应酬吗？我该入席了……”

那边确实还有一桌人在等他。

贺原却偏不想立刻撒手，眼睛直直地打量了她一会儿，缓缓凑近她的耳边，低声说：“少喝点儿，知道吗？”

苏答耳根发热，心跳加快，他的气息拂过，伴随着“不怀好意”的提醒——

“不然……嗯？”

这一餐宾主尽欢，邓先生很快调整了态度，对苏答没了那种殷勤劲儿，但热络不改。

散席后，贺原在外面等她。

苏答和小助理分开后，走向廊下等候的身影，诧异地道：“你们这么快就结束了？”

那么多人的饭局，她还以为他会晚一些结束应酬。

贺原懒散地靠着柱子，身体还是挺拔的：“我先出来了。”他一边说一边盯着她，一身黑西装，男性的味道十足。

苏答又被他拉住，揽腰搂向他自己。这里虽然没什么人，但是她还是有点儿不自在。

“别闹……”

他用手臂箍着她的腰，低头凑近她的脖颈轻嗅，呼吸洒在她的皮肤上："喝酒了？"

"一点点。"苏答瑟缩一下，没躲掉。他的胳膊很用力，隔着衣袖，她已经能够感受到他的力道和温度。

"怎么不敢看我？"贺原也喝了酒，身上的酒味比她重。

苏答耳根热着："我没有……"

他眼神带着玩味："上次在电话里说不想我？"

她眼神闪了一下。

贺原像没看到她的表情，凑近她，恶劣地拉长语调："你今晚可得硬气点儿，千万别求我——"

苏答被他闹得脸颊绯红。

好在这个角落四下无人，她作势用膝盖顶开他。两人纠缠半天，他才松开抱她的手，稍微有点儿正形。

两人刚站稳，还没出去，贺原的手机突然响起。

来电的是他爷爷。

他看了一眼屏幕，脚步顿住，眉头飞快地蹙了一下："我接个电话。"

言毕他拿着手机走到旁边，去拐角接听。苏答站在原地，离得稍远，听不清他在说些什么。

几分钟后他挂了电话回来。

苏答问："怎么了？"

"有点儿事。"贺原没多说，眉头皱了皱，很快松开，"今晚你早点儿休息。"

接电话前，他今晚原本是打算和她在一起的，不然应酬完也不会在这儿等她。

苏答没说什么，动了动唇："哦。"

贺原也没多言，伸手牵起她朝外走。

走了几步，苏答忽然问：“你爷爷跟你说了什么吗？”

她没避开贺原侧目看来的视线，沉声问他：“我刚才不小心看到屏幕了……他跟你说了什么重要的事吗？”

她直直地看向他，像是在等什么答案。

贺原放慢步伐和她对视，睫毛颤动。

空气莫名地安静下来，几秒后，他否定道：“没有。”说完，他反问，“你指的是什么？”

“……”

苏答的喉咙轻微地哽了一下，像是被什么东西堵住了一般。

苏答咽下那口郁气，缓缓地说：“没，随便问问，看你一副很烦的样子。”

她平静地半垂下眼，仿佛无事发生。

贺原送她到楼下就走了。

苏答回到公寓，洗漱收拾，睡下前收到了他的消息。

贺原：“今天我有事走不开，你早点儿休息。”

贺原：“明天他们组局，带你一起去，我来接你。”

他这两条消息的语气比他一贯的说话方式柔和得多，像是怕她因为他抽不开身而不高兴。

苏答看了那两条消息好一会儿，最后回了个“好”字，把手机扔到一边。

她想画画，但心静不下来，时间太晚又懒得再调颜料，这个念头很快便被抛弃。

静了半天，苏答拿起手机，点开某个软件提问。

“如何分辨一个人到底是喜欢还是不喜欢你？”

问题发出去后一直没人回复，苏答等了好久，放下手机先去做别的事。

几十分钟后才有一条回答，她听到提示音点开软件，看见回答的人说——

“当你会因为一个人是喜欢你还是不喜欢你而忐忑的时候，那他就是不喜欢你。”

指尖顿住，苏答忍不住又回道：“可是有的时候又仿佛是喜欢的。”

回答的人似乎在线，这次答复得很快，话说得也直白——

“其实问题的答案题主你自己心里应该也清楚吧？你非要自欺欺人掩耳盗铃的话，别人也没办法。”

苏答原本还有话想说，看完这一句，动作霎时停顿，预备好的反驳的话都被埋葬在了心里。

她的心突然被一种难以形容的闷塞感填满，还有一种短暂的、剧烈的绞痛感。

手机屏幕的光暗下来。

一片安静中，苏答缓缓地收起手机，没再继续追问。

第三章　沙　滩

傍晚。

苏答前一天答应了贺原要和他赴朋友的约。他的车抵达没多久，她很快就收拾好下了楼。

从衣柜里挑了一身蓝色裙装，她没怎么化妆，整张脸看起来十分素雅。

地下车库里光线昏暗。

贺原在车上等她，车窗半开。

苏答从电梯里出来向他走来的过程中，他的目光没有从她身上移开过一秒。

等苏答上车，贺原缓慢地眨了眨眼，看着她问："化妆了？"

"啊？"苏答慢半拍回答，"没有，就打了个底。"

她在脸上花的工夫还没有挑衣服的十分之一。那会儿他已经快到了，她理好头发就匆匆地赶了下来。

苏答说着话，微微喘了口气。

她的五官本身就很立体，只这么略一粉饰，已经足够明艳。

贺原眸色暗了一瞬。

车内没开灯，地下车库中光线昏暗，苏答没注意到他刹那的眼神，撩了一下耳边因走得快而微乱的头发，下一秒，另一只手被他握住。

“裙子很好看。”

她顿了一下，顺着他的视线看向自己的裙装，有点儿局促地别开眼，低低地“嗯”了一声。

他们来到聚会的地方。

贺原的朋友们在里头的大包间里，早已来齐。

和一般唱歌的地方不一样，这个房间很大，更像一个大厅，里面有大屏幕、游戏长桌、沙发卡座……中间还有一个不小的水池子。

水池的底部四周亮着灯，将满池的水照得蓝莹莹的。

一进门，苏答就被嘈杂和闷热的氛围震了一下。

牵着她的贺原步子也停顿了一瞬间。

包间里的人已经玩儿开了，台子上堆满了酒瓶，一只只高脚杯叠放在一起，里面盛着五颜六色的液体。低矮的茶几上亮着小灯，旁边坐着的人男的女的都有，其中除了贺原的朋友，还有几个化着精致妆容的女人。

人们喝酒、玩闹，气氛正热。

有人注意到了门边的贺原，打了个招呼。苏答认出来，他是那天香江宴所做东的程家老大。随着他的声音，屋里其他人立刻抬眼，纷纷招呼贺原入座。

苏答被贺原牵着在沙发正中坐下。

立刻便有两个穿得极少的女人被吩咐敬酒，端着酒杯步伐婀娜地朝贺原走来。

贺原眉一拧，冷冷地朝来人瞥去。还没等贺原发话，程家老大反应过来，立马呵退两人：“去去去，用不着。”

他又转头对吩咐敬酒的人说：“没看见人家是带着人来的吗？用你们瞎安排？”

众人顺着程家老大示意的眼神，纷纷看向苏答。

苏答抿了抿唇，略微低头避开他们的视线。

程家老大端着酒杯过来要敬她：“来来，上次在香江宴所打过照面儿，没能说上什么，这杯——”

他话还没说完，酒杯被贺原挡下：“她不喝酒。”

苏答看向贺原。他眼神沉沉的，丝毫不容程家老大再开口，一边说，一边抚上她的背。

他开口，苏答自然不会唱反调。她本来就不想喝酒，贺原省了她的事。她勉强朝程家老大挤出一抹笑容。这里的环境她实在不是很喜欢，低下头飞快地蹙了蹙眉，垂眸不语。

灯光幽暗，一会儿变一个颜色，连空气也不好闻。

烟味、酒水味再加上其他人身边的女人身上的香水味，苏答只觉得胸口发闷，透不过气。

她原本还以为他要带她来的是正经的聚会或是生意场上的饭局。

苏答坐下后一直没开口说话。不断有人过来找贺原，她也没能和他单独说上什么，只是手一直被他牵着。

很快，池子那边，有人“扑通”一声跳了进去，接着又有两个女人陆续入水。池里不知是贺原哪个朋友，左手搂一个右手搂一个，和两个女人嬉闹起来，夸张的笑声和吵闹声震得苏答耳朵生疼。

场面渐渐不太好看，苏答坐不住了，起身飞快地进了厕所。

贺原见她起身，抛下身边还在说话的人，也跟了进去。

门被掩上，稍微隔绝了外头的动静。

贺原见她脸色不好，上前打量她的表情："是不是不喜欢这种地方？"

苏答脸有点儿白，不吭声。他看得皱眉："我也没想到他们会这么玩儿，下次不来了。"

她还是没接话。

贺原伸手搂她，低头问："生气了？"

苏答胸口不舒服，垂着眼不看他，试图别开他箍在她腰上的胳膊。

贺原眉头皱得更深，正要再说什么，厕所门被推开，他的一个朋友进来，一见眼前情形，愣住了："这……？"

想上厕所的朋友站在门边有点儿尴尬："那什么……"

他进退维谷，不知道该不该走，一副担心打扰到他们的表情。

苏答倒是很快反应过来，乘势脱身，抬步走出去。

这场聚会，贺原和苏答没有待很久，半道儿就离开了，别的朋友也没敢留。

两人坐在来时乘坐的车上，后座安静极了，没有丁点儿声响。

苏答仿佛察觉不到气氛的别扭，转头看着窗外。

后座与前座之间的隔板没有升起，司机像被气氛感染，大气都不敢出。

苏答还是最先说话的那个。车开过几条街后，她对司机道："麻烦送我回公寓。"

司机没吭声，不敢应答。

见车并不往她的公寓那边开，苏答沉默了一下，声音别样坚定，直接说："要不然就在这儿放我下去吧，我自己打车。"

司机后背绷紧，还是没作声。

车里静得吓人。

苏答正要动，身旁脸色阴沉的贺原吩咐道："开去她那儿。"

他的语气很淡，但任谁都听得出浓浓的不悦。

苏答仿佛毫无所觉，抿着唇，重新转头看向窗外。

车子一路开到她的公寓，苏答没和贺原说一个字。车一停下，她就推开车门头也不回地走了。

车在原地没动。

以往都是该走就走，这会儿司机却不敢拿主意。

然而后座上的人半天都不发话，他等了又等，实在忍不住，回头试探着开口："贺先生……"

后座上的贺原眼神沉沉的，脸色冷得吓人。

司机霎时噤声，连忙把头转回去，不敢再多嘴。

苏答在沙发上坐了好一会儿才缓过来。

她脑子里嗡嗡响，包间里嘈杂的声音在耳边挥之不去。

那天她在电话里听到贺原身边类似的动静，想来当时他那边也是差不多的情形。

在包间里坐着的时候，她极力忍耐着，有一瞬间不知道自己为什么在那样乌烟瘴气的地方，只觉得无力，还有一种说不上来的郁闷感。

贺原带她去那种地方，她在他身边，觉得自己好像和那个场合里的其他女人是一样的。

苏答长长吐气，揉了揉太阳穴，手边的手机振动。

佟贝贝发来了消息。

佟贝贝："这周末一起吃饭？"

她们平时没事就会约着吃饭逛街。

心里的烦闷情绪需要新鲜空气冲散，苏答想也没想，回了个“好”字应下。

就着话题和佟贝贝聊了几句后，她去换衣服，起身前看了看微信主界面，贺原没有发来消息。

苏答收起手机，回到房间把刚穿没几个小时的衣服换下。

脸上的底妆没卸，她一时不想动弹，在床边坐下，视线一扫，瞥见床头柜上的文件纸袋。

这是那天高康送来的，与她出国进修相关的文件都在里面，她看过以后放在床边，忘了收起。

苏答视线停住。

几秒后，她伸手拿过文件袋，抽出里面厚厚的文件。

室内安静，窗帘悠悠地晃。

她坐在床沿，低下头，安静地又一次浏览起来。

周末。

苏答和佟贝贝约好吃饭。逛街自然是必不可少的环节，苏答陪佟贝贝逛了个尽兴，到了饭点，就近选了一家两人都喜欢的餐厅，坐下边吃边聊。

聊天儿时难免要说到八卦消息，这次佟贝贝聊的不是别人，是她自己。她最近认识了一个男人，对他印象还不错，两人正在接触。

“不过还不确定，我再相处一阵。要是之后会和他继续交往，我带出来给你看看！”

她笑得见牙不见眼，看上去和那个男人的关系有很大概率能更进一步，不过也没把话说死。

苏答看她开心也跟着开心，笑了笑，点头说“好”。

菜开始上桌，佟贝贝喝了口饮料，忽地说：“对了，你最近是不是要出国啊？”

苏答愣了一下：“什么出国？”

“就是那个，黎门岛啊。”佟贝贝咽下一口饮料，“程家老大那帮朋友还有贺原，一起去海岛度假，你不去吗？”

佟贝贝边拿手机边解释：“我朋友圈里有个女的，她跟那个谁不是在搞暧昧吗？她在群里说的，她和程家老大他们一起去黎门岛。”

佟贝贝找出群聊记录给苏答看：“她还说了，贺原那帮人都会去。”

苏答看向佟贝贝的手机屏幕。

这个群里人不多，都是些表面朋友，佟贝贝混迹其中。她提到的那个女人在群里发了几条消息，带着点儿炫耀意味，说的就是要和程家老大那帮人去海岛的事，其他人都在下面恭维那个女人。

在这种事上说谎很快就会被拆穿，说话的女人犯不上撒这种没意义的谎，估计是真在和那群人里的谁搞暧昧，这回一块儿去玩儿。

佟贝贝奇怪地问：“你不去吗？你最近画展还没忙完？”

贺家似乎要给贺原找结婚对象的事，佟贝贝之前和苏答说了，作为朋友虽然对贺原颇有微词，但也不好过分介入两人的感情。

苏答后来和贺原有没有谈话，是如何沟通的，佟贝贝并不清楚。只是最近也没听苏答说他们分手了，佟贝贝琢磨着他们或许有自己的处理方式，便按下这件事不提，想当然地觉得苏答既然还和贺原谈着，那应该不会缺席这次旅行。

苏答的视线好几秒后才从佟贝贝的手机屏幕上移开。

见苏答不说话，佟贝贝表情微变：“你不去啊？”她不由得又提起上次那件事，“贺原他家里那个结婚对象的事，你们……”

“没事。”苏答淡淡地扯了下嘴角，只说，“没什么。”

虽然知道佟贝贝想关心她，但她不是很想聊这个话题，也不想影响吃饭的胃口。说不上来是想逃避还是想自我麻痹，她拿起筷子，岔开话题：“吃饭吧。”

和佟贝贝见完面的第二天，苏答提前跟经纪团队约好，去了一趟公司商谈画展收尾的事情。

太阳有点儿烈，她拿出手机准备叫车回去，心里有点儿后悔出来得太急，刚才应该在楼上多待会儿，让小助理先把车叫来。

马路上车辆众多，苏答在路边拦上车，好在一路不堵，很快到了住的小区。

她刚要上楼，手机突然振动，是贺原的来电。

她愣了下。

这电话似乎大有她不接就一直响下去的架势，苏答回过神，摁了接听键移到耳边。

接通后她没说话。

气氛和那天很像，又有点儿不一样。

那边开始也有短暂的沉默，但终究是他先一步融化。

他似是叹了口气，问：“还在生气？”

不知是不是因这酷烈的太阳，他的声音听起来竟莫名多了几分柔和。

苏答知道他指的是那天会所的事，没立刻吭声。

贺原低声道歉：“下次真不去了。”

他语气带点儿哄，透过手机传来，听起来格外暧昧：“不生气了，嗯？”

苏答是知道他的，他缠人劲儿一上来实在不容易招架，太阳本就晒得头昏，眼见着他就要撩拨起来，她只得松口。

“我没生气了。”

贺原似乎轻笑了一下，语气变得松快，问她：“你最近有事吗？”

“干什么？”

“明天带你去玩儿。”他说。

“去哪儿？”

“黎门岛。”

她和佟贝贝吃饭时，佟贝贝说程家老大同贺原一行人要去海岛度假，去的就是黎门岛。

这段时间她倒是没什么事。

苏答顿了一下，犹豫道：“明天？我来不及收拾东西……”

贺原不在意：“先随便收拾一点儿，不够到了那边再买。”

她又提出几件担心的事情，他都说可以帮她解决。

苏答沉默了一会儿，没再拒绝：“那我先收拾东西。”

他问：“你现在在哪儿？”

“家楼下。”她说，“准备上去了。”

“我过来找你？”

苏答犹豫一瞬，“嗯”了声。

她先上楼，大概半个小时左右，门铃响起。透过猫眼看见贺原的身影，她打开门，往旁边让，给他拿了双拖鞋。

门外的风一下将他身上的男香吹进来，整个玄关都是她熟悉的好闻味道。

贺原没来过苏答的公寓，这还是头一次。她的公寓还算大，一个人居住也够了。但因为他的住所全是特别大的格局，他住习惯了，相比之下就感觉不出她的公寓宽敞。

她的客厅干净明亮，装潢是淡色系的，格调雅致，空气里有一股她的味道。

见苏答进房间收拾东西，贺原不想喝水，也不想在外面坐着，抬步跟了进去。

她卧室的窗帘闭合，光隐约透进来，略显昏暗，空气里隐隐弥漫着香味，比外面客厅里的浓一些，但并不刺鼻，幽幽的味道十分好闻。

床单、被褥铺得很整齐，整个房间有一种让人想放松下来的舒适感。

苏答打开衣柜门挑衣服，贺原在旁边站着，没往床上坐。苏答看他没地方落脚，说："没事，坐吧。"

他这才走到床头坐下，背微微往后靠，长腿懒散地伸着，也不做别的，就看她找衣服。

看了一会儿，他又在她的房间里环顾一周，发现床头柜上摆着一个小相框。

相框里是她十几岁的时候的照片，女孩儿笑得灿烂，相片右下角写着龙飞凤舞的英文——Lily。

贺原拿起相框，盯着照片中十几岁的她的笑脸："Lily？"他想起她的微信昵称好像也是 Lily，"你的英文名一直都是这个？"

苏答闻声回头："啊，对。"

视线扫过床头柜时，她的目光停顿了一下，之前放在那儿的留学文件被她收起来了，相框倒是一直放在那儿。

她随口接道："我的小名也叫这个。"

"小名？"

她点头，一边收着衣服一边说："离离原上草的那个'离离'。"

贺原蹙眉："怎么用这个字？"

“这两个字意思很多的。”苏答知道他肯定是觉得“离”字不吉利，解释道，“我叔叔说，是希望我生命顽强，像草木一样葱郁青翠。”

把小行李箱摊开放在地上，苏答收拾了一些必需用品和其他物件。不一会儿，她拿着两件衣服在身前比画，问他：“哪一件？”

贺原靠坐在床头，扫了一眼她手里的两件衣服。

他其实看不出区别，两件衣服的颜色都很衬她，样式也差不多，区别只在布料多少而已——右边那件更露，领口和后背露了一大片。

在她催促的疑惑眼神中，他的视线在右边的吊带裙上停了两秒，眼神微沉，面不改色地道：“左边的。”

苏答没多想，接受了他的意见，把左边那件衣服放进行李箱，把另一件挂回衣柜里。

贺原不动声色地在她身后看着，看她不时走动，或是蹲下在箱子前整理。长发因动作垂落下来，她伸出细白的手将头发甩到肩后，侧脸干净美好。

不知是不是错觉，她的床格外软，贺原突然懒懒的不想动。他很讨厌浪费时间做无意义的事，这时候却不觉得烦，时间就这样静静地过去多久好像都无所谓。

小行李箱快被装满的时候，苏答又拿着两件颜色不同的衣服转身问贺原：“这两件呢？”

她依次将衣服放在身前比画，清澈的眼睛望向他。

贺原帮她选了一件。

她收好衣服，刚站稳，忽地被他伸手一拉。

苏答往床上摔去，压到他的身上，想起来，却被他箍住了腰。

“贺原……”

话没说完，她被他翻身压住。

她愣了一下，伸手推他：“我在收拾东西……”

“不着急，”贺原手臂撑在她的身侧，眼眸幽暗，“还有时间。”

两人的鼻尖就快贴上了，气氛一下子暧昧起来。

这是他第一次来她的公寓，躺在她的床上。苏答对周围的一切都是熟悉的，包括他。他的身上有着淡淡的、清冽的味道。

她的脸莫名发热，耳朵也全然红了，是他的杰作，小巧的耳垂原本细嫩雪白，此刻红彤彤的，鲜艳欲滴。

贺原眼神一暗。

“上次说不想我，现在再给你一次机会。”他低声说，“想我吗？”

那天她在电话里随口一说的事情，他提了好几次，看来是真的耿耿于怀。

苏答被逼视得没办法，眼里水光微漾，只能声音柔细地回答：“想。”

贺原还是没表情的样子，整个人却明显愉悦起来。

他低下头亲她，比平时轻缓柔和。

过了很久，他喘着气看她，声音低哑：“你现在先求我，等会儿我说不定会考虑放过你。”

“……”感受到他身体的反应，苏答脸一下子更热了。

或许是气氛太过暧昧，又或许是被他久违的气息冲昏了头，无声的对视过后，苏答抬手钩住他的脖颈，将他拉向自己，在他唇上轻啄一下，然后是眉头、眼梢、脸颊、唇角……

她捧住他的脸，吻一个接一个，直到他再次拿回主动权。

夜很漫长。

她一向爱整洁，这打理得整齐的一切却都被弄乱了。

空气里飘着熟悉的味道，属于她，也属于他。

天地颠倒，她再也听不到其他声音，只听见他在耳边一声又一声地哄——

“离离乖……”

黎门岛面积很大，一年四季阳光充足，是度假的好地方。

虽是和贺原的朋友们一起度假，但苏答和贺原没有跟别人同行，而是单独坐他的私人飞机提前出发。

起飞之前苏答和佟贝贝说了一声。

佟贝贝对她加入这次度假之行并不意外，半开玩笑地道：“我还没坐过私人飞机呢，拍点儿美美的照片给我欣赏欣赏！”

苏答笑着说“好”。

飞机落地，接送两人的车等候已久。

一路上空气极好，酒店面朝海滩，正中心最大的那座帆船造型的楼就是他们这次下榻的地方。

其他人要晚些才到。

苏答和贺原落地最早，套房在酒店顶层，和公寓没有两样，甚至更精致豪华。稍做休整，酒店送来餐点，两人没出去，简单地用了餐。

苏答回房整理好东西，见贺原在书房一时半会儿出不来，便躺下休息，迷迷糊糊地睡着了。

虽然没人叫她，但她没睡多久便被外头的动静吵醒了。

先前即将睡着的时候，她隐约听见有人进出的声音。苏答理了理头发，推门出去，正好遇见从书房离开的徐霖。

这一次徐霖也来了，房间就在他们楼下。即使来度假，贺原也不能完全当甩手掌柜，仍然有工作要处理。徐霖在贺原身边待了好几年，无论公事还是私事大都经他的手。

“苏小姐。”徐霖抱着文件，和她打招呼。

苏答朝书房看了看："怎么了？"她听那里面好像有说话的声音。

徐霖说："是贺先生来了。"

"贺先生？"

徐霖解释道："贺总的堂兄，贺骐先生。他刚好也在黎门岛。"

贺原这一辈不止他一个，亲兄弟没有，堂兄弟、表兄弟倒是不少，没想到这么巧会在这座海岛碰上。

苏答问："来了很久了吗？"

"有一会儿了。"徐霖说，"您要是找贺总，再稍微等等。"

他说完对她点点头，抱着东西出去了。

苏答没去书房打搅贺原，不知道他们在里面谈什么，不由得朝那边多看了几眼。

她给自己倒了杯水，正要回房，刚走到客厅里，书房门打开，走出来一个人。

男人的个子和贺原差不多高，长得有些像，但五官没有贺原凌厉，气质偏温润清雅。

贺家上一辈，最长和最幼的是贺原的两个姑姑，这个叫贺骐的人是贺原大伯的儿子。

苏答猝不及防地和他打了个照面儿，两人都愣了一下。

她有点儿尴尬，不知道该不该笑，嘴角僵硬地扯了一下又收回。

贺骐反倒先开口："你是贺原的女朋友，苏答苏小姐？"

这句话让苏答很意外。

香江宴所那天，贺骐并不在。难道是后来事情传开他知道了？又或者他是在她不知道的别的什么时候听说了她？

苏答迟疑地点头："是我。"

贺骐对她的态度还挺亲切，没回答，只问她："我听说过你，你是个画家对吧？”

苏答又点头。

他看着她，像在打量，忽地笑了一下，神色有点儿难以形容。苏答看不太懂，可又觉得对方不像是在嘲讽她。

贺骐没说什么，冲她点点头，随后便走了。

苏答看着他的背影倍感莫名，又不好叫住他追问。

不一会儿，贺原从书房里出来，脚步声唤回她的注意力。

“你在和谁说话？”

她回头：“啊？”

贺原看向门的方向，皱了一下眉：“他刚刚和你说什么了？”

苏答说：“没什么，他打了声招呼就走了。”

那几句……确实是没什么。

贺原眉头皱着，没继续问。

苏答朝他走近，被他拉着在沙发上坐下。

“他不是什么好东西。”贺原抱着她，让她半倚在怀里，声音有点儿冷，“以后看到他不用理会。”

他语气不好，苏答没多问，只“嗯”了一声，对他这般态度不作探究。

见贺原表情比平时冷了几分，眼神也愈加深邃，她不由得抬手抚上他的脸颊：“不开心？”

这话问得有点儿多余，虽然她不知道他们聊了什么，但贺原看着就不像是高兴的样子。

苏答叹气，摸着他的脸凑近了试图逗他，难得撒娇道：“别不高兴了。”

贺原看出她的意图，抓住她的手，脸上好像平静了些，眉头微挑：“想让我开心点儿？”

她看看他，点头。

贺原搂紧她，眸色微暗，鼻尖、嘴唇贴着她侧脸的皮肤，低声说："你要是真想让我开心的话，我们去住旁边的独栋别墅。"

"嗯？"苏答眼露不解。

他声音哑下来："半夜没有人的时候，我们可以在别墅的花园里试试……"

苏答的脸腾地一下红了，她挣扎着微微直起身，离他胸膛远了点儿。

贺原握着她的手腕把她拉回来："不愿意？"

她想也没想地拒绝："不。"

贺原凑到她脖颈边轻蹭。

苏答半玩闹地推拒他。这次不管他说什么、怎么说，她都不肯松口。

贺原倒没真的坚持，见她实在不愿意，埋在她颈窝蹭了蹭便作罢。

苏答觉得他没正形，别开脑袋不想理他。他搂紧了她不撒手，一张脸冷冷淡淡的，又有点儿无赖样儿。苏答被他缠着压在沙发上，两个人胡闹了好半天。

晚上，程家老大等人抵达。

苏答和贺原收拾好，一同下去吃饭。

他们在餐厅里要了个大包间，这一趟旅行人不少，聚齐了越发热闹。

到包间门前，苏答接到小助理的语音电话，小助理有事找她。

里面众人正在说笑，她让贺原先进去，自己到走廊拐角找了个安静的地方接听。

小助理说的都是一些琐碎的事情，拿不定主意，和苏答说了许久，说完才想起来苏答在国外，忙赔不是：“啊，我忘了苏答姐你在度假，对不起！我打扰你了吧？”

“没事。”苏答让她别在意，耐心地细细和她沟通。

一通电话讲了十几分钟，结束后，她快步走回去，经过拐角时，听见有两个人在说话，声音并不陌生。

他们是贺原的两个朋友，似是出来抽烟的，边抽边无聊地说着闲话。

苏答本想走开，听见贺骐的名字，步子一顿。

“刚才听程远洲说贺骐也在岛上，还找贺原来了？他倒是胆子大，在贺原手上还没吃够苦头？”

说话的朋友声音带笑，对贺原没有恶意，话里是调侃的语气。

另一个人不以为意：“嗐，贺原又不会吃了他。”

那人随即吐烟“呲”了一声：“贺骐那个性，以前就喜欢文艺腔，一心扑在艺术上……他这次来黎门岛好像也是为了折腾什么艺术展吧？整天喜欢搞这些东西，正经事半点儿不干，不被贺九踩在脚下就怪了。”

“也是。以前贺原想要什么，随随便便都能抢得过他，更何况现在贺原什么没有，贺骐哪儿还有值得贺原多看的？”

他们笑了几声，转移话题，说起别的。

一根烟抽完，两人的脚步声渐远。

直至听不见他们的脚步声了，苏答才出去。

刚才的话她听得云里雾里，但也能明白一二。

贺骐和贺原好像真有什么过节儿。

这样的事，贺原不说，她也不好多问。

苏答轻轻甩了甩头，当作无事发生，抬步往包间的方向走。

不久前见过的那张脸在她脑海里一闪而过。

那个贺骐倒是确实挺文艺范儿的，听起来似乎也是艺术圈的人。

可惜贺原不喜欢他，不然她或许还能和他聊得上几句话。

贺原吃饭时喝了点儿酒，这一夜便理所当然地折腾苏答到很晚才消停。

这和酒其实没太大关系，即使他不喝，苏答一样早睡不了。

海岛、度假酒店、宽敞的房间和十分大的床，在这样的环境中，气氛又到位，他自然要尽情折腾个够。

苏答都不知道自己什么时候睡着的，大概是后半夜，蒙眬间睡得还不大安稳。

每次一起过夜他都爱抱着她。

贺原习惯光着上身睡，只盖薄被，还不喜欢她穿得多。他体温高，因常年锻炼，肌肉遒劲结实又不过分，手臂横在她的腰上，紧贴在她背后，像个火炉似的。

第二天一早，又拜他所赐，她醒来后过了好久才真正起床。

苏答洗漱完穿着贺原的衬衫出来，坐到画板前的方凳上。她没带画画的工具，用的工具是酒店的人送来的。画板支在客厅窗边，客厅光线明亮，由此远眺可以看到碧蓝的海。

不多时，浴室里的水声停下，贺原腰间围着浴巾走出来。

他个子高，有一米八六，头发微湿，身上的水珠往下滑，滑过腹肌，随后隐没在浴巾边缘。

苏答回头看见他，视线从上往下移，扫到一半，又马上收回去。

贺原瞥她一眼，拿着干毛巾擦了擦头发，然后将毛巾随手放到一旁，丝毫不管剩余的水珠，侧身在她身后坐下。凳子很大，被他占去半张。

他的胸膛又贴上来，苏答下意识地坐直。他伸手一搂，让她靠向自己。

苏答让他别闹。他道：“一大早就画画，不饿？”

什么“一大早”？

“再过一会儿就要吃午饭了。”苏答睨他。

中午他们还是和他那帮朋友一起吃。饭后有安排，众人一块儿去玩儿。被他闹到这个时候才起，她干脆没叫客房服务人员送早餐——也完全不能称之为“早餐”。

看着她一副“都怪你”的表情，贺原坦然地接受她的眼神谴责，搂着她，恬不知耻地在她唇角上亲了一下。

苏答嗔他：“还不去换衣服？”

她的眼神是很媚的，大概她自己都不知道，眼角眉梢总是不经意地流露出几分娇柔。

此刻她穿着他的衣服——比她自己的码数大很多，衣服罩在她身上略显空荡，唯有一处鼓鼓囊囊，抢眼得很。

在这宽松衣物的衬托下，她的身材更显得曼妙。

贺原眼神一凝，抓住她的手，暗暗“啧”了一声。

他感觉自己对折腾她这件事好像没够。

这个时间，她肯定不会再由着他闹了。

贺原按捺下欲望，只从背后抱住她。

苏答赶不走他，自己也没换衣服，他那些朋友还没打电话来，便没强硬地推开他，一边被他打搅着，一边勉为其难地画画。

手里不是顺手的工具，她没有画得太复杂，粗略地画了个大概，停下笔，侧头问他：“好看吗？”

贺原想也没想地道：“好看。”他将下巴枕在她的肩上，蹭了蹭，声音懒懒的，“你画什么不好看？”

苏答撇了撇嘴，对他快得有些敷衍的夸奖不予置评，嘴上嘀咕：“你根本没看我画了什么。”

自己随便涂两笔他怕是也会夸，每次都评价得根本不走心，她索性懒得再问他。

一群人一起吃过午饭，午后稍做休息，转移阵地到海边的沙滩上。

苏答穿的凉鞋磨脚，要临时回去换一双。贺原的朋友都在，她没让他陪：“我自己一个人上去就行。”

她回房换了鞋，干脆又抹了一层防晒霜才下去。

贺原一行人在的那片沙滩上摆着一排沙滩椅，他们各自躺着，带了女伴的则两人一张，旁边撑着遮阳伞。不远处停着一辆沙滩车，车边几张桌上堆满了东西，不时有人过去弄水果和冰饮。

苏答还没走近，远远就听见一阵起哄声，定睛一看，一个穿着比基尼的金发外国美女走到了贺原面前，弯腰和他说着什么。

贺原靠在沙滩椅上没起身，也没别的动作。

距离远，苏答听不见金发美女说了什么，但内容不用想，无外乎就是那些。

苏答脚步慢下来。那位金发美女没待很久，将一张写着什么的纸条——大概是她的联系方式——塞到贺原手里后，撩了撩头发，转身和海边等着的朋友会合，随后走远。

苏答停了几秒，微微抿唇，快步走到贺原身边。

在场的女伴们穿得都不多，不是比基尼就是布料很少的沙滩装。苏答没想下水，便没穿泳装，一身吊带长裙，相比之下没那么清凉。

贺原伸手拉她坐下：“怎么这么久才下来？”

旁边的人识趣地没打扰他们，各自聊起别的话题。

苏答说："太阳太大了，擦了点儿防晒霜。"

一张沙滩椅上坐了两个人，贺原半躺着靠在椅背上，她挨着他坐在他身侧。闻言，他似笑非笑地道："你怎么不下来让我帮你擦？"

他的手掌抚上她的背。

苏答瞥他一眼，轻轻拍开他的胳膊，没接话。

贺原两手空空。先前那个金发美女塞给他的纸条，不知道是被他扔了，还是已经被他收起来了。

苏答目光微闪，敛眸看向海滩别处。

众人说了会儿话，程远洲等人纷纷活动起来，让人拉了网打排球，招呼贺原加入。

贺原被他们催得烦了，搂了搂苏答："你坐一会儿。"他起身过去。

阳光炽热，海滩上热气升腾，沙子炙烤着脚底。

远处海浪一次又一次地冲上岸，不时有鸟飞过湛蓝的天。

苏答独自在沙滩椅上坐了一会儿。见其他几个人的女伴聚在旁边的沙滩车前，她闲着没事，也起身过去。

一个穿黄色比基尼留棕色长发的女人正在榨果汁，见她过来，问："要给你来一杯吗？"

苏答礼貌微笑："不用，我自己来。"

那女人点点头，弄好自己那杯，将位置让给她。

几张白色的桌上摆着许多水果和玻璃杯，还有一些调酒的器具和材料，上面有遮阳伞遮着，很是阴凉。

苏答挑了几种个头儿小巧的水果，还挑了几个香味极其浓郁的热带特产水果，慢条斯理地削去皮，切成小块。

打排球的那群人闹哄哄的，笑声远远传来。

贺原个子高，光着的上身肌肉紧实，在男人里身材也是一等一的。他运动天赋强，两边比分很快拉开差距。

程远洲渐渐感到吃力，越打呼吸越急促，忍不住在嘴上找碴儿。贺原始终一派游刃有余的模样，赢得轻轻松松。

场地旁边两三个穿比基尼的外国女人站着看了片刻，走近说了点儿什么，加入了程远洲那边。

苏答向那边看了几眼，继续专注于自己手里的事，把要榨的水果全部切成小块后，沙滩上突然传来吵闹声。

她抬头一看，程远洲阵营的一个人打着打着球，和过来一起玩儿的外国美女嬉笑着抱作了一团。

苏答动作一顿。

她记得那个男人这一趟旅行带了女伴，就是刚才那个问她要不要喝果汁的棕发女人。

苏答下意识地往旁边看去。

穿黄色比基尼的棕发女人和其他几人正在说话。有人用胳膊碰了碰她，让她看沙滩上的情况。

棕发女人瞧着那边，默然不语。在其他人的视线下，她端着果汁喝了一口，耸肩，很淡地笑了笑："我能怎么样？"

其他人便没再说什么。

话题就这样自然而然地转移开了，她们好像都接受了这个事实，又好像心照不宣地遵守着某一种规则。

苏答和这些人不熟，跟贺原的朋友们都只是点头之交，更何况他们身边这些女人。

她不知道这个棕发女人和那个男人是什么关系，是他的女朋友，又或是别的身份，只是突然间心里有点儿堵得慌。

沙滩上，那几个加入程远洲阵营的女人时不时地朝贺原看去，打出去的球总朝着他的方向。

贺原表情淡淡的，气质一如既往地冷冽，眼因晃眼的光线微微眯起，五官英俊。

明明太阳炽热，可苏答站在遮阳伞下看向贺原那边，手臂和肩胛暴露在吹来的海风中，却觉得冷。

太阳光将明暗区分得那么明显，她在荫蔽处。

身边的这些女人，她一点儿都不熟悉，甚至没怎么和她们说过话，恍惚间却莫名觉得，她暗得，快要融进这片阴影里。

贺原等人打完排球，回到沙滩椅处。

带了女伴的人走向女伴，要么在车旁，要么坐在椅子上说话。

贺原那张沙滩椅边的小桌上放着一杯特调果汁酒，唯独不见苏答的身影。

穿黄色比基尼的棕发女人见贺原回来，转告："那是苏答做的，加了些杜松子酒。"

杜松子酒是贺原常喝的酒。他喜欢的酒不多，就这么两三种。

贺原目光停了停，没看见苏答，也不在意说话的人是谁，微微皱眉："她人呢？"

"哦，她说太阳太晒，先回去了。"

棕发女人刚说完，被身边的男人单手搂住——正是先前在沙滩上和外国美女嬉闹的那个。男人调侃："人家苏答这么贴心，还记得贺九喜欢喝什么，你怎么不给我做一杯？"

棕发女人作势嗔他，两人说说闹闹然后亲热起来。

贺原没管他们，拿起杯子喝了一半酒又放下，和身旁其他人随意地说了一声，抬脚就往酒店走。

其他人忙问："你这就回去啊？"

他“嗯”了一声，懒得再留，步伐不停。

闹了这么半天，其他人见状也打算回去稍微休息一会儿，纷纷动身。

贺原走出去没多远，程远洲追了上来。

他笑着，手才伸出来就被贺原警告的眼神挡了回去，笑吟吟地问：“先前那个金发妞你喜欢不？”

贺原看都没看他：“没兴趣。”

“那给我呗。”程远洲说，“我还挺喜欢这种女人的，难得度个假，晚上约出来玩儿。”

贺原瞥他，脸色冷淡又莫名：“你约你的，找我干吗？”

“人家不是给你联系方式了吗？”程远洲“啧”了一声，使眼色。

他说的是先前金发美女塞的小纸条。

贺原这才会意，没什么表情，转过头去，懒散地“哦”了一声，不在意地道：“扔了。”

那张纸条塞到他的手里没一会儿，苏答走过来，他就顺手捏作一团丢开了。

苏答今天穿的裙子的颜色特别衬她。他一看见她，目光就没再移开过，根本没心思在意别的，那张纸条早不知被风吹去了哪里，没了踪影。

第四章　破　碎

苏答在房间里，又在画板前捣鼓她的那些颜料。

听见贺原回来的动静，她坐在凳子上回头。

贺原走到她身后："怎么又画上了？"

她"嗯"了一声，语气缓慢："随便画画。"

"这么着急回来干什么？我一转头你就不见了。"贺原想起上次的事，打量她的神色，"不喜欢和他们待在一起？"

她说："没有，太阳太大，我怕晒。"

他扯了下唇，站在她身侧，手抚上她的背："娇气。"

苏答撇嘴没反驳。他身上带着外间的热意，一靠近，周边温度都跟着高了，她有点儿嫌弃地推他的腰："去冲一下。"

在沙滩上打了那么久排球，不免沾上些许沙粒，贺原听她的话去冲澡，十几分钟后裹挟着水汽从浴室里出来，浑身清爽。

像早上一样坐在她旁边分走半张凳子，他一只手臂从后面越过她，撑在她身体另一侧，饶有兴趣地欣赏她作画。

苏答画画的时候很安静，屏蔽了周围的一切事物，只认真地看着画板。她鼻尖挺翘小巧，浓密卷翘的睫毛不时轻颤，水嫩的皮肤白得仿佛冬日天空中落下的雪。

她也在沙滩上待了好一会儿，身上却没有留下半点儿狼狈的痕迹。

贺原闻到香味，香味来自她的头发、脖颈、他熟悉的每一处，越来越清晰。

莫名地，他开始不爽——她看也不看他，眼前这块画板吸引了她所有的注意力，十分碍眼。

直到他撑在她身侧的手换了两个位置，她才终于停笔。

苏答换上一张干净的画布，终于想起他的存在，来了兴趣："我给你画一张好不好？"

贺原目光微闪，面上神色不改，好似无所谓一般应允："随你。"

作画只是一时兴起，她不需要他坐到面前，而是就保持这个状态，时不时地侧头看他一眼。

她画得很简略，完成得比想象中要快许多。

苏答停下笔："你看。"

贺原扫了一眼画，想都没想就说："不错。"

他没觉得那些色块和自己有多像，不过她说是便是。

他还是那样夸得不假思索，分明都没仔细看。

感受着他的手从她的腰间搂上来，苏答想起小助理说他曾经参与过某些艺术拍卖会，扭头好奇地问："你喜欢画吗？就像这些东西。"

"还行。"他答得随意，下一句又转移到她身上，"你画的我都喜欢。"

苏答无奈，看向画板上自己特意画得比较抽象的人像："那这个送你？”

贺原很捧场，挑眉说：“好，苏老师一画千金，我得好好裱起来。”

他的语气还不如他摩挲她腰的动作认真。苏答心中叹气，也懒得再纠结他上不上心。

他对这些大概是真没兴趣，像要把她的作品裱起来这样的话，每次都说得毫不吝啬，但无论是玩笑还是捧场，一次都没真的买过她的画。

晚饭地点定在岛上最好的中餐厅。

程远洲几人忽然想吃中餐，这才来了没两天，又换回了熟悉的口味。

饭后他们还有别的活动，夜晚是最适合玩闹的时候，更何况他们是群夜猫子。

苏答不想去，让贺原跟他们去玩儿。他没应，最后还是推了程远洲那边的邀请，陪她回房。

九点半，岛上好像有什么活动，夜空中接连绽开烟花，海滩上许多人驻足观赏。

贺原在书房里接了个电话出来，见苏答光着脚正在阳台上看得起劲。

她趴在栏杆上，踮起脚，身子一个劲儿地往外探。在房间里，她穿得比在外面少，吊带裙松松垮垮，一侧吊带堪堪滑下肩膀。

她圆润的双肩格外白皙，裙子长度只到大腿，裙摆飘起，露出的风景看得人眼热。

阳台没开灯，屋里的光照出去，薄纱般披在她的长发和雪白的背上，她的蝴蝶骨凸起，像是要在风里扬翅而飞。

她很瘦，然而该长肉的地方又很丰腴，令他爱不释手。

“再扒就掉下去了。”贺原冷不丁出声。

苏答转身看向他。

他走到她身后，从后面抱住她，嗓音带着风一样的清凉感觉：“好看？”

她在他怀里，往后靠了靠，点点头。

烟花五颜六色，让漆黑的天空热闹起来。

不知活动什么时候才会结束。

苏答看了一会儿，仰头道：“你会不会无聊啊？”

他那群朋友都去玩儿了，只有他待在房里陪着她，也没有什么事做，只因为她懒散不想动弹。

贺原低头反问：“怕我无聊？”

她“嗯”了一声，好像还没意识到什么。

温香软玉在怀，贺原眸色渐深，看了她几秒，低声说：“你要是真这么担心亏待我，不如跟我去住别墅，半夜在花园……”

没想到他还惦记着这个，苏答耳根腾地一热：“不行！”

她就差把“拒绝”二字写在脸上了。他微微勾唇，将她抱紧箍进怀里。

“开个玩笑。”贺原顿了一秒，声音哑下来，“就在屋里。”

他呼吸粗沉，将她搂得更紧：“不过你今天可不能像昨天一样，哭得那么早了……”

一早醒来，苏答发起低热。

贺原太过没轻没重，又喜欢故意折腾她，这次比以前还要过火得多。

他自知理亏，格外细心，起床后精心照料，几乎没让她的脚沾一下地。

苏答吃完药还是病恹恹的，烧退下去，只是看着气色不太好。

午饭照例一群人聚在一起吃，她还要脸，不肯让贺原抱，坚持自己走下楼。

黎门岛属于热带气候，她裹得那样严实，一看就有种欲盖弥彰的味道。

好在入座时其他人只是打量她几眼，都没多说。

今天饭后的安排是乘游艇出海。

苏答想回房间休息。她不是第一次不和大部队一起活动，饭后，提前告辞回去。

贺原不放心她一个人。她嫌他待在身边总是不安分，反倒不愿意让他陪。

他拗不过她，但还是执意送她回房。

程远洲作为这次度假的领头人，跷着二郎腿调侃贺原："你可别去了不回，都等着你呢。"

他的目光在苏答身上稍微停了一会儿，很快收回。

贺原这女朋友长得确实好看，身材也好。哪怕是把大家带的这些女伴和海滩上各种比基尼美女都算上，她在当中也是格外出挑的。

他之前还跟贺原夸了她几句，旁边几个人也跟着调侃了两句，谁知道差点儿没被贺原刀子一样的目光剜掉一块肉。

他当即正襟危坐，不再多看苏答一眼。

贺原没理他，把苏答送回房，见她钻进被窝儿躺下，安安静静地闭上眼，呼吸均匀起来，仍在旁边守了一会儿才下去。

苏答睡了一觉，中途起来吃了颗药，第二次缓缓转醒时感觉时间过去了很久，实际上不过才过了两个多小时。

身上发出了汗，薄被盖着闷热，她起来量了一下体温，温度恢复了正常，身上也没有哪里不适。

一旁的手机收到了不少贺原发给她的消息。

这会儿他们应该还在游艇上。她睡着期间，他时不时发消息过来。看她没回，大概知道她在睡，他也没催促。

贺原说他们还要一到两个小时才能回来。

苏答回了个表情。她在套间里休息一会儿，吃了点儿东西。久睡让她觉得骨头懒散，于是她换了一身休闲的衣服下楼闲逛。

酒店周边都是高大的建筑，餐厅、纪念品店、大型商场，应有尽有。

苏答在商场里逛了一圈，估算着时间，打算等他们快回来的时候返回酒店。

逛着逛着，她在商场一层最左侧发现一间展厅，充足的冷气从大门内飘散出来，门两边立着易拉宝，墙上挂着几张海报。

她看了几眼易拉宝，见这是个艺术展，想着闲着也是闲着，索性抬步入内。

这个艺术展的主题是生命，无须门票，免费对外开放。展厅很大，进门的时候有人发手册。

苏答以前没少看展，美术展、手工展，各类艺术展出，从前在学校时就常去。

这个艺术展的水准不低，展品围绕着主题创作，不特指哪一类，有画，有手工作品，还有一些在大众眼里格外难以理解的东西。

专业对口，加上本身就喜欢，苏答看得津津有味。

看到一半发现画旁的作品介绍用的都是中英双语，她想起发的手册，打开一看，在里面翻到策展人同时也是资助方的照片和个人介绍。

果不其然是贺骐那张脸。

她该说巧还是不巧？

不过也是，那天她就听贺原的朋友私下说了，贺骐来岛上是为了什么艺术展。

这座岛面积不大，她刚才想起这件事时就隐约猜到了。

苏答继续往前逛，逛着逛着，突然看见一个不陌生的名字——其中一副意象派画作旁写着“倪棠”两个字。

简介里介绍说这是她大学时捐赠的画作。

苏答站定看了看，视线扫过画作右下角的落款时，忽地顿住。

倪棠的亲笔落款下，有一个花体的“N”印章，周围带着一圈特别设计的花纹。

苏答表情有几分呆滞。

她见过这样的花体印章，是某次在贺原那儿，他找东西时翻出大学经手的旧文件，那些文件的签名处都盖着花体的“H”印章，周围虽然不是花纹，但同样做了一番设计。

画上落款处的这个，和贺原那个，看着像是同款。

一旁的工作人员见她脸色奇怪，凑近询问她：“女士，您还好吗？需要帮忙吗？”

苏答连忙收回目光，摇头：“没事，谢谢。”

她往旁边让了一步，给走过来的其他参观者让出位置。

稍站一会儿，苏答从展厅出口离开，回到酒店，没等贺原他们回来，先行回了房间。

她在沙发上坐了会儿，控制不住地想起那个花体印章。

会是巧合吗？

她忽地又想起助理之前跟她说的小道消息，说贺原以前似乎也会参加那些艺术拍卖会。

她和贺原在一起的时候没见他对这些有什么兴趣，便想当然地没放在心上。

微微吐气，她拿起手机给一个做画作拍卖的半业内朋友发消息，询问对方是否能帮她查一下，倪棠拍出去的那些画的买家。

对方以前承过她的情，很利落地就应下，但也告诉她："可能需要几天时间。"

苏答道"好"，谢过对方，放下手机出神。

她开着落地窗，看着天发了会儿呆。

没多久，贺原回来了。

感受到吹进来的风，他走近皱眉："怎么开着窗？"

苏答顿了下，眼神微闪，解释："已经不发热了。"

她边说边配合地仰起脑袋凑向他伸来的手。

确认她没事，贺原才展平眉头。

他身上有太阳晒过的味道，带着海风，还有本就属于他的淡淡香味。

苏答被他抱进怀里，倚着他在沙发上说了会儿话，他便回卧室去换衣服。

被扔在一旁的手机振动，苏答拿起一看，顿了一下。

来电的是蒋诚铎。

回头朝卧室看了一眼，苏答走到阳台上接电话。

那边的人声音低沉："你在哪儿？"

苏答抿唇："外面。什么事？"

"你和贺九去黎门岛了？"

"……"苏答没否认，猜到他大概是从别人那儿听说了消息。

见她默认，蒋诚铎语气中的寒意加深："你现在真是翅膀硬了，离开家一年，什么人都敢勾搭。"

苏答微微吸气："我和谁在一起用不着你管。"

蒋诚铎下最后通牒一般，说："你最好快点儿和他断了。"

蒋家这一辈的男丁里，分量最重的就是蒋诚铎。苏答要叫他一声"哥"，但他们从小关系就不怎么好。

即便是蒋老爷子也不会这么说话，苏答最烦他这种语气："爷爷都没说什么，你凭什么命令我？"

"你知不知道贺九是什么人？"蒋诚铎没了耐心，"他心思手段不是一般狠辣，你以为跟在他身边能有什么好？"

苏答没吭声。

电话那头的人怒气上涌，语气又像是夹杂着几分别的意味："离开家就算了，你现在是不是真的以为自己翅膀硬了？！"

远处天空湛蓝，苏答沉默了一会儿，吐气："你和未婚妻的旅行还没结束吧？"

那边的人似是没想到她突然换了话题，没说话。

苏答面无表情地道："不如先管好你自己？"言毕，她直接挂了电话。

为期几天的海岛之行结束。

其他人各自返程，苏答和贺原如来时一般，乘坐他的私人飞机回国。

北城的气温下降了一些，整座城市从太阳的炙烤中挣脱，路边的树木少了几分生机，静等着秋意一夕席卷枝头。

不知是不是巧合，蒋诚铎和其未婚妻的旅行也结束了，和苏答差不多的时间回国。

苏答大学毕业后这几年一直游离在蒋家边缘。知道蒋诚铎从小就不喜欢她，她长大后自然对他能避则避，没兴趣去贴他的冷脸。

好在除了之前的那通电话，蒋诚铎没再打扰她。

休息这么久后回归工作，不仅贺原忙了起来，苏答的工作也要重新安排，刚回来就有个活动要她参加。

小助理提前通知她经纪公司的安排："这次这个美术沙龙来的都是圈里人，有些你也认识，主要是交流性质的。"

有关美术沙龙的具体事宜小助理都会确认好。

苏答不是第一次参加公开活动，并不怯场。

听她应下后，小助理又道："我看邀请函上说可以携伴出席，你要不要带个伴一起去？比如贺先生之类的，你觉得呢？"

她只是这么一提，苏答还真听进去了。

不过不确定贺原当天有没有安排，她没有当场定下，和小助理说晚些再给答复。

苏答喝了半杯温水，刚要打电话问问贺原，佟贝贝又打电话找她。

"怎么了？"她放下杯子，就近在餐桌边坐下。

佟贝贝"嘿嘿"笑了两声："还记得上次我跟你说过的那个暧昧对象吗？"

苏答回忆几秒，想起来了，出国前和佟贝贝吃饭那次，她说正在和一个男人接触。

苏答对那个人有印象："姓宋那个？"

"对！"

佟贝贝的暧昧对象叫宋绍彬，家里是做生意的，自己开了画廊，规模中等，北城有好几家，这几年也在别的城市开起了连锁店。

苏答见过他的照片，人长得挺斯文，加上听佟贝贝的描述，对他印象还不错。

佟贝贝虽然不算美艳动人，但也是一个小美女，加之性格爽朗大方，很是讨喜。两人在聚会上认识，宋绍彬对她一见钟情，立刻展开攻势。

佟贝贝说："他在北城开的那家中心店过些天重新开业，邀请我去，我想让你陪我一起。"

她请苏答作陪，也正好介绍他们认识。

苏答问清具体日期，比美术沙龙早，时间不冲突，便爽快地答应了。

和佟贝贝聊完，苏答又接了一个电话。

一看来电，她停顿一瞬，吐了口气才接起。

那边是上次她拜托的那个做画作拍卖的朋友，特地打来告诉她事情结果。

"我联系人查了倪棠历来的拍卖记录，公开拍下的名单我整理一份发给你，除了这些，她有不少高价成交的画作买家是匿名，不过那些单都是相同的委托人经手，我估计背后的买家应该是一个人。"

苏答几秒没说话，过后才想起道谢。

很快收到对方发来的名单，她看了几眼就放下。

脑海里恍惚又冒出小助理的声音——

"贺总以前似乎也会参加那些什么艺术拍卖会，好像是委托人去弄……"

手机"嗡嗡"震动，打断她的思绪。

小助理给她发来了沙龙的一些注意事项，她忽地想起还没联系贺原，对着手机看了好一会儿，才给他打电话。

贺原在忙，苏答打来电话时正好是会议间隙。

"就是那种行业内交流性质的美术沙龙。"苏答没说别的，清了清嗓子，语气尽量正常道，"你到时候有空的话，陪我一起去？"

"下周五？"

“对。”

她陪他出席过公开活动，他还一次都没有正式进入过她的工作圈子。

苏答握着手机抿了抿唇。

那边有纸张翻动的声音，贺原大概是在看文件。下一秒，他冷淡正经的声音响起，又有两分莫名的柔和：“好。”

会议间隙时间不长。

没一会儿，徐霖敲门进来。

贺原从文件中抬头，瞥了他一眼：“什么事？”

徐霖微微躬身，到他桌前汇报：“小蔺先生刚刚打来电话，还是为倪小姐的事情。”

贺原钢笔笔尖一顿，抬眸，语气微凉：“他倒是为别人的事上心。”

“倪小姐之前也打了几个电话。她这次送去艺术拍卖会的是她最新的作品，所以格外在意。”

徐霖边说边打量贺原的神色。

贺原没说话，眼神深邃地看着文件，好一会儿才抬起视线，淡声道：“去办吧。”

“那还是像以前一样，拍下来后，送到画廊存放？”

贺原没有否定，徐霖便明白了他的意思，颔首应下。

临出去前，徐霖偷偷地朝贺原看了一眼。

桌后的人面无表情。

徐霖着实有点儿拿不准贺原的心思，也不知道贺原和倪小姐到底是什么情况。

早几年，他老板已经买了好几幅倪小姐的画，算起来，着实不少了。

因刚回国造成的工作密集状态，在头几天过去后，苏答渐渐恢复以往的状态。

苏答闲下来，除了画画，就是为之后的安排挑选衣服。

和佟贝贝见她的暧昧对象，苏答可以穿得休闲简单一些，和贺原一起出席美术沙龙，衣着则需要稍稍正式一点儿。

苏答很快选定两套衣服，顺带整理了一遍衣柜，边忙还边和小助理闲聊。

小助理打电话是为公事，说完后就开始扯八卦消息。

关于圈子里的逸闻趣事，她每天都有不重复的内容。

苏答时不时应几声。

聊完国内八卦消息，小助理又道："对了，苏答姐你知不知道，最近艺术拍卖会上，那位倪老师的画又拍出了不低的价格！"

不是第一次聊到这种八卦消息，大概因为对方也是华人，小助理关心得比较多："原本她这次参加拍卖会的新作，外界好像是批评比较多的，没想到还是拍出了好价格。她前两年势头没那么猛了，这次居然又快赶上以前。拍卖会之后，外界对她这幅画的评价都好了很多。"

苏答顿了下，抿紧了唇，很快又缓缓放平，淡声说："是吗？"

听归听，她向来不在背后说同行是非，并没多说。

小助理也不在意，评价几句，提起其他的趣事，一件件地和她继续聊。

苏答将衣柜收拾好，通话也结束了。

她休息没一会儿，高康打来了电话。

上次从蒋家回来后，苏答就在等高康让她去探望蒋奉林的电话。

那边高康温和的声音响起，如她所想："这两天先生状态不错，小姐您有空的话，可以过来探望。"

望康山这座私人医院和一般医院不太一样，兼具疗养性质，人也少，大门肃静得几乎毫无生气。

蒋家在这家医院持股不多，但这里也算是自己的地盘，蒋奉林身体撑不住之后就被送到了这里，老爷子为保他安静调理，每个月只有固定的日子才准人探望。

后来蒋奉林身体情况越发糟糕，每日昏昏沉沉一睡就是好久，老爷子便更不让人来打扰他了。如今好不容易他精神头儿有些好转，偶尔能被推着到院子里活动一下，透透气。苏答时常惦记他，上次从蒋家回来，就在等着高康通知她去探望。

乘车抵达医院正门，苏答整理好表情，抬步进去。

走廊上消毒水的味道很淡，每一间病房都安静极了，幽雅的庭院中绿植被修剪得整整齐齐，衬得这安静的庭院更加死寂。

在这儿住的病患和老人家境都不错，最差也是中产家庭。

蒋奉林的那一间病房比别的病房大上许多，他靠坐在床头，一双眼隐隐含笑，只是脸色太过苍白。

他这般孱弱的模样已经持续了好几年，苏答记忆里小时候牵着她的那个强壮有力的身影，久远得竟开始模糊了。

苏答忍着鼻尖的酸意，叫他："叔叔。"

蒋奉林示意她坐到床边："我看看，怎么瘦了这么多？"

苏答说："哪有？"

他总觉得她清减，上次也这么讲。

床头柜上放着汤和点心，被人吃了一半，似还有些外头送来的东西。她嗅到空气里一丝丝不同的气味，问："有谁来过了吗？"

蒋奉林眼皮没什么力气地耷拉着，闻言目光轻闪，笑道："没有。"

苏答为自己是第一个来的人而高兴，话匣子关不上。

"早上吃了什么？今天感觉怎么样？能吃其他东西了吗？我下次带自己做的吃的来好不好？……"

她一边握着他干燥乏力的手指，一边絮絮叨叨。

蒋奉林始终耐心十足，不管她说什么、问什么，都温和地一一回答。

苏答说了很多自己的事，近来的生活、工作、作品，桩桩件件都同他分享。

蒋奉林听着，缓缓地问："你说的都是开心的事，就没有一点儿不开心的事？"

她停了停，还是笑道："没有啊。没什么不开心的事。"

蒋奉林但笑不语。

她就是这样，真的遇上了麻烦也不会主动对他说。

一年前老爷子要她联姻，她也没跟他提，自己硬扛着一声不吭，不得不离开蒋家。

蒋奉林把苏答带回来的时候，她六七岁，刚失了母亲，紧紧地握着他的手一言不发，但其实什么都明白。

他尽力地照料她。

直到她上高中，他早就出了问题的身体每况愈下，老爷子开始插手她的学业，令她转学，用条条框框束缚住她。他对此有心无力，渐渐地无法再庇护她了。

知道她报喜不报忧的性子，蒋奉林终究还是没有拆穿她。

苏答和他聊起别的，聊了好久，见他望着自己，问："您今天叫我来是不是有什么事？"

蒋奉林盖着薄被坐在床头，伸出瘦骨嶙峋的手，轻轻抚了抚她的发顶，不急不缓地说："离离去留学好不好？"

苏答猝不及防间听他提起这个，愣了一下。

他很早就有这个想法，但她一直犹豫不决。前阵子高康把留学文件送到她那儿，又跟着提了几次，她仍旧没有下定决心。

蒋奉林平静地道："你在国内念的本科，毕业后一直没有出去深造。我知道你担心我的身体，想守在这里陪着我，没这个必要。"

他叹气："你留下又能做什么？不如出去走走，见见世面。你的梦想不是成为艺术家吗？一直待在一个地方怎么行？"

苏答动了动唇："我……"

蒋奉林见状，长长地叹了口气，拍拍她的手背，没有逼她："你好好考虑考虑。"

她在这里待得够久，他也累了，过了一会儿便让她回去。

苏答想说什么，最终还是没说，只道："我下次再来看您。"

蒋奉林点点头，目送她离开。

随着门被关上，室内重新安静下来。

蒋奉林靠在枕上："离离和贺家那个还在来往？"

高康不久前听说这个消息后第一时间就告诉了蒋奉林，闻言点头："好像是的。"

蒋奉林深深地吸了口气，语气重了几分："你跟老爷子说，我要见他，请他有时间来一趟。"

高康点头说"好"。

静了一会儿，蒋奉林皱了皱眉，道："开窗通风。"

空气里有一股男士香水味，正是苏答进来时闻到后问起的味道。

高康依言打开窗户，疑惑地问："刚才小姐问，您为什么……？"

“我为什么不告诉她诚铎来过？”

苏答来之前，蒋诚铎其实已经来过。

蒋奉林眼神沉下：“这香水，几年前离离不过是随口夸了一句‘好闻’，诚铎就用到现在。”

蒋诚铎说是来看他，实则是为什么，他哪儿会不知？

高康往他背后加了个枕头，他闭上眼，皱着眉，声音微凉：“我这个侄子，年纪越大城府越深……心思也杂了。”

和佟贝贝约好的日子一到，下午一点刚过，苏答就接到了连环夺命 call（电话）。

苏答才吃过饭，歇息不过半个钟头就被催着赶紧收拾出门，连忙随手化了个简单的妆。

佟贝贝开车到楼下接她，一个小时后，两人来到画廊外。

宋绍彬早就等在门口，上前迎接两人，目光直直地落在佟贝贝身上，在佟贝贝的介绍下，礼貌地同苏答打了声招呼。

这次做活动的画廊是中心店，在宋绍彬经营的画廊里，这是最早开业的一家。画廊入口很宽敞，内里雅致，色调搭配讲究，装潢看得出来下了功夫。

墙上挂着的画吸引了苏答的目光，其中除去大师们的手笔，还有近些年国内外新兴画家的作品，每一幅都极具特色。

另外两人陪她放慢步调欣赏，佟贝贝与有荣焉：“她可是行家！”

苏答今年举办的画展反响很不错，宋绍彬听说过她，闻言一笑：“久闻苏老师大名，幸会。”

苏答谦虚两句，三人一边闲谈一边继续赏画。这种画廊举办的活动现场大多很安静，其他受邀宾客只在规定区域内活动，她们有宋绍彬作陪，画廊不对外开放的内部区域也能一并参观。

佟贝贝和宋绍彬相谈甚欢，苏答间或插两句话。

三人转了半圈，行至内里一条走廊上。

余光忽地瞥见从不远处走过的一行人，苏答认出一张熟悉的面孔，脚步不由得顿住。

那一行人里，穿着整洁西装的男人走在最前面，身后跟着的几人抬着一个方形的、用纸皮包好的包裹。

包裹里大概是画。

一个戴工牌的画廊工作人员迎上去，和走在最前头那人边说边往里走，其他人搬着东西跟在后面。

为首那个穿西装的男人不是别人，分明是贺原的助理徐霖。

苏答确认那是徐霖，轻声问道："那是……？"

宋绍彬顺着她的视线看过去，以为她感兴趣："那是店里的客人，来寄存画作的。"

"寄存？"

苏答的心猛地跳了一下。

"对。我们画廊除了买卖画作，也有保管服务。"

有的买家买了画，除了把画收藏在自己家，也会寄存在画廊里，毕竟专业的人更懂得如何保养作品。

画廊有保管服务，这个她知道。苏答在意的问题是徐霖。

他一向是帮贺原办事的，日夜都被行程和工作填满，没有多少私人时间。看眼前那架势，他今天来办的也不像是私事。

苏答看向宋绍彬："我可以多嘴问一句，那位寄存的是什么画吗？"

"这个问题……"宋绍彬为难地笑笑。这种事情一般是不能对人说的，但她开口问了，他还是拣了些能说的适当告知："那位是我们的客户，以前就在这儿寄存过画作。”

“以前？”

宋绍彬点头：“前几年那位先生每年都来，这两年倒是没有办过寄存业务。那位先生是为他老板跑腿的，在我们这儿寄存了好几幅画，都是同一位老师的作品。”

听到“为老板跑腿”这样明确的回答，苏答一霎僵住。

徐霖的老板，除了贺原还能有谁?

佟贝贝看出她不太对劲，顺着话问：“是谁的作品啊？”

宋绍彬道：“我不知道你们知不知道，就是国外这几年新兴的年轻画家，倪棠，倪老师。苏小姐也是画家，或许听说过她。”

近几年的旅洋画家里，倪棠算是小有成就的一个。倪棠因拿下数年不见国人身影的圣保罗银奖而声名大噪，后来又因作品在拍卖场拍出了令人咋舌的价格，成为同期新人里的佼佼者。

出道的头几年，倪棠每年都有高价售出的画作，因此很快就在业界站稳了脚跟。

搞画廊的多少都知道她。

苏答当然也知道，她的重点却不是这些。

她思绪有点儿乱，一霎想到的，是小助理八卦的小道传言、在黎门岛看到的那副画落款下的印章、还有朋友查到的那份名单里的匿名买家。

一桩桩一件件看似无关，却又能组合起来。

苏答没有想到，会在这种情况下，确切地证明它们之间的关联。

佟贝贝站在她身侧，朝她靠近了些，低声担忧地问：“你没事吧？”

那一行人渐渐走远。

被宋绍彬和佟贝贝关切地看着，苏答唇角微动，挤出声音：“没事。我们继续看吧。”

从嘉宋画廊回来，佟贝贝送苏答到楼下，不放心，闹着要上去坐。苏答自打看见徐霖就有些心不在焉，实在没心情招待她，好不容易才把她哄走。

苏答心里隐隐有什么东西，像雨后春笋，快要破土而出。

苏答喉咙里发干，在沙发上呆坐许久，起身去给自己倒了一杯水。端着温热的杯子从卧室门口经过，她瞥见室内书桌上立着的电脑，缓缓停下脚步，几秒后，像被什么吸引一般，不由自主地往里走。

苏答坐到电脑前，看着打开的网页，手心莫名发汗。

她在搜索框里输入倪棠的名字，百科词条很短，许多资料不齐全。

她的目光在“毕业院校”一栏停住——北城明大。

倪棠和贺原是同一所大学的学生。

苏答怔怔地看了网页几秒，想起什么，进入北城明大的论坛。

北城明大的校内论坛现在已经没有多少人在用，首页的活跃度很低，她查询关键词“倪棠”，出来不少帖子。

其中一个帖子，牢牢地吸引住了她的视线。

“美术系的倪棠是不是和贺骐分手后跟贺原在一起了？”

苏答的喉咙又干渴起来。

像是找到了养料，那股萦绕在她胸口难以消散的烦闷之感随着帖子里的讨论彻底迸发。

“美术系第一才女单身了？我们是不是有机会了？”

“楼上的你没看到后半句吗？人家跟贺原在一起了。”

“倪棠没和贺骐在一起过吧？倪棠不是说自己单身吗？”

“他们那状态一看就是在暧昧期啊！我朋友是美术系的，聚会结束经常看见贺骐去接倪棠，他们经常有肢体接触，动作很亲密，就差挑明了吧。”

“那跟贺原又有什么关系啊？”

“倪棠最近经常去找贺原，有事没事就往他们系跑，我看到她在贺原身边出现好几次了。”

“话说贺原和贺骐不是兄弟吗？贺原入学第一大我就听说了。他这是撬自家人的墙脚啊？”

…………

苏答的手指僵在鼠标上——她身体不听大脑的使唤。

她想起被忽略的那些细节。

贺原的朋友在角落里抽烟，带着玩笑的语气说——

“以前贺原想要什么，随随便便都能抢得过他。”

贺骐见她时，问她“你是个画家对吧？”

以及他脸上那抹难以形容的笑。

她的太阳穴跳动，神经隐隐作痛。

苏答腾地站起，水杯被碰到地上，“啪”的一声，玻璃和水四溅开来。

她僵在原地。

时间无声地淌过，许久后，她才缓缓地拿出手机。

安静的咖啡厅内，苏答选了角落的卡座，旁边的绿植正好能挡住别人的视线。

贺骐坐在她对面，对这场冒昧的邀约似乎并不奇怪。

苏答找了圈内人辗转很多途径才拿到他的联系方式，给他打电话时，本以为需要费一点儿周折，没想到他轻易便应约了。

“苏小姐见我是有什么话要说吗？”贺骐问。

苏答看他一眼，缓缓道：“我想知道，倪棠的事。”

贺骐淡笑，似乎并不意外：“是因为贺原吧？你知道什么了吗？”

苏答面色微紧，没有回答他。

贺骐对她的态度并不在意，浅饮一口咖啡，放下咖啡杯：“既然苏小姐特意来找我，那我也没什么不能说的。”

“我和贺原从小关系就不好。从哪里说起呢……？”

他神情悠然地朝苏答看了一眼，讲故事一般自顾自地说：“就从我们差不多十岁那会儿说起吧。有一回我生病发烧，吃了药在房间里昏睡，照顾我们的阿姨有事出去一会儿，家里就剩我和他。

“那天我房间着了火，差一点儿就被烧死在里面。”

苏答一愣。

他唇边弧度不变，缓缓地道：“我被烟呛醒时，火已经烧得很大。我扑到门边才发现房间门从外面被锁上了……后来我是被赶回来的人救出去的，万幸捡回了一条命。”

他说着停顿，苏答看他眼神，立刻明白了他的意思。

贺骐的房间着火，呛醒却发现房门从外面被锁上了，而家里只有他和贺原。

她动了动唇，几秒后，低低出声：“这也不能证明就是……”

贺骐只是笑道：“是啊。不过很巧的是，着火的那段时间，贺原正好出去了。”

苏答一时顿住，不知道该不该接话。

贺骐说：“那个时候，他才十岁。”

桌上的气氛低沉下来。

苏答抿了抿唇。贺骐淡笑着继续说：“他从小就不喜欢我，从来不叫我‘哥’。只要是我的东西，他都要抢。因为我喜欢蓝色，我成人礼当天，他也穿一样的蓝色衣服。凡事他都要压过我一头，把所有人的目光集中到他身上才行。我喜欢的不论是东西还是别的什么，他都要抢。”

贺骐望着她，还是那副温文尔雅的模样：“倪棠算是我第一个喜欢过的人，当初她就快和我在一起，谁知道却跟贺原牵扯上了，渐渐地反而很少联系我。虽然她后来出国了，但大学那会儿她在学校里着实惹人瞩目，毕竟她是极少数能跟贺原走得近的女人。”

“苏小姐年轻有为，我之前也听说过你，美术圈年轻一辈的佼佼者。”

他语气轻柔，音调拉长：“说起来，贺原还真是喜欢画家啊，虽然倪棠出国了，现在又找了个画家。该说他是专一呢，还是恋旧呢？”

苏答手僵在咖啡杯握柄上，彻底呆住。

从落地窗往外望，苏答能看见小区外的街道景致。

金黄的夕阳洒遍街道，和贺骐的见面已经过去几个小时，苏答坐在窗边的地板上，渐渐微弱的光给她染上了一层寂寥。

死寂——整个室内没有一丁点儿声响。

就连骤然响起的手机铃声也不能将这浓郁的寂静气氛搅乱。

苏答扫过来电显示，没有情绪的眼睛因“贺原”两个字生出细小波澜，然而只持续了短暂一瞬，很快归于平静。

她将手机调至静音模式，翻过来放在地板上，任它“嗡嗡”振动，不予理会。

倪棠曾经和贺骐有过一段暧昧关系，就差挑明了。

后来他们周围的人都在议论，说贺原撬了贺骐的墙脚。倪棠出道那几年贺原买了好多倪棠的画，现在还在买，由他的助理代为寄存在画廊。

而她也是个画家。

她和贺原在那次庆典甫一见面，他好像就对她有兴趣。

他约她吃饭正式认识，透露出要给她开画展的意思。即使被她拒绝，他仍说要追她。

她一直以为自己和贺原是缘分使然，一见钟情，现在突然觉得自己太天真了。

天下没有白吃的午餐。

她明明知道，却还是抱着侥幸心理自欺欺人这么久。

苏答支着腿看向窗外，静静地看着夕阳隐没在高楼之下。

风从窗户未合拢的缝隙中吹进来。

那满满一抽屉的丝巾，乱糟糟地堆在她身边，其中蓝色的碎片尤为显眼。

它们每一条都是贺原送的，每一条都被她剪得七零八落，破碎不堪。

第五章　留　学

美术沙龙在怀明山顶的庄园举办，整座山风景雅致，入夜景色更好，站在院中俯瞰山下灯火，颇有遥望星河之感。

不过此时还不到傍晚，天边一片橙黄，是另一种壮观景象。

晚上的沙龙开始之前，还有一场在下午进行的聚会。

这场聚会算是前宴，到场的艺术家们都没携伴，是独自露面的。

受邀来的诸位艺术家在会场各处和旧友们寒暄，苏答一进来就有不少人和她打招呼。她是新人，资历浅，但势头猛，即使有不认得她的，也立即有其他人引见。

对于搞艺术的人，长相不是最重要的，但人的本能再诚实不过，对着她这张脸，大家态度不由得更热络了几分。

苏答见了一拨又一拨人，小助理陪着她到处周旋。最终，她随着一位有交集的前辈到沙发处和人说话。

长沙发背后是一整面透明的落地玻璃，光大片大片地照进来，静谧的午后正是闲话的好时光。

在座的诸位无论资历还是名气，都要胜过她这个初出茅庐的人。苏答一一问候，和他们聊了半天，许久才脱身出来。

刚离开人群躲到角落里透气，她没站一会儿就有个男人过来搭讪。

先前寒暄时她见过他，似乎是姓孙还是姓什么，人长得清秀，气质也不错。简单问候过后，他问她："晚上的沙龙，苏老师一个人吗？"

苏答抱歉地道："晚上我已经邀了人。"

男人想借着今晚的宴会和她多相处一会儿，不死心地问："是男朋友吗？"

苏答眼神一闪，沉默两秒，说："是的。"

孙先生面露失望。她拒绝的意思已经很明显，他不好再打搅："那是我冒昧了。"

男人走后，小助理端着茶点过来，八卦道："来搭讪的啊？"

苏答点点头。

对这种情况早就见怪不怪，小助理轻轻碰了碰她，问："晚上贺先生会来吧？他还是第一次正式和你在这个圈子里露面，在场有好多认识他的人，看到他估计都会惊讶。这样也好，以后随便上来搭讪的人估计就少了。"

苏答没接话，不作声地扯了一下唇角，表情却淡得和天上的云一般。

合作方言笑晏晏，贺原在他的目送中淡然地坐进座驾。

司机启动车子，徐霖从副驾驶位转过头，同他确认刚才谈话里的一些重要事项。

贺原靠着椅背，眉间闪过一丝疲惫，但很快掩饰好："几点了？”

“五点十五分。”

现在已是傍晚，苏答所说的美术沙龙还有差不多两个钟头就开始了。

从这里去怀明山需要时间，这点儿空当用在路上正好。

贺原道：“其他的事情之后再说，去怀明山。”

徐霖应声，关上电子备忘录，不再多谈。

车开上导航规划的路线。

没过多久，徐霖正安静地拿着手机处理工作，猝不及防有电话进来。

振动声在安静的车内过于明显，闭目小憩的贺原被打扰，眉头轻拧。

徐霖忙不迭地接起电话，声音清朗地道了声“你好”，随后就没了声响。

片刻后，他捂着手机话筒，略显紧张地转头道：“贺总。”

贺原睁开眼，不耐烦地问：“什么事？”

徐霖咽了咽口水，将手机递给他：“小蔺先生出事了。”

贺原眸色一沉，面色不甚愉快地接过手机。车里静悄悄的，那边不知说了什么，时间越久，他的表情越森冷。

徐霖大气都不敢出。

通话结束，贺原把手机扔给他，沉声吩咐：“立刻安排最快的飞机。”

下午的前宴结束，众人各自回了休息的房间，地点还是在怀明山，只不过是在山腰的酒店。

收到贺原消息的时候，苏答刚打算联系他。

她收拾完毕，见时间也差不多了，想问他来了没有，手机正好亮起。

贺原：“我临时有点儿事要出国一趟，最快明天才能回来。晚上我来不了了，你让助理陪着，多注意点儿。”

苏答：“你去哪儿？”

贺原：“瀚城。”

瀚城是邻国的首都。

苏答指尖顿了顿，见他又发来了消息。

贺原：“这次缺席，下回补上。”

苏答看着这一句话没再有动作。

小助理收拾好从厕所出来，边整理包边问：“差不多可以走了……贺先生来了吗？什么时候到啊？”

苏答没有回他的消息，收起手机：“他不来了。”

小助理蒙了：“啊？”

苏答吐出一口气，平静地起身：“走吧。”

下一秒，她把手机扔进包里，表情没有丝毫波澜。

晚上的怀明山格外美。

苏答一露面便吸引了所有人的目光。她穿着一袭墨色齐胸裙，白皙的脖颈纤细如天鹅，一字肩线条流畅，锁骨小巧精致，微微卷曲的长发犹如温柔的波浪。她气质如同空谷幽兰，一抬眸，那张脸却明艳如玫瑰。

随着她的脚步，裙摆翻开无声的浪花，满场视线落在她的身上，再也挪不开。

参与这场宴会的人比下午聚会时的人更多，苏答扎进寒暄的人群中，一时半会儿难以出来。

她一直笑着，见谁都笑。

小助理觉得她和平时有些不一样，她一向不大喜欢这种场合，今天却游刃有余地在人群中周旋着，直至散场。

苏答婉拒了好几个提出要送她一程的人，表情和往常无异，小助理看着她却莫名觉出一丝疲惫。

“苏答姐，你还好吧？”

苏答摇头：“没事。”

门外夜色浓浓，凉风刮来，觥筹交错的宴会步入尾声，场中渐渐透出萧索之意。

苏答敛了敛表情：“该回去了。”

她默然抬步，悠悠地朝外走。

小助理跟上她。行至门口，苏答放在包里的手机突然振动，小助理翻找出手机，叫她：“苏答姐，有电话。”

电话是高康打来的。

脚步微停，苏答拿过手机接听：“高康叔？”

“这么晚打搅您了。”那边高康先道了句歉，而后说，“明天上午麻烦您来一趟，先生说要见您。”

道路尽头的望康山上是大片大片的幽幽绿林，着实清雅得很。

苏答起得很早。昨天她关了手机，什么都不想也什么都不管，好好地休息了一整晚。

来到蒋奉林病房前，她调整神色，打起精神，没事人一般去见他。

她带了自己做的粥，加了些虾仁、扇贝，开小火煮了半个多小时。

蒋奉林含笑一勺一勺地品尝。他进食的时候，苏答就安静地坐在他身边不搅扰。

“上次和你说的事情，你想得怎么样了？”蒋奉林吃得差不多，慢悠悠地开口。

蒋奉林不等她开口，又道：“你爷爷那边我和他谈过了。他已经松口，你不必担心太多。”

苏答这下是真的一愣：“爷爷他……”

老爷子肯让她走？

蒋奉林点点头，没有半点儿玩笑的神色。

他没有诓她。

蒋奉林从蒋家搬至这里调养后，他们父子俩已经多年没有好好说过话了。他需要的医疗条件、休养环境，所有的东西，蒋家都倾尽所能地提供最好的，但老爷子很少见他，不是不愿，而是不忍心。

前阵子两人见了面，蒋奉林要老爷子放苏答走。

她已经成年，蒋家开始在她身上索取“回报”，又或者说，是让她像其他蒋家人一样为蒋家“奉献”。

一年前苏答就为了逃避联姻离开了蒋家。

蒋奉林不知道自己还能活多久，在闭上眼之前，唯有彻底让她免于再次陷入同样的境地，才能安心。

老爷子曾经对他有很高的期望，只可惜没能等到蒋家在他手里壮大，他就先被命运的恶意踩中了。

从前引以为傲的儿子，如今缠绵病榻虚弱不堪，看着他苟延残喘却仍拼尽气力恳求，蒋老爷子心再硬，最终也还是不忍，败下阵来。

蒋奉林不管蒋家的前途、未来如何，只要苏答没有后顾之忧。

“你忘了？”他带着笑意，声音幽幽的。

苏答抬眸直视他如水的、未因时间变化而苍老的眼睛，怔了怔。

“我说过，不管遇到什么事都别怕。有我在。”

“……”

苏答抿住唇，忍下鼻尖瞬间涌起的酸涩感。

被带到蒋家的时候，她才几岁。

她的母亲活着的时候总是很忧愁。后来那个连笑都萦绕着愁绪的女人死了，永远地离开了这个世界。

小苏答对未知的一切充满了恐惧，是从黑色汽车上下来的蒋奉林把她接到蒋家，牵着她的手带她一步步迈进那座有雕花铁门的房子。

她茫然地站在蒋家的台阶前。

那时蒋奉林蹲下，轻轻地对她说：“别怕，有我在。”

转眼已过多年，直到鞭长莫及失去庇护能力之前，他一直都在履行诺言。

苏答握着他毫无肉感的手，微微红了眼。

她放不下他——无数次想走远，但扬起翅膀飞不了多久又折返，就像她故意去了申城的大学，可他还在这里，她最终还是只能回来。

蒋奉林像是知道她的心情，宽厚的手掌抚上她的头顶。

“你不必守在我身边。去做你的事，去交朋友，去看看没见过的风景，听听不同的语言。”他说，“你还年轻，不要在这里被绊住脚步。”

从望康山回来，午后，苏答窝在沙发上闭眼小憩了许久。

公寓里静悄悄的。

她撩起头发，长长地叹了口气，心底那股烦躁感始终无法散去，干脆起身来到窗边。

画板上的画，她只完成了三分之二。

她试图静下心来，低下头认真地调颜料。

颜料堪堪化了一半，小助理发来消息，她拿起手机看完，回复过后随手把手机放到一旁，握着的笔还没沾上颜料盘，刚暗下的屏幕上忽地跳出她常关注的新闻号的推送消息。

她下意识地一扫，视线停滞，就此定格在屏幕上——

“新生代华人画家倪棠受邀出席瀚城艺术展。”

硕大的新闻标题下是正文小字：“第 23 届瀚城艺术展历时四天，华人画家倪棠全程出席，今日圆满闭幕。”

苏答拿着颜料盘的手僵在半空中。

倪棠在瀚城艺术展待了四天。

瀚城。

苏答看着那行字，喉咙堵住，身体一阵阵发热。

贺原去的就是瀚城。

外面的天蓝得刺眼，胸中剧烈跳动的心脏仿佛在嘲笑她，耳根发热，带着疼痛的烧灼感。

她不知道呆坐了多久，这幅画终究还是没有画完。

她一下子失去了力气，将颜料盘和画笔通通撂下。

苏答好像又累了，在画板前坐了很久，最终回到房间。

窗帘拉开，房里没开灯，她在窗前地板上坐下，静静地望着窗外。

手机被她放在床头柜上，切换了静音模式。

她不想接电话，不想被打扰。

天空慢慢地暗下来。

苏答坐了很久很久，久到屋里和外面一样黑，在夜幕彻底降临之前，她发了两条消息。

一条是给贺原的——

Lily："你什么时候回来？我想见你，有话和你说。"

另一条是发给高康的——

Lily："跟叔叔说一声，我考虑好了，我愿意去留学。"

贺原一回国，苏答就接到了他的电话。

她说要见面，他当然不会拒绝，立即打来电话定下时间。

去黎门岛前一天，他在她这儿落下一条领带，苏答找出来重新洗了一遍，烘干后又细细地熨好，带去给他。

到他的办公室时快要傍晚了，苏答被徐霖迎进去的时候，徐霖还悄悄地跟她说贺原回来就立刻忙了一整天，午饭只简单地吃了几口。

"等会儿您多劝两句，我们说，贺总不听。"

苏答淡淡地笑了笑，并不接话。

徐霖送她入内便关门离开，偌大的办公室，地上铺满了地毯。

贺原见她进来，放下捏着眉心的手，从桌后起身："怎么不让司机去接你？"

"我自己过来也一样。"她一边说一边拿出整理好的领带，"你上次落了这个在我那儿，我一起带过来了。"

他瞥了一眼领带，并不在意。

苏答走近几步，问："我帮你换上？"

贺原没回答，看着她，眼神沉了沉。

苏答被他打量，挑眉问："怎么了？"

没有怎么，他只是觉得她今天似乎有些不一样，具体哪里不同又说不上来。她还是一样的打扮，一袭长裙，外披应季薄外套，艳丽的脸上是和往常无异的表情。

大概是他想多了。

贺原没多说，只道："换吧。"

苏答笑笑，走到他面前，取下他领口那条领带放到旁边，替他换上干净的系好。

她把领带系得一丝不苟，和他平时自己系的没有区别。

她特意学了的。某次他晨起去工作之前，开玩笑让她给他系领带，她系得不好，后来学了好几次。

苏答系完领带没有走开。他们离得近，她就站在他跟前，都不用拉，他随手一揽就能将她拥进怀里。

贺原看了会儿她的脸，想起她说有事找他："你要跟我说什么？"

苏答表情平静，眉眼间无波无澜，抬眸看他，淡淡地笑了笑。

时间过去了两秒，又仿佛过了很久，她轻声道："我们分手吧。"

苏答的话音落下后，室内的空气仿佛凝滞了。

贺原的脸色肉眼可见地阴沉下来。

苏答见他几秒不说话，退后一步想先拉开距离，刚一动就被他扯住手腕，一下拽到跟前。

她踉跄着撞进他的怀里，晃了晃才站稳。

手被握得太紧，苏答轻轻挣着："你放开，有点儿疼。"

贺原冷着脸拧眉："就因为我没有陪你出席沙龙？"

他大概以为她在闹脾气。

苏答不再挣扎，直视他的眼睛，一字一顿地说："我在画廊看见徐霖了，你买了好多倪棠的画。"

他一滞。

苏答口吻平静，甚至不带半点儿质询的意味："这次你去瀚城，倪棠出席瀚城艺术展，你见到她了吗？”

周围静了片刻。

贺原回过神，眉头紧皱，声音不知怎么有点儿发紧：“我去瀚城是因为蔺阳出事，不是因为她。”

苏答眼神微闪，很快又平静下来。

蔺阳是他的表弟。

贺原脸色晦暗地继续解释：“我买倪棠的画，也不是你想的那种原因——”

“我见过贺骐了。”她突然打断他的话。

贺原顿住，道：“他和你说了什么？”

“没说什么。”苏答迎上他的视线，“你怕他和我说什么？”

贺原嘴唇紧抿，没有说话。

他的沉默已经表明了答案，她心里原本也早就有了答案。

“这些都不重要了。”苏答无声地叹气，很淡地扯了一下唇角，有些许自嘲。她不再纠结于这些：“我打算出国进修，以前是舍不得我叔叔……”她停顿一下，说，“不过现在，我已经决定好了。”

贺原冷着的脸霎时更加难看，眼里寒气直往外冒：“决定好了？”

苏答说：“决定好了。”

她和他四目相对，毫不退缩。

苏答看着他熟悉的脸，心绪百转千回。

他们亲热了那么多次，她感受过他的温度，尝过他的唇舌，和他共度了许多热烈甜蜜的时刻。

他这张脸多好看，清俊、冷淡，如刀刻斧凿一般，尤其是那双眼睛。她在他眼里找过自己的身影，仅仅是被他看着，都觉得开心。

他这个人，任是无情也动人。

但她没办法再自欺欺人了。

贺原沉默半天，握着她的手腕的手一点儿一点儿地加大力度："你知不知道你在说什么？"

苏答说："我知道。"

他们离得那么近，几乎合为一体。

入目便是她白皙无瑕的皮肤、小巧的鼻尖还有红唇，她整个人近在咫尺，他们连气息都交缠在一起，贺原能清楚地看到她浓密卷曲、根根分明的睫毛，那双黑色的眼睛盛着一缕窗外落进来的光，毫不闪避地看着他。

他喉咙不自觉地动了动，舌尖像是尝到一股难以形容的涩味，一下子说不出话。

苏答到底还是从他掌中抽出了自己的手腕，叹了口气，随后没事人一般抬手帮他抚平领带浅浅的褶皱。

领带洁净、平整，配他的衬衫格外好看。

她退后一步，噙着淡淡的笑看向他。"好了。"她说，"差不多了，我该走了。"

贺原竭力克制着情绪，脸绷得发紧，声音压抑低沉："你想清楚。"他语气冷硬，"你现在走出这个门，不会再有反悔的机会。"

苏答看着他不回答，半晌，从容不迫地弯唇。

她拎起包，转身朝外走，踩在地毯上的动静很轻，一步一步，几乎没有声响。

身影被门隔绝，她走出了他的视线，一次也不曾回头。

留学的事，需要苏答费心的地方不多。

蒋奉林早就帮她准备好了一切，之前给她的那份文件就是其一。

她好不容易松口答应离开，蒋奉林那边一秒也不多耽搁，安排了人雷厉风行地推进。

苏答将与国内经纪公司的解约之事提上了日程。

她要出国进修，时间短则一两年，长则三五年，说不准什么时候才回来，在国内美术界的发展只能暂时中止。

再者，这个经纪公司她是因贺原签的，如今他们已经没有关系，自不必再有所牵扯。

事情比想象中的还要顺利，苏答在家休息了几天，一切就已基本准备妥当。

这回和她上次躲开蒋家不一样——蒋老爷子为了蒋奉林成全她，她离开蒋家这件事过了明路。待蒋家传话来，她便回去了一趟。

蒋家的书房布置如旧，一处都不曾动过。

老爷子睡过午觉起来见她。

苏答在桌前站定，叫了声“爷爷”。

老爷子没立刻说话，慢悠悠地喝了口茶才道：“你留在家里的东西，有要的就自己拿走吧。”

苏答一顿。

她和蒋家的关联本就不多，一是蒋奉林，二是她留下的那些曾经生活过的痕迹。

直到这一刻，她才有实感，老爷子原来是真的要放她走。

老爷子似乎没打算和她多说，用杯盖轻撇浮沫：“行了，没事就出去吧。”

苏答也不知道该和他说什么。小时候她怕他，大了和他不亲近，他们之间一向没话说。站了几秒，她转身往外走。

“该给你的那口饭，蒋家都给了。”他在她背后突然开口。

苏答在门边停住脚，回头看去。

“不管你对蒋家是什么想法，奉林对你的关心和疼爱，我想你自己清楚。”老爷子停了两秒，随即苍老的声音又低沉两分，“蒋家和你，两清了。”

苏答对他的后半句话生出疑惑，还没来得及问，下一秒他就转身走到窗边背对着她。

她动了动唇，只能咽下疑惑，离开书房。

苏答以前的卧室在二楼走廊尽头，阿姨已经事先打扫干净，过来告诉她可以直接上去。

卧室里摆设不变，还是她读书时的模样。她在屋里踱了半圈，手抚过桌台。流动的时间好像将她包裹住，而她晃晃荡荡，在这片安静里沉浮。

背后的脚步声唤回她的思绪。

一回头，她就见蒋诚铎站在门边。

他旅行结束回国有一阵了。苏答和他并不亲厚，这还是他回来后两人第一次见面。

蒋诚铎和蒋奉林有几分像，但气质不大一样。蒋诚铎看见她总没有笑模样，一张脸沉沉的不知在想什么。

“该恭喜你吗？”

苏答要出国的事他已经知道了。她想离开蒋家不是一天两天了，他平静的话音里多少带着点儿阴阳怪气。

苏答尽量保持平静的口吻：“用不着。”

说来，同在一个屋檐下这么多年，他们好声好气说话的次数屈指可数。

她的母亲以前是受蒋家资助的学生。从客观立场看，蒋家收留了她，她应该感激涕零。然而她始终没有融入他们，除蒋奉林外，蒋家也没有谁真正接纳过她。

这间房里的东西她没什么想要的，和蒋奉林有关的物品早在搬出去时就被她带走了。苏答无声地吐了口气，不想这个时候起无谓的口角。她打算绕开蒋诚铎下楼，还没抬步，他忽然把手里的东西递向她。

“什么？”苏答没接。

他上前一步，把东西塞到她手里。

瞥他一眼，她打开一看，细长的礼盒里是一把折扇。扇面上是水墨画，笔触简单，或清浅或浓郁的墨交织成一片水乡。

她看了看落款，这是她喜欢的一位画家的作品。

蒋诚铎说：“你不是喜欢他的水墨画？上次在茶庄碰见，托朋友请他画了一幅。”

苏答顿了一下，将礼盒盖上盖子还给他：“不用了，你自己留着吧。”

他不接，在她面前没有动作，声音沉了点儿：“贺原给的东西愿意收，我给的就不愿意收？”

苏答见他又是那副苦大仇深的模样，看起来好像很不开心。她皱了皱眉，要把东西塞给他。

蒋诚铎忽地说：“我会照顾好小叔。”

她动作一顿。

蒋诚铎表情僵硬，目光一直落在她的脸上：“不会让小叔有丁点儿差错。”说完，他就转身出去了。苏答反应不及，没来得及把扇子还他。

老旧的宅子里，二层没有别人走动，廊外静悄悄的。

她的房间开着门，窗帘掩着，室内光线昏暗。

她一个人站在原地，垂眸看向手里的长盒，片刻后，将东西放在桌上，抬步出去。

这东西就留在蒋家吧，她不想要。

无论是蒋诚铎给的还是贺原给的，她不要便是不要。

空手从蒋家回来，苏答歇了片刻。

点好晚餐，她整理公寓里剩下的食材，发现贺原之前送她的那瓶酒还没喝完。

打开过的东西无法完全密封，再不喝酒就要坏了，她索性坐到餐桌前，自斟自酌。

贺原那么要面子又强势的人，一向不喜欢被人忤逆，她不知道她的微信账号是不是已经被他拉黑。

苏答喝着酒，想起他那张冷然的脸，轻轻笑了一下。

他一直都是高高在上的，从她高中见到他那时就是。

返校参加大学庆典那回是他们真正认识，但其实早在那之前，他们就有过交集。

高一的时候苏答转了学，被蒋老爷子送去读更符合他标准的学校，贺原的表弟蔺阳就在那个班上。

她得罪了和蔺阳一起玩儿的人，双方结下了梁子，渐渐演变成她和蔺阳的矛盾。

有一次同学聚会，她和蔺阳在走廊上起了冲突。争执间，她忍无可忍地泼了他一身饮料，气愤过头的蔺阳将她推搡到墙边。

后来是贺原出现制止了这出闹剧。

蔺阳很怕贺原。

那会儿正读大学的贺原已经开始处理贺氏事宜，当天正好在那儿有饭局。

他气宇轩昂地出现，众星捧月般被人群簇拥在中间，而苏答则十分狼狈，咬着牙不肯掉泪，满嘴都是血腥味。

那时她轻轻一瞥，他不怒自威，眉眼淡薄如高山顶上的雪，羽毛一般落下，又重重嵌进她心里。

所以在多年后的校园庆典遇上他时，她才会那么轻而易举就被他扰乱心跳。

她对他的喜欢，从很早以前生根，在一年前萌芽，接着漫山遍野地开花，直到现在又枯萎。

他说他去瀚城是因为蔺阳，她是相信的，他的骄傲不会允许他撒这样的谎。

他和倪棠究竟如何，她已经不想去猜了。

她只是突然明白，她要的东西他给不了。

苏答喝完杯底的最后一口酒，拿起酒瓶重新给自己满满倒上。

她可能有些醉了——佟贝贝打来视频电话，她一接起，佟贝贝也这么说。

“你那酒量可少喝点儿吧，等会儿真醉了……你别不是已经醉了吧？”

她要出国了，佟贝贝有好多话好多事要和她讲，这几天每天都聊个不停。

苏答看着视频那边的人，“哧哧”地低笑：“没事，我就喝一口……”

一口，她再喝一口就好。

她端起酒杯细细地品尝，让酒液从唇齿到舌尖，再到更深的隐隐钝痛的地方……

恍惚间，她终于觉出，这入口甘甜的酒喝到最后，泛上来的竟是苦味。

苏答这次进修，一去就得几年。虽说现在交通发达，坐飞机不是难事，但毕竟分处不同大陆，中间还隔着辽阔的大洋，因此佟贝贝最近仿佛缠人的小孩儿，黏苏答黏得紧，像是要把之后几年缺失的相处时间全提前补上。

苏答把东西收拾得差不多了，不方便带的都留在公寓，有佟贝贝在国内抽空帮她照看公寓，没什么不放心的。

佟贝贝非说要给她添置点儿东西，总之又多了一个两人一起逛街的由头。

正好当天苏答要去和经纪公司办解约手续。

苏答和公司早就沟通得差不多了，合同已经拟好，还需要双方坐下确认最后签个字，时间便干脆定在了两人去逛街的那一天。

经纪公司对解约的态度略显消极，或许是因为舍不得她带来的利益，又或许是因为别的，苏答没去探究，只和小助理单独谈了好久。

她决定解约后就和小助理沟通过，共事的这段日子，人家尽心尽力地照料她、替她出力，总是有情谊在的。

签完字，苏答带着解约合同去楼下和等她的佟贝贝会合，两人找地方吃饭。

佟贝贝替苏答高兴。虽然解不解约、留不留学其实对苏答影响不大，但见苏答像是松了口气，整个人从里到外都轻松起来，她也由衷地感到开心。

“走走走，今天这顿我请！摆脱了那些乌七八糟的东西，以后你一定能大展宏图……”

佟贝贝嚷嚷着要庆祝，挽着苏答的手刚到路边，瞥见不远处走出来的一行人，视线霎时一顿。

苏答签约的经纪公司所在的商圈里都是大楼，紧挨着的那栋大厦，鳞片一样的玻璃湛蓝反光，映照出天上的云。大厦门前出来几个穿正装的男人，中间那个好巧不巧就是她话里的“乌七八糟”之一——贺原。

佟贝贝本来就怕他，她的嗓门儿比较大，高兴起来更是控制不住，他们之间的距离不远，不知道她刚才就差放鞭炮庆祝的那几句话被他听到没有，登时吓得后退半步。

贺原还是那副样子，气宇轩昂，被人拥在中间，从容镇定得仿佛生来就该如此一般。午后的光线落在他的脸上，淡薄得几近透明，让他的眼神比平时更冷了几分。

他的视线在苏答身上扫过，不过几秒时间，随即轻描淡写地移开，他抬步朝路边的车走去，仿佛只当周围的一切是无关紧要的存在。

佟贝贝见他身边的助理和他一起离开，几辆车很快开远，长长地舒了口气。

“吓死我了，还以为他要过来。”她悄悄地拍了拍胸脯，还有点犹疑不定，“他应该没听到吧？他会不会生气啊？他那人可不是什么好相与的。”

他们分手这样值得八卦的事，佟贝贝哪儿能不问？她至多把握好分寸不触及姐妹的伤心之处。这两天说得太多，这会儿一时忘形，哪想到在路上提起一嘴竟然也能被正主碰上。

贺氏集团贺九爷，凶名在外，她家里人看了都犯怵，更别说她。

听佟贝贝语气里带着些许担心，苏答轻声说：“不会的，没事。”

贺原那样的人，不至于计较这些。

扫了一眼几辆车离开的方向，苏答淡淡地收回目光，并不在意：“上车吧，太阳这么大，不怕晒？”

车内气氛凝滞。

徐霖透过后视镜偷偷地打量贺原的脸色，不敢动作太明显，只能不时瞄一眼。

上车后十几分钟，贺原一直没有说话。

老板不开口，徐霖手头没有要请示他的工作，不知道该说什么，也不敢出声。

这段时间，公司里的氛围糟糕透顶，尤其是他们那一层，所有员工每天谨守岗位，不敢有丝毫大意。他们这群助理更甚，近距离感受着老板的低气压，一举一动无不小心翼翼，生怕触了老板的霉头。

自从苏小姐那天去公司和老板谈完话以后，老板就这样了。

徐霖后来大致知道发生了什么。奈何这种私人问题，外人无从插手，他一个头比两个大。

车里气氛正凝固着，贺原冷不丁地出声："她去那儿干什么？"

徐霖面色一凛，打起精神，声音却不由得压低："苏小姐……应该是去办解约手续的。"

经纪公司那边联系他了，他这几天没敢和贺原提，正好借这个机会开口。

贺原表情冷了下来："谁让他们解约的？"

这森然的语气让徐霖后脖子发凉，心下更无奈了："苏小姐坚持解约，支付了违约金，我们就算不同意也没办法……"

难道他们还能拦着人家不让人家走吗？

真正能干这事的，也不是他们这些人。

贺原没说话，一张脸阴沉沉的，和外头的天气形成惨烈对比。

徐霖坐在前面都觉得透不过气，偏偏手机振动了一下，收到了新消息。他低头一看，和之前听贺原的吩咐给苏答订的礼物有关。

他们因为小蔺先生的事赶去邻国，上飞机的时候，老板许是觉得放了苏小姐鸽子过意不去，小蔺先生那边都火烧眉毛了，还不忘叮嘱他订下苏小姐喜欢的那个品牌最新出的珠宝。

这个消息早不来晚不来，偏偏这时候来。

徐霖看着手机里的消息，暗自叫苦，犹豫片刻，心一横，轻声汇报："贺总，您之前让我给苏小姐订的珠宝到了。"

后座没有声响。

不知贺原听没听到，徐霖也不敢催。许久，就在安静的气氛快要将人闷晕之际，他终于按捺不住，转头朝后看。

贺原靠着椅背，面无表情地闭着眼。

车窗外的景色快速后退，连成一片。

"扔了吧。"

低沉的声音带着说不清缘由的沙哑，贺原的喉结缓慢滑动，一种无法形容的压抑感正在一点儿一点儿地向内侵蚀他。

"反正她也不要了。"

苏答已经买好机票，离开的日期确定下来。

她没请阿姨，亲自动手将公寓从里到外彻彻底底地收拾了一遍，进行了一次清扫和整理。

她每天都会和蒋奉林通电话，有的时候是视频通话。他近来精神不错，白天总能和她聊上一会儿。如果不是他的身体状态不允许他每日见客，她说不定会日日去探望他。

这样通过手机联络，虽然还是不够满足，但听他说高康又给他读了新的书或是陪他下了几盘棋，诸如此类大大小小琐碎的事，她觉得很幸福。

离开前苏答最后一次去了望康山，比以往待的时间都久。

他们说了很多，从天说到地，对离别的话题却都只字不提。

苏答不知如何开口，道别本就不是她的长项，而蒋奉林有意避开这个话题。于是两人就在这般平和又涌动着几分伤感的气氛之中，一起度过了一段轻松又自在的时间。

天渐渐黑了，总归是到了该走的时候，苏答待在病房里迟迟不动。

时间过去很久，病床上的蒋奉林合上书，不得不下逐客令。

“不早了，你回去休息吧，后天还要赶飞机。”

苏答的脸色刹那黯淡下来。

他见状失笑：“怕什么？又不是再也见不到了。你随时可以给我打视频电话。哪怕隔得再远，只要举着手机，我们还不是照样能见面？这不比你天天跑来看我更轻松？”

苏答不吭声，对他的话不做回应。

蒋奉林卷起书，轻轻地敲她的脑袋，眼里是化不开的柔光：“回去吧。”

他催了又催，苏答无可奈何，掩饰着情绪，嘴上说“好”，坐在凳上半天才起身。她缓而又缓地站起，一步一顿，蜗牛般地慢腾腾挪到门口。

苏答停在门边，忍不住回头看，心底涌起一股难以言喻的情绪。

蒋奉林坐在床上，白色薄被盖至他的腹部。

他冲她笑，还是那样温和宽容。

一刹那，像是有灰尘落进眼里，她快要忍不住那一汪温热的泪。

“去吧。”蒋奉林看着她，神情比任何时候都温柔，“别害怕。”

苏答回到公寓后，收到了蒋奉林让人送给她的箱子。

纸箱子不大，封了一层胶带，她在客厅划开封口，打开看里面的东西。

箱子里全是和她有关的东西。

其中有她八岁时写的作文——老师让她写最亲近的人，她用歪歪扭扭的、比同龄人还要丑一点儿的字，一笔一画地写“我的叔叔”。作文纸被塑料膜牢牢地保护着，这么多年过去还能看得很清晰。

有她在课后捏的陶艺作品——她从小就在艺术方面有天分，捏出的作品比同龄人强得多。

还有她小学时参加比赛拿的奖状，宛如照片一样，在玻璃框里装着。

…………

箱子里的每一样东西都是他保存下来的，那是她成长的痕迹。

苏答盘腿坐在地上，看着看着，鼻尖发酸。

即使是亲生父母，能做到的也就是这个程度了。

蒋奉林这些年对她极好，只差把心都掏给她了。

苏答无法形容这种感觉，过了好一会儿才收拾好情绪继续往下翻。

除了各种小玩意儿，箱底还有一幅画。

她愣了愣，把露出边角的画拿出来，撕掉上面包着的纸皮。

那是一幅叫《笼中雀》的画。

目光停在画上，苏答半天没能回神。

这是她十一岁时的作品，笔法稚嫩，用色远不如现在成熟。

那一年，蒋奉林带她去野营，她在林外捡了只受伤的鸟回家。蒋家不让养动物，她求了好久，他才替她把鸟留下。

她高兴得不行，给它看医生，给它喂水喂粮，还给它买了一个笼顶有雕花的极其花哨的鸟笼。

她每天都去笼前看它，无比细心地照料，可那只鸟还是一日一日地消瘦下去，叫声恹恹的。她搞不懂原因，问蒋奉林："明明所有的步骤都是按照饲养书上来的，为什么它反而病得更重了？"

蒋奉林被她问得无奈，告诉她："因为它不是家雀。"

这是一只关不住的鸟，生来就属于天空。

它宿枝饮露，没有安逸的鸟笼，没有定时投喂的食物，但不被困囿，不被束缚，能在山林草地间翱翔展翅。

它永远漂泊，也永远自由。

苏答听得似懂非懂，因此失落了一阵。后来，在某个雨过天晴的日子里，她打开笼子，把鸟放回了自然。

蒋奉林问她舍得吗？她私心里是舍不得的。

"但是你说，它不该在笼子里。"

那时她这样回答，而蒋奉林站在她身边，摸着她的脑袋，无声地笑了。

最终她画了一幅《笼中雀》作为纪念，这幅画被蒋奉林精心收藏。

现在，他把这幅画送回她的手里。

公寓里寂静无声，阳台开着窗，外面飘来家家户户的饭菜香味。

苏答看着画，闻着"家"的香味，恍惚间仿佛看见了蒋奉林的脸。

在蒋家的数千个日夜里，她一路磕磕绊绊，不被喜爱，不被重视，甚至不被欢迎，心里未尝没有想要拥有一份属于她的爱。

她以为自己没有得到过，于是在遇见贺原后，坚持不懈地在他身上寻找。

但不是的，不是这样的，她其实早就得到了毫无保留的爱。

苏答捏着画框边角，喉头微热。

落地窗外的光照进来，空气中的灰尘在光的海洋里慢慢浮动。

她十一岁那年，蒋奉林微笑着看她将野鸟放生。

而如今，他亦亲手为她打开了那束缚着她翅膀的铁笼。

夜色渐沉，华灯初上。

徐霖轻敲办公室的门，抱着文件进来汇报工作。

他是首席助理，跟在贺原身边最久。这种人人自危的特殊时期，只能由他顶在最前面。

贺原坐在桌后的办公椅上，淡淡地抬眸，不冷不热地扫了他一眼，言简意赅地道：“说。”

他的气质越来越阴沉吓人了。

以前和苏答在一起的时候，贺原还会有懒散劲儿上来的时候，徐霖偶尔也能见他笑笑。现如今贺原和苏答分了手，别说笑，徐霖已经好一阵都没见他有过正常脸色了。

徐霖低眉敛目，把今天的安排说完，又简单地提了提明后两天的重要行程。

“明天和后天都有会议要开，明天两场，后天一场，明天会后和智洋科技的负责人还有一个会面。”

他稍做停顿，看了看贺原，压低声音：“另外，我让人查了苏小姐的机票。”

原本对他所说的内容几乎没有反应的贺原蓦地抬眸，脸上的表情冷然，眼神极具压迫力：“谁让你查的？”

没谁。徐霖心说我自作主张，可这一回要是不做，之后怕是更头大。

他顶着压力，没有回答，而是奓着胆子说：“苏小姐是后天的飞机。”

贺原沉沉地盯着他没有开口，手中的钢笔笔尖在纸上停了许久。

徐霖不看贺原的眼睛，微低着头避开他的视线。

好一会儿，贺原才低低地出声：“出去。”

徐霖松了口气，点头，忙不迭地转身离开。

偌大的办公室里只剩贺原。

他看着面前的办公桌，神游天外。

他的效率莫名变得很差，这点儿文件本该下午就处理完，现在却才看了几页，迟迟没有进展。

贺原深吸一口气，把笔一扔，将椅子转向另一侧的玻璃幕墙，看着外面低沉的天，眸色渐深。

透明玻璃幕墙外面是林立的高楼，远远的天际残余着橙黄的晚霞，像火一样，像他记忆里十岁的那场火。

那一年他还不是如今的贺原，所有人都在议论，从贺家里面的人到外面的人都说他年纪尚幼就已经冷血残忍、品性狠毒。

他越发讨厌周围的一切。

记不得是那年什么时候了，姑姑带他去参加了一次聚会。他知道他们其实都不愿意亲近他，家里的兄弟也好，长辈也好，自从那场大火之后，看他的眼神里总是带着点儿别的东西。

那场聚会并没有多大的排场，大人们带着家里的小孩儿参加。

别人家的小孩儿大概事先被告知了他有多“可怕”，没人跟他玩儿。姑姑碍于责任不得不带他出门，令人在偏院给他准备了一张小桌，摆满饮料、零食、小点心，让他自己待着。

他坐在院子里，只是发呆，又觉得厌烦。

那时候穿着裙子的苏答，小小一个人，不知从哪里摸了过来。她七八岁的年纪，长得粉雕玉琢，像个漂亮至极的洋娃娃，竟然和他一样，也没人愿意理。

她转悠到他面前，盯着他和那满桌的零食，然后问他："我可以吃你桌上的东西吗？"

贺原冷冷地看向她，恶声恶气地道："你知道我是谁吗？"

她一脸奇怪，只是摇头。

贺原摆出凶狠的眼神想吓跑她："你不怕我？"

苏答眨巴着眼睛没说话，过了一会儿认真地问："你是妖怪吗？"

见他一愣，她又问："你会吃人吗？"

"……"

"那你会打我吗？"

"……"

她一连问了好几个问题，像是知道他不会伤害她，半点儿也不怕。问完了，她又看向桌上的零食，话题回到最初："我可以吃你的东西吗？"

贺原一直没回答。苏答就在他面前站着，站了半天，见他不吭声正准备走开，他抿抿唇，冷声开口："吃吧。"

苏答便在他身边坐下。

他们并排坐在桌边，她一边吃东西，一边说很多话，叽叽喳喳的。他不理会她，她也不在意，还问他："你为什么不跟别人玩儿啊？是他们不理你吗？你是不是捡来的？"

他脸色沉下来，正要发作，就听她说："我是捡来的。"

贺原诧异地转头看过去。她啃着水果，望向院墙外的天："我妈妈不在了，我就被捡回现在的这个家了。"

她小口地咬着水果，有一句没一句地说话。

她说她被人欺负，说她还手，结果反而被要求道歉，她不肯，那些小孩就都不跟她玩儿了。

“他们不喜欢我。”她声音柔柔的，无所谓地讲，“没关系，我也不喜欢他们。”

贺原愣愣地看着她，有片刻忘了移开眼。

她脸上的表情柔和，晶亮的眼神中有种不符合年纪的成熟，却让他第一次明白什么是坦荡和豁达。

苏答瘦瘦小小的，仰着脑袋看广阔辽远的天，像一个决不低头的战士。

贺原坐在她身边，突然就希望她能多吃一点儿，待得再久一点儿。

那场聚会结束的时候，他注意到她跟着蒋家的人离开，后来知道她是蒋家收养的“女儿”。

他慢慢地成长起来，慢慢拥有权力，在家族中掌握越来越多的话语权。

其他人对他的态度渐渐地变了，开始讨好他，连他妈妈都愿意试着和他改善关系。

他艰难走了一路，苏答也在磕磕绊绊地成长着。

她和蔺阳打架那一次，他遇见并帮了她。

她大学庆典的时候，他也去了。

或许是因为他看她的次数太过频繁，没有掩藏好，套近乎的人察觉出来，试图拿她讨他开心。

他给了对方警告，但还是顺水推舟，约她见了一面。

那天在饭桌上，他提出要给她办画展，对她做出了男人对女人的暗示。

苏答的拒绝在他的意料之中。

小时候，在那个院子里，她的表情就无声地说着她不会低头。

因为她，成长的这些年他也没有低头，一路掠夺，终于走到了比贺家同辈所有人都高的位置。

在庆典上看到她的第一眼他就想：她现在会低头吗？

他觉得是不会的，果然，她真的没有。

只是，他还是不够明白自己的心。

他以为自己只是怜悯，愿意给予还在跌跌撞撞地四处碰壁的她庇护，用懒散的口吻说出那一句“追你”，漫不经心的态度连他自己都骗过了。

其实他想要的远远不止于此。

那个分明连他自己都诧异的瞬间，心底潜藏了多年的情绪终于找到了出口，势不可当地倾泻而出。

就像那个下午，她吃着零食对他说：“没关系，现在我们是一起的了。”

其他人是另一个阵营，被排挤的他和她并排坐着，他们肩并肩，不再孤独。

他早该知道的。

他早就该听见自己真正想说的话——

我们是一起的。

你不被接纳也没关系，没人喜欢你，我来喜欢。

那么，你也喜欢我，好不好？

徐霖重新被叫进了办公室。

他们这些助理每天都在贺原跟前出入，然而这段日子贺原心情不好，没有重要的事，他们能不到老板面前就尽量不去讨嫌。

这会儿距离徐霖自作主张地将苏答的航班告知贺原，只过去了一个多小时。

贺原的反应在徐霖意料之中。

徐霖在外头一直等着。虽然贺原刚才态度冷硬，他心里却有一种说不上来的感觉，总觉得贺原一定会喊他。

走到桌前，徐霖微微颔首：“贺总。”

座椅上的贺原表情仍然阴郁，眸色沉沉的，好一会儿才开口：“让司机备车。”

徐霖先道了声“好”才问：“您是要去……？”

贺原语气凝着霜一般，低低地报出几个字，是苏答住的小区的名字。

徐霖心道果然。他对这个地址不陌生，立刻点头就要出去安排。老板想做什么，无须他多问。这种情况，他也不用问得太明白。

没等他转身，贺原又叫住他：“等一下。”

徐霖询问道：“贺总？”

贺原拧了一下眉：“订的珠宝不是到了吗？让人现在送过来。”

他是说早先买给苏答的礼物。收到礼物送到的消息时，徐霖在车上问他怎么处理，他还说直接扔了。

男人心，真是海底针哪。

徐霖腹诽一句，嘴上不敢多言，连忙应下：“是。”

晚饭后，苏答去小区外的便利店买东西。

在国内的日子没几天了，往常总有这样那样的烦心事，难得这样悠闲自在，趁着夜色正好，微风徐徐，她饶有兴致地顺便散了个步。

路上不时有行人走过，出来散步的老人家、牵着狗遛弯儿的年轻人、带着孩子月下闲逛的家长……苏答和各种各样的人擦肩，心情也随之平和安定。

沿着小区外围绕了一圈回到正门，苏答拎着小小的编织购物袋刚到电梯前，突然接到了贺原的电话。

她没有拉黑他的号码，一是没有这个必要，出国后这张电话卡大概率不会再用了；二是犯不着，反正出国前这段时间她也不会再给他打电话，拉黑他反而显得她在意他。

此刻看着来电显示，苏答倒是有几分诧异。

自从她说了分手以后，贺原就再没理过她。

手机振动了几秒，苏答不急不缓地接听。

“喂？”

贺原略显低沉的声音传来：“你在哪儿？”

苏答顿了顿，没立刻回答，语气礼貌而疏离：“有事吗？”

那边安静三秒，他的声音好像更低了，透着一股说不上来的闷劲儿：“我在你的公寓楼下。”

苏答一愣，握着手机转身朝楼道外看，然而并没有看到什么。

她还没说话，他那边又是一句：“我想见你。”

“贺原——”她压低声音说话，只吐出两个字，又被他打断。

“你要走了。”他好像知道她要说什么，不给她这个机会，“见最后一面也不行吗？”

苏答好一会儿都没吭声。

手里拎着的袋子贴着裙边，电梯正从楼上下行。

她垂眼看了看脚尖，吐出一口气：“好吧。”

贺原的车停在公寓楼侧面。

他下了车，站在花坛边，身上是一身一如既往的正装，脸依然英俊，身形轩昂挺拔，一眼看去是一副十足凌厉的精英模样。

苏答走到他面前三步远的地方停下。

两人对视间，谁都没说话。

她微微朝旁边移开视线，淡声道："要说什么？说吧。"

贺原看了她好一会儿才问："后天上午的飞机？"

苏答闻言抬眼，只诧异了短暂的一瞬——以他的能耐，想知道什么都是轻而易举的事，她的动向哪儿能瞒得过他的眼睛？

她只是没想到他现在还会过问她的事。

苏答很轻地扯了一下嘴角，回答得很平静："嗯。"

贺原不说话了，花坛里虫鸣寥寥，显得周围更加寂静。他的目光落在她身上，不知是不是包含着太多心事，莫名像有千斤重一般。

他将手里的东西递给她。

苏答垂眸，那是一个丝绒盒子，看外壳就不便宜。这种包装盒一般用来装珠宝首饰，再看商标，似乎是她熟悉的某个牌子。

她没接。他说："去瀚城那天让人买的。"

苏答眼睫颤了一下，随后收回视线："不必了。我们非亲非故，你还是送别人吧。"

分手前，她其实也没收他什么礼物。

他要送东西，她事先知道了都会拦着。除了那堆丝巾，其余诸如珠宝之类的，总共加起来收了不过几样，她都是在拗不过他的情况下收的。

正好想起这茬，她决定一并了断："你之前给我的那些东西我都整理好了，明天我会让人给你送回去。"

贺原的手伸在她面前，握着盒子的瘦长手指微微用力，手背本就明显的青筋更加突出。

他不动，苏答也不动，两个人沉默着较劲。

"一定要走？"许久，贺原喉头微动，率先打破寂静。

这个问题没什么好答的，苏答没说话。

她的态度说明了一切。贺原死死地盯着她："买画的事情我可以解释，我和倪棠的关系，你想知道我都告诉你。

"包括贺骐的事，不管他跟你说了什么，我全可以解释给你听。"

他的语气那样诚恳，他在人前人后，好像从来没有过这样的一面。

苏答缓缓抬眸，一字一顿地问："那你家里给你挑选结婚对象的事呢？"

贺原一僵。

苏答将这细微的动作看在眼里，唇边露出一个比先前明显一些的笑，不知是在笑他还是在笑自己，语气仍旧很轻："你说那些都能解释，那结婚对象这件事呢？"

他买倪棠的画可以解释，和倪棠是什么关系也可以解释。

所有的一切都可以解释。

退一万步说，即使这些事情都有原因，有她不清楚的内情，是她误会他了，那结婚对象这件事他又如何解释？

苏答正视着他的眼睛："你是有自信这件事绝对不会传到我耳朵里，还是觉得即使我知道也没关系？"

并不是说他们谈着恋爱，就非要对彼此没有隐瞒，但他们在一起这么久了，家里给他挑选结婚对象这样的事情，他却连一个字都没有告诉过她。

贺原眉眼微沉。苏答没让他开口："或者你要说，你们贺家家大业大，这些问题虽然难以处理，但你自有完美解决的办法，所以我不需要知道？"

她笑了一下，有点儿自嘲地道："贺原，你从来没有认真喜欢过我。"

夜很静，静得连风声都刺耳。

这是一个最近少有的气温适中的晚上，苏答看着贺原的脸。

面对他，她其实仍然不能完全平静。

她不否认他对她的好，有关心，有迁就。像他这样的人，专注看过来的时候，她很难招架得住。

他对她或许有那么一点儿喜欢，可这样的喜欢太过高高在上，像是施舍。

“你从来没有正视过我。”苏答说，“就好像每次我画画你都夸好看，但其实根本没在意我画了什么。你总说要给我的画展捧场，但没买过一幅我的画。你不在意我画什么、做什么，除了脸和身体，不在意我的任何东西。”

这些话苏答以前没有说过，因为她喜欢他。

也是因为喜欢，所以在知道他家里给他挑选结婚对象的时候，她可以只字不提，强行麻痹自己。

“你和别人一样，”她放轻了声音，“归根结底，都觉得我是配不上你的。”

说到这儿，她仿佛有些累。他能解释或者不能解释，她都不想再听。

这些都不重要了。

苏答舒了口气，正色看着他：“我们真的已经结束了。”

苏答在临行前一天和佟贝贝见了最后一面，两人一起吃了一顿饯别饭。

两人选的菜馆子开在东区老城巷里，又是佟贝贝发现的好店。

宋绍彬也来了。他和佟贝贝进展得不错，相处氛围几乎和小情侣无异，彼此间就差一个挑明的契机。

佟贝贝把他带上，算是侧面认可了他们的关系。

苏答这一去不知什么时候才能回来，想到不能再随时随地地和她见面，佟贝贝就忍不住伤感起来。

架不住离情浓重，两个人在桌上喝了好几杯酒。

佟贝贝絮絮叨叨地说了一箩筐话，直将脸喝得通红，末了还在晕乎乎地说："明天我去送你。"

苏答扶住她靠过来的脑袋，失笑："不用，我自己去就行，上飞机前会跟你说的。"

"不行！我一定要送，一定……"喝得半醉的佟贝贝眼里蓄起泪，脑袋埋在苏答肩上蹭了蹭。

苏答没法子，耐心地哄了好一阵，她带哭腔的嘟嘟囔囔声才终于停下。

一餐饭毕，有先见之明的宋绍彬滴酒未沾，开车把她们送回去。

他先把苏答送到了公寓。佟贝贝在副驾驶座上缓了一会儿，被风吹得清醒了大半，目送着苏答上楼，好半天才闷闷不乐地顶着一张发红的脸升起车窗："走吧。"

宋绍彬给她递过去一瓶水，边开车边宽慰："苏小姐是去留学，暂时分开而已，不代表以后不回来了，别这么难过。"

佟贝贝握着矿泉水瓶没说话。

车开出苏答住的小区。佟贝贝心情不好，半路上拿出手机，想上微博看两眼转移注意力。

她随手翻动首页，忽地刷出一条微博，目光一下变得更沉。

宋绍彬看她突然间又像是想哭，吓了一跳："怎么了？"

"没什么。"佟贝贝喉头微动，沉沉叹气，将手机屏幕摁灭，"刷到了苏答的微博。"

苏答有一个生活号，没和大学圈子里的校友互相关注，只是偶尔发发日常动态，譬如练笔的画作、窗边的绿植、午后的美景……内容再简单不过。

佟贝贝看到的这条微博是她前两天发的，时间是半夜。

宋绍彬问："她发了什么？"

"没什么。"佟贝贝抿抿唇，握着手机望向风挡玻璃外，忽地没头没脑地道，"我真搞不懂，男人到底在想什么。"

宋绍彬闻言，一时不知道该怎么接她的话，愣了一下。

佟贝贝也没管他，看着窗外的路灯，眼神幽幽的，将头往后靠在椅背上。

苏答这个人和她美艳的长相相反，性格其实很好相处。

但她骨子里有一点儿冷淡。

以前读书的时候很多人追她，那些因为这样那样的原因和她有过节儿的男生，表面上对她嗤之以鼻，其实心里也都对她有那么一些说不清道不明的在意，但佟贝贝从来没见她喜欢过谁。

她一直认真读书，学习之余画画、看展，关注一些对同龄人来说陌生的新闻，专注地做着自己感兴趣的事。

她第一次说起一个男人时眉飞色舞，那个人就是贺原。

佟贝贝在知道苏答的男朋友是贺原之前，有一回和远在外地的苏答姐妹夜谈，苏答说了许多他们相处时的事情。

苏答会因为他说好看，买一堆同一个颜色的饰品；会在意自己打领带的手法不够好，一遍遍地看视频学习；会在要去见他的前一天，期待地换一件又一件的衣服。

她记得他所有的喜好，第一次和他牵手紧张得手心差点儿出汗，和他待在一起即使什么都不做也很高兴。

她记得他们相处时所有的细枝末节。

她真的认真地在喜欢这个人，而越是喜欢，朝向他的心就越是柔软，能触动或刺痛她的细节也越多——就像如今。

车破开黑夜前进。

窗外的路灯飞快地闪过，佟贝贝看向手中握着的手机，想到刚刚看到的微博内容，胸口闷痛。

苏答换了全黑的头像，那大概是她这个账号上的最后一条微博，满是决绝的姿态。

那条微博发在深夜时分，内容就是短短的一句话，就那么一句话，不知承载了她多少辗转难眠的夜晚。

她说——

“他有好多漂亮的画，可惜不是我画的。”

办公室里，徐霖将餐点送到茶几上，对着贺原的方向出声：“贺总。”

面向玻璃幕墙的人没有回头。徐霖沉默了一下，无声地叹气，安静地退了出去。

满室寂静，贺原坐在椅子上一动不动。

茶几上摆了好多吃的，各种餐点不拘种类和口味，满满当当地摆了小半桌。

他让人将餐点送进来，却一样都没碰。

和苏答在一起的时候，他有时很喜欢喂她吃东西，不为别的，就是偶尔会想起小时候在院子里的那次初见，她坐在他身边，一口一口地将两腮吃得鼓鼓的，模样乖巧又满足。

他从来没有跟她说过，但闲下来的时候，总是会拈起一颗水果或是别的什么送到她嘴里，看她在他怀里细嚼慢咽，心里像被什么填满。

如今，这一桌丰盛精致的餐点却再没有人吃了。

贺原在玻璃幕墙前静静地坐着。

外间众人各司其职，在各自的岗位上有条不紊地工作。

大楼被金色的夕阳笼罩着。

无人知晓高空之上有飞机双翼划破渺茫云层，隐没在天际。

这一晚，二十三层的办公室里，灯整整亮了一夜。

第六章　回　国

五月。

夏天藏进回升的温度里，榴花初绽，沉郁的大地迎来新一轮热烈的生机。

横线外接机的人群翘首以盼，一班又一班落地的旅客拉着行李箱走出，与等候的人会合。

黄可灵提前一个小时就来了，不停地看向大屏幕，生怕错过航班信息。

公司签订的经纪约不少，这次这位，他们承接的虽然只是国内部分，但总监发了话，一定要好好招待。

毕竟这位是行业翘楚，又那么年轻，前途不可限量，黄可灵不敢有丝毫怠慢。

新一拨旅客到达，看看时间差不多了，她仔细核对航班号，见屏幕上显示航班已落地，越发伸长了脖子。

一个长发微卷、面容美艳却很有几分慵懒气质的女人随着人群走出来。

黄可灵立刻上前："苏老师！"

苏答拉着行李箱，听见呼唤声，朝声源抬眸。

长时间的飞行损耗精神，途中又只勉强地在飞机上睡了一会儿，她神情略显疲惫，但还是很快打起精神。

黄可灵快步迎来，做了一番简短的自我介绍。苏答回以礼貌的笑："你好，接下来麻烦你了。"

连说几句"不会"，黄可灵不欲多耽误时间，领着她往外走："行李我帮您拿吧？"

"不用。"苏答谢过她，"东西不多，我自己来就行。"

黄可灵没强求，和苏答寒暄着到停车的地方，取了车正要搭把手，回头就见苏答已然动作利落地把行李放进了后备厢。

苏答生得貌美，一出现就是人群焦点，就像刚刚走出到达口，接机的人全朝她看，眼都移不开。

她明明一副人间富贵花的娇贵模样，性子却爽利。

黄可灵心里对她多了几分好感，坐上车，一边开车注意路面状况，一边和她交谈。

"苏老师这次回来一个人方便吗？需要的话公司可以给您安排一个临时助理。"

苏答摇头道："不用麻烦，我的助理已经订了机票，比我晚些，过两天就到。"

她乘的是最快的一班飞机。蒋家那边递了消息，她本来还有个活动要参加，二话不说就推了，东西都没怎么收拾就匆匆赶了回来。

"那现在是直接送您到那个地址，还是先去住处放一下东西？"

"直接去。"

黄可灵道"好"，车稳稳地开上规划好的路线。

她又多嘴问了一句："您这次回来是为私事？"

苏答神色微黯，"嗯"了一声。

难怪，黄可灵心道。原本她拟了一长串活动打算好好招待苏答一下，结果苏答想都没想就拒绝了。不仅如此，苏答这次回国压根儿没通知媒体，什么采访、饭局，更是提都不用提。

"今年圣保罗奖的结果一出，有好多媒体联系我们，不过您不方便，我们就全推了。但我估计，只要您的首访没约出去，后面媒体肯定还会再来……您有熟悉的媒体吗？要是有的话，我们也可以优先选择他们。"

苏答哪儿有熟悉的媒体？这几年她在外留学，忙着完成学业，忙着参加比赛，和国内圈子脱节已久。

她跟黄可灵所在公司的经纪约还是半年前才签下的。这半年她人没回国，他们公司主要负责的是她的作品在国内的宣传和发表。

"后面你们安排吧。"

她说得随意，态度淡然，并不是很在意。

看她这般姿态，黄可灵不由得想到奖项结果出来的那天，工作群里的同事们热火朝天地聊了好久，圈内同行的祝福消息一条接一条，他们跟苏答道喜，她也只是回了"谢谢"，淡然得一点儿都不像这个年纪的人。

那可是"圣保罗"，颁奖台长达数年没有华国艺术家的身影出现。前些年有华国美术家拿了银奖，便引起了国内艺术圈的轰动，只可惜后来几年再次没落，华国人一度又被隔绝在颁奖台之外。

如今苏答获得的可是金奖，响当当的圣保罗金奖，再没有比这个含金量更足的奖项了。尤其是今年竞争强度大，佳作层出不穷，苏答杀出重围出现在候选人名单中就已经让人惊喜，没想到最后竟真的摘得了桂冠，懂行的人实在没法儿不激动。

黄可灵按捺不住激动的心情，说起比赛的事，絮絮叨叨，开始不停地夸赞苏答。

苏答相比之下就平静多了，听了好半天，淡淡地扯唇："没你说得这么夸张。"

"哪里夸张？您这么年轻就拿了那么多奖，现在连圣保罗金奖也拿下了，还不厉害？您在国外办的那几次画展反响很好，现在年轻一代画家的画展，能有几个有同样的反响？我们组的同事那几次画展都去了，可惜我当时出差，不然也能亲眼看看……"黄可灵说得眼睛发光，末了道，"现在国内好多合作方找我们谈合作，想承办您在国内的画展。"

苏答语气平静："这件事后面再说吧。"

黄可灵意犹未尽，但见她脸色微倦，只好止住话头。

"那您休息一会儿，到了我叫您。"

把车内的空调调到合适的温度，黄可灵没再多言，安静地朝前开。

飞机落地，一行人走出来，接机的车早已在外等候。

汪萌萌放置好行李，跟在倪棠几人身后，坐进车的最后一排。

微博上，几个美术圈的账号发布了倪棠回国的消息，汪萌萌正在看粉丝数量最大的那个。从博主发出动态到现在过去了几个小时，评论已经有不少了。

"啊啊啊倪老师回来了！今年终于可以拥有一次国内画展了吗？！"

"倪老师还是那么美！"

"什么时候办画展？我带朋友一起去！"

"欢迎倪棠老师回国！国内美术圈之光！"

“今天的课上，我们导师就讲了倪棠老师的作品！没想到倪棠老师居然回国了，我好开心！”

…………

前面都是表白，众人你一言我一语，期待着倪棠归国后的动向。

倪棠这几年在国外的发展慢了下来，只有每年画作拍卖的时候，聚焦在她身上的目光才是最多的。

但她在国内美术圈的地位不一般——当年拿下圣保罗银奖轰动国内美术圈，加上后来画作拍出高价，她一举成名，早早拥有了一批热情的粉丝。

汪萌萌一条一条地看评论，唇边原本有几许笑意，谁知看到后面，发现了一些不好听的声音。

一堆夸奖的评论里，有人质疑了一句：“多少年前的银奖，现在还在吹？”

倪棠的粉丝们哪儿忍得了这个，一个个在下面反击，而被攻击的人也不甘示弱，霎时间，吸引了一堆人，就这么挤在一起吵了起来。

“什么叫‘吹’？事实就是拿了奖啊，而且这么多年，只有她一个人拿奖，难道不值得夸？我就问国内有几个画家能达到她的高度？”

“国内这么多画家，论在国外的知名度，倪棠是国人第一，不对吗？”

“不好意思，倪棠是拿奖了，但并不是只有她一个人拿奖了，今年圣保罗金奖得主也是华人画家。”

“倪棠好多年没在国际奖项上有所斩获，说她是‘第一人’真的过了。倪棠在国外是有知名度，但绝对不是知名度最高的华人画家。”

“人家办了那么多画展，你们说不是就不是？”

“她画展的反响真的很普通。”

“这些粉丝外行的样子真的好好笑，该不会根本不关注美术圈吧？倪棠拿奖都过去多少年了，就她后来办的画展、出的作品，粉丝还敢吹她是‘华人第一’呢？”

“说起来今年圣保罗金奖得主是国人？”

“楼上一看就懂行。倪棠那次得银奖值得高兴，是因为时隔好多年国人美术家重回领奖台，但之前我们有人得过银奖，金奖却是第一次。相比之下，这个金奖的含金量真的高多了。”

“我看过！那位老师画风特别厉害，非常犀利。她拿了金奖好像没怎么在国内宣传？”

“今年这位圣保罗金奖得主是真的牛，之前的画展一次比一次好。”

“对的，那位老师也拿了很多别的奖……”

汪萌萌看得眉头皱起。见网友到后面聊起今年的圣保罗奖得主，还大肆夸赞，各种溢美之词都出来了，她再也看不下去，立刻给国内的经纪公司发消息，让他们联系博主处理。

经纪公司很快回应，十分钟不到，汪萌萌再刷新，那些刺耳的、无关的评论都不见踪影了。

汪萌萌嘴角一挑，嘀咕：“什么东西，刚富起来几天啊，也配跟我们放在一起比？”

她说着，给那些夸得情真意切的粉丝点赞。

“萌萌？”

“啊？”汪萌萌连忙抬头，见倪棠皱眉朝她看，微微凑近，“怎么了，棠姐？”

倪棠眉头轻拧：“你在看什么？我叫你好几声了。”

“看网上的消息。”汪萌萌收起手机，没多说，殷切地道，“你叫我什么事？”

“把明天的采访推了吧。”

“你不舒服吗？”

“没有。”倪棠神色恹恹的，“我不想去了。”

汪萌萌一秒都没犹豫，点头说道：“那我跟他们另约时间。”

倪棠“嗯”了一声，发现身边递过来一瓶水，侧眸看去。

坐在一旁的蔺阳把拧松盖子的水给她，继续之前的话题：“棠姐姐，你就别想那么多了，我哥心里肯定是有你的。”

倪棠闻言轻嗔：“别胡说，我和你哥不是那种关系。”

蔺阳道：“什么这啊那的，我说的是实话。”

倪棠扯了一下嘴角，没往下接，看了一眼窗外，然后又微微皱眉：“他给你回消息了吗？”

“没有。”蔺阳拿起手机查看，依然不见贺原的回复。见倪棠脸色微微黯淡，蔺阳忙说：“你也知道，我哥一向工作最要紧。他肯定是临时有事走不开。”

倪棠的表情还是不见转晴。

她这次回国，蔺阳的学位正好修完，于是两人一道回来。蔺阳提前一周就和贺原说了落地时间，但他一直没有明确回复，到上飞机前一天再问，贺原的助理说他有工作，没时间。

蔺阳知道倪棠在意贺原没来接他们，宽慰道：“我哥那个人就是这样，把工作当命。你想啊，他原本有工作人在容城，今天特意赶回北城，虽然是没来接我们……但他要是真的不在意，还回北城干吗？”

倪棠抿唇没说话。

蔺阳语气更加信誓旦旦：“他都回来了，我估摸着就是到了以后实在有事抽不开身。我敢跟你打赌……”

他说个不停，倪棠听他语气真切，隐有愁绪的脸上这才稍稍浮现笑意。

车内寂静无声，司机在这压抑的气氛中，背挺得笔直，愣是将方向盘握出一股凛然不可侵犯的气势。

徐霖看着蔺阳发来的消息，回头问：“贺总，小蔺先生问您的位置，您看，要不要回？”

“不用。”贺原闭目靠坐在后座上，英俊的脸上隐有疲态。

徐霖听他的语气，心下知道该怎么办了，用办公事时惯用的客套口吻回复蔺阳。

只是再往后座看去，他又发起愁来。

他们原本在容城办事，照计划还要再待几天，就连小蔺先生打电话告知他和倪小姐回国，贺原也只让自己正常回复，完全没有要提前回来的意思。然而收到望康山那边的消息后，贺原突然间就匆匆赶了回来……

徐霖不敢揣测老板的心思，但心里或多或少清楚他是为了什么——望康山那边出事了，远在国外的那个人，就该回来了。

手机振动，徐霖看一眼屏幕，是盯着蒋家的人传来的最新消息。他神色一凛，立刻低声汇报：“贺总，蒋家那位……已经不行了。”

苏答见到了蒋奉林最后一面。

她到望康山之前，医生就下了病危通知书。

医生在蒋奉林临终前让家属入内，先是老爷子，后是她，只有他们两个。

蒋奉林躺在病床上，靠仪器吊着一口气。她俯身凑近床边，他呆滞迟缓的视线便在她脸上停了很久很久。

苏答无声掉泪，亲手替他合上双眼。

苏答在外留学的这两年多，他一直不准她回来，甚至连春节也让她在外面过，他们只能靠视频电话联系。

在他病情恶化以后，他们视频的频率也低了。直到收到消息匆匆赶回国之前，她已经有十几天没能见到他了。

这一日格外漫长。

蒋奉林的后事，蒋家都已安排好，从火化到入葬再到守丧，前后总共七天。

前来吊唁的人很多，和蒋家交好的人来来去去，始终不变的只有苏答。她肿着一双眼跪在灵堂前，多数时候在发呆，有时悄无声息地，眼泪不知不觉就淌了满脸。

她哭得太多甚至脱了水，嘴唇干得起皮，神色疲倦又呆板。

没有人打扰她。

蒋奉林把她当女儿是谁都知道的事，就连老爷子也默许了她的行径。

一连七天，最后一日，来吊唁的人少了，只剩下旁支的几个人。

苏答在灵前跪着，香烛袅袅飘起白烟，一道身影缓缓靠近。她迟钝地微抬眼皮，见薛谭雅在身侧蹲坐下来，轻声问她："休息一会儿吧？"

蒋诚铎和薛谭雅的婚礼是半年前举行的，如今她已从蒋诚铎的未婚妻正式成了蒋家儿媳。

这几天，蒋诚铎来了几次灵堂，苏答和他都只是匆匆打个照面儿，薛谭雅倒是一直忙进忙出地打理杂事。

苏答有意避着蒋诚铎，连带着和薛谭雅也没怎么说话。

当下，苏答拒绝："不用。"

“你跪这么久，不休息一会儿怎么行？”薛谭雅语气关切。随后她起身走开，没多久端着一托盘的水和点心回来：“先吃点儿东西。”

苏答实在没胃口，摇了摇头。

“那我放这儿，你等会儿饿了再吃？”不待她答，薛谭雅把托盘放到她身边，临起身，顺手从她鬓边发丝上拈下一团毛絮。

苏答微微一顿，忍着避开这略显亲昵的动作的冲动。

薛谭雅解释道：“沾到了脏东西。”

这般举止过于亲昵，但其实她们只是见过几面的陌生人，苏答很不习惯。可薛谭雅一副为她好的姿态，她不好说什么，只能轻声道：“谢谢。”

跪到下午，苏答才吃东西。

两条腿跪得发麻，她起身去了趟洗手间，每走一步腿都像针扎一样。

苏答从洗手间出来，拐过走廊转角，迎面和蒋诚铎碰上。

晚上十二点后灵堂就要撤掉，这收尾的时候，按理说他不必来。苏答停下，看着他没动。

蒋诚铎目光轻闪，细细地在她脸上打量了一番，沉默了一会儿，一开口却是说：“抱歉。”

他突然道歉，苏答略感意外。

“叔叔的事……”蒋诚铎看她脸色极差，知道她这些日子守在灵堂里没怎么休息，眉眼间浮起自责之色，“我有让人好好照顾他，但是……”

原来是为这个，苏答垂下眼：“他的情况我知道。”

几年前离家的时候，对蒋诚铎许诺的那些话，她本来也没怎么放在心上。

她不想多谈，轻轻颔首准备走开，却被蒋诚铎拦住。

“这几天太忙，一直没机会好好和你说话。”他顿了顿，问，“这几年在国外还好吗？”

苏答眉头微皱，退后半步与他拉开距离：“我过得很好，你不用操心。你已经成家了，有更多值得关心的事。没什么事情我就先走了。”

她话音落下，蒋诚铎眉间却莫名闪过郁色。苏答刚抬脚就被他抓住了手腕。

他们一直不亲近，从小到大很少有肢体接触，她吓了一跳：“你……”

“诚铎？苏答？”

苏答还没来得及挣脱，旁边忽地响起一道清脆的女声。

苏答侧目看去，薛谭雅噙着笑，不知什么时候站在不远处看着他们。

“这是怎么了？”她眼里仿佛盈着光，轻轻地问道。

蒋诚铎一怔，苏答连忙趁机挣开他的手：“没事，随便聊了几句。”不欲再留，她道，“我先回去了。”

言毕，她从薛谭雅身边走过，快步朝灵堂而去。

丧事结束，苏答闭门不出，直到接到一通黄可灵打来的电话。

苏答不出门的日子，黄可灵一直和她有联系，时常询问她的状况。她助理的住处也是黄可灵帮忙安排的，这次找她为的是活动的事。

“美术协会那边发函邀请，公司的意思是希望老师您可以参加。”

苏答不是很想出门，问：“一定要去吗？”

“美术协会的活动是国内最正规的，规模相对来说也是比较大的。”黄可灵说，“这段时间找上门的采访您已经推了很多。您将来不会仅在国外发展，有一部分工作重心还是要转回国内的，现在这个活动就是最好的契机。”

苏答心下犹豫。

黄可灵见她如此，苦口婆心地从利弊、人情、环境等方方面面进行劝说，末了道：“这次国内美术圈最权威的行家都会出席，美术协会的会长已经给我们打了好几个电话了，请您一定要赏脸。他的态度真的很诚恳，老师您考虑一下？”

苏答沉默片刻，终于松口：“好吧。那你们安排。”

黄可灵闻言一喜：“您放心，我们做事绝对靠谱儿！”

偌大的办公室里，只有笔在纸上签名的声音。

徐霖站在一旁等贺原签文件，一声不吭。

这段时间，贺原忙得连吃饭、睡觉的时间都少得可怜，像是故意不让自己停下一般，做完一件事情又继续做下一件，根本不给自己留喘息的空当。

徐霖把这些看在眼里，又不敢劝。

蒋家那边，蒋奉林的葬礼已经结束，他按贺原的吩咐，托人以别人的名义送去了丧仪。

贺原每天都会让他汇报苏答的动向，但至今都没有去见苏答，不知道这是不是所谓的“情怯”。

徐霖只觉得，贺原每次听完苏答的事又拼命投入工作压榨自己，实在太有自虐的味道。

铃声突然响起，被打搅的贺原皱着眉，拿起放在一旁的手机。

“哥！”蔺阳嗓门儿不小，因他终于接电话而心情激动，嗓门儿更大了几分。

贺原被声响震得眉头轻拧：“有事？”

“没事不能给你打电话？”

贺原没空和他闲聊：“没事就挂了。”

“有事有事！”蔺阳怕他真的挂电话，急忙道，“我找你有事！”

贺原言简意赅地道：“说。”

“是这样，过几天美术协会有个酒会，棠姐姐受邀出席，你陪她一起去？”

贺原态度冷淡：“没空。”

蔺阳急道：“别呀。我回来这么久，都两个星期了，天天约你吃饭都约不到，这次你说什么都不能再推了！”

他自从回国，确实约了贺原许多次，但都被贺原拒绝了。

贺原还是不应：“我对这种活动没兴趣。”

“我不管。你要是不来，我们就只能去找你了。你天天窝在公司忙个不停，公事那么多，什么时候才能忙完？”

“公司的事不重要？这话你回去跟老爷子说。他要没意见，我也没意见。”

蔺阳一噎。

贺家上上下下，他最怕的，一个是贺原，另一个就是他那个外公。

“我们都这么久没见……”蔺阳开始打感情牌，“我回来两个星期了，还没见上你一面，这像话吗？去参加个酒会而已，又不是什么大事，哥！”

贺原提着笔不为所动：“少废话。”

蔺阳好说歹说都说不动贺原，没办法，只好让步：“要不然这样，你那天有空就来？或者忙完再过来？我把地址和时间发给你！”

贺原懒得理他，直接挂了电话。

蔺阳不依不饶，之后还真将地址发了过来，另发了一连串消息让他一定要抽空来。

贺原刚应付完这通没营养的电话，没几分钟，徐霖的手机也响了。他看了一眼来电显示，对不太耐烦的贺原道："贺总，是美术协会的副会长。"

贺原淡淡地点头，示意他接听："开扬声器。"

徐霖就站在桌前，电话一接通，那边的声音在室内响起。

对方的来意和蔺阳相差无几，都是为几天后酒会的事。

贺氏赞助过美术协会许多活动，副会长潘正茂十分希望贺原能赏脸出席。

潘正茂殷切地说了一堆，小心翼翼地问："不知道贺总有没有时间？"他像是想起什么，连忙补充，"哦对，这次很多年轻的美术家也会参加，比如说倪棠小姐——她正好归国，我们也邀请了她……"

贺原听了半天，听到这里，签字的动作微停，视线从文件细密的小字上抬起，语气浅淡，但又似乎意有所指："很多年轻的美术家？"

之前一直是徐霖在应答，突然听到贺原的声音，潘正茂吓了一跳，忙不迭地回神，态度更加殷切："对。像倪棠小姐，还有狄大师的儿子狄禹老师，最近回国的苏答老师、杜蓝老师等等，都会参加。"潘正茂有意道，"尤其倪棠小姐，是绝对会出席的。昨天我们还打电话……"

贺原已经没在听他说话了，幽深的目光落在桌面上，微微抿唇。

徐霖打量他的神色，不作声，老实地担任"手机支架"的角色。

苏答啊……

想到那张很久没见的脸，再想想老板这几年的行径，徐霖默默地在心里叹了一声。

潘正茂还在滔滔不绝，贺原回过神，打断他："行了，我知道了。”

“那您是会来……？”

贺原恢复冷然的神色，仿佛心绪不曾产生过一丝波澜，只是声音更加低沉：“后面的事和徐霖沟通。”

潘正茂大喜，连连道“好”，笑意透过听筒传来，遮都遮不住。

周六晚上，隋峰山顶会所，由美术协会主办的交流酒会于六点半正式开始。

倪棠和蔺阳是七点多到的。倪棠在年轻美术家里风头不弱，前来搭话的人数不胜数，结果在协会会长岑昊东面前，还是碰了几个不软不硬的钉子。

岑昊东今年五十多岁，在国内美术圈已有几十年资历，为人正直，有风骨，一向很受尊敬。

倪棠主动上前寒暄，他却态度不冷不热。

倪棠憋着一口气，淡淡地笑着，随后端着酒杯走开。

蔺阳见她表情不对地走回来，问：“怎么了？”

“热脸贴人家冷屁股。”她扯唇，似笑非笑，喝了口酒。

“岑昊东又给你脸色看了？”蔺阳眉一皱，立刻要去找他。

倪棠叫住他，摇了摇头：“算了。”

她出道时，画作拍出高价，一连三年，接连在国内出了很多新闻。岑昊东为此曾经公开抨击过她，认为此种风气不可取。

这件事在当时引起了好一番争议。

几年过去，没想到他对自己还是充满偏见，倪棠按捺住心里不痛快的情绪，换了个话题：“你哥他会来吗？”

“嗯？”蔺阳顺着她的视线看向门外，“应该会，他答应了忙完就过来。”

倪裳兴致缺缺地喝酒。

他们正说着，潘正茂端着酒杯，笑吟吟地过来。

他待倪裳的态度和岑昊东大不相同，十分热情不说，还有几分恭敬，缘由很简单——倪裳不仅和蔺阳走得近，情同姐弟，对于她高价拍出的那些画作，潘正茂也是为数不多的知道买家是谁的人。

倪裳的画都是贺原买的，赞助方的人，他当然得捧着。

潘正茂恭维了倪裳一番，见倪裳因先前被岑昊东冷落有些不开心，便道："唉，会长就是为人古板，这样也不是一天两天了。现在行业正需要像倪小姐这样的年轻力量，一味守旧怎么可能会有未来？倪小姐您别往心里去。"他说着，又道，"今晚贺先生会来，估计很快就到了，您千万别坏了兴致。"

倪裳原本懒懒地听着他的话，听见他最后一句话才上心："您怎么知道贺原会来？"

"我上次打电话给贺总，请他今晚出席，他当时就答应了。"潘正茂说，"我和徐助理联系过了，他们正在路上呢。"

倪裳脸色明显有所好转，饮了口酒，冲潘正茂一笑："潘副会长辛苦了，难得有像您这样的明白人。"

潘正茂得这么一句夸奖，喜笑颜开，又和倪裳聊了好一会儿才走开。

他前脚刚走，另一边的人群骚动起来。

倪裳和蔺阳齐齐朝那边看去。

旁边有人道："岑会长怎么出来了？不是和狄大师在里间？"

"去门口接人去了。"另一人答道，"今年获得圣保罗金奖那位来了。"

"是她啊？难怪，我说会长怎么这么激动……"

闲聊的人边说也边往那边走。

倪棠表情不太好看。

蔺阳脸色也黑了："这些老东西，给脸不要脸。"说着，他提步就要朝那边去。

"你干什么去？"倪棠阻拦。

"姓岑的回回给你脸色看，我倒要去瞧瞧他上赶着巴结的是个什么了不起的人物。"蔺阳说，"你放心，我有分寸。"

言毕，他头也不回地去了。

苏答出门晚，路上又堵车，这时候才到，见岑昊东亲自到门口来接，吓了一跳。

寒暄几句，两人说着话一起步入会场。

许多目光朝她打量，苏答早就见惯这种场面，镇定自若，不见半点儿慌张。

岑昊东热情地和她说起这次圣保罗奖的事，欣赏之意丝毫不加掩藏。

他们停在一张桌边，苏答谦虚地应答，心道他这次亲自打电话邀请，还不厌其烦地打了那么多个，看来并非仅是出于场面安排。

说话间突然过来一个人，苏答一愣，抬眸看去，就见一张有几分熟悉的脸出现在眼前。

这张脸她许久未见，退去了几分青涩，眉眼依旧带着当年的飞扬之气——是蔺阳。

苏答和他打过架，读书的时候过节儿不小，哪儿能轻易就忘记？

蔺阳一愣，也认出了她，随即眉尾上挑，看着她的表情并不是那么友善："这位是岑会长的贵客？不知道我有没有这个荣幸请你喝一杯？"

苏答沉默了两秒，盯着他的脸，眸色渐渐转冷。

“我不会喝酒。”她表情微沉地拒绝。

说着，她对岑会长道了句“抱歉”，转身就想走开。

蔺阳扯住她的胳膊将她拽了回来。岑昊东见状，不悦地道：“蔺先生这是干什么？”

本就是因为岑昊东来找碴儿的，蔺阳这会儿理都不理他，一双眼沉沉地看着苏答，将她的手腕握得死紧：“别走啊，我可是特意过来的，这都不喝一杯，这么不赏脸？”

高中的时候，他们曾经当过一个学期同班同学。

他没怎么变，她却有变化，变得比以前更淡然更耀眼——他第一时间就认出了她。

苏答眉间浮起不悦之色，冷眼看向他，正要做出反应，门口传来骚动。

和周围其他人一道下意识地侧眸，看清来人，她顿了一刹那。

贺原高大的身影缓缓入内。

一刹那，苏答回过神来，心里下意识地泛起的涟漪立刻消失，顺势挣开了蔺阳的手。

满场人纷纷望向贺原那边。

倪棠见他来了，面上一喜，快步迎上去。贺原却没看她，余光瞥见蔺阳那边的情况，脚步顿了一瞬，随即走了过去。

倪棠见状连忙也跟上。

贺原走到苏答面前，没看蔺阳，也没理会其他的人。

视线落在她身上，他看着她没说话，她也没开口。

沉默又古怪的气氛萦绕在两人身边。

他好像更稳重了一点儿，好看的脸多了种成熟感，身上那股冷然的气质不变，高高在上，令人难以靠近。

时隔两年多，他们再次相见。

苏答微微垂眼。

在周围的人开始觉得奇怪之前，贺原沉着眸子移开视线，看向蔺阳："怎么回事？"

蔺阳被刚才古怪的气氛弄得怔了半天，回过神说："没什么。我只是想请她喝杯酒，谁知道这位老师不太赏脸。"

他将重音放在"老师"两个字上。

倪棠匆匆地赶到他身边，轻斥："蔺阳。"

她看向贺原，似乎想说些什么。

苏答扫过贺原，又扫过他身边的倪棠和蔺阳，淡淡地扯了下唇，忽然很想笑——时隔这么久再度相见，他们一个不少，挺好。

一瞬间，她仿佛又想起了几年前的自己。

蔺阳执意找她碴儿："手里拿着酒杯，还说不会喝酒，这位老师不想给面子不如直说？"

贺原眼神微沉，呵斥的语气中带着警告和冷意："蔺阳！"

他话里的不悦很明显，蔺阳一愣，侧头看他，连带倪棠也面露诧异。

"拿着酒杯就会喝酒？"苏答不想理会他们几人之间如何，端着杯子看向蔺阳，话音刚落，蓦地松开手。

杯子自由落体摔到地上，玻璃砸在地毯上没碎，杯里的酒泼了一地。

"不好意思，没拿稳。"苏答淡淡地道，"这下手里没有酒杯了，是不是可以不喝了？"

她睇他一眼，转身走开。

"你——"

"苏答。"

蔺阳满是怒气的话，被贺原的声音盖住。

想拉住蔺阳的倪棠一愣，蔺阳也愣了。

贺原没理他们两个，面沉如水地看着苏答的背影，叫了她的名字，却没往下说。

苏答停住脚步，背对着他们没有动作。

时间莫名变得好漫长。

几秒后，她提着裙摆，头也不回地快步离开。

苏答离开是非之地，走到远处的角落，舒了口气。

岑昊东看得一愣一愣的，搞不清楚状况，回过神后还是追上来，只觉得她受了委屈，宽慰道："苏老师别往心里去。资本得罪不起，有的时候我们不免也要受点儿气。难为你了。"

苏答不好解释太多，笑了一下，淡声说："没事。"

两个人继续在这个安静的角落聊美术。

岑昊东和她相谈甚欢，给她引见了很多资历深厚的美术家，怕她再和蔺阳起冲突，很体贴地一直绕开他们。

苏答没往贺原在的方向看一眼，全程只和同行沟通交流，在酒会上待了半个钟头，有些疲惫，便说要先走。

岑昊东有些不舍，但没强留，如她来时一样起身亲自送她出去。

另一边，倪棠好不容易才把贺原拦下说话，蔺阳为了给他们创造机会，一个人端着酒杯躲开了。

她一直说个不停，贺原却有些分神，不住地往另一个方向看。

倪棠注意到这一点，暗暗看过去，就见岑昊东正送那道窈窕的身影出门。

心里闪过一丝微妙的感觉，她喊他："贺原？"

贺原视线缓慢地转回来，没说话，等她的下文。

他眉眼淡淡的，像是有些许不耐烦。

倪棠目光轻闪，若无其事地继续道："你能来我真的很高兴，我本来还以为你今天不会来了。蔺阳说你最近特别忙，我没有打扰到你吧？"

他没什么表情地说："没有。"

倪棠笑了笑，柔声道："这次回国，我心里其实很忐忑，你……"

贺原似在听似没在听，余光不知飘到了哪儿去。

没几秒，他皱了皱眉，放下酒杯："我还有事要先回去。"

倪棠微诧："你要走了？那我……我和蔺阳也回去吧，我们……"

"我回公司，不顺路。"贺原想都没想地拒绝了她，"跟蔺阳说一声，我先走了。"

言毕他扔下她，转身大步朝外走。

倪棠跟上几步，试图叫住他。贺原并不理会，仿佛对身后的一切都没兴趣。

等在大门口的徐霖迎上他，他步伐沉稳，毫不留恋地走了出去。

车沿着山路向下行驶没几分钟，缓缓减速。

"前面的车好像抛锚了。"司机说。

徐霖看了一眼，认出了车旁的人，回头朝后座道："那辆……好像是苏小姐的车。"

贺原霎时间抬眸，朝风挡玻璃外看去。

那果真是她。

苏答在长裙外披了一件外套，正站在车边和司机说着什么。

周围太黑，贺原他们的车灯显得很亮。苏答被光照得微微眯眼，抬手遮挡，透过玻璃，和车里的贺原对上了视线。

她似是愣了一下。

贺原连忙吩咐司机："停车。"

车停在苏答他们旁边。

静悄悄的山道上雨丝微凉，湿气氤氲。

贺原降下车窗，和站着的她视线相触。几秒后，苏答率先转开了头。

"我送你回去。"他沉声开口，声音在夜色下莫名发紧。

苏答面无表情，看也没看他："不用。"

她对司机道："继续修。"

徐霖在车里不敢说话，偷偷地瞄了贺原一眼，微微低头降低自己的存在感。

四周静悄悄的，半天也没有车辆经过这里，飘落的雨丝打在枝叶上，低低作响。

山间有凉风吹过。

贺原在车内正襟危坐，脸色晦暗不明。

两人无声地对峙着——他的车不开走，苏答也不理他。

苏答的司机搞不清情况，但见自己主家的态度，明显是不想和对方扯上关系，于是出声打破僵局："小姐，你到车上坐吧，晚上有风。等拖车的人来了就好了，我再检查一下。"

车坏了，苏答下来看看，说实话也帮不上什么忙，便点点头没拒绝，只叮嘱一句："您小心。"

她当贺原是空气一般，转身回到车上，"啪"的一声关上车门，又升起车窗将自己遮得严严实实。

车从山道上继续开下来的两分钟里，贺原一言未发。

车内气氛凝滞。

徐霖小心翼翼地等着后座上的人发话，时间一秒一秒地过，终于听见贺原叫他。

“徐霖。”

他连忙应：“贺总。”

“打电话给潘正茂。”

“好的。”徐霖掏出手机，“要和他说什么？”

“通了我来接。”

徐霖点头。拨号出去后，那边很快接通，他立马把手机递给贺原。

贺原将手机拿过来，潘正茂正在那端殷勤无比地问候他。他不废话，只问：“会场外还有没有车可以安排？”

“车？”潘正茂愣了几秒，“有的有的。”

“帮我送个人。”

“送人？您是想让我送倪小姐？”潘正茂顿了一下，忙不迭地道，“倪小姐现在还在这儿，我去问问她什么时候——”

贺原觉得他聒噪，本就森冷的脸上眉头更加紧拧。贺原打断他的话：“山道上有车抛锚了，安排司机开车过去，把人平安送回去，别出任何差错。”

贺原说完直接挂断电话，将手机丢给前面的徐霖。

徐霖稳稳地接住手机，很上道地打开微信，编辑消息，给潘正茂把车辆信息发过去。

车在前行。

贺原沉默几秒，忽地开口：“告诉他，别说是我让他去的。”

徐霖愣了一下：“啊？”他下意识地问，“为什么？”

窗外雨丝细密，湿冷凄清。

“知道是我安排的，她未必会接受。”

贺原闭上眼靠在椅背上，眉头紧拧。

他沉默一会儿，再开口时语气轻缓，比大提琴还低沉的声音似有些无奈：“晚上风大，耽搁久了容易着凉。”

苏答本以为要在山道上等很久，毕竟拖车开上来要二十分钟乃至半个小时，然而没一会儿后面就开来两辆车，徐徐地在他们旁边停下。

潘正茂从副驾驶座上下来，轻敲她的车窗，满脸堆笑，热情又恭谨地请苏答换乘旁边那辆车下山，连她的司机也一并邀请了，自己留下人帮忙守着她抛锚的车子。

方才在酒会上和他见面，没觉得他有这么热情，苏答对他前后转变的态度倍感意外。但盛情难却，人家好心帮忙，她不好拒绝，再三谢过后，不好意思地坐上旁边那辆车。

她的司机则上了后面的车。

潘正茂笑吟吟地等她坐好，这才坐进副驾驶座。

苏答裹紧外套，颔首向他致谢：“麻烦您了。”

“不用不用，苏小姐客气！”潘正茂笑得见牙不见眼，“不用谢我，这都是因为……”他脸色一变，话戛然而止。

苏答顿了一下：“都是因为什么？”

见他到这儿又不往下说，她皱了皱眉，轻声问：“因为什么，岑会长吗？”

她只是试探性地猜测一下，谁知潘正茂咳了几声，连连点头：“对对对，是的。”下一句他马上岔开话题，“不说什么谢不谢的，那多见外，举手之劳而已！开车开车！”

司机被他催促，踩下油门。

他态度奇怪，苏答听得也莫名。

不等她再说什么，他已经转回前方。苏答不好再继续这个话题，暗想他或许是因为岑会长的面子才对自己客气，见自己路遇麻烦出手相助，便没继续多言。

回到住的酒店，苏答换下长裙，换了身休闲的居家服。

她回来得急，原本的公寓还没收拾妥当，暂时住在公司安排的酒店里，助理也住在楼下。

她冲了一杯热饮。佟贝贝打来电话约她吃饭。

“明天？”苏答想了想，“行。”

“那就这么说好了啊，不准放我鸽子。”佟贝贝叮嘱。

苏答回来这么久，她们还没好好见过。苏答守丧那几天，佟贝贝跟着家人到灵堂吊唁，和她匆匆见了一面。后来苏答闭门不出，佟贝贝顾及她的心情不忍打扰，直到最近察觉她状态好了些，才敢打来电话。

苏答淡笑：“知道，你放心吧，绝对不放你鸽子。”

佟贝贝笑嘻嘻地问起她晚上的酒会：“怎么样，好不好玩儿？有没有长得英俊的艺术家？”

苏答说：“你想多了。”顿了顿她又说，“不怎么样。”

“不怎么样？”

苏答沉默两秒，道：“你还记得我以前跟你说过的那个‘讨厌鬼’吗？高中那时候的。”

佟贝贝愣了片刻：“讨厌鬼？你是说……”好半天她才想起来，“哦，你说他啊！那个叫蔺……蔺什么的？”

“对，我碰上他了。”

苏答在高一下学期被蒋老爷子送进了私立学校。

他说是为她好，但丝毫没有考虑她的感受。那所学校里很多是富家子弟，那些人不仅现实，而且排外。

当时她穿的衣服、鞋子全是蒋老爷子让人以“符合身份”的标准准备的，她根本没的选。其中有一条裙子，班上的一个女生也穿过类似的款式，那女生便觉得苏答在跟风学她，和一群闺密在背后给苏答起难听的外号。

那个女生是蔺阳圈子里的，苏答看着性子淡，实则也有脾气，久而久之和蔺阳他们积怨颇深。他们时不时排挤她、整她，她又不是面团捏的，自然不遗余力地反击，两方见面宛如仇人相见般分外眼红。

后来某次一个同学过生日，邀请全班参加宴会，在宴会上，她和蔺阳在洗手间外打了一架。她力气不敌他，体能也不如他，但他也没能在她手上讨到好。

这些事苏答都说过，佟贝贝一听，“啧”了一声：“那你还真是蛮倒霉的啊，居然遇上他！好好的酒会，就被这么一个讨厌的人搅和了。”

苏答抿唇：“不止一个。”

“啊？还有谁？”

苏答没回答，吐了口气，岔开话题：“不说这个。明天吃饭你选好地方没？”

佟贝贝的注意力马上被带偏：“选了选了！我告诉你，有家店特别好吃……”

她滔滔不绝，发挥老饕本色，立刻忘了追问酒会的事。

十点开完会，贺原回到办公室里，接了几个电话，门突然被推开。

蔺阳大大咧咧地进来，徐霖跟在后面，一脸为难地道：

“贺总……”

“哥。”蔺阳往办公桌前一坐，笑嘻嘻地和贺原打招呼，半点儿不客气。

贺原睨他一眼，没说什么，示意徐霖回去做事。徐霖这才松了口气，颔首出去。

“你来干什么？”

“找你啊。”蔺阳跷起二郎腿，瞥见桌上堆得小山般的文件，只觉得眼睛疼，“你整天待在公司不累啊？我陪你解解闷。”

贺原面无表情：“不需要。没事找别的地方消遣，别来打扰我。”

蔺阳撇嘴：“那我现在走，晚上我们再一起吃饭？”

“没空，我晚上有事。”

“嘁，没劲。”蔺阳坐着不动弹，“快吃午饭了，我在你这儿吃。”

贺家兄弟不睦，其他人几乎都惧怕贺原。

蔺阳也怕，但因天生粗神经，惹是生非被贺原收拾得多了，怕着怕着，莫名地开始喜欢缠着贺原。

时间一久，比起贺家别的人，他们俩关系倒还算亲厚。

贺原对他吊儿郎当的性子早就习以为常，听见他说要留下，连眼皮都没抬。

贺原看文件，蔺阳便自顾自地在办公室里转悠。

半个小时后，徐霖将两份餐送进来。

贺原这才起身，和蔺阳到一旁的沙发上面对面落座。

蔺阳擦着餐具忽地道：“唉，可惜棠姐姐不在。她要是也在就好了。”

贺原像是听到了又像是没听到，没反应。蔺阳瞄他：“哥，你到底是怎么想的？”

贺原睇他一眼：“什么怎么想？”

“你跟棠姐姐啊，你和她有什么打算？”

贺原眉头一蹙，眼神冰凉：“我和她没有关系。这种话以后不要再说。”

蔺阳不高兴了：“可是，你们以前——”

贺原打断他：“你再说废话，趁早滚出去。”

“……”

察觉他语气不太好，蔺阳悻悻地闭上嘴。

昨晚他特意给他们创造机会，结果贺原那么早就走了，害得倪棠情绪低落了一整晚。

蔺阳夹着米粒，想起昨晚，暗暗叹了口气，而后又想到同样在场的另一个人。

他看向贺原：“哥，昨天……你认识那个苏答？”

苏答转身走开，贺原叫她名字的瞬间，他和倪棠都愣住了。

倪棠还悄悄问他，贺原和苏答是什么关系。蔺阳根本答不上来，毕竟他自己都莫名其妙。

和苏答高中时的过节儿历历在目，他一看见她，火气就“噌”地蹿上来，本来还想当场找她的碴儿，结果没想到被贺原打断了不说，贺原竟然还一副像是和她有什么渊源的样子。

贺原拿筷子的手一顿，他朝蔺阳看过去：“和你无关的事少问。”

蔺阳古怪地瞥了他一眼：“我就问问嘛……”

贺原慢条斯理地吃饭，不作声。

“你昨天拦我干吗？”蔺阳越想越生气，“我这么大了，不是小孩子了，知道分寸，又不会真的对她干什么。以前我读书的时候和她打架，你教训我就算了，现在还拉偏架……”

想到这件事他就不爽。

高中那次，他和苏答在同学生日宴上起了争执，贺原当时也在那家店吃饭，正好路过。为那件事，贺原把他拎回家狠狠教训了一通，他妈知道以后，足足扣了他大半年的零花钱。

蔺阳一下子又想起当初的事情，愤愤地道：“她抓我把我手腕都咬破了，你还帮着她教训我。”

贺原冷冷地睨他：“我教训错了？”

蔺阳一噎，低声认：“没有，你教训得对。”

那会儿贺原读大学，蔺阳上高中，蔺阳正是人憎狗嫌的时候，他管教蔺阳的次数确实不少。

习惯成自然，蔺阳对他的惧怕成了下意识的反应，甚至超过了老爷子。

贺原没再理他，拿着筷子，进食的动作却慢了下来。

他忽地想起苏答。

她记得这件事吗？那天他让人拉开蔺阳，当场斥责了蔺阳，现场闹哄哄的，他并没来得及和她说上话。

分手的时候她说过喜欢他，会有这个原因吗？

莫名地，分手那天的场景，又一次浮现在他眼前。她说那些话时的表情、决绝的态度，忽然间变得格外清晰。

像是有根刺不知为何生了出来，他心口某个位置猝不及防地被扎了一下。

“哥？”蔺阳见他发呆，叫他，“你想什么呢？”

贺原抿了抿唇：“没事。”

他突然没了胃口，把筷子搁下，语气沉沉的：“你吃吧。”

晚上七点，苏答先到餐厅。佟贝贝还没来，发消息说马上就到。

服务生将她带到桌前。苏答坐下喝了半杯柠檬水，等了又等，一直不见佟贝贝的踪影。

一通电话打过去，佟贝贝在那边比她还急：“堵车了！这边好堵，你先点菜，饿了就先吃，我等一下就赶过来！”

苏答只能先点餐，简单地要了几个她和佟贝贝都喜欢的菜，将菜单还给服务生，不好意思地道：“我去一下洗手间，麻烦不要收桌。”

服务生点头说“好”，随后走开了。

苏答离座去上洗手间，不一会儿后出来，沿着走廊往大厅走，一拐弯，迎面走来几个人。

她抬头一看，视线在触及贺原时停了半秒。

一个穿制服的服务生领着贺原和他身边的一个男人——大概是他的合作伙伴，一行人朝她这边走来。

只一瞬，苏答就平静地移开眼，像遇见陌生人一般往旁边让，脚步从容地错身从他们身边走过。

周先生今晚约了贺原吃饭，还约了其他朋友，他们俩一道来的，聊起最近的金融形势，正在兴头上，不知怎么回事，贺原面色忽然黯然了几分，嘴唇绷得很紧。

他止住话头，生怕是自己哪里说错了话：“贺先生，怎么了？”

贺原眼里涌动着什么，喉头动了动，最终只是道：“没事。”

苏答回到座位上，给佟贝贝发微信问她到哪儿了，消息刚发出去，第一道菜已经被端了上来。

她叫住服务生：“这一桌菜上慢一点儿，人还没来。”

服务生应下。

手机上，佟贝贝回复说还在堵车。

苏答无奈，给她发语音消息：“我本来想说你不来我就走了，结果现在菜都上了。”

佟贝贝竟还好意思笑，乐道："你先吃、你先吃。"

苏答拿起筷子一个人先用餐。

她嘱咐过服务生后，菜果真上得慢了，然而佟贝贝来得更慢，直至所有菜慢吞吞地上完，佟贝贝还是没到。

外面下起了雨。

雨声太大，苏答透过餐厅的玻璃窗往外看，眉头轻皱，没等再联系佟贝贝，她主动打来了电话。

"桥栏杆被撞断了，我们前面封了路。"佟贝贝又急又无奈，"我们现在在排队掉头，路堵得不行，只能绕道了。"

"绕道？那要多久？"

"大概要一个小时……"

苏答无言以对。一个小时，她都吃饱了。

佟贝贝捏着嗓子请求原谅："对不起、对不起，我错了！我应该早点儿出门的，都怪我！"她心虚极了，语气很弱，"要不然今天就算了，你吃完回去吧……"

苏答看看面前动过的菜，只能应下，还好点的东西不多。

她胃口不大，一个人继续执筷，默默吃了一会儿就饱了，苦恼地看了窗外半天，雨势始终不见转小。

苏答认命地结账，到门口去。她没有开车，雨又下得太大，她站在门边等了好几分钟，叫车软件一直没有司机接单。

身后突然响起脚步声，一道身影停在身侧，苏答抬眸瞥去，见是贺原，顿了顿，移开视线。

贺原微沉的目光落在她身上，他和她隔着一步距离，停住不动。

又有脚步声靠近，苏答没看。

他转头吩咐："去把车叫来。"

徐霖在他身后应了一句，撑着伞冲下阶梯。

他们两个人站在店外屋檐下。

贺原打量着身旁的苏答，她捧着手机，肩微微朝内缩，姿态隐约透出几分抵触，手机屏幕上，叫车软件一直无人接单。

嚣张的雨冲击着地面。

他声音低沉地开口："我送你一程。"

苏答顿了一下，瞥他一眼，很快垂眸拒绝："不用。"

她还是和上次在山道上时一模一样的反应。

她专心致志地盯着手机屏幕。夜风微凉，她一截雪白的脖颈裸露在外，不知是不是因为离得不远，贺原闻到了她身上的香味。

这味道他熟悉也不熟悉，和以前她身上的大致一样，但又多了几种新的味道。

它于无形中在这雨夜里让他和她拉开了距离。

没多久，贺原的车开来停在台阶下。

徐霖撑起伞，沿着阶梯小跑上来。

贺原从他手里接过伞，脚下未动："你先上车。"

徐霖飞快地朝苏答瞥了一眼，没多问，转身跑回车上。

凉风挟着雨丝吹到脸上，冰凉冰凉的。

苏答目不斜视地看着手机屏幕，心中有几分自己也说不清的情绪，强迫着自己不转移视线。

一把伞忽然在她头顶撑开，霎时间遮住了檐外刮来的所有雨丝。

贺原站在她旁边给她撑伞。

苏答朝他看，他亦垂下眸子，那双眼里幽幽一片，有什么东西，暌违数年，好像即将要变得明了。

第七章　拍卖会

短暂的对视后，苏答蹙了下眉。

他撑伞朝她这边倾斜，两人间的距离便有些近了，他的手臂就快碰到她的手臂。

她不懂他突然这样是何用意。

贺原出言提醒她："雨这么大，叫不到车。"

他的车还停在路边。

苏答明白他的意思，态度却不变："我自己会想办法，不劳贺先生费心。"

"贺先生"，生疏至极的三个字，一下子在彼此之间划开了鸿沟。贺原听得刺耳，表情微沉："不要意气用事。"

意气？苏答理智得很。

该结束的，分手时早就已经结束，如今他们只不过是在店门前相遇的两个陌生人。

苏答的脸早被檐外的雨丝打湿，他撑着伞举得再高，遮得再严，她脸也早就被先前的风雨弄得一片湿凉。

雨下得这样大，苏答不欲在这儿和他多纠缠：“这是我的事。”

她不跟他多言，轻点手机屏幕，将叫车程序终止，转身往店里走。

“苏答。”贺原握着伞柄，沉声叫她。

步子一顿，苏答站住，没有回头，背对着他，与他隔着不到两步的距离。

喧嚣的雨声中，她声音平静，说给他也说给自己听：“我们之间已经没有任何关系了，贺原。”

他们现在的关系谈不上朋友，说是旧情人更没必要。

他们之间无须问候，不存在交集。

苏答推开门进入餐厅，往洗手间的方向走去。她从容地理着被风吹乱的头发，一边走一边拿出手机，打电话让佟贝贝改道来接她，将贺原和他的“好意”一同甩在身后。

玻璃大门晃了两下，稳稳归于原位，仿佛不曾开启过。

如注的暴雨冲刷着漆黑的地面。

贺原撑伞站在门前，望着那道身影，背挺得僵直。

酒会上虽然出了些小岔子，但苏答和岑会长相处得不错。总的来说，她跟美术协会的关系算是融洽。

不久后美术协会放出消息，爱童天使基金会联合美术协会要在北城办一场慈善拍卖会。

黄可灵来电通知苏答：“美协那边和基金会友好合作，鼓励各位老师捐赠作品参与拍卖，不是硬性要求，可参与可不参与。岑会长派人来电联系我们，公司让我问问，您打算参与吗？”

慈善是好事，苏答没多考虑，同意了：“对画作有要求吗？”

“没有，这个您自己决定。”

她道“好”，当天下午从空运回来的几幅作品里，选了一幅光线最柔和、色调最明亮的捐出去。

没过两天，潘正茂突然联系她。

来电是一串未备注的号码，苏答差点儿就把它当成骚扰电话挂了，接通后听出他的声音，还有几分吃惊。

潘正茂先是道歉，说自己辗转找到她的方式有些冒昧，随后道明来意：“您捐赠的画作我们这边已经收到了，想麻烦您过来一趟，落个款。”

“落款？”

“对的。”潘正茂说，“您写个名字。”

苏答想起来，自己好像是忘了落款了。她有时一画起画就是一天，忙得累了，其他的什么都忘了。这次捐赠的作品需要签名加标注日期，她送出去的时候没顾上检查。

这不是什么难事，她没推托，收拾一番就赶过去了。

美协有栋用来办公的楼，在一片不是特别繁华的地方，环境倒还幽静，租金不那么贵，面积也比较可观。

潘正茂在门口等候。苏答一到，他满脸堆笑地迎上，将她带到办公室里。

看了看她捐赠的画作，不太好下笔，苏答在画上右下角找了个地方用细小的字体写上了自己的英文名。

潘正茂马上递给她湿巾擦手，笑着问：“苏老师既然来了，不如一起去展览区参观一下？”

他说：“过阵子协会内部有个作品展，展区差不多搭好了，其他理事都来，苏老师也去看看？”

苏答下意识地拒绝：“不了吧。”

“您别客气，跟我们客气什么，都是自己人！”潘正茂热情地邀请。

苏答婉拒几句，拗不过他，勉为其难地应承了他的好意：“那行。”

潘正茂笑得见牙不见眼，将她带到快要完工的展览区。果真有不少理事陆陆续续地来了。苏答和几个上次见过的老先生打了声招呼，寒暄几句，这时又进来一群人。

她的表情在看到被簇拥的人影时微微滞住——又是贺原。

“哎哟，”潘正茂笑道，“贺先生来了！”

他连忙对苏答道：“这是我们美协的赞助方，贺氏集团的贺原先生。”

苏答和贺原对视一眼。

他脸上表情淡淡的，她也没什么表情，沉默着别开眼。

潘正茂“热心”地做着介绍：“这位是苏老师，年纪轻轻大有作为，前阵子才拿了圣保罗金奖，可给国内艺术人争光了……”

苏答和贺原俱是不咸不淡地听着，谁都没吭声。

潘正茂看看两人的神色，嘴上继续说着，笑容却渐渐有些虚。

贺原这次是被他们邀请来参观的。

上次他让潘正茂派车送苏答，潘正茂从中咂摸出了不同寻常的味道。所以这次活动一确定要邀请贺原，潘正茂立刻就想着得把苏答叫来。

这会儿潘正茂却犯了难——他们俩都不说话，气氛古怪，这反应怎么跟自己预想的不太一样……

贺原最近工作不少，并不空闲。潘正茂打来电话，他却答应了。

苏答出现在这里他并不意外。

潘正茂的行事风格他也有所了解——其实在接到电话的时候，

他心里就隐隐地期待着什么。

苏答还是不看他。

贺原眸色沉了沉，喉头好像堵着什么，找不到发泄口，旁边潘正茂絮絮叨叨的声音霎时变得更加聒噪。

潘正茂说个不停，艰难地继续找话题："您二位要不要交换个名片什么的……"

说完，他觉得好像有些不对。贺原和这位苏老师明显有渊源，他拿不准他们是什么关系，这话也不知是否妥当。

下一秒，被贺原的余光冷冷地睇了一眼，他舌尖一顿，差点儿咬着自己，悻悻地闭上嘴。

正在此时，岑昊东也来了。

一见苏答，他那张留有岁月痕迹的脸上立时浮现笑意，和其他人打了几声招呼，走到她的面前。

苏答正好不想和贺原待在一起，一边和岑昊东说话，一边同贺原拉开距离。

一群人沿着走廊前行。

展区很大，贺原被潘正茂等人围着，其他协会理事一同跟在旁边。岑昊东身为会长本该是中心，只是和苏答聊得太过投机，一时忘了招待贺原，两人一道走在侧边。

苏答本科是在国内读的，拿下圣保罗金奖后，在国内活跃过一段时间的经历也被人知晓。

岑昊东几年前没和她接触过，对此一直颇为遗憾，和她聊起国内艺术圈的一些事，言谈间满是相见恨晚。他们说起这场展览，她专业素养极高，画的光线、画的保养、对于墙上不同名家流派的理解，各个方面都能说得头头是道。

贺原耳边声音嘈杂——潘正茂一直在说话，他完全听不进去，苏答和岑昊东聊天儿的声音却像是自己长了脚一样，不停地跑进他的耳朵——他听得清清楚楚。

她话里含着笑意，柔声和岑昊东交谈。他用余光看去，她脸上的表情分外生动，眼里亮着光，充满了生命力。

贺原想到刚才岑昊东问起她在国内的经历，她闪烁其词，三言两语就带了过去，心里说不清是什么滋味。

走到几条走廊的交会处，一群人停下，潘正茂的下属给众人介绍这一处展台的设计。几个后勤人员送来几盘饼干让大家品尝。

苏答拈起一块饼干，细嚼慢咽地吃下。旁边的岑昊东吃了几口，和她道："我们这里的点心不错吧？每天的下午茶我就好这口，休息的时候吃不上还怪想的。"

苏答轻笑："这个饼干用的油很特别，烤之前应该在表面刷了一层。"

岑昊东见她说得笃定，好奇地道："苏老师这都了解？"

她说："我自己经常做饼干，在国外的时候特意去跟烘焙师学了一点儿。"又咬了一口饼干，她弯唇，"很好吃。"

岑昊东笑呵呵地附和。

展台如何设计，贺原全然不知，耳朵里满是他们说说笑笑的声音。

一个后勤人员将盘子端到贺原面前。

潘正茂知道他不喜欢吃这些东西，脸色一凛，刚要让人将盘子拿走，却见他垂眸往盘中看了一眼，默不作声地拈起一块，送到口中。

潘正茂愣了愣，反应过来后也跟着拿起饼干，一边赔笑一边吃。

待到参观结束，岑昊东被协会其他部门的人叫走，临走前和苏答告别，约好下次有机会再聊。

见苏答目送他离开，潘正茂快步走过来：“苏小姐，我让人送您一程？”

下意识地看了一眼他身后不远处的贺原，苏答敛起笑意，淡淡地道：“不用了。”

今天她是自己开车来的，没必要麻烦别人。

苏答颔首和潘正茂道别，不再多做停留，告辞离场。

潘正茂没来得及叫住她，顿时哑然。

一回身，对上贺原冷冷的视线，他颤了颤，莫名地，头上开始冒冷汗。

贺原打量他一眼，明显听见了他刚才殷勤的话，也对他今天所有小动作都了然于胸，冷声道：“不要自作聪明。”

言毕，他提步离开。

刚才在看展过程中时不时露出的出神的表情全不见踪影，他又变回了往常那个杀伐决断不留情面的贺九。

“贺先生，贺……”潘正茂见他提步出去，连忙追了两步。

贺原身影渐远，潘正茂没追上，心里开始忐忑。

他能怎么办？岑昊东骨头硬，这些点头哈腰的事，可不就只有他来做？总不能会长、副会长两个人都“一身正气”，那协会的人岂不是要喝西北风？

会长不作为，他身为副会长，为了寻求更好的发展，总得留住这些赞助商。

潘正茂看着贺原的车开出院子，揪心不已。

他难不成弄巧成拙了？

下属小刘凑到他身边，小声问：“潘副会长，我们现在怎么办？贺先生好像不太高兴？”

“我怎么知道？”潘正茂一个头两个大，无奈地道，“只能走一步看一步了。”

潘正茂唉声叹气地回到办公室里，悬着心，一下午都不安稳。

愁了几个小时，到傍晚，他还在想着如何补救。

小刘突然冲进来：“副会长！副会长——”

“嚷嚷什么？！”潘正茂把手里的策划书往桌上一扔，“还嫌我不够烦？”

“不是，是贺氏。徐助理刚刚联系我们，贺氏追加了一笔赞助费。”小刘激动地道，“足足翻了一倍！”

潘正茂呆住：“真的？”

“真的！”

霎时间，潘正茂那张苦瓜脸上绽开笑容。

亏他愁了这大半天。

贺原心里想什么他真拿不准，但这事……好像没办错？

搓了搓自己笑得皱巴巴的脸，潘正茂在心里将苏答谢了又谢。

他先前实在看走了眼，倪棠算什么大佛？他该把苏答供起来才对！

爱童天使基金会和美术协会联合举办的拍卖会在香江宴所一楼举行。

到场的都是参与拍卖活动的各界人士，捐赠作品的画家们并未出席。

宾客众多，一群西装革履的男人端着酒杯相互交谈，看了入场时发的手册，得知捐赠名单中有倪棠，纷纷对今晚拍卖的画的成交价格发表看法。

“那必定是倪棠的画成交价最高。她的画一向很有市场，成交价绝对不会低。”

“未必吧？她的画买家一直成谜，除了在拍卖会上，其他时候的价格实在算不上高。”

“这你就不知道了。”一个略显肥胖的中年男人悄悄地对周围几人道：“你们知道倪裳的画的那个神秘的买家是谁吗？”

“谁啊？”

“贺氏那位！”

“贺氏？贺家哪个啊？”

中年男人一脸“这还用说？”的表情：“当然是贺九！”

其他人半信半疑，惊讶地问：“你怎么知道？”

中年男人没卖关子：“我有认识的人专门做这一行，从内部打探到的消息，说是贺九以前买过不少倪裳的画。今晚贺九不是也来？等着看吧。”

一群人兴致勃勃地又聊了几句，随后各自落座。

贺原来得不算早也不算迟。基金会的负责人等在大门口，见他一下车，就亲自上前迎接，一路将他送到座位上，陪着他说了好一会儿的话。

周围打量的目光不绝，他习以为常，并无过多表情。

拍卖会开始，一件件拍品被呈上来，在场的人热情高涨，不时有人举牌竞拍，成交价格有高有低。

倪裳的画是第五件拍品。

拍卖师简短地介绍了一番倪裳和她的作品，道：“起拍价五十万元，开始。”

倪裳的画一直很有话题性，有人觉得价格太高不值那个钱，有人觉得画能拍到那个价，说明有市场。

拍卖师声音一落，立刻就有人叫价。

“一百万元。”

“一百二十万元。”

“一百四十万元。”

…………

举牌的人不少，倪棠的画从起始的五十万元被一路叫到了四百万元。

会场中隐隐传出说话声，徐霖听到了旁边的人的议论声。

“这么高？”

懂行的人摇头：“不高，和以前比起来，这个价格太低了。这次怎么回事？”

“那就不知道了……”

徐霖侧头看身旁的贺原。

贺原坐在椅子上岿然不动，神色倦倦的，对拍卖并无兴趣。

徐霖便收回视线，重新看向台上。

“四百万元一次，四百万元两次，四百万元三次——”

拍卖师喊了三遍，落槌：“成交！”

一片鼓掌声中，拍卖方接着呈上了狄大师的画，其以四百五十万元的价格成交。

随后是他儿子狄禹的画，以三百万元成交。

再后面是画家杜蓝的画，拍了两百多万元。

第九件拍品是苏答的画。

徐霖一听到苏答的名字，立刻抬头。

拍卖师在台上介绍：“这幅画是画家苏答出行佛罗伦萨时，在大街上完成的画作……”

简单介绍一番，他宣布拍卖开始：“起拍价五十万元。”

“八十万元。”马上有人举牌。

贺原看着那幅画，突然出神。

画上是一对年轻夫妻，背景是充满异国风情的大街，背后有一片模糊的行人身影。

他想起他和苏答去黎门岛的时候。

出去度假，她仍不忘画画，不爱在太阳底下活动，窝在房间里拿起画笔倒是能专注地画大半天。

那时他倚在她身边，他们挤同一张凳子，室内冷气阵阵，他和她的身体贴在一起。

她对他说要画一张他，好像是画了的。

那张画她说要送给他，可他最后也没收下裱起来。

“一百三十万元。”

“一百八十万元。”

…………

耳边是竞价声，贺原径自出神，眼前浮现的是她画完画后转过头来问他画得如何的模样。那时候，她眼睛发亮，因为做最擅长、最喜欢的事而快乐。

她同他分享着这份快乐，满眼赤诚，毫无保留。

贺原觉得胸口沉沉的，像压着什么东西。

执意要分手的那天，苏答说他们之间的关系真的结束了。

别人都说，一切都会过去的。

他确实过来了，几年如一梦，即使偶尔会因为很细微的事想起她，也很快就会把那股异样感压下。

他本该把她当作自己人生中的匆匆过客之一，可偏偏做不到。

这几年的时间，每一天都让他更加清楚地明白——他做不到。

台上的拍卖师在问：“四百三十万元！四百三十万元，还有没有更高的价格？”

苏答刚拿下圣保罗金奖不久，作品价格大涨。

贺原直直地看着那幅画。

她画的是异国的街道，路过的行人被记录在画中。她所见的那些时刻，都是他不曾参与过的。

她有了他不了解的、全新的经历。

会场中的空气闷了起来，他周遭的一切好像都变得很杂乱。

“四百三十万元第一次。

“四百三十万元第二次。

“四百三十万元第……”

拍卖师的声音渐渐高亢。

喉头轻动，贺原深吸一口气，皱着眉终于出声：“徐霖。”

徐霖闻声看向他，愣了一下，下一秒立刻举起手中的牌子。

拍卖师朝他们望来。

贺原看着台上，视线越过拍卖师，直直地落在那幅画上。

他的目光悠远，像穿过了几百个日夜。

他看着那幅画，声音在会场中响起——

“一千万元。”

倪棠一直在家等着拍卖会的结果。

汪萌萌陪着她，给她倒水、洗水果，殷勤地跑前跑后。直到拍卖会差不多结束了，汪萌萌坐到倪棠对面，给经纪公司打电话。

那边的人接通，汪萌萌打开免提，立刻问：“拍卖会结束了吗？”

那边传来带着细微电流声的沙哑声音：“结束了。”

“最高价是多少？”

“一千万元。”

“一千万元？”汪萌萌立刻问，“是贺总拍的吗？”

电话那端的人顿了两秒："是。"

汪萌萌一听高兴极了，笑着看向沙发对面坐着的倪棠："我就知道肯定是贺总！每次这种活动，贺总都会让人给棠姐撑足场子！这次他还亲自去了，别人肯定比不上！"

倪棠唇边含笑，紧捏水杯的双手终于微微放松。

汪萌萌问电话那边的人："这次我们的画拍出一千万元，又是全场最高价，你们准备好通稿没有？动作要快一点儿。"

那边的人沉默下来。

汪萌萌没听到那边的回应，皱眉："喂？"

电话那端的人语气微弱："不是倪棠老师的画……"

汪萌萌一愣："什么？"

那边的人似乎咽了咽口水，声音低下来："拍出一千万元的是……苏答的画。"

和其他参与拍卖的画家一样，苏答是抱着尽一份绵薄之力的想法捐赠画作的，得知她的画拍出全场最高价时，着实愣了半天。

关键是买家不是别人，是贺原。

苏答接到消息，对着电话另一端一时失语，不知该说什么。

"这件事我们也很惊讶，收到消息的时候我和同事都蒙了。"黄可灵试探地问，"苏老师，您和那位贺先生认识吗？"

岂止是认识，他们曾经"熟"得不能再"熟"。

这种话自然不能说，苏答含糊地道："有过一点儿交集。"

"这样啊。"黄可灵听出她不欲多谈，没追问，只说，"老师您好好准备一下，明天的饭局我安排司机和车去接您……"

苏答问："什么饭局？"

"基金会和美协的饭局啊。之前微信给您发的内容里不是写了，慈善拍卖会结束后，主办方会邀请作品成交价最高的老师一同出席。”

消息中好像是有这么一条，只是她没觉得自己会是成交价最高的那个，便没怎么放在心上。

苏答抿了抿唇。

照这么说，拍卖成交价最高的画家被邀请去饭局，那出价最高的买家怕是也会在？

她想到这里，头莫名隐隐作痛。苏答动动唇，最后还是没推辞，叹了口气：“我知道了。”

黄可灵又问：“这次拍卖的结果，要不要发点儿新闻宣传一下？”

苏答反应片刻，明白了她的意思，就是通过“一千万元”“最高价”这样的噱头，达到提高身价的目的。

“不用，”她想也没想就拒绝了，“不必拿这个做宣传点。”

因买家是贺原，她本来就觉得头痛，更没有心思拿这个造势。

“那行，反正基金会和美协那边会有正常的新闻，我们就不另外宣传了。”

黄可灵尊重她的意见，简单交代几句，说起另一件事。

“对了，您回国已经有段时间了，公司这边准备给您安排采访。我筛选了一遍有意向的媒体，留下了三四家，已经把名单整理好了，每家的风格、受众等具体信息都包含在内，您看看选一下。”

苏答道“好”，挂了电话。黄可灵立刻把几家媒体的信息通过微信发给了她。

她看了一遍，发语音消息询问：“那个长泓艺术社，是不是我刚回国那几天派人跟着我的那家？”

黄可灵回复：“对，应该是他们。”

苏答刚回来那几天一直在守灵。有记者偷偷地跟着她，甚至还跟到了灵堂附近，被她发现了。她记得当时那人相机上贴的标志，和黄可灵发给她的这份文件里的长泓艺术社的标志很像。

黄可灵问："那就去掉这家？"

"嗯。"苏答对他们围追堵截的行为没有半点儿好感，"这家的采访明确拒绝，短期内不考虑。"

黄可灵应下。苏答没再挑剔，简单比对一番，很快从名单中选定一家。

饭局当天，经纪公司派了车来接苏答。

美协和基金会的主要理事都在，人多，包间订得也大，一张大圆桌可坐二十个人。

今天不是去酒会或者晚会这种场合，苏答没穿露肩长裙。助理给她挑了三套衣服，她选了一套带袖的中长裙装，简洁大方。

一屋子或认识或不认识的人，有美协的，也有基金会的，好些人和她打招呼。她叫不出他们的名字，只能挨个儿用笑容应付过去。

不远处的沙发边围着一群人，贺原端坐其中，对身边套近乎的人态度冷淡。

苏答瞥他一眼，他像是察觉到了一般看过来。她立刻扭头走开，丝毫没有要过去寒暄的意思。

人到齐后，大家入座。

贺原自是居于上首。

苏答和岑昊东正在说话，潘正茂几人忽然招呼："来来来，苏小姐坐这边。"

潘正茂拉开的椅子不是别处的，正是贺原右首第一个。

屋里人的目光齐刷刷地聚集在她身上，打量成分居多。

贺原以一千万元拍下她的画的事情，早就传开了。

苏答顿了一下，淡淡地扯唇："不了，您坐。"

其他人帮着开口。

"苏小姐别客气，应该的！"

"您和贺先生坐上座最合适。"

"坐吧坐吧……"

在场这些人不知是想太多还是什么都没想，拼命地把他们往一起凑，连岑昊东都让她别推拒："你不敢坐，其他人更不敢。今天你是主角之一，坐下吧，这个座位别人都不适合坐。"

贺原淡淡地睨着她，不吭声。

这样的场合，苏答再拒绝就不像话了，被赶鸭子上架，硬着头皮坐到了贺原身边。

对于贺原左边的位子谁来坐，岑昊东和基金会会长推来让去，最后还是基金会会长更胜一筹，一把将岑昊东摁在了椅子上。

桌虽大，座位与座位之间却离得并不远，左边就是贺原，苏答感觉有股热气从手臂旁边传来，微微一瞥，那张熟悉的侧脸上没有多余的表情，连眼神都淡漠如常。

岑昊东身边的基金会会长笑吟吟地道："苏老师和贺先生这是第一次见面吧？"

潘正茂抢话："不是不是——"

"之前在活动上见过。"苏答马上道。

"原来是这样。"基金会会长又说，"看来贺先生对苏老师很欣赏啊，这次这么大手笔。两位放心，我们后续的工作一定不会辜负你们的一片心意。"

苏答笑得很轻。贺原好像朝她看了过来，他的视线如有实质一般，她被他的视线扫过，靠近他的那侧身子略微僵硬，不自在起来。

她垂下眼只当不知，表情竭力如常。

菜陆续上桌，随着席间其他人的说话声，苏答渐渐放松。

她吃东西慢条斯理，吃完一样才慢吞吞地去夹另一样，没停过筷，但吃得着实不多。

贺原的余光一直暗暗地打量着她。

先前她的那句“之前在活动上见过”，语气仓皇得像是要急急忙忙掩饰什么。

他很不痛快。

他和她之间像是隔着难以逾越的天堑一样，这让他很不痛快。

苏答兀自吃得认真。

潘正茂拿起酒瓶走动，给在座各位客人倒酒。行至贺原身边，他给贺原杯中倒上酒，低声问：“贺总怎么不大动筷？您点的那几道菜我都让人加到菜单里了。”

潘正茂早先定菜单时就给徐霖过目了，问了贺原的意见。贺原点的几道菜，他都二话不说就给加上了，现在都在桌上摆着呢。

他忙不迭地问：“还是大厨做得不合胃口？”

贺原确实没怎么动筷子。

他确实点了几道菜，刚经过他面前的那盘就是其中之一。

一双筷子伸向那盘菜，是苏答的。

他旁边的她闷头吃得正欢。

贺原眼睫颤了一下，语气轻了两分：“没有，合胃口。”

潘正茂放下心来，继续去给别人倒酒。

苏答给自己舀了碗汤。

贺原执起筷子，看见她的动作，一瞬间又想起以前的事。

他们从前吃饭时也是这样，她坐在他旁边，两个人都细嚼慢咽不怎么说话。今时与往日同样的安静氛围却给了他不同的感觉，以前她会时不时地看看他，吃到好吃的就会夹一筷子到他碗里，还总是让他喝汤；此刻他在她旁边完全是多余的，还不如她面前的一只碗让她在意。

贺原微微出着神，见苏答突然递来一张纸巾，便下意识地伸手去接。苏答愣了一下，看着他表情有点儿愕然。

另一边岑昊东的手停在那儿，三个人都顿了顿。

苏答的纸巾是给岑昊东的，他下巴的胡须上沾到了一点儿油渍，苏答用手指比画着提醒他，抽了一张纸巾想递过去，没想到刚伸出手，贺原的手便伸过来了。

贺原抿了抿唇，僵硬地收回手。

苏答眼神轻闪，垂下眸将纸巾递到岑昊东面前："岑会长。"

岑昊东瞥了贺原一眼，有点儿尴尬地接过："谢谢啊。"

苏答说了声"不客气"，转回头若无其事地继续吃饭。

贺原面前也有一碗汤，已喝了小半碗，味道醇厚清甜，这一会儿，唇齿间却莫名品出了点儿苦味。

贺原无声垂眸，片刻后，将碗挪开了些许。

饭毕，众人三三两两地到偏厅沙发上闲叙。

桌边已没什么人，苏答吃得差不多了，擦净嘴，和身边几个理事聊了一会儿，离开包间透气。

饭店后头的庭院里种着形态各异的松树，修剪精细，造景十分漂亮，旁边还有错落摆放着的几块不大不小的假山石，弯曲的流水之上是暗红色的木拱桥。

苏答在灯柱下站了一会儿，吃了两颗薄荷糖，听见身后传来脚步声。

她缓缓回头看去，廊下走出一个再熟悉不过的身影。

贺原停在矮阶边看着她。

沉默地与他对视几秒，苏答没有立刻就走。

她终究心里有疑虑，沉声问："你为什么要拍我的画？"

这是她回国后第一次主动和他说话。

贺原的表情在不甚明朗的光线下有些模糊。

他想回答，可又说不清楚。

就像现在跟她出来走到这里，他也无法形容自己的心情，只是觉得心里堵得慌，想见她。

"下次别这样了。"苏答看他不语，无声吐气，干脆趁机说明白，"我的画自有欣赏它的人出价，你再有钱，这样花钱也不值。"

贺原喉咙动了动："我觉得值。"

苏答的话是认真的。从一个美术家的角度出发，她希望自己的作品能够遇到真正懂得欣赏的人，而不是因为别的原因被赋予其他的价值；再者从已经分手的女朋友的角度来看，她也并不希望前男友做出这种奇怪的举动。

该说的她都说了，贺原不听，那就不是她的事了。苏答懒得多言，提步往里走，经过他身边时，被他握住手腕一把拉住。

苏答皱眉："你到底想干什么？"

"我们，"夜色下，凸起的喉结缓慢滑动，他声音低得仿佛要落进地里，"重新来过，行不行？"

苏答抬眸直视他，有几秒没说话。

"你的一千万元，是这个意思吗？"她很轻很轻地笑了一下，"一千万元，这样买我的画不值。"

不等他说话，苏答挣开他的手。

"但想买我的感情，不够。"

媒体那边的记者正和黄可灵核对采访问题，待确认无误以后，就可以进行当面采访。

苏答住腻了酒店。蒋奉林从前给她买的公寓周边正在进行二次开发，少说也要持续大半年，住起来不是很方便，且她正在考虑之后再把公寓装修一次，目前便想先找个房子长租。

佟贝贝自告奋勇要带苏答去看房，结果又放苏答鸽子。

等了一个多小时后她突然说来不了了，苏答真想把她揉吧揉吧烤了。

“我真的不是故意的！谁知道我爸妈会突然把我叫回家，我也很想陪你去看房，真的！”

“你少来。”苏答端起咖啡饮下一口，“我回来才几天，这就两次了，我看你是鸽子成精了。”

“哎呀……”佟贝贝在电话那边撒娇。

苏答教训了她一通，对她的“下次一定守约”表示质疑，无奈地挂了电话。

这间咖啡店位于商场的七层，同层全是奢侈品店，佟贝贝本来说到了先去奢侈品店逛一下，现在只剩苏答一个人闷头在这儿喝咖啡。

“哎？”

正喝着，面前响起一道男声，苏答抬眸一看，一张有点儿眼熟的脸映入眼帘。

“你是叫……”男人走过来，边说边拉开她对面的椅子大大咧咧地坐下。

这行径自来熟得有几分不礼貌，苏答拧眉，没作声。

“苏……苏什么……苏答对不对？”面前的男人想起她的名字，弯唇笑得一脸自豪，“我知道你的名字，我查过你。”

苏答瞥他一眼："我好像没有请先生你坐下？"

他左右看看："怕什么，这儿又没人。"

苏答蹙了蹙眉。

男人见她神色抵触，并不在意，自我介绍道："对了，差点儿忘了说，我叫唐裕。你认识我吧？"

苏答一脸莫名："不认识。"

"啧。前几年，贺九带你出席程家老人的宴会，就在香江宴所那儿，我们不是见过吗？"自称唐裕的男人说，"那天坐下说话，我戗了贺原好几次，你不还一直看我来着？"

苏答愣了两秒，隐约对他有点儿印象，又感觉记忆中的情况和他说的不大对得上。

香江宴所那晚发生的事过去太久，她记得不是很清楚了，只依稀记得好像是有这么一个人，是迟了好一会儿才来的，跟贺原似乎很熟悉但关系又不太好，众人说话，他不冷不热地刺了贺原好几句。

但她只是瞥了他两眼，没有一直看他，毕竟那会儿心思全在手腕处系着的丝巾上。

"我不是还夸了你一句'漂亮'吗？你白我了不是？"唐裕笑嘻嘻的。

苏答想起来了，那晚他们离开之前，唐裕经过她和贺原身边，贱兮兮地对贺原来了一句："她挺漂亮的，这是你第几个女朋友来着？"

眉头轻挑，苏答打量着他没说话。

唐裕摸了一下鼻尖，自己也觉得有点儿不好意思："你别介意，我纯粹是看贺原不顺眼，换个人在他旁边，我一样会——"

"一样会那么欠揍？"

唐裕被她一噎，没生气，反倒乐了。

当时她坐在贺原身边他倒没瞧出来，只觉得她打眼、怪漂亮的——当然，不漂亮他现在也不能一眼就认出她。

这人对她有种莫名其妙的热情，对她表露出的“不善”也没什么反应，苏答不知该说他是心大还是什么。

瞥见他手里拿着的取餐小票，她半带逐客意思地开口：“唐先生的咖啡快好了吧？”

唐裕看了看手里的票，随手往桌上一扔，无所谓地道：“嗐，交了个女朋友，在对面买包呢，让我过来买两杯咖啡。不管她。”

苏答：“……”

“难得碰上，我刚好想问问你。”唐裕摆正姿势，眼里露出好奇之色，“你跟贺原分手，是不是你甩的他？”

苏答还以为他要问什么，不承想开口竟是问这个：“你想知道？”

“对啊，我琢磨了挺久。”唐裕对贺原的事好像格外上心，“你一从贺原身边消失，我就注意到了，后来一打听才知道你出国了。”

苏答没接话，默不作声地端起咖啡。

“真是你甩的？”唐裕盯着她半晌，从她的眼神中确认了答案，开心地笑起来，有点儿幸灾乐祸的意思，“好好好，我果然没看错你，甩得好甩得好。”

他絮絮叨叨地说起贺原，把贺原从里到外贬低一通，贬两句就夸她一句“甩得好”。苏答应付不了这么自来熟的人，喝完咖啡便想离开：“唐先生慢用，我还有事，失陪了。”

“哎？怎么就走了？别走啊……”唐裕跟着起身。

见苏答推开店门，唐裕连咖啡都没拿，赶上来刚想和她说什么，迎面并肩走来两个人。

两边的人一照面儿，俱是一顿。

倪棠这两天心情不好——自打拍卖会结束，她心里就一直有股火烧一样的烦躁感。今日，蔺阳陪她出来逛街散心。

两人临出门前，汪萌萌还接到了媒体的电话说要采访倪棠。仔细一问，汪萌萌被气得半死，挂了电话破口大骂："什么东西，被苏答拒绝了就想采访我们？竟然敢开这种口！"

倪棠兴致缺缺地在商场里逛了大半圈。蔺阳一直宽慰她，说拍卖会的事肯定有什么误会，等贺原有空见他，他一定帮她好好问清楚。

他正说着话，猝不及防就和苏答碰上了，她身边还有个唐裕。

不比苏答，蔺阳对唐裕并不陌生，倪棠同样认得他。

四人面面相觑，周遭静了片刻。

蔺阳最先反应过来："我当是谁，这不是苏大画家和唐大公子？苏小姐这才回国几天，两位勾搭得倒是快。"

苏答脸色沉下来，正要说话，唐裕扫了蔺阳一眼，先开了口："狗嘴里吐不出象牙，这话真不假。你要是不会说话就趁早把嘴闭上。"唐裕才不惯着他，嗤笑道，"你当你是贺九吗？哪怕是贺骐都算了，就你这种货色也配在我面前吠？"

蔺阳登时怒极，倪棠连忙拽住他的胳膊："蔺阳！"

她冲他摇头。蔺阳紧紧咬牙，脸色难看地忍住火气。

"他是小孩子，说话没分寸，唐先生别往心里去。"倪棠抱歉地冲他们笑笑。

"小孩儿？二十多岁的人，五十岁的一半都有了吧，还小孩儿？我看是巨婴才对。"

唐裕骂起人来贱兮兮的，苏答听着，嘴角不禁抽了抽。

倪棠笑得勉强："我们没有恶意，只是碰巧见两位在这儿……"她看看苏答，再看看唐裕，眼神闪了闪，状似好奇地问，"两位是出来约会吗？”

“在一块儿就是约会？”唐裕反问，“那我见你俩也总是待在一起，合着你们天天约会？”

他毫不客气，倪棠脸上的笑霎时撑不住了。蔺阳见状再也忍不住：“姓唐的，你少蹬鼻子上脸！”

蔺阳骂完这句，看向唐裕旁边的苏答。

她比起高中时变了很多，像拂去了一层本就不该有的灰，熠熠生辉。

目光扫过她那张艳丽的脸，蔺阳心里闪过一丝别扭，忍不住讽道：“也就你看得上唐裕。不过也是，你这种女人，还能有多好的眼光。”

苏答冷眼剜他，骨子里带刺儿的一面再也藏不住：“你说话注意点儿，我没那么好的脾气。”

“我和苏小姐可不是你们想的那种关系。”不等蔺阳再说话，唐裕先一步开口。唐裕笑吟吟地道：“你骂错人了，这话该对你哥说才是。实在不行，不如你自己回去问问贺原，苏答以前和他在一起，是不是眼光不好？”

唐裕的话音落下，蔺阳一阵诧异，随后反应过来，眼里闪过一丝难以置信，激动地道：“你胡说八道什么？！”

倪棠闻言也愣住了，眼神略微呆滞。

唐裕嘴角挂着轻蔑的笑：“谁胡说八道了，是不是你自己问问你哥不就知道了？不过他敢不敢承认我就不清楚了，毕竟当时可是苏小姐先甩的他。”

刚确认的八卦消息正愁没地方说，唐裕笑得更开心了。

蔺阳和倪棠的目光霎时朝苏答投来。苏答心下一阵无言。

他们在公共场合争这种东西，实在无聊。

“你们慢聊。”苏答语气转淡，懒得跟他们这群人纠缠，连笑容都欠奉，仿佛这些话题跟她没有半点儿关系，一脸事不关己地扭头走人。

唐裕“哎”了一声，看看她又看看明显还在震惊中的蔺阳和倪棠二人，抬腿追上她。

苏答懒得去管背后的是是非非，径自往电梯走去。

见唐裕跟来，她感到莫名其妙：“唐先生跟着我干什么？”

他半点儿不见外：“我开车送你。”

“不用了，”苏答谢绝，“我自己能回去。”

“别价，跟我客气什么。”唐裕一副和她很熟的样子，根本看不出他们才第二次见面。

“你敢送，我可不敢坐。”苏答没忍住低低地吐槽一句，声音很轻。

唐裕耳朵尖，听得清楚：“你还怕我对你做什么？”见她沉默，他立刻不服气地道，“我看着是那种见色起意的人吗？只是觉得你亲切所以才过来跟你说话，亲切懂不懂？”

苏答对他的愤愤不平不发表评论，沉默两秒后道：“唐先生。”

“嗯？”

“你女朋友呢？”

唐裕一愣，蓦地止住步子，脸上写满了蒙：“我给忘了！”

失笑摇头，苏答摆摆手，将他扔在原地，大步离开。

爱童天使基金会和美术协会的官微以及公众号，各自发了慈善拍卖会的结果。苏答的画作为成交价最高的捐赠品，她本人和她的作品都受到了许多关注。

不过新闻推送力度不大，并没有采取狂轰滥炸的营销式推送，仅仅在美术及艺术圈子内引起了讨论。

苏答回国后的首次采访，稿件已经定下，黄可灵将稿件发到她助理手中确认了一遍，和杂志社约好了时间。

另一边，岑昊东通过经纪公司辗转和她联系上了。

先前他们交流，一直是由公司做中间人转达，作为一个前辈兼长辈，岑昊东主动提出和她交换联系方式，对她的喜爱和欣赏已经溢于言表。

他在电话里邀请："上次你来美协参观的那个展已经布置完了，后天就开展，到时候你一定要来。"

苏答有些犹豫，但岑昊东一个劲儿地游说，盛情难却，她最后只能应下："好的，到时候我一定来。"

除了储存手机号码，苏答还和他加了微信。

电话里聊的都是工作，苏答设置好备注，想起早先酒会的事，发微信消息。

Lily："差点儿忘了，酒会那天我下山，半路上车抛锚了，潘副会长安排了车送我。这几次见面我一直没机会谢谢他，麻烦您代为转达一声。"

Lily："他说是因为您才出手帮忙，谢谢您的关照。"

潘副会长当时话说到一半，一句"是因为"没说完就停住，美协里她也不认识别的人，只和岑昊东一见如故，于是疑惑地问了句："是因为岑会长吗？"潘副会长立刻就点头应"是"，她觉得大概是岑昊东对他嘱托了什么，他才如此客气。

岑昊东对她一片拳拳爱护之意，令她倍感温暖。

另一边，岑昊东却一派茫然。

岑会长："因为我？"

岑会长："我没和老潘说过什么呀。他这人耐不住性子，我和你聊得来，跟他说不上这些，这段时间和他聊得尤其少。”

岑会长：“酒会那天你的车抛锚了？没出什么大问题吧？”

岑会长：“你怎么不早说？我让人送你多好。”

苏答看他回复过来的几句话，愣了片刻。

他没和潘正茂嘱咐过什么？那潘正茂当时说了半截的话是……？

她的脑海中瞬间闪过贺原的脸。

这几次和美协有关的场合中，潘正茂对贺原的态度可谓毕恭毕敬。

苏答微怔，后知后觉地反应过来。

那天她拒绝了贺原送她的好意之后，他的车停了片刻，最终还是开走了。她以为她的态度足够冷淡，以他高傲的性子，碰了壁，不会再自讨没趣，不承想他离开后，还会另外安排人去载她。

这几次两人的碰面中他好像也是这样。

她对他始终没什么好脸色，可他还是一次又一次地靠过来。

苏答沉默了好半晌，给岑昊东回了几句，把这个话题搪塞过去。

摁灭屏幕，她握着手机出神，许久后，长长地吐了口气。

美协内部的经典艺术展于周三下午正式开始。

苏答答应了岑昊东会去，当天过午便早早收拾好，打扮得清淡素雅，让助理开着公司的车将她送到美协楼下。

除了协会内部的理事们，跟协会关系亲近的画家、书法家也都出席了。

苏答一路笑着和人打招呼。不管是陌生面孔还是见过几次留有印象的面孔，但凡对方和她寒暄，她都礼貌地回以问候。

她比曾经在国内发展时更受瞩目，打量她的目光数不胜数。单是“圣保罗金奖得主”的名头就足够她在美术圈内傲视年轻一辈，加之画作刚刚拍出高价，她的风头一时无两。

观展者三三两两地聚在一起说话，苏答没加入任何群体，沿着展区外的长廊随意地走了一会儿，贺原的身影忽然撞入眼帘。

他来了。

她猜到他会来，上次内部参观他就被邀请了，正式开展想必也不会缺席。

苏答静静地站着看他，好一会儿，鬼使神差地朝他走去。

潘正茂陪在贺原身边和他说着这次展览的事，错眼一瞥，发现苏答过来，话头立时止住，示意：“贺先生，那边……”

贺原穿着一身正装，单手插兜，顺着他的视线转头看去，目光触及苏答时轻轻闪了闪，下意识地朝她的方向微微转身。

潘正茂识趣极了：“我还有点儿事，不打扰贺总了！你们慢聊，慢聊！”

他诚惶诚恐地笑着，一溜烟地走远。

苏答迎着贺原的视线，暗暗抿唇，不急不缓地走到他面前。

直到隔着两步距离在他面前站定，她才回过神来，有一点儿茫然，自己都不知道过来干什么。

贺原垂眸看她，眼睛一眨不眨地盯着她的脸，似乎在等她开口。

她收敛神色，张嘴刚要说话，旁边突然响起一道声音。

“贺原——”

她朝声源一看，倪棠提着裙子，正快步走来。

苏答刚提上来的那口气，突然一下就被堵了回去。

贺原一瞥匆匆走来的倪棠，见苏答神情有异，眉头一皱，还没开口，下一秒苏答就已扭头：“你们聊吧。”

见她转身走开，贺原一顿，下意识地想跟上去。

倪棠追过来抓住他的手腕。

贺原一顿，回头见手腕被她拉着，眉头拧得更紧，眸色微沉地挣出手腕。

“贺原！”倪棠焦急地叫他。

苏答已经走远，贺原堪堪止步，回头看向倪棠，眼里快速地闪过不悦：“有事？”

她脸上一片张皇，略带无措：“我……我就是想和你聊聊……”

“聊什么？”贺原声音发冷，英俊的眉眼间浮上烦躁和不耐之色。

刚刚苏答似乎有话要跟他说，倪棠的到来让他错失了一次和苏答缓和关系的机会。

“蔺阳说你一直很忙，我不敢打扰你，看见你在这儿，一时太高兴了才过来……我打扰到你了吗？”倪棠语气颇有几分自责。

贺原没耐心听她废话：“你有什么事，直接说。”

听出他的不耐烦，倪棠僵硬地笑了笑，轻声道：“也没什么。就是前不久的慈善拍卖会，听说你去了，还拍了苏答老师的画。”说到这儿停顿一瞬，而后，她佯装无意地问，“以前没听你提过呢，这几天光听别人在聊，你们认识吗？”

贺原睇她一眼：“这是我的事。”

倪棠脸一白：“我没有别的意思……”

她眼神闪躲，仿佛有些受伤，局促地抬手撩了撩脸颊旁的头发，露出一道淡淡的疤。

不知是遮盖效果不够，还是倪棠有意搽得不全，轻薄的粉底竟没能挡住那一条几乎快要消失的痕迹。

贺原扫过那道疤，目光微顿，沉默片刻过后沉下声音：“倪棠。”

“啊？”她抬眸，目光盈盈。

“这些年你出国打拼，说国外艺术圈排外，生存不容易，开口求我帮你，每年的拍卖场上我都成全了你的面子；你脸上那道疤，当初我也让人尽力给你治疗了。我欠你的，应该都还清了。”

贺原英俊的脸上，那退去了慵懒少年感的眉目透出几分冷厉：“有些事情，大可不必。”

倪棠被他说得心慌：“我不是……”

她的言语、动作，充满了质问的意思，贺原睥睨商场多年，对这些玩弄人心的小把戏，哪儿会看不明白？

那些年他高价拍下她的画，帮她奠定身价、打出知名度，如今她已经有足够的名气，不需要他竞价，画作也能拍到四五百万元。

他已经尽到了补偿的责任。

其他的，他想做什么，是他的自由，他和苏答的事更轮不到别人过问。

倪棠着急地解释：“我只是想和你叙叙旧。”

“叙旧？”贺原淡淡地瞥她，“我们有什么好叙旧的？你要叙旧，该找贺骐才是。”

倪棠的脸色瞬间变得更难看：“我和贺骐——”

“你和贺骐怎么样，我没兴趣知道。”贺原心里毫无波动，似是耐心耗尽了，他皱了下眉，“我还有事，先走一步。”

“贺原——”

贺原对她的喊声充耳不闻，朝先前苏答离开的方向大步行去。

倪棠望着他的背影，暗暗咬紧牙。

汪萌萌处理完杂事，瞧见她，匆匆跑过来：“棠姐。”

倪棠深吸一口气，不等汪萌萌开口就先道：“联系一下上次那家媒体。”

“啊？”汪萌萌迟疑地道，“你是说那家被苏答拒绝了的长泓艺术社？”

倪棠冷声说：“告诉他们，他们家的采访，我接了。”

苏答独自逛了逛，途中和狄禹、杜蓝聊了一会儿，随后离开展区去洗手间整理妆容。

她洗净手出来，刚走几步就被贺原拦下。

苏答停住脚。他长身鹤立，眸色沉沉地看着她：“你刚才是不是有话要跟我说？”

见他如此执着，苏答稍顿，便直接问：“酒会那次，是你让潘正茂派车送我？”

贺原沉默下来。

苏答见他这般反应，心下了然。

无声地叹了口气，她道：“谢谢。”

她拒绝了他几次，但不管怎么说，潘正茂的车坐了便是坐了，不管自己愿不愿意，木已成舟，还是承了他的情。

贺原眼皮轻颤，那张看似板正平静的脸上表情微微松动。

然而下一秒她又道：“谢谢你的好意。不过以后不必了，我的事我会处理好，不麻烦你。”

前一句还在道谢，后一句语气立刻变得疏离，她好像生怕和他扯上关系。

贺原刚转晴几分的脸色陡然阴沉下来：“你一定要说这种话？”

苏答莫名：“什么叫‘这种话’？”

方才她确实想和贺原聊聊，但被倪棠打断了，到嘴边的话一下子烟消云散，心里生出的那几分惆怅情绪也被冲散了。

她很快清醒过来。

他们已经分手了，这么久过去，早就有了各自的生活。

她不会忘记刚出国那段时间她是如何熬过去的，熬到如今，终于能够面不改色地看着他，站在他面前心里不再泛起波澜。

强迫自己把爱情的火焰浇灭，就像将骨头从缠绵的血肉中分离，她已经走过了最初，好不容易走到这里，有的东西，真的不必再来一次。

苏答看着他阴郁的脸色，认真又疏离地说："我们已经分手了，你和我现在只是陌生人，注意保持距离和分寸，我觉得没有任何问题。"

贺原沉沉地望着她，半晌没说话。

许久后，他将声音一点儿一点儿地从喉咙里挤出来："你是认真的？"

"当然。"

她脸上无奈又莫名的神色看得他眼睛刺痛。

苏答说："分手的时候是，现在也是，我一直都是认真的。"

是了，他怎么忘了，她那么笃定。

她说分手的时候，他挽留过，但她还是头也不回地走了。

时至今日，她站在他面前，说自己始终不曾后悔。

频频回头的人，是他。

贺原眼里的温度一点儿一点儿地降下来。

短短的几秒仿佛被拉长了无数倍，像是过了很久很久，他喉头滑动，黑漆漆的眼睛望着苏答，一字一顿地说："好，我明白了。"

视线从她身上收回，贺原阴着脸，语气冷硬："苏小姐自便，我不打扰了。"

他转身，匆匆走开。

苏答站着没动，等他的背影消失，垂眼自嘲地扯了一下唇角，平静地提步离开。

倪棠从展会回来后就一直绷着脸，神色要多难看有多难看。汪萌萌大气不敢出，给她冲好奶咖端过去，动作小心翼翼。

除了电影的声音，公寓里再无声响。

跟在倪棠身边这么久，汪萌萌知道她是有些脾气的，一旦发作起来，特别不好收场。

汪萌萌在餐厅处理工作，不敢发出太大的动静，生怕不知什么时候惹着她。

倪棠窝在沙发上盯着投影屏幕，像是在看电影又像没在看。

不知过了多久，汪萌萌突然激动起来："棠姐！棠姐、棠姐——"

倪棠眉头一皱，满脸不悦："吵什么？"

被斥了一句，汪萌萌脸上仍然难掩兴奋，她握着手机快步走到倪棠身旁："苏答！苏答出事了！"

倪棠听她提苏答刚要发脾气，听见后半句，顿住了："出事？出什么事？"

"她的画！"汪萌萌坐到倪棠身边，给她看手机屏幕，"她的画是抄来的，有人扒了，你快看！"

第八章　算什么喜欢

某个知名美术论坛里，一位昵称为“梵高门徒”的网友发帖质疑苏答，吸引了一堆人围观。

刚开始大家都是凑热闹，后来帖子越来越热，短短两个小时，成了实时第一热帖。

帖子里放出的证据简单直观，是几张截图。

据那位“梵高门徒”自己说，他凑巧发现了一个弃用很久的微博。微博里面有博主发表的许多原创的画，他本是随便一瞧，结果越看越觉得其中有幅画很眼熟。

那是一幅林间图，郁郁葱葱的枝丫间，立着唯一一只鸟。画的构图很简单，处处都透着随意，但色彩的运用极其巧妙，色调明亮的画中竟透出一股难言的压抑和挣扎的感觉。

作为一个美术发烧友，“梵高门徒”很快认出来，那幅画的构图和画风都和苏答几个月前在国外举办的画展上主推的那幅《雀》很像。

于是他特意花了几个小时，通过精心比对细节得出结论——苏答的《雀》脱胎于这位博主的画。

这件事听起来过于玄乎，一个刚刚在国际上扬名的新人画家，画展的主打作品参考了微博上不知名网友的画？

看客们纷纷持怀疑态度，难以相信。

然而“梵高门徒”贴出的比对部分太有说服力，尤其是林间图里的那只鸟，和苏答的“雀”放在一块儿看，仿佛是一窝生的。

帖子被炒热以后，被各大美术圈博主转载，多数博主持中立态度，只转载不发表看法，然而有几个博主却仿佛事情已经有了定论，言辞间充满偏向，骂起了苏答。

一时间，网络上对苏答的质疑声甚嚣尘上。

经纪公司得知消息，第一时间让黄可灵联络苏答。

“我们小组紧急商议过了，现在这个情况，最好还是找公关团队应对一下。那篇帖子，我们会想办法找到发帖人协商，微博上的几个博主，还有那些言论——”

苏答打断她的话：“你怎么不问我那幅画到底是不是抄的？”

黄可灵被问得语塞，沉默几秒：“这个……”

苏答暗暗叹了一声。

公司和她签了约，他们双方是合作关系，他们肯定会站在她的角度为她扫平障碍，以期她有更好的发展，但抛开工作不谈，公司的人心中未必没有疑虑。

就像此刻，黄可灵的犹豫已经说明了问题。

苏答不怪黄可灵，也不怪任何对她产生怀疑的人，毕竟那两幅画确实太像了。

能不像吗？它们虽然中间隔了几年时间，但到底都是她的作品。

人的有些习惯是改不了的，在画画尤其是画鸟这件事上，她早已形成了一种固定的风格。

苏答轻声说："这件事你们不用着急，我自己会处理好，最多三天时间。"

黄可灵对她这般肯定的态度有些意外："您……"

苏答没说太多，只明确告诉她："画没问题，这点我可以保证。"

黄可灵沉默了一下，缓缓舒出一口气，最后还是选择相信她："好。那我先通知同事公关一事暂停，有任何情况您随时打我电话，需要我们做什么尽管开口。"

苏答没跟她客气，道："好。"

挂了电话后，她缩在沙发角落里，头痛地捏了捏眉心。

她这边刚和公司沟通完，佟贝贝那边又打来电话。

"怎么样？怎么样？"佟贝贝火急火燎的，比她还急。

"先不着急。"苏答说，"那几幅画我都留着，已经让人送过来了，直接澄清就是。"

她一边说，一边看向平板电脑。屏幕上是那个熟悉又有些陌生的头像，她往下滑动界面。

佟贝贝听她有对策，稍稍放下心："那现在呢？先不管？"

苏答专注地盯着屏幕。

"苏答？"

苏答回神："啊？"

"你干吗呢？怎么不说话？"

"没什么。"苏答声音微低。

她在看那些微博，时隔好久的记忆从她发过的微博中如潮水般涌来，尤其是和贺原相关的那些。

指尖拖着页面上下滑了滑，苏答轻轻敛眸，吐了口气，关掉微博。

苏答出国前寄存的画很快就送到了她的住处。

撕掉外面包着的纸皮，苏答将画摆在沙发上，站在茶几前欣赏了好久。

说是欣赏，她更像是在挑剔。

构图不够美、颜色搭配不够好、笔触不够细腻……一幅幅地看过去，这些画就没有让她完全满意的，包括那幅林间图，同样瑕疵颇多。

苏答摇摇头，将纸皮收拾好，拿吸尘器清理地面。

她刚弄干净客厅，被扔在沙发上的手机开始嗡嗡作响。苏答从画底下掏出被压着的手机，是黄可灵的来电。

已经跟他们说了网上的事暂时不用急，她马上就会处理，黄可灵怎么还打电话过来？苏答奇怪地接通电话：“怎么了？”

黄可灵着急忙慌地道：“长泓艺术社这一期的采访出来了！”

“长泓？我不是拒绝了他们的采访吗？”

“他们这期的采访对象是倪棠。”黄可灵在那边头痛地道，“我把内容发给你，你看看吧。”

办公室里静得吓人。

徐霖敲门进来，小心翼翼地道：“贺总……”

贺原沉着脸，眼神冷淡中带着点儿别扭，半天没作答。

徐霖打量他的表情，低声说：“长泓艺术社发了采访稿，内容对苏小姐非常不利，现在舆论已经二次发酵，很多和美术无关的网友在转发画的事，热度比之前高了好几倍。”

贺原一言不发，眼里像有什么在翻涌。

徐霖不敢说话了。

苏答一出事他就告知了自家老板，但贺原的态度实在令人难以捉摸，说在意，又没有半点儿反应，说不在意，可那眼睛透出的情绪分明不是那么回事。

久久未得回应，徐霖试探着开口："贺总？"

贺原闭了闭眼，再睁开，满目冷淡："你先出去吧。"

合着他听了半天都不给点儿反应？那还板着一张要杀人一样的脸干什么？徐霖突然不知该怎么吐槽。

他是老板，徐霖不敢多言，睨他一眼，默默地退出去。

门关上，室内重归寂静。

贺原垂眸看向文件，然而视线一直停在同一行字上，半天没进展。

周围静得太过，这早就习以为常的安静，突然让他倍感烦躁。

将笔一扔，贺原往后靠在椅背上，目光落到一旁的手机上，良久，最终还是伸手拿起。

贺原没有用微博的习惯，当场下载软件、注册、登录，然后搜索关键词。

和苏答相关的内容跳了出来，徐霖说的那篇长泓艺术社的采访稿就在第一个，贺原沉着脸点开看，越看脸色越差。

这篇采访稿的采访对象是倪棠，笔者除了夸赞她，全篇都在暗暗贬低苏答。

其实他们指摘的唯一一点不过是苏答拒绝采访——这本是常有的事，笔者却夹带私货，十分擅长运用"说话的艺术"，苏答俨然被塑造成了一个得奖后目中无人，不把媒体放在眼里的跋扈形象。

而同为圣保罗奖的获得者，倪棠和苏答形成了鲜明对比。笔者在文中描述她不仅友好地对待媒体，还百般耐心配合采访，在和苏答的对比之下显得分外高洁。

贺原脸上的寒意就没有消散过。他点开微博下的评论，内容更是不堪入目。

“德不配位，必有灾殃。当然，不是说我们倪棠老师。”

“厉害的艺术家多了去了，那个姓苏的得意什么啊？”

“拿的奖项分量相同，比起倪棠老师，另一位真是差得太远了。”

“但是倪棠拿的是圣保罗银奖吧？苏答是金奖，分量还是不太一样的。”

“金奖又怎么样？就苏答这种人，拿个奖就对记者横鼻子竖眼睛，人品这么烂，拿一百个奖都没用。”

“苏答抄袭的事有人知道吗？美术圈里已经传遍了。”

“牛气哄哄什么啊，奖不过是抄来的，垃圾。”

…………

他一条条地看下去，许多自称是“路人”的人已经开始对她进行人身攻击。贺原只觉得一口气堵在胸口，嘴唇紧抿，冷着脸退出微博。

他重重地将手机放下，在一片安静中，神色冰冷地摁响桌上的呼叫铃。

苏答给林间图拍了几张照，另外准备了一些可以自证的内容，随后打开电脑文档，编辑声明。

手机屏幕上突然弹出微信消息。

她一边检查文字错漏，一边随手点开微信。

佟贝贝发语音消息告诉她：“那个长泓艺术社遭报应了！

“他们社的老板使用胁迫手段潜规则员工，还性侵同行，受害者已经表示要起诉了！还有那篇采访稿的记者兼笔者，暗地里收受好处，给钱就夸，不给钱就见缝插针地贬低，被人扒了个底儿朝天！”

一时间，网友们的注意力都转移到了长泓艺术社上。

有人说看来苏答的事必有内情，但也有人认为这是苏答的反击，不然长泓艺术社怎么刚发了她不好的稿子，立刻就被扒了？

苏答听完佟贝贝转述的这些乱七八糟的内容，一阵无语。

“不管网上那些人怎么说，长泓的老板和写那篇稿子的人现在麻烦大了。”佟贝贝才懒得理那些猜测，先痛快了再说。

确实，这样的事情被爆出来，长泓艺术社在圈内的信誉面临大危机，且内部人员还有违法的嫌疑，不仅老板吃官司，那个记者的情况一经查实，估计免不了要被吊销记者证。

只是这件事情发生得很突然，苏答不由得生出一丝怪异感。

怎么会这么巧？

别说别人觉得有猫儿腻，要不是她知道自己什么都没做，怕是也会以为这是自己干的。

不过当务之急不是这个。

揣着说不清的感觉，苏答将整理好的声明发给黄可灵。

“梵高门徒”事件发生的第三天中午十一点。

美术圈这几日热闹得不像话。先是苏答“抄袭”别人的画，再是长泓艺术社发表了一篇以捧高倪棠为主、贬低苏答为辅的采访稿，一波未平一波又起，紧接着长泓的老板就被爆出性侵同行，而采访稿的笔者也被揭发利用职务之便受贿。

各方争执不休，众人等着看还能有什么劲爆新闻。在大家的翘首以盼之中，苏答通过经纪公司发表了声明。

并非是她抄袭“梵高门徒”发现的微博的画，那个账号是她曾经的生活号。

包括那幅林间图在内，苏答与那个微博账号发布过的所有画作都合了影，还放出了寄存收据。寄存开始的时间是两年多以前，取出时间是近几日，签署的名字都是“苏答”。

从头到尾根本就没有什么抄袭不抄袭的事，画家苏答的《雀》和不知名网友的“林间图”相似，只是因为她们根本就是同一个人。

而对于长泓艺术社在采访稿里贬低她的行为，她也委婉地在声明中回应：“当时在国外的画展结束，原本我还有些工作，不料突生变故，我最爱的亲人永远地离开了这个世界。

“匆忙之下，我赶回国处理丧事。守丧期间，某艺术社的记者私下对我围追堵截，我劝阻多次，对方仍不收敛，甚至一度差点儿发生冲突。

“这件事让我对某社的素质产生了怀疑。直到现在，我依然坚持自己的看法和决定——技艺不精可以弥补，人品有缺永远弥补不了，我拒绝和这种媒体合作。”

在声明结尾，她还对某些说她徒有虚名，身为圣保罗金奖得主画得还不如这位“不知名网友”好的人进行了调侃：“我一直觉得现在的我比起曾经的我进步了许多，不承想在很多网友看来，还是过去的我更胜一筹。我品评许久，虽然仍旧觉得从前的作品不太上得了台面，但会真诚受教，虚心地向以前的自己学习。”

她的声明给了所有质疑者一记响亮的耳光。

苏答平时不营销，这种事却不能不宣传，黄可灵和同事们不遗余力地联系各方，尽可能地将苏答的声明扩散开。

说来也怪，他们才和各方沟通好，这件事的热度就像坐了火箭一般，迅速升至最高。

许多没看见前因的网友也知道了苏答被误会、被诬蔑而后证明自己的事。

大众对于苏答初步有了印象：一个富有才华、年轻有为、美貌出众且刚拿了国际大奖为国内艺术圈争光却被无良媒体和好事网友中伤的美术家。

黄可灵对这种情况既高兴，又有几分疑惑——好多他们没有联系的知名美术博主竟也自发为苏答洗刷冤屈。她感觉怪怪的，可说不上来哪里有问题，思来想去反正是好事，索性由它去了。

随着苏答自证清白，那篇贬低她且抬高倪棠的采访稿一夕间成了众矢之的。

网友们纷纷在长泓艺术社官微和倪棠的认证微博下抨击他们的无耻行径。

“人家亲人去世，你们这些无良媒体跟踪不成，还有脸发文章抹黑别人！”

“倪棠整天营销通稿一大堆，拿得出手的奖就那一个，吃了这么多年老本，还发这种贬低新人吹捧自己的稿子！怎么，人家拿了金奖你拿不到，鼻子都要气歪了吧？”

“倪老师今年的画展在国外是什么惨样自己没数吗？拉了多少人造势都炒不起热度，有这个工夫针对苏答，不如提高提高自己的水平。”

“金奖和银奖得主的差距，不只是在奖项和专业能力上，看来做人也差得很远呢。”

“先前某些人说苏答的画画得不如那个微博博主，现在证实那根本就是人家自己，我看她倒没有比不上以前的自己。反观倪棠，啧啧……苏答说以前的那些画有瑕疵，但我看那些画已经足够吊打倪棠几个来回了。”

…………

佟贝贝将那些评论看了几遍，还特意打电话念给苏答听，笑得上气不接下气。

末了，佟贝贝痛快地骂：“这个背后捅刀的小人，真以为别人看不出她的伎俩，死不要脸地来这么一手，翻车了吧？活该！”

贺原看着手机，很久很久没说话。

他注册了一个新账号以便上网浏览微博，没有认证身份，没有设置头像，名字是随机的一串英文和数字，更没有发布任何内容。

手机屏幕上是苏答在声明中承认的生活号主页。

徐霖甚至还没来得及进一步运作，事情便平息了。

贺原待在办公室里，静静地看了很久，她这个弃用的旧账号的主页里，最顶上的微博是她最新发的，可时间其实早就过了几年之久。

他一直以为她要离开，是某一天突然决定的。

直至此刻，他才忽然意识到，那或许是她在积累了许多个心酸的瞬间以后，艰难迈出的一步。

她在他面前努力地为自己保留体面，在辗转难眠的深夜里，却这样清醒地凌迟自己。

他的心干涩、钝痛，塌陷下去。

她写下的那句话仿佛一把刀，带着旧时的她鲜红的血跨过时间，在这一瞬间用力地扎向他——

“他有好多漂亮的画，可惜不是我画的。”

可惜。

苏答的旧微博里留有太多过去的痕迹。

她大学期间动态不多，微博内容要么是简单的画稿，要么是盆栽照片，其他和生活有关的内容，几乎都是和他在一起的那段时间里发的。

她拍的浪打岸的照片特别美。贺原认出那是黎门岛的海，她出镜了一只脚丫，小巧白嫩，踩在湿漉漉的沙子里。

那样好的天，那样好的海，虽然她待在房间里的时间居多，但应该是有过很开心的时刻的。

她拍了饼干，滤镜用的是适合拍食物的暖色调。贺原想起一股淡淡的香味，苦味和甜味的比例刚刚好。

那时她偶尔会烘焙——她很喜欢做这些事情，有一阵子会烤各种奇形怪状但是味道不错的点心。

现在她或许还会做，但他已经品尝不到了。

她画了几张卡通手绘图，一只肥嘟嘟的猫和一只圆溜溜的狗。贺原记得她有一次发图片给他，好像是情侣吊坠，就是一只猫和一只狗的造型，卡通造型配上花里胡哨的色调，莫名地有种可爱的感觉。

她说她挂一只猫，让他挂一只狗。他嫌幼稚不答应，她难得缠人地追着他要他答应。那天他们玩笑似的纠缠了好久，这件事最后还是不了了之。

她还转发了一些微博，大多是菜谱，其中有很多炖汤的教程。

饭前她总喜欢给他添一碗汤。

他继续向下翻动，又看到好多好多两个人的回忆。

他们在一起的时候，他总是因为工作奔波，她也要开画展，两个人隔一段时间就要分开。

如今他回想起来，却也有了这么多的回忆，而且记得这么清楚。

明明是已经过去好几年的事情，每一件他都能清楚地回想起来，甚至连她的表情、神态都仿佛历历在目，宛如昨日。

胸口缓慢起伏，贺原抬手想给她点个赞，忽然反应过来这不是在微信。

她的微信账号还在用，只是她早就把他删掉了。

他留着她的账号没有再点开过。

旧微博里这些鲜活的她的面貌定格在几年前，他好久没有看到过了，如今也难以再窥见。

时间无声地走过，静静在空气里划出一道道痕。

贺原垂下眼，将手机扣在桌上。

浴室里热气氤氲，苏答泡完澡吹干头发，往脸上敷了一层厚厚的面膜。

音乐营造出的舒缓气氛突然被手机铃声打破。

苏答关掉音乐，拿起手机一看，来电是一串国际号码。

愣了两秒，她摁下接听键，由于不方便将手机放到耳边，顺势打开免提。

“Hello（喂）？”电话那边响起熟悉的男声。

苏答一顿，两秒就听出了对面的人是谁：“裴颂？”

“是我。”男人温和的声音透过听筒从另一个国度传来，带着点儿沙哑，“你没事吧？”

苏答被问得莫名：“我没事啊。”

“我是说网上的事情。”他道，“这段时间我在阿尔巴罗布忙展会的事情，今天才知道消息，抱歉。”

“你有什么好抱歉的。”苏答才明白他指的是这个，淡笑道，“我这边就是一些小事，已经解决了。”

“那就好。”他松了口气，“我还说如果问题严重，我帮你想想办法。虽然很久没回去了，但我也有一些朋友在国内。”

苏答仍说没事，让他别放在心上。

裴颂不再担心这个，转而道：“我这边差不多忙完了，大概后天就回国。”

“这么快？”

“怎么，不欢迎？”

“没有没有。”苏答笑起来，“你回来我带你去吃好吃的，吃遍北城。”

“行，有你这句话，我可等着了。”

苏答心虚了一秒，但想到有佟贝贝这个老饕在，又充满了底气：“没问题。”

她问：“你后天什么时候到，我去接你？”

“方便吗？”

苏答摸了摸脸颊边缘的面膜：“当然啊。”

裴颂说：“我大概八点五十分到。”

苏答一口应下：“好，后天我去接你。”

转眼两日过去。

苏答做了备忘录，裴颂上飞机前也给她发了消息，她算好路程，看时间差不多了，收拾一通便出了门。

开车去机场的半道上佟贝贝打来电话，苏答接通后打开免提。

佟贝贝听到她的去向，半带好奇地调侃：“你接的是谁啊？是不是男朋友？这么殷勤，还亲自去接。”

苏答让佟贝贝别乱说：“是我朋友。”

她在国外第一次比赛拿奖后办的画展，就是裴颂的公司承办的。

裴颂这个人儒雅温和，总是一副笑嘻嘻的模样，性子和蒋奉林有些像，只是略微活泼一些。或许是这个原因，苏答初见时就对他印象极好，有一种说不出的亲切感。

裴颂和她也合得来，两人性格投契，迅速成了朋友。

佟贝贝“嘁”了一声：“我才不信，男女之间的纯友谊本来就少，况且你……”

苏答正想问“况且我什么？”，没等开口，“砰”的一声，车尾猛然被撞了一下。她被震得一晃，被安全带拉住，紧急将车停到路边。

佟贝贝听出异样：“怎么了？出什么事了？”

苏答没什么大碍，回头看了一眼情况，皱眉道：“被追尾了。”

“啊？！”

“没事。”苏答让她放心，“先不跟你说了，我下车看看。”

佟贝贝叮嘱：“你小心啊——”

苏答“嗯”了一声，挂断电话，解开安全带下了车。

她的车后面是一辆蓝色的玛莎拉蒂，驾驶座的门打开，走下来一个人。

苏答抬眼，和蔺阳四目相对，两人都怔了一瞬。

蔺阳回神后立即直奔她来了：“又是你？”他不爽地道，“每次碰见你都准没好事！”

苏答站着不动，眉头轻挑：“好像是你撞了我的车。”

蔺阳看向她的车，嘲讽：“什么破玩意儿，撞了就撞了，大不了我赔你钱就是。”

苏答眼神微冷。

蔺阳这两天正上火，倪棠在电话里和他哭了两回了。

倪棠跟贺原还是大学校友的时候就和蔺阳认识，这次她在网上被骂得那么惨，他试着找人想把事情压下去，结果半点儿成效都没有，烦得要命。

苏答是当事人之一，现在整个美术圈都是夸她骂倪棠的，他看见她更是来气。

“你这车维修费多少？留个账号，我让人打钱给你……”蔺阳不耐烦地说着，忽地想到什么，动作一顿。他把快抽完的烟往地上一扔，踹了踹：“这样，我出三倍的钱。”

他突然话锋一转，苏答不搭腔，并不觉得他会这么好心，静等他继续说下文。

果不其然，下一秒他就道：“网上的事你应该知道？现在事情闹得那么凶，你脱不了责任。你发个声明，让那些人别再骂倪棠。连同修车费，我再给你点儿补偿，你要多少钱我可以给你。”

苏答看着他，笑了一下：“我要你的命，你给吗？”

他诧异地道：“你说什么？”

“倪棠是你妈吗？”苏答敛了嘴角的弧度，一脸淡然，说出的话却将他气了个半死。

蔺阳脸色微变，怒道：“你别给脸不要脸！”

“给脸不要脸的是你。她挨骂关我什么事？她自己接受的采访，自己配合媒体找我麻烦，现在看客觉得她有问题，我从头到尾没有主动做任何事，凭什么为她澄清？”苏答条理清晰地说着，语气不掺杂半点儿情绪。

蔺阳脸青一阵白一阵，偏偏无法反驳，好半晌才咬牙骂道：“你嚣张什么？你别以为我哥买了你的画，你就有资本趾高气扬！像你这种女人我见得多了，我哥识人不清才被你蒙蔽！你以为我不知道，你不过是看上了我哥的钱，看上我们家……”

苏答闭了闭眼，再睁开，蓦地抬脚狠狠地冲他肚子一踹。蔺阳猝不及防，痛呼一声，没站稳，一屁股摔在地上。

“你——”他惊怒交加地抬头，难以相信她竟做出这种举动。

不多时，前方执勤的交警匆匆赶来。

这是一位年过三十岁的女交警，她看向两人问道：“怎么回事？”

蔺阳坐在地上没来得及起身，也没来得及开口。

苏答一转头，眉头微挑，抢先道：“交警同志，这个男人撞了我的车还言语骚扰我，说要给三倍的钱让我私了，我不肯就骂我给脸不要脸。您来得正好，再不来他就要骂得更难听了。”

她说的都是事实，语气拿捏得恰到好处，态度又十分诚恳，天然就让人有好感。蔺阳闻言一怔，随后表情不由自主地狰狞起来，相较之下更显得恶人相十足。

女交警闻言，立时满脸鄙夷地瞥了眼蔺阳。

“跟我们走一趟吧，到警队处理。”女交警对蔺阳表情略带嫌恶，转头面对苏答时态度却来了个一百八十度的大转弯，语气充满怜惜：“这位小姐也一起做个笔录，麻烦您了。”

苏答十分配合，温声说：“不麻烦。”

蔺阳坐在地上傻眼了，半晌都没反应过来。

交警队走廊的长凳上，蔺阳沉着脸，时不时地将目光投向另一条凳上的苏答。若是眼神能化为刀子，她怕是早就被他扎得血肉模糊了。

这个女人太能装了！

蔺阳想到刚才她那一番堪称变脸的表演，气就不打一处来。等了半天律师还没到，他一边拿眼刀子剜苏答，一边烦躁地翻着联系人列表，再度拨出号码。

苏答直接将他当作空气，丝毫不加以理会。蔺阳狠狠地瞪她两眼，收回目光，却见屏幕上的名字是“贺原哥”。

他一愣，意识到自己拨错了号码，然而想挂断已经来不及了，那边已经接通。

蔺阳硬着头皮将手机放到耳边："哥……"

"什么事？"

"没什么，打错电话了。"蔺阳干笑两声，"我不吵你啊，先挂了。"

没等他挂断电话，对面的门被人从里面打开，洪亮的声音响彻走廊："苏答、蔺阳，进来——"

那边的人顿了一瞬："你在哪儿？"

"没在哪儿……"

"说。"

听贺原的语气沉下来，蔺阳只好老实交代："在交警队。"

"苏答也在？"

"嗯。"他心虚地道，"我把她的车撞了。"

这种轻微的交通事故，本来只要交警调解，双方协商好赔偿就行。然而因为蔺阳的那番话，苏答不愿意让他用钱了事，要求他道歉。

蔺阳自然梗着脖子不肯，双方僵持不下，这时贺原赶到了。

苏答对他的出现感到意外，但又并不十分惊讶，只看了他一眼就收回目光。

贺原缓步行至她身边，身形挺拔，她隐约能闻见他身上那股幽微的男士香水味——还是以前他最常用的那种。

苏答眉头几不可察地拧了一下，莫名有点儿烦躁："来给你弟撑腰？"

贺原顿了一下。她的语气比平时冲，隐隐带着火药味。很少见她这样，他看了她几秒，轻声说："不是。"

苏答意识到自己语气太过，没再张口，默默地别开头。

由于他们就赔偿一事不肯让步，交警同志再次进行调解。

贺原得知苏答的要求，眉头微挑："道歉？"

"对。"交警道，"这位小姐说，这位先生撞了她的车，言辞间多有侮辱，她要求这位先生道歉，否则不接受和解。"

蔺阳不服："谁侮辱她了？她踹我她怎么不说？！"

贺原不理他，只看向苏答："他说了什么？"

苏答态度仍然不好："我不想复述。你不信？"

贺原抿唇："我不是这个意思。"

苏答说不上为什么心里烦，可能是因为蔺阳太招人讨厌，又或者是今天突然觉得贺原身上这股香水味让人烦躁。她语气冷硬："他说了什么难听的话你问他自己。不过他应该不以为意，毕竟他出言不逊也不是一次两次了。"

贺原没说话，视线在她板着的脸上缓缓扫过。

她不看他，目光落在前方，娇嫩的肌肤白皙无瑕，饱满的额头，挺翘的鼻尖，姣美的侧脸此刻多了几分冷艳。

贺原轻轻眨眼，看向蔺阳，只说了两个字："道歉。"

蔺阳吃惊："什么？我道歉？哥——"

"我让你道歉，"贺原眼神沉下来，"听还是不听？"

蔺阳一噎，脸色变幻，难看至极。

一口气堵在胸口，他看着贺原那张让他既敬又怕的脸，最终还是屈服了，走到苏答面前，声音几乎是从牙缝里挤出来的："对不起！"

苏答看看他那张不服气的脸，再看向一旁的贺原，没说话，数秒后沉默地别开头。

今天晚上出门是为了接人，谁知道半道遇上蔺阳，被他一通胡言乱语坏了心情，苏答心里有点儿不高兴，不要赔偿要他道歉也是因为窝火。现下听他道了歉，不管他是情愿还是不情愿，她都懒得再继续纠缠。

等到赔偿单开出来，苏答拿上处理结果，看也不看贺原两人，快步朝外走。

时间快来不及了，她还得赶着去接裴颂。

车开不了了，苏答走到交警队大门口，正准备用软件叫车，身后蓦地传来贺原的声音。

“苏答。”

她指尖顿了一下，微微侧身：“干什么？”

贺原眼神有些深：“去哪儿？我送你。”

苏答拒绝：“不用了，我自己叫车。”

她的车这会儿已经被拖车送去修车厂修理，不知几天才能修好。

“这里不方便，很难等到车。”贺原瞥了一眼她的屏幕，又打量她的神色，“你不是赶时间？”

苏答一时没说话。

“况且大晚上的不安全，”他说，“走吧。”

苏答站着不动。贺原走下低矮的阶梯，停在车门边等她。

望了一眼久久没有响应的软件，苏答深吸一口气，半晌，关掉软件走过去。

两人各自从两侧车门上车。

蔺阳匆匆地从里面出来，一看这个情况，傻了：“哥？”

贺原从车里朝他瞥了两眼，什么都没说，毫不留恋地径自开走。

车一路往机场开去。

苏答时不时地看手机，贺原看在眼里，问：“接朋友？”

“嗯。”她不咸不淡地应着，盯着屏幕核对航班信息。

路灯在窗外闪过，车上了高架桥，车厢内安静几分钟，思索良久的贺原忽然开口：“我以前拍了很多倪棠的画。”

苏答没预料到他会说这个，一怔，缓缓转头看他。

他还是一身正装。不得不说，他穿西装真的很好看，很有气质。因其骨相出众，忽明忽暗的光线在他脸上闪过，更衬得他眉眼英俊。

贺原没有看她，眉头微微拧着：“大学的时候发生了一次小事故，她帮我挡了一下，脸上留了疤。后来她在国外艺术圈出头不易，拜托我帮忙，我才拍她的画。”

车里很安静，他的声音轻缓。

时隔这么久，苏答没想到他会突然在这样的场景下解释这件事。

早就过去的事情被他突然提起，苏答不由自主地想起那天发生的事。她在嘉宋画廊撞见徐霖为他寄存倪棠画作的那个画面，一瞬间在她的脑海里浮现。

当时是什么样的心情，她无法准确描述，但本能地不想再次体验。

那种感觉就好像她以为自己得到了心心念念的东西，可是捧到手里才发现，满手都是玻璃碴儿——她满手的血，痛得不知所措。

苏答长长地舒气，别开脸看向窗外：“哦。”

贺原拧眉，解释：“我和倪棠并不是你想的那种关系。”

他们是不是那种关系都无所谓了，她早就不是他的女朋友了。

苏答一脸平淡，没有反应地望着窗外。

沉默的气氛蔓延开来。

贺原喉咙动了动：“苏答？”

“我有点儿困，想眯一会儿，到了叫我。”苏答不欲再聊，歪着头闭上眼，抗拒和逃避的姿态很明显。

贺原没再说话。她就坐在他身边，但他们之间仿佛始终隔着什么。

车在一片沉默中开到机场。

苏答下车，一边张望一边打电话：“我在三号门，你已经出来了吗？”

贺原从另一边的车门下来，走到她身旁。

他手插兜，看着她跟另一个人通话，沉静的脸似乎笼罩在阴影下。

苏答看了看出口方向：“你也在三号门？那你出来，我就在门口。”她唇边浮现笑意。

贺原眼神沉了沉，正要说话，下一秒，一个高瘦的身影大步从三号门走了出来。

苏答眼睛一亮，抬手叫道：“这里。”

男人拉着行李箱，黑色发丝被风吹动，沉稳中又带着几分爽朗的少年气，远远地弯眸冲她一笑。

“Hi（你好），Lily！”

裴颂拉着箱子满脸笑容地走向苏答，张开另一只没拿东西的手和她来了个拥抱，抱完以后才注意到贺原的存在：“这位是……？”

贺原在裴颂走向苏答的时候眼神就沉了几分，但因其将情绪掩藏得很好，眉眼淡淡的，故只隐约透出些许寒意。

扫过裴颂刚刚从苏答肩背上收回的手，贺原唇角绷紧，更是不悦。

苏答不知道该怎么介绍他，含糊地一带而过：“他……一个朋友。”

她不想多说，跳过这个话题：“你坐了这么久的飞机，累不累？”

“还好，你也知道我早就习惯了。”裴颂笑道。

他常年各地飞，几个小时、十几个小时在飞机上都是常事。

虽然苏答没给他们相互介绍，可是他一边说一边看向贺原，主动上前一步，礼貌地伸手：“你好，我是裴颂。”

贺原伸出手和他轻轻一握：“贺原。”

他比裴颂高些，表情淡漠，握完手就将手揣回了裤兜，下巴微抬，天生带着几分凌人的气势。裴颂挑了下眉，唇边笑意不变。两人谁都没再说话。

感觉气氛有些奇怪，苏答清了清嗓子：“我们该回去了。”她对贺原道：“就不麻烦贺先生送了，我们自己叫车。”

贺原蹙了一下眉头，表情很快收回去，好似不在意地道：“都送到这儿了，还怕什么麻烦。”他站着不动，完全没有要和他们分开走的意思，“我正好没事。”

不着痕迹地扫了一眼旁边笑吟吟的裴颂，贺原问：“去哪儿？”

苏答一时默然。

裴颂神色不变，只是笑意多了几分玩味。空气中的异样气氛很明显，他不作声，饶有兴趣地看着，暂未有动作。

“怕我打扰你们？”贺原直勾勾地盯着她，冷不丁地来了一句。

苏答一噎，抬眸看他。他嘴角似乎不太愉悦地撇了一下，和她对视没几秒，又移开视线。

贺原没再多说，径直开了后备厢，以单手插兜的姿势站在车尾，半点儿不落下风，反倒给人一种得了莫大尊荣的感觉。他朝裴颂示意：“裴先生，请。”

苏答拗不过他，怕他再纠缠，要是说出点儿什么不好听的话场面不好看，而且裴颂刚落地，长途飞行后不好再劳顿。

苏答无奈，轻轻地朝裴颂点了点头。

得了她的允许，裴颂这才上前将行李放进后备厢，看着贺原笑道："那麻烦了，贺先生。"

贺原睇着他，眼神淡淡的。

苏答正要往后座去，贺原走到她身前，正好挡住她的动作，先一步拉开副驾驶座的门，眼幽幽地看向她。

苏答顿住。

裴颂见状体贴地缓和气氛，没让她为难："Lily，你坐前面吧，我一个人坐后面就好。"

苏答冲他扯了一下嘴角，飞快地瞥了贺原一眼，默然地坐上副驾驶座。

贺原给她关上门，视线同还没上车的裴颂交会。裴颂笑着，他却没有半点儿反应，不发一言地上了车。

车缓缓驶离机场。

苏答系好安全带，问后座上的裴颂："想吃什么？饿不饿？要不现在去吃点儿夜宵？"

裴颂不挑剔："我还好，一点点饿，吃什么都行。你问问贺先生的意见？"

苏答没立刻说话。她本想接上裴颂，一起吃个夜宵再回去休息，贺原的出现完全在她的意料之外。

她并不是很想和他一起待着，没看他，语气别扭地道："他应该不饿——"

"我正好有点儿饿。"

贺原握着方向盘，淡淡地打断她，吐出几个字回答裴颂的话："我都行，不挑。"这是已经应承下的意思。

苏答一口气堵在喉咙里，眼神不是特别友好地看着他，隐隐开始较劲："我们吃夜宵摊。夜宵摊你可以吗？"

贺原说："可以。"

苏答质疑："你以前不是不吃街边的东西？"

他转着方向盘，脸不红心不跳地道："现在吃了。"

"……"

裴颂在后座听着他们的对话，缓缓笑了："你们关系好像很不错？认识很久了？"

"嗯。"

"没有。"

两人同时回答，内容却截然不同。

苏答看向贺原，他也朝她看来。两人对视一眼，她别开脑袋否认："不怎么熟，认识了一段时间而已。"

没等裴颂说话，贺原忽然"哧"地笑了一声，声音很轻，意味深长："你确定？"

苏答不说话了。

贺原其实是很有棱角的人。

她回国后的这段时间，重新接触的这几次，他一直在"让"着她。不管她拒绝还是不给好脸色，他都没有反应，也沉得住气。

今晚他好像有点儿不同。

不知是因为多了裴颂，还是因为别的什么，他又像是以前的他，淡漠冷静的性子下，刺儿有点儿藏不住，就好像他反问的这句——"你确定？"

苏答一下被堵得回答不上来。

他们确实只"认识"了一年时间。但在那些日子里，他们从里到外地"认识"了彼此，熟得不能再熟。

贺原单手开车，表情像不悦又像正忍着什么，修长的手指握着方向盘，透着散漫。

苏答看着这样的他，一瞬间想起一些少儿不宜的内容。

她解过他的纽扣，咬过他的喉结，他的手掌有些粗糙，游走在皮肤上时留下的触感让人战栗，还有那双眼睛，总是在气息失控的瞬间，充满占有欲地看向她。

空气好像热了一刹那，苏答抿了下唇，暗带威胁地让他打住："等下我请客，你想吃就闭嘴。"

裴颂在后面听着，笑话她："你还是这么蛮横。"

"我哪有？"苏答不承认。

"你没有？每次讲道理讲不赢，就开始使小孩子脾气。"

"……"

裴颂笑道："不说话了？"

苏答幽幽地道："我本想请你吃羊排的，现在看来，还是吃点儿烤青椒算了。"

裴颂没恼，反而更高兴了："行，你请我吃什么都行。只要是你请的，我保证连盘子都舔干净。"

苏答被他逗笑了，神色放松几分。

话题忽然就成了他们两人的，贺原插不上嘴，默不作声地开车，余光控制不住地扫向她。

在裴颂面前的苏答和他以前见过的有些不一样，生动而鲜活。

她在他面前好像没有这么自在过。

握着方向盘的手不自觉地用力，贺原看着前方，因为这个念头，忽然更不高兴了。

吃夜宵的地方在老城区。

街道两侧是一个接一个的店铺，都是烧烤或小炒摊子，经营者多是一对一对的夫妻，一道道吆喝声在香气四溢的白烟中响起，遍地都是人间烟火味。

贺原第一次来这种地方。车上说的话都是诓苏答的，到现在为止，他压根儿就没吃过这种路边摊。

苏答以前读书时和佟贝贝是这里的常客，虽然许多年不来，但记忆还在。她熟门熟路地走向一家店，冲烤炉后忙活的身影道："老板，点串。"

老板"唉"了一声，旁边忙前忙后的老板娘立刻拿起菜单："来咯。几个人啊？"

"三个。"

老板娘道"好"，收拾出一张干净的桌子让他们坐下："你们来得正巧，再晚一点儿可能就没座了。"

苏答说："知道。"

他们这儿一向生意好。

桌子的一边贴着墙，贺原和裴颂正好一人一边，分别在苏答左右两侧坐下。

裴颂还好，随性惯了，打扮得很休闲。

贺原一副精英模样，从头到脚透着一股不食人间烟火的气息，仿佛连灰尘都近不了他的身，和这里格格不入。

等拿到菜单，两个男人各自随意点了一两样菜，苏答承担起了主要的点菜职责。以往这种事都是佟贝贝做的，如今老饕不在，她在这两个菜鸟面前反倒成了老手。

招牌肉串、羊排、青菜……各式各样的烤物，苏答点了一大堆。

贺原看着她熟练地点菜，问："你经常来这里？"

坐在夜宵摊上，苏答暂时按捺下其他情绪，听到他问，点了下头。

她读书的时候经常来这里，后来来得少了。

裴颂好奇地问："这就是你之前跟我说的，很好吃的那家店？"

“对。”苏答指了指墙，“以前这一整面墙上都是菜单。那时候我和我朋友晚上逃课来吃，这里经常没位子。大冬天的，我们就一人端一个铁盘，在店门口站着吃。”

“你逃课？”贺原眉头轻挑。

或许是想起了那段最简单、最快乐的时光，苏答语气缓和了几分，难得和他正常交流：“嗯。”她说，“我们学校就在这边，再过几条街就到了。”

那时候，蒋奉林的身体还没有问题，她什么都不需要担心，每天就和佟贝贝凑在一起胡闹。

苏答说着，似是想起了什么，表情又沉下来。

后来高中她就转学去了蒋老爷子安排的学校，和蔺阳同班，还结下了梁子，在同学生日宴的洗手间外动起了手。

苏答捏着豆奶的吸管，垂了垂眸。

当时就是贺原出现制止了蔺阳，她也因此记住了他。

然而漫长的时间能使记忆变得模糊，如今她再回望，久远的记忆像被一层朦胧的纱遮住了，已经无法看清楚。

苏答失了兴致，就此打住话题，抬头叫老板又加了几样菜。

香气四溢的烤物很快被端上来，几个铁质圆瓶里装满了各类调味料粉末，可以根据自己的口味添加，老板还送了两份蘸料，一份芥末酱，一份醋。

贺原从面前的一盘大虾中夹起一个，还没放到苏答碗里，裴颂先往她面前放了一碟蘸料。他一点儿都不见外，有种自然的亲昵感。

贺原眉头几不可察地轻皱，动作放缓，轻轻地将虾放进苏答碗里。苏答瞥了他一眼，没说什么，只将芥末酱往自己面前拉了拉。裴颂拈起干烤的鱿鱼丝递给她，她顺势蘸了一点儿芥末酱，吃了一口，一脸满足。

贺原面色微滞。

裴颂也拿起鱿鱼丝蘸了芥末酱送到口中，被芥末味呛得拧了拧眉："就你喜欢这个味道。"他连忙喝了口热豆奶压下这股味道，笑道，"不过这个鱿鱼丝确实比我们自己烤的好很多。"

苏答吃下一口鱿鱼丝："你烤的那个都焦了。"

贺原在旁边坐着，冷不丁地出声："尝尝虾，你不是喜欢吃虾？"

她的碗里放着一只他夹的大虾。

苏答正和裴颂说话，闻言将注意力转向他。她看看碗中的虾，眼里因芥末的刺激味道产生的湿意消散了几分。

"不用给我夹。"沉默几秒，苏答低声说，"其实我不是很喜欢吃这个。"

贺原握筷子的手一顿。

苏答说完后别开眼，倒没把他夹来的大虾放回去。她戴着一次性塑料手套，伸手拿起虾，慢条斯理地剥壳，没有落他的面子，但脸上也没有什么表情。

她还是吃了，他应该高兴的，却偏偏生不出一点儿喜悦。

苏答平静地将虾处理好送入口中。看样子虾应该不难吃，可她并未有丝毫愉悦的神情，就好像在告诉他：他以为她喜欢的，其实，她真的不喜欢。

吃完夜宵，贺原和苏答将裴颂送到订好的酒店。

苏答原本也想顺便下车，被贺原拦下。

"我送你回去。"他语气微冷，姿态却不容拒绝。

已经和他相处了一整晚，再多一会儿也不算多，苏答懒得纠结，缓慢放松，收回手没再去碰车门。

和裴颂挥手道别，见他进去后，她才升起车窗。

贺原想点烟，但忍住了。

车里只剩他们俩，他问："去哪里？"

苏答犹豫了一瞬，把酒店的地址告诉他。

接下来，她不开口，他也不说话，车里就这样静下来。

贺原往她住的地方开，苏答的手机一直有新消息进来，一边是佟贝贝，另一边是到了房间的裴颂。

她询问他客房环境，得知不错，放下心来，又聊起下次吃饭的事情。

贺原见她一直低头玩儿手机，略微冷硬的声音忽地响起："在和裴颂聊天儿？"

"啊？"苏答心不在焉地抬眸，又低下去，"嗯。"

手机屏幕在车里幽幽地亮着，和窗外不时闪过的光影相互辉映。

"你们是什么关系？"他的语气有点儿生硬。

这一句莫名其妙的话教苏答抬起了头。

他没看过来，她打量他的侧脸，反问："什么叫'什么关系'？"

他喉头微动，不出声了。

手机屏幕变暗，苏答视线落在他脸上，直勾勾地看着他，沉默许久，又说了一句："这是我的事情，我为什么要告诉你？"

贺原脸色晦暗，握着方向盘的手收紧："你一定要这样跟我说话？"

苏答没有马上回答，看了贺原一会儿，呼了口气，一脸正色地对他重申："贺原，我们现在是没有任何关系的关系，你能记住吗？"

她又是之前的态度。

回国后，她和他好好说话的次数寥寥无几，也几乎没有这种单独相处的时候。

苏答握着手机，趁机把话挑明："你现在做这些是想干什么，和好？"

贺原因她直白的话滞了一下。

她不等他说话，又道："不谈别的，我只问你，你知道自己在干什么吗？你真的清楚你对我是什么感情吗？"

苏答没给他回答的时间："你一直想要什么就有什么，习惯了周围的一切围着你转，突然被拒绝，突然失去，所以接受不了。

"得不到的东西永远是最好的。人一旦失去某种东西，就会开始怀念它的好处，但这只是一种心理作用。"她说，"不过是我们在一起的那段日子，你觉得还不错，所以我们分开后，你产生了一种不甘的感觉。"

贺原声音压低："你怎么知道，只是不甘？"

苏答没忍住笑了："我怎么知道？"

她看了看窗外，夜色浓浓，星点不甚分明。

她忽地说道："你觉得我喜欢吃虾对吗？"

话题瞬间跳跃。

刚才在烧烤摊上，贺原给她夹了一只虾，她兴致缺缺地吃下了，后面没再碰过。

那盘虾是贺原点的。

苏答知道他不是乱点的。以前他们一起出去吃饭，她确实吃虾吃得最多，所以他大概以为她喜欢。

但是——

"那是因为，"苏答抿了抿唇，说，"你喜欢吃的东西里，只有虾我比较吃得下去。"

如果可以，她也不愿意提这些事情："我对虾，对芦笋，对那些东西其实并没有多喜爱。只是在你喜欢的东西里，相较之下，这些东西我稍微喜欢一点儿。久而久之，你就觉得我很喜欢它们。”

她一直迁就着他，吃什么、玩儿什么、去哪里，都是以他的喜好为主。

“但归根结底，这些其实还是你喜欢的东西。

“在那段感情里，我是依附着你存在的。你习惯了周围的一切围着你转，你感受到的舒适和自在都是因为我的退让。

“你没有真正在意过我喜欢什么、讨厌什么，也没有真正了解过我。”

苏答一字一顿地说。

分手时她说了那句话，如今还是这样说——

他从来没有真的正视过她。

贺原动了动唇，想说什么，突然开不了口。

他想说并不是这样的。他知道她不喜欢苦的东西，不喝黑咖啡，知道她喜欢烘焙，喜欢下厨。

可是更多的，比如她话里提到的那些，他又好像找不到反驳的底气。

安静的车厢内，苏答的脸在夜色下越发沉静，她缓缓舒了口气：“你从来没有认真地去了解过我，这样的喜欢，算什么喜欢？”

第九章　手机壳

苏答的语气很平静，却字字如刀。

车厢里一片沉默。

她没想要他回答，因为知道他根本回答不上来。

她对贺原的感情萌芽于那一次初见。

她和蔺阳打架被他摁在墙边，她咬破了蔺阳的手腕，尝到了血腥味，但又知道，再继续下去，最后一定是自己落下风。

可她不愿意松口。被人作弄、针对，被他们恶意地攻击，她只要后退一次，就永远都无法再捍卫自己的权利。

在她那样狰狞又狼狈的时候，贺原如同救世主一样出现了。

他冷淡、轩昂，高高在上。

他让人制服蔺阳，训斥蔺阳，让蔺阳向她道歉。他不仅仅是在那场断打中解救了她，更是把她从转进那所私立高中后就一直在遭受的无形的心灵践踏中拯救了出来。

她怀揣着这份无法言说的情绪，在大学庆典上遇见他之后，蜕变成了更深的感情。和他在一起的那些日子里，她为这份喜欢一直不停地试图向他靠近，甚至甘愿将自己放低。

她的喜欢真实存在过，只是还没开花结果，就在不对等的关系里消磨殆尽了。

那种战战兢兢、患得患失的滋味，苏答不想再尝一次，这个话题重复多少次也只会是这样的结果。

离酒店还差几十米距离，苏答提前叫停："靠边吧，我就在这儿下了。"

车刹得有些急，贺原的表情看起来和平时无异，握方向盘的手，手背却鼓起青筋。

他说不出话。

苏答打开车门，踩在似有湿意的地上，关门前的刹那，她克制而矜持的声音随夜风飘进车内："谢谢。"

那道比从前更加挺直的背影很快就消失在酒店大门后。

夜晚的道路上车辆不多，被洒水车洒过水的地面湿漉漉的。

贺原呆坐在车里未动。

他背靠着座椅，左手夹着一根烟，许久才抽一口，烟尾烧得过长，猩红的火星亮了又暗淡下去。

路旁酒店的招牌和大门内灯光明亮。

不知过了多久，手机屏幕亮起，他看了一眼蔺阳的名字，直接挂断。

贺原掐灭手里烧得差不多的那根烟，重新从烟盒里取出一根，用打火机点了两下才将烟点着。他抽了一口，两指夹着烟伸到窗边，烟雾轻薄，仿佛隔开了车外湿冷的空气。

徐霖打来了电话。贺原接通后点开免提，那边道："贺总，你让我们查的事情查到了。”

“说。”

“最开始爆料的那个人是职业发帖手，最近他的账户有两笔大额资金入账，中间过了几手，源头和蒋家那边有点儿关联。”徐霖试探着问，“这件事，需不需要我现在立刻告知苏小姐？”苏答早一点儿紧张起来，就能早一点儿防范。

贺原想到苏答，夹着烟的手顿了一下。

她刚刚在车里说的那些话，言犹在耳。

说不清的闷窒感袭来，贺原拧了下眉，沉声徐徐地道：“先不用，等我电话。”

徐霖听从他的意思，道了声“好”，半点儿异议都没有就挂了电话。

安静的空气将车厢填满，不留半点儿余地，贺原看着风挡玻璃外的朦胧夜色，不知在想什么。

窗外经过一辆又一辆的车，他抽完一整根烟，将烟蒂摁进铁黑色的内置烟灰缸，缓慢地长出一口气，这才重新联系徐霖。

徐霖严阵以待，等他吩咐：“贺总？”

面容被还未散尽的烟雾蒙住，贺原的眼角、眉梢藏着说不清的怅然和凝重：“把查到的东西整合成文件，明天给我。”

徐霖会意，顿了顿，很体贴地提议：“那我再整理一份让人送到苏小姐那儿？”

贺原短暂地沉默了一会儿，缓缓开口：“不用，我自己给她。”

蔺阳这一晚过得格外憋屈。

他的车先是和苏答撞上，追尾了她的车，他还被她踹了一脚。他们到了交警队她又不肯接受赔偿，然后他哥来了，逼他道歉不说，最后还扔下他和苏答走了。

他发了那么多消息，他哥一条都没回。

蔺阳回到家后越想越气，和倪棠倒了好一通苦水。她一边安抚他，一边细细地问起事情经过，他又不知道该怎么说，只能含糊其词地骂苏答泄愤。

把手机扔到一旁，他仰头躺在床上。

不知道明天他哥会不会跟他妈说这件事。

想到或许会被训斥，蔺阳更烦恼了。

贺家这些人，别说小辈，就是长辈们如今都要看贺原的脸色。

蔺阳是知道他们有多忌惮他哥的，但凡是他哥说的话，他妈一定会十万分上心。

就像当初上高中的时候，和苏答打完那一架，他气不过，想把这笔账讨回来，然而没等付诸行动，他和那帮朋友打电话商量如何整苏答的话被贺原听到，当场就被拎下了楼。

当着他妈的面，贺原把话说得格外不留情，一张脸冷得跟结了冰似的。

也是因为贺原的一句"你这么能折腾，屡教不改，不如出去好好磨一磨性子"，没多久他就被家里人送出国了，在国外一待就是几年，直到如今拿到硕士学位才真正被允许回来。

那么一点儿小事，他也不知贺原有什么必要那么小题大做。

蔺阳搞不懂，他哥平时冷冷淡淡，什么都懒得管，偏偏面对和苏答沾边的那两件事时都跟中邪了似的，突然严厉得很。

越想越觉得不平，蔺阳在床上翻了个身，心里愤愤地嘀咕着：一和苏答沾边就跟中邪似的……都怪苏答……

电光石火间，脑子里忽地闪过什么，他一愣，腾地一下从床上坐起身。

是了，他哥怎么碰见苏答的事就这么反常？当初他只认为是巧合，如今再一想，想起唐裕那天说他哥和苏答谈过恋爱，被苏答甩了的事。

他一直不肯相信唐裕的话，可今天他哥的举动还有之前在酒会上的表现，分明表明他哥和苏答有些渊源。

蔺阳脑子里突然乱成一片，一边不想承认，一边越发笃定。

不会错，肯定是这样的，当初他哥赶他出国，就是因为他欺负的对象是苏答。

蔺阳站起来在屋子里走了几步，莫名觉得烦闷，心里躁得慌。

走了半天重新坐下，他一把拿起手机，给列表里的朋友们发消息，让他们帮忙打听苏答的微信号。

不到半个小时，有人问到了苏答的微信号，把名片推送给他。

蔺阳也不知道自己要苏答的微信号干什么，就是有话想要和她说，但点开她的名片，一下又不知道该说什么。

看着她的微信头像，他想到今晚他哥和她一道上车离开的情景，火气上涌，发出添加好友的请求。

蔺阳知道苏答不会加他好友，借着好友申请给她发了一串又一串的话。

Sun："苏答，你真是好样儿的，我小看你了。"

Sun："今天的事算我输了，你有本事就别靠我哥，借着他教训我算什么能耐？"

Sun："高中我们打架他就因为你罚了我，又因为你把我送出国，今晚又是这样！你别以为我怕了你，这些账我们以后有空一笔一笔地慢慢算！"

…………

他气血上头，一连发了好多条申请。

蔺阳自己一时也说不清，是过去这么多年后知后觉地发现，他哥当初或许就是因为苏答而收拾他更令他生气，还是无法否认他哥真的和苏答谈过恋爱有过亲密关系这一点更让他接受不了。

先是被追尾，后是踹人，到交警队折腾了半天，又赶去机场接人，还跑去吃了一顿夜宵，苏答精神消耗过大，回到房间，立刻进浴室洗漱，准备休息。

换上睡衣出来，她发现微信收到好多条添加好友的申请，点开一看，差点儿被那密密麻麻的文字吓一跳。

只看了几句苏答就认出了这个叫“Sun”的人是谁——除了蔺阳还有谁这么幼稚又无聊？

她在心里翻了个白眼，倒要看看他能说些什么，遂一条一条地点开看，看到后面几条，视线顿住。

蔺阳的话她能看明白，却又不是很理解。

她高中时，贺原因为她罚他，因为她把他赶出国？

苏答微微蹙起眉。

那时候她根本不认识贺原，连话都没和他说过。和蔺阳在同学生日宴上起冲突那次是她第一次见贺原，贺原做这些，怎么可能和她有关？

蔺阳一向这样，脾气暴躁起来不分青红皂白，大概是被晚上在警局的事气得不轻，胡言乱语间什么锅都往她头上扣。

看他的消息根本是浪费时间，苏答懒得再理会他，把手机锁屏放到旁边，走开去吹头发。

这一觉睡到日上三竿，起床后，苏答第一件事就是发消息告知黄可灵车子受损的事情：“车被撞了，昨晚被拖去了修车厂。这几天要是有什么事，出行可能要你们提前安排。”

然后她询问佟贝贝：“有什么好吃的店？给我推荐几家，我请朋友吃饭。”

最后她发消息给裴颂：“你什么时候开始工作？这两天我请你多吃几顿饭。”

几条语音消息发出去，苏答在客厅里铺开瑜伽垫舒展身体，补上清晨的锻炼。

黄可灵回得最快，发了个“啊”字，其后伴随几个问号。不过黄可灵很快镇定下来，让她别放在心上：“出行的事我会安排。苏老师你没事吧？”

苏答回复“一切安好”，黄可灵才放下心来。

佟贝贝不知是睡死过去了还是在忙别的，没半点儿动静。裴颂倒是早就醒了，收到她的消息，一通电话打了过来。

他笑吟吟地问：“你要请我吃什么？”

苏答正好做完简单的伸展运动，一边接着电话一边站起身，反问他：“你想吃什么？”

裴颂说：“我都可以，你看着安排。我最近不怎么忙，这几天只有一两个小会要开，视频办公就行。”他道，“我以为你还没醒，所以没吵你。”

苏答想了想：“那我确定好吃饭的地方告诉你。”

裴颂没意见。他在各方面上都很随意，见苏答对这事如此上心，顿了一下提议：“其实也不用太麻烦，懒得去外面的话，我们买点儿东西自己做也行。”

苏答看了一眼厨房：“我现在住的是酒店式公寓，好像是能开伙……”她走进厨房打量，见有电磁炉、微波炉和一些别的厨具，语气变得肯定，“是可以。那这样，这几天约个时间，我叫上我朋友一起来做东西吃。”

裴颂道：“好。”

午饭后佟贝贝终于回了电话。

因为和裴颂已经说定在家自己做饭吃，所以她喝了口温水后便对佟贝贝说：“你发的这些餐厅我先收着。你这两天有空吗？来我这儿吃饭。”

“吃饭？”佟贝贝嗅到一丝不同寻常的味道，“怎么突然约我去你家吃饭？还约了谁啊？是不是你那个刚回来的朋友？”

“嗯。”

佟贝贝贼兮兮地笑起来：“你们——”

她话还没说完，苏答接到一通电话，反正猜都猜得到她想说什么，见是岑昊东的来电，乐得不用应付她：“我接个电话，先挂了。”

苏答在佟贝贝的不满声中转接电话，语气温婉了几分：“岑会长？”

“哎，苏老师。”带着笑意的声音透过听筒传来，岑昊东还是那般热情。

“您找我有什么事吗？”

岑昊东说：“没什么事，就是问问你今天有没有空出来喝个茶。”

苏答闻言大感意外：“喝茶？”

他笑呵呵地说：“我们这些老家伙闲下来的时候也就只能在茶馆里坐坐。有没有打扰到你？”

岑昊东年纪大，资历又深，为人从来没有前辈架子，在她面前一向儒雅随和。苏答和他来往不多，但对他这个人还是挺敬重的。

他都这么说了，苏答哪儿好拒绝：“不打扰，我也没什么事。您在哪儿？我现在过来。”

岑昊东把定位发给她，苏答收拾一通，动身过去。

路上车有点儿多，堵了一会儿，她到的时候已经三点五分。

雅致的私人茶庄朴素安静，空气里飘着一股幽淡的茶香。

店员将苏答领上楼，带到挂有“猴魁”木牌的门前，轻敲两下，帮她推开门。

苏答朝店员淡笑致谢，刚入内一步，定睛瞧见屋里坐着两个人，愣了一瞬。

木雕茶桌边，贺原和岑昊东相对而坐。

岑昊东见她来了，立刻起身招呼：“快进来、快进来。”

苏答唇边笑意略微转淡，眼神扫向贺原。

他岿然不动地坐着，手里端着杯茶，慢条斯理地送到嘴边轻啜一口。

苏答站了两秒，在岑昊东的热情招呼声中坐下。

“贺先生怎么也在？”苏答不动声色地问，“我还以为只有岑会长一个人。”

岑昊东解释：“我和贺先生相谈甚欢，所以就约着一道来饮茶。正巧说起你，贺先生对苏老师很是欣赏，我就想着叫你过来。”

他给她倒了一杯茶：“尝尝，这茶泡得正好，正是最香的时候。”

苏答记得岑昊东和贺原走得并不近，之前几次见，岑昊东对贺原这种“资本方”隐隐还有些抵触。

她的眼神冷冷扫来，贺原当作没看到，面色平静，很沉得住气。

苏答之前不知道他也在，现下一时半会儿想走也走不了了。有第三人在场，她不想把气氛闹得太僵，按捺下来，没有多言。

岑昊东不知他们之间的纠葛，一会儿给苏答倒茶，一会儿给贺原倒茶，兴致十足地和他们聊起来。

两个多小时转瞬即逝。

傍晚，夕阳落下，茶喝得差不多了，岑昊东看时间不早，抻抻肩，准备走人。

苏答见状也想撤，贺原在她动身前突然开口："我有点儿事想和你聊一下。"

她没想到他会在这个当口儿说话，愣了一下。

岑昊东没察觉异样："贺先生和苏老师有话要说？那我先告辞，你们继续聊？"

不等苏答拒绝，贺原接过话头，模样宛如一个可靠至极的沉稳后辈："岑会长慢走，下次有空我们再聊。"

岑昊东笑容满面，一边道别一边连连点头，对下午这场"茶话会"显然十分满意。

包间里只剩下贺原和苏答两人。

没了别人在场，苏答俏丽的脸上神色淡了几分，直接问："你又想做什么？"

贺原眉心动了动，好似没察觉她的不耐烦："我让徐霖把东西拿上来。"

不多时，门外响起敲门声。

贺原说"进"，推开门的徐霖三步并作两步走到他们面前，呈上一份薄薄的文件，马上又退了出去。

苏答皱眉："这是什么？"

贺原示意她自己看："你打开看看。"

苏答打开文件纸袋，抽出里面的几张纸从头看了一遍，越看嘴唇抿得越紧："这个人是……？"

"最开始在论坛发帖的人。"贺原说，"他收了两笔钱，由薛氏旗下分公司之一的会计账户汇入，这个分公司在一年前归在薛谭雅名下。"

这份文件是一份调查报告，调查的对象是发帖说她沽名钓誉的那个昵称为“梵高门徒”的网友。

躲在网络背后对她发起“正义制裁”的并不是什么热心人士，那人所做的一切，都是因为收了钱。

而这笔钱的支付者是薛谭雅——她那位“哥哥”的妻子。

苏答想起灵堂里那张频频出现在身边的关切的脸，背后略微发冷。捏着纸张的手用了点儿力，她冷静下来：“你今天找我，就是为了这件事？”

贺原声音沉沉的：“是，也不是。”

苏答挑眉：“还有什么？”

贺原看着她，似乎在斟酌用词。

他和她对视的时间不长，苏答自觉此刻眼神并不尖锐，他却忽然躲开了她的视线。

贺原喝茶的动作莫名有几分紧绷感。过了好一会儿，把杯子放到桌面上，他轻声说：“想和你吃个饭。”

苏答一顿，有一瞬间很不自在：“吃饭？”

贺原看了一眼窗外，太阳西沉得极为迅速：“差不多到吃晚饭的时间了。你想吃什么？”

苏答反问：“谁说要跟你吃饭了？”

贺原扫向她手里的那份文件：“既然来一次，吃顿饭不行吗？”

苏答沉默了几秒：“我昨天已经请过你一顿了。”

夜宵也算饭，他这份调查报告非要抵，那顿夜宵也不是不能抵。

贺原有几秒没说话。

他们之间隔着一张茶桌，茶水转凉，袅袅白汽飘到他的眉眼处，再往上就淡得几乎看不到了。

他这张脸比起几年前成熟了很多，此刻被这薄薄的水汽笼罩，眉眼间莫名又多了一种青涩感，像时光倒流。

苏答短暂地出神两秒，回过神来，飞快地垂下眼，为自己这片刻的愣怔抿住了唇。

她还没回答，室内一片安静，放在桌边的手机“嗡嗡”振动了起来，是裴颂打来的电话。

苏答瞬间松了口气。

她有一种从差点儿要败下阵的昏头状态中清醒过来的庆幸感，抓起手机，冲贺原轻轻晃了晃：“抱歉，我有约了。”

苏答的手机壳是明黄色的，像是从浓墨重彩的油画上截取了一部分。手机屏幕在贺原的眼前一晃而过。

贺原足够好的视力让他看清了来电显示上的名字。

苏答站起身就要走，他板着脸，伸手拉住她。

“干什么？”苏答被拽住，不得不停下，眉头因他这动作不悦地皱起三分，手尝试着挣了两下，但是力气不如他，没有挣脱。

贺原面色微沉，看表情像是想和她说点儿什么。

手里的手机还在振动，苏答进退维谷，甩不开他，只得先接通电话。

“喂？”

“是我。”电话那边传来裴颂的声音，语气中略带无奈，“你现在方便吗？”

苏答听出异样：“怎么了？”

裴颂说：“我不小心被机动车撞了，有点儿小擦伤，现在在医院挂水不能走动。你要是方便的话，我想让你帮我打份病号饭。”

他一副云淡风轻的口吻，还带着点儿自嘲。

苏答一听，完全没了别的心思：“怎么会撞伤？你把医院地址发给我，我现在马上过去。”

裴颂听她着急的语气，连忙强调几遍自己伤得不严重，只是小问题。

苏答放心不下，不再多说，挂断电话就要去医院，然而刚一动就想起自己的手还被贺原扯着，更不耐烦："松手，我要走了。"

贺原没什么表情，握着她手腕的力道分毫不减。

"你要去医院给他送饭？"

她方才说的话他都听见了，裴颂的声音也从听筒里微微漏了些出来。

苏答不想浪费时间，又挣了挣手腕："是。你放手。"

贺原冷淡的脸上闪过不悦："他不是说只是小擦伤，你这么紧张干什么？"顿了两秒，他嘴角很轻地朝下撇了撇，"他要吃什么，我可以让人送过去。"

裴颂吃不吃饭跟他没关系——他和对方只见过一面，如果不是因为苏答，自己才不会管。

他自认态度够诚恳，苏答却不这么想。

她觉得贺原有些胡搅蛮缠："吃什么不是重点，裴颂受伤了，我要过去看看他。"

裴颂、裴颂、裴颂，贺原第一次发觉有人的名字可以烦人到这种程度。

一想到这几年里，这个人在他一无所知的时候突然冒出来，和她从相识到熟悉再到亲近，他心里就莫名生出一股浇不灭的火。

贺原拧起眉头，正要再说。然而没等他张口，苏答叹了口气，脸色沉了下来。

"我是不是说得不够明白？"她拧着眉头，"我一直认为当初我们是和平分手，所以觉得有些情况下，无法避免互相接触也没什么。贺原，你别逼我烦你。"

她第一次露出这样冷淡而不耐烦的模样，贺原滞了一刹那，连带着握她手腕的手也僵了僵。

苏答没了耐心，用力一挣，从他掌中将手腕抽出来。

她一刻也没多留，转身推开茶室的门，刚走到门外，差点儿和匆匆赶来的徐霖撞上。徐霖匆忙停住，手里拎着的三层木制食盒格外精美。

徐霖和苏答相对而立，不由得愣了一下："苏小姐？"

苏答瞥了一眼他手里的东西，停顿了一瞬间。

这里只有贺原和她两个人，徐霖这时候送来吃的，给谁一目了然。

只停顿了几秒，苏答还是没有留下，越过徐霖径自走出去，没有过问那个食盒里装的是什么，也没有再多看一眼。

她的背影转瞬消失在楼梯拐角。

徐霖站在原地，朝后张望两眼，站在门边突然不知该进还是该退。贺原还在茶室内，徐霖不敢多看那道身影，硬着头皮走进去。

他将食盒放到桌上，声音因小心而变得低沉："贺总。"

贺原面容僵硬，视线缓缓扫过来，在食盒上停留片刻，语气平淡得听不出情绪："出去。"

徐霖不敢多说，马上颔首离去，将门掩上。

茶室内寂静无声，桌上的茶壶都空了，仅剩的一点儿茶水也在杯底凉透了。

窗外，橙红的夕阳埋入地平线，天马上就要黑了，不知什么时候才能迎来黎明。

贺原在茶室里静坐良久，沉默地将食盒打开。

小巧精致的寿司在盒内有序地排列着，他随手拿起一块，蘸了蘸酱料格里的芥末酱，送入口中。

呛人又刺鼻的芥末味直冲脑门儿，贺原拧着眉细细咀嚼，缓缓吞咽。

这味道在身体里横冲直撞，刺激得额头沁出薄汗，他觉得有点儿痛，嘴、喉咙、耳朵、气管或是胃，具体哪里痛又说不上来。

贺原的眼角被呛得浮起了很淡的红色。

这一股痛感幽幽地在身体里蔓延开，余韵格外绵长。

苏答匆忙赶到医院找到裴颂时，他正在输液大厅里挂水，左手手腕和胳膊擦伤了三四处，都贴着白色的纱布，其他地方倒还好。

苏答在途中给他打包了一份晚餐，都是很清淡的东西。裴颂一看满袋子的汤汤水水，露出苦笑："我只是擦伤啊，妹妹，能嚼，牙没问题。"

生病了就要吃清淡的——苏答在蒋奉林身边长大，这个观念根深蒂固："你在挂水呢，就得吃点儿好消化的。"

裴颂拗不过她，认命地单手用餐。

苏答见他不方便，想帮忙，被他拒绝："可别，一点儿小擦伤而已，被你弄得像是我半身不遂了。"

她"啧"了一声，收回手，让他别瞎说。

裴颂吃着东西，随口问："你从哪儿来的？"

苏答面上闪过一丝不自在，没立刻回答，过了会儿才说："和一个认识的人在一块儿，接到你的电话就过来了。"

"和谁？"裴颂猜测，"贺原？"

她不说话。

裴颂一脸了然，知道自己猜对了，轻笑："他就是你那个情伤对象？"

上次见面时他就觉得他们之间的气氛不对。

苏答蹙了下眉："别胡说。"

什么情伤不情伤的。

裴颂喝了口汤，慢条斯理地笑道："你还记得那次我们在萨热广场吗？"

他突然说到这个，苏答沉默。

那是在国外发生的事情。

那一次，他们正散步聊天儿，广场上有个自由演奏家在弹钢琴，弹到某一首曲子时，苏答下意识地停住了脚步。

裴颂当时告诉她："这首曲子有个别名，叫《情伤神曲》。知道为什么吗？因为每个经过这里，听到这首曲子停下的人，心里都有情伤。"

苏答对这个说法嗤之以鼻，死活不承认自己有情伤。

忽然提到这件好久以前的事，裴颂不免好奇地追问："你把贺原一个人扔下了？"

苏答不是很想聊这个话题。

她走之前放了一通狠话，来的路上没觉得怎样，一心赶着探望伤患，这会儿坐在这里，听裴颂说了这么几句，不知怎么忽然想到了贺原那张脸。

在她挣脱他的桎梏时，那张一向冷淡高傲的脸，瞬间黯淡了下来。

"吃你的吧。"苏答敷衍地搪塞过去，转移话题。

裴颂见她不想聊，没再继续说。

挂完水已经八点半了，裴颂没什么大事，还很有精神地把苏答送了回去。

第二天一早，苏答就收到了他的消息。

他半点儿伤患的模样都没有，问什么时候能去她那儿吃饭。

苏答正好没事，择日不如撞日，打电话给佟贝贝一问，得知她也闲着，干脆当场定下时间，约好一起吃晚饭。

裴颂三点多就开车到酒店楼下，接到苏答后一起去买食材。

佟贝贝是懒骨头，不愿意动弹，磨蹭很久才动身，得知他们已经出发去生鲜超市，乐得清闲："那正好，我直接去你住的地方，就不去超市了，省得跑两趟。"她还美其名曰，"给你们创造独处空间，我贴心吧？"

苏答回她："贴心！"

苏答一个字都懒得多说，把房门密码发给她，收起手机不聊了。

裴颂推着购物车，苏答和他并肩在超市里逛着，买了肉类、海鲜，最后是蔬菜。

挑了几样叶子菜，她正想看看水果，迎面走来两个人。

蒋诚铎推着推车，薛谭雅在他身旁，购物车里放了些食材。薛谭雅看到苏答时眼里闪过一丝意外，很快冲她扬起笑容："苏答？"

薛谭雅语气亲热，听不出一丝恶意。

想到贺原给她的那份调查结果，苏答面对这张温柔大方的脸，眼神微冷，眉头轻挑，唇角勾起一点点："薛姐姐。"

薛谭雅微笑，怪她见外："怎么这样叫？太生分了。"

苏答目光扫过蒋诚铎，解释道："我一般不怎么叫'哥'，习惯了。"

苏答不叫蒋诚铎"哥"，所以也就不叫她"嫂子"，这个理由无比充分。

蒋诚铎握着推车把手，眼神在她身上停留片刻，移到她身旁的裴颂身上。

他眸子沉了沉，开口："这位是……？怎么不介绍一下？"

苏答言简意赅地道："我朋友。"

她并不想多说，打完招呼也没有要和他们叙旧的意思："我们还要买别的东西，先走了。”

裴颂但笑不语，看出苏答态度中的冷淡，没做自我介绍，跟着她走开。

将那两人远远甩开后，他才问：“不喜欢的人？”

“嗯。”苏答抿了下唇，说，“两个都是。”

薛谭雅的事，之后她再处理。

苏答心下有计较，将这场偶遇抛到脑后暂时不去想，专注地买菜。

买好食材后没多逗留，他们回到了苏答的住处。在沙发上躺成“大”字的佟贝贝见二人回来了，起身过来帮忙。

三个人做了一桌子丰盛的菜。裴颂是个很善于带动气氛的人，佟贝贝和他第一次见，不到二十分钟就和他相处得十分融洽了。

饭后，饱足的三个人一人端一只红酒杯坐在地毯上，背靠着沙发，一边小酌一边天南地北地聊起来。

裴颂说了很多在各个国家的见闻，普通的事被他一讲就变得格外有趣，佟贝贝托着腮，比读书时听老师讲课还认真。

快十点时聚会散场，苏答将他们两人送到车库。裴颂叫了代驾，顺路载佟贝贝回去。

车渐渐远去，苏答转身往电梯走，身后不远处似是传来开车门的动静。

快到车库的电梯门前时，她听见细微的脚步声，下意识地回头一看，被突然出现在面前的身影吓得轻叫出声。

蒋诚铎扶住她的胳膊：“是我。”

苏答差点儿摔倒，站稳后连忙抽回自己的手。

蒋诚铎眼神晦暗，身体将来自身后的灯光遮住，阴影霎时笼罩下来。

苏答后退一步与他拉开距离，微微拧眉："你怎么在这儿？"

蒋诚铎没回答，眼神灼灼地盯着她，手插进兜里，只问："他是谁？"

苏答顿了一下，意识到他指的是裴颂："关你什么事？"

贺原质问她就算了，他凭什么？

"朋友？"蒋诚铎脸色微寒，"什么样的朋友大晚上随便就往住处带？要是没有别人，你是不是还要留他过夜？"

苏答觉得他莫名其妙："我不知道你在说什么。"

有点儿不爽，她不想理会他，拧着眉转身就要走。

蒋诚铎一把拽住她，将她推到墙上。

苏答背撞到墙，冰凉的触感透过衣物传来，她发现甩不开他，便使足了劲抬脚往他腿上踹。

蒋诚铎没防备她突然来这么一下，略微吃痛，她趁势抽回手。

"你大晚上不好好在家待着，跑来我这儿发什么疯？"苏答怒气上涌。

她的住处，她并没告诉过他，他却找到了这儿来。

想到这一点，她心中莫名发寒，再想到他在车库里不知盯了多久，更想离他越远越好。

蒋诚铎黑着脸："你就这么不想见到我？"

苏答当然不想见他，他们从前关系就不好，更何况现在还有个笑里藏刀的薛谭雅。

她加重语气提醒他："你到这儿来，薛谭雅知道吗？"

蒋诚铎目光一闪。

苏答深吸一口气："有太太的人，行为最好还是检点些。你再这样我要报警了。"

他上前一步，似乎还要说话。

苏答警惕地往后退，恰逢两辆车开进车库，车灯将周围照亮。她连忙摁开电梯进去，提防地看着他：“我要休息了，你别上来。”

她快速地摁下关门键，待电梯门闭合，再看不见蒋诚铎那张脸，立马连摁了几层楼。

终于回到房间，苏答长舒一口气，心跳得有些快。

她拿起手机和佟贝贝说这件事。

佟贝贝看到消息的时候已经到家了，马上打来电话：“你没事吧？”

苏答说“没事”。

“你哥……不对，蒋诚铎他是不是有病？你和谁来往关他什么事？他怎么这么大反应？”佟贝贝奇怪地道，“以前读书的时候你记得吗？他不知道从哪儿听说你谈恋爱了，那次……他不是也跟神经病似的，吓死人了。”

越说越觉得不对劲，佟贝贝“哎哟”一声：“他该不会是对你……？”

苏答抿紧唇瓣，没有作答。

这里是决计不能再住了，良久，她吐出一口气：“我要找个安保严格的地方，马上搬走。”

拖了几周的租房事宜，经蒋诚铎这么一闹，立刻被苏答提上日程。

裴颂得知苏答的事后，遗憾她说得晚了：“你要是早点儿说，说不定咱们还能做楼上楼下的邻居。”

他的住处是他公司的人一早安排好的，刚回国那两天暂住酒店，后来很快就搬进了公寓。他住的地方环境不错，之前同一栋楼还有空置的房子，现在已经没了。

他想起旁边的楼里还有空公寓，马上道：“哦对，旁边那栋楼好像还有空公寓，你要不要来看看？”

苏答当然不会拒绝，和朋友住得近，平时走动也方便。

当天她就约了附近的房产中介去看房子，裴颂正好有事要忙，没法儿陪同。她到那个小区一看，剩余的几个户型都不太好，不是面积太小，就是采光不好。

中介见她不满意，想了想：“附近还有一个小区，环境很不错，符合您的要求，安保方面非常严格。您是一定要选这个小区，还是也去那边看看？”

苏答不是非要在这儿住，觉得看看其他的小区也好，便应下了。

中介姑娘开车载苏答到了一公里外的另一个小区。小区果真如她所说，环境幽雅，大门安保尤其严格，每一栋楼的门禁也落实到位，非住户很难入内。

看了三套公寓以后，苏答选定了最后一套。

谈成一单生意，中介姑娘很高兴，把合同条款一次性协商妥当，和苏答约好隔天签合同。

两人一同搭电梯到车库，中介姑娘提出送苏答回去，苏答不好意思麻烦别人，婉拒了她的好意。

中介姑娘便说：“那我送您到小区外。”

苏答没再推辞，道谢后上了她的车。

相隔几个车位的距离，一辆白色车子里，一个妆容精致的女人坐在副驾驶座上，看着不远处的人影，问身旁的同事：“秋秋，那个是不是苏小姐？”

被叫“秋秋”的女人和她一样妆容精致，顺着她的视线看过去，不太确定地道：“不是吧？你是不是看错了鹭姐……”

二人说话间，前面的车已经开走。

白鹭手疾眼快地拍下照片，将照片放大，细细辨认："就是她，不会错！"

徐霖作为特别助理交代下来的好几次工作都跟苏答有关，她们这帮行政助理或多或少都认得苏答。

白鹭确认完，又问："刚刚和她在一起的那个是房屋中介的小林？"

"好像是。"当时她们俩找房子也是通过那家中介公司。

这个车库是两栋楼的住户一起使用的，看刚才苏答乘坐的电梯，好像是 11 栋，而她们俩就住在 12 栋。

白鹭想了想，点开列表里备注为"小林"的好友，发去消息："刚才在车库看到你带个美女下来，怎么样，谈成了吗？"

小林过了两分钟就回了消息："哈哈，成了，明天签合同。"

秋秋见她指尖飞快地在屏幕上打字，好奇地凑近一看，发现她已经把消息汇报给了徐霖。

"你为什么告诉徐哥？"

白鹭妆容精致的脸上扬起一抹笑容，没头没脑地问："公司里那些打贺总主意的人，你觉得傻不傻？"

秋秋愣了一下，点头。

"对吧？那些都是傻子。"白鹭收起手机，"我和她们可不同，我只要升职加薪。"

傍晚时分，办公室的门被敲响。

徐霖将黑咖啡送到贺原桌上，随后，又另外递了几张纸过去。

贺原缓缓抬起眸子："什么东西？"

桌上堆了小山般的文件，徐霖了解自己的老板，不管心情如何，一旦工作起来永远是一顶一地负责专注，但忙完以后就不行了，这几天，他闲下来时出神的时间肉眼可见地变长了。

作为一个好下属，自然要学会为老板分忧，徐霖含蓄地笑道："昨天行政助理那边汇报，苏小姐看了这个小区的房子。"

贺原动作一顿，抬眸打量了他一眼。

徐霖知道贺原是个要面子的人，很识趣地垂眸，没有看他。

纸张摆在桌上，贺原扫过纸上不大不小的字，苏答租住几栋几号公寓，写得清清楚楚。

办公室里静了一会儿，贺原略显低哑的声音响起："签合同了吗？"

徐霖道："签了，今天刚签。"

白鹭昨天汇报过一次，今天跟进消息，说旁敲侧击地打听好了，合同已经签下。

虽然纸上特意写了，但徐霖还是暗示意味明显地提醒："苏小姐的这间公寓，楼上和楼下都有空的公寓，上面两套，下面一套。"

这么几张薄薄的纸，比桌上任何一份文件的内容都要少，贺原的视线却在纸上停了好久。

徐霖不着急，视线下垂，眼观鼻、鼻观心。

许久，贺原喉头微动，缓缓收回目光，那副不在意的神情稍显刻意。

"户型还行，"他佯装不在意地开口，语气里却隐约透出几分不自然，"去租下来，楼上楼下各一套。"

徐霖是个行动派，做事效率高，贺原一吩咐，当晚就和中介公司签订了租房合同。只是贺原并没说什么时候搬进去住，这事便暂且搁置。

房子租下后，贺原出神的次数稍有减少，但有时会突然叫住徐霖，像是想问什么，每每总是欲言又止，沉默半天，最后只说一句“算了”，摆手让人出去。

对贺原和苏答的事情，徐霖无法完全揣测出贺原的心思，但能清楚地感觉到其中的微妙之处。他严格执行着一个助理该做的工作，拿捏好分寸，保持关心，不越雷池。

每天的工作繁忙依旧。

几日后，贺氏新开发的工业园建成收工，园区入口的概念展迅速筹备完毕，行政助理将报告递交上来。

贺原刚结束一场两小时的会议，徐霖将报告连同其他文件一道呈给他过目。

“工业园完工概念展？”

徐霖称“是”。

工业园建成，很快就能投入使用，生产线囊括了贺氏旗下目前涉及的大部分产品种类，这次增容，整个集团的产能都将进一步扩大。

贺原随手翻了翻报告，不期然地在末页看见一个眼熟的名字，一顿。

“裴颂？”原本不甚在意的目光凝聚起来，贺原语气平淡，听不出情绪，“他是展会的负责人？”

徐霖顿了一下，答道：“对的。这位裴先生是承接公司的决策人，展会的筹备工作之前是他的团队在处理，最近他刚回国，收尾部分就转交到了他的手上。”

贺原嘴唇抿起一道不是很愉快的弧度，沉默几秒，将文件合上，什么都没说。

展会验收工作安排在下午，工业园项目有关负责人尽数早早到场，等候验收方到来。

从园区入口进去行驶一百多米，迎面是一座巨大的建筑，白色外观质感十足。

贺原的车一直开到建筑门口才停，他迈开长腿下车，立即被簇拥着向里走。

承接公司的人站在展会场地前，领头的是裴颂，不是同名的人，确确实实就是贺原见过的那张面孔。

裴颂看见他也有一点儿意外。

之前两人的交集只是私人层面，不承想，贺原的这个“贺”竟然是贺氏的“贺”。

裴颂是见过大场面的人，很快平静下来，公事公办地笑着和他握手：“贺总。”

贺原板着张脸，一副一贯的工作模样，没有多余的表情，淡淡地和他握了握手。

裴颂团队的会展设计着实巧妙，没有可以挑剔的地方，核心、概念体现得完美，该讲解的地方通通讲解到位。

一行人陪着贺原逛了十多分钟，行至最后几处，裴颂突然接到了电话。

他拿出手机看了一眼，不好意思地道：“抱歉，接个电话。”

贺原不着痕迹地一瞥，视线在扫到他手机壳背面时停住了。

他的手机壳上的图案浓墨重彩，也像是从油画上截取下来的，色调偏蓝，蓝中带些许明黄，和苏答的手机壳看起来格外相似，风格简直如出一辙。

贺原的脸色沉了几分。

徐霖在他身旁，注意到他表情不对，不知哪里出了错，低声询问：“贺总？”

贺原敛眸，神色没有好转，只说：“没事。”

裴颂很快接完电话回来，带着他们继续看。

十几分钟后，一行人浩浩荡荡地离开工业园。

贺原片刻不留，大步流星地上了车。

车朝市区开，他在后座，从坐上车后眉心一直萦绕着一股郁色。

徐霖暗自揣摩半天贺原的心思，不敢开口。

之后的时间，贺原辗转去了两个地方，等到赶去同远道而来的海外客户吃饭时，月亮已经挂上梢头。

安静的车厢内突然响起贺原的声音："徐霖。"

徐霖回头："贺总？"

贺原凝视着前方，视线散在空气中，眼里交织着疑虑、困惑和不解。

一整天的忙碌过后，他声音有点儿哑，将这几日都难以启齿的问题问出了口："怎么样才是'认真的喜欢'？"

徐霖一下被问得愣住了。

他面对工作游刃有余，对这种事却没经验，突然被问起，支支吾吾地道："这个……我不是很清楚，可能是……就是……"

不怪他结巴，他毕业后就一心忙事业，连交女朋友的时间都没有，至今还是单身。

半天没说出个所以然，他只好老实地回答："这个我不太懂。"

贺原不予置评，犹自出神，沉默了几秒后，说："我也不懂。"

徐霖惊讶地朝他一瞥，不敢把情绪表露得太明显。

话题没再继续，贺原捏了捏眉心，带着点儿疲惫地吩咐："把我的东西搬到东洲花园。"

东洲花园是苏答刚搬进的小区，徐霖给他租下的两套公寓也在那儿。

徐霖点头道"好"，又问："那您是搬去楼上还是楼下？"

“你看着办。”贺原淡淡地说，无声地长舒一口气，转头看向窗外。

裴颂用的手机壳和苏答用的那个是同一系列的。

她以前也曾经耍赖缠着要和他用一对吊坠，他嫌幼稚，坚决不肯，她才不得不作罢。

那时他没放在心上的幼稚插曲，如今已经成了她与别人的小乐趣。

“你和贺原见面了？”

苏答坐在店里的休息凳上等换衣服的佟贝贝，听电话那边的裴颂和她讲前一天工作的事，微微挑眉。

这还真是巧了。

裴颂说：“对啊，我都没想到贺原的公司就是和我们合作的贺氏，还真吓了一跳。”

“那是你太久没回来了。”苏答轻笑。

贺氏的贺九，但凡常年在北城圈子里混的人，对此绝不会陌生。

“是是是。”裴颂自嘲见识短浅，“不过没关系，以后有的是时间慢慢了解。”

苏答笑意敛了些：“有什么好了解的。”

得知贺原和他见面一切正常，她揭过这个话题不再多聊。

两人又闲聊几句，佟贝贝换好衣服出来，她挂了电话，过去帮忙选颜色。

佟贝贝挑了半天犹豫不决，想了想：“我要不再试一件？”

苏答拿她没办法：“去吧。”

苏答帮她理了下裙摆，等她进了试衣间，又坐回凳上等候。

店员给苏答续上热茶。门口有新客进来，其他店员见状迎过去。

苏答喝着水，不一会儿忽地听见一道不陌生的声音朝她喊："苏答？"

苏答扭头看去，穿着最新款香奈儿套装的蒋沁走进来，手臂上挂着一个宝格丽手袋，脸上妆容浓厚。

苏答注意到她的眼妆，差点儿呛住："你被打了？"

蒋沁刚要仰起脑袋，被她一句话气得脸色铁青："你才被打了！"

撇撇嘴，苏答没兴趣跟她打嘴仗，懒怠地放下杯子。

蒋沁将苏答从头打量到脚，一根头发丝都没放过。

她这张脸还是那么讨厌，只是坐在那儿就能吸引所有人的目光。

她们好久没见了，上一次见面还是在蒋奉林的葬礼上。

蒋沁捏住手腕上的系带，提步朝苏答走去："你倒是过得惬意。"

苏答懒懒地抬起眼皮。

蒋沁停在她面前，不无嘲讽地道："舅舅不在了，你真就连家里的门都不进？我见过冷血的，没见过你这么冷血的。"

苏答没被激怒，语气平静："我不进蒋家的门，你该开心才是。你不是一直都不想见到我？再者你忘了你经常说的，我只是个外人。既然我是外人，你管我那么多干吗？"

"你——"

蒋沁有点儿生气，又无从反驳，咬了咬牙："算了，你这种没良心的人，我跟你说那么多干什么。"她在苏答旁边的凳上坐下，吸了口气，微微撇嘴，"你白吃白喝这么多年，拍拍屁股就走了，现在又来个作威作福的，我看我就是倒霉……"

苏答奇怪地扭头看她："你不买衣服，坐在我旁边干什么？"

蒋沁脸一黑，表情别扭。

没等她站起，苏答缓缓勾唇，笑着问："怎么，是不是受薛谭雅的气了？”

蒋沁愣了一下，回过神后张嘴反驳，底气却不是那么足：“谁说我受她的气了？”

“别死鸭子嘴硬了，”苏答一脸了然，“就你，被她拿捏再正常不过。”

蒋沁脸色变了几变：“用你管？你也不是什么好人。”

苏答嗤笑：“我没想管你，少自作多情。”

薛谭雅心思深沉，蒋沁的处境不难想象。

苏答被贺原提醒以后，查过薛谭雅的资料，她有几分手段，从过往行事来看，是个掌控欲很强的人，眼里容不得沙子。

薛谭雅这样的性格，作为蒋家长媳，和骄纵惯了的蒋沁不起冲突就怪了。

那边佟贝贝换好衣服出来，扬声喊她：“离离——”

苏答闻声站起身，没立刻走过去，而是看向坐着的蒋沁，垂着眸子，居高临下地道：“对付那种口蜜腹剑的人，你要比她更会装可怜。她虚情假意让你吃闷亏，你不妨一根直肠子把话捅到底。无辜和直率，这两把刀对这种人是最有效的，全看你自己会不会用了。”

在蒋沁愣怔的目光中，苏答仿若无事地走开了。

佟贝贝看见蒋沁，没说话。

等结完账，两人走出店门，佟贝贝挽着苏答的胳膊，回头看了眼还在店内的蒋沁，这才小声问：“你刚刚跟她聊什么？”

苏答没隐瞒：“我在跟她聊怎么对付薛谭雅。”

“你不是很讨厌她吗？为什么还帮她？”

“我没有帮她啊，”苏答微笑，纠正道，“这叫顺水推舟。”

薛谭雅在她背后使绊子，找着机会，她一定会讨回来，在那之前，让蒋沁给薛谭雅使使绊子添添堵，也不是不可以。

陪佟贝贝逛完街，苏答打车回到新租的公寓。

前几天她就收拾好搬了过来，住酒店的这段时间，虽然添置了一些东西，但不多，总共两个行李箱外加一个纸箱子就全部打包完毕。

苏答在车库下车，朝电梯走，还没到电梯门口就看见一道似乎很熟悉的背影，脚下迟疑地放缓速度，仔细看那身影又不像是蒋诚铎。

对方听见动静回过头。

两人视线对上，苏答停住："你在这儿干什么？"

贺原没什么表情："等电梯。"

她眼里有防备和警惕："你等电梯干什么？"

"我住这儿。"他说得自然。

苏答一瞬间对自己的耳朵产生了怀疑。

二人说话间，电梯门"叮"的一声开了。

贺原提步入内，站定后，平静地看向门外的她："不上去？"

苏答有点儿发怔。他摁着开门键，从容不迫地看着她。

她迟缓地走进去，待和他同处一个空间后又觉得不对。

贺原已经刷卡摁下了楼层的按键，动作自然得不能再自然。

这里每一层都是独门独户，他就住在她楼上。

苏答直勾勾地盯着被他摁亮的按键，半天没说话。

门缓缓关上，贺原垂眸看向她，语气散漫："你要跟我回去？"

苏答回过神，不是很愉快地瞥他一眼，也刷卡伸手将按键摁亮。

逛了一天正是最疲惫的时候，和他遇见得又如此突然，苏答嗅到他身上传来的淡淡香味，冷冽熟悉的味道让脑子莫名有点儿卡壳。

电梯匀速上升。

贺原单手插兜，看着闭合的电梯门上映出的他和她模糊的身影，在偏冷色的光下沉默几秒，忽地问："你的手机壳，哪儿买的？"

手机壳？

苏答被他问得莫名其妙。

她的手机壳是早先在国外由裴颂公司给她办画展时，用其中一幅画做的纪念品。

才刚搬了家，他就住到了她楼上，苏答正处于满怀戒心的状态，根本不想回答："关你什么事？"

说着她往旁边挪了半步，和他拉开距离。

电梯"叮"地一声到达，门一开，苏答立刻提步出去。

走到家门前，她没有立刻开门，而是防备地回头看。

站在电梯里的贺原一动不动地看着她，并没有要跟上来的意思。

两人无言地对视几秒，电梯门缓缓闭合。

直到完全看不见他的身影，苏答神色才放松下来，开门进屋。

和贺原住在同一栋楼这件事让苏答很是别扭，奈何她的合同一签就签了一年，房租也交付了半年。

钱倒不是最要紧的，主要是这里的环境她真的还挺喜欢的。

几天下来，公寓装点得也十分符合心意，柔软的大床还没睡够，她实在不想再搬来搬去，思忖之下，只好睁一只眼闭一只眼，忘记贺原的存在。

搬家整一周的时候，苏答请裴颂和佟贝贝来家里暖居，一起吃饭热闹热闹。

三人一起到超市选购食材，买了满满当当几大袋的东西，准备吃火锅。

进入地下车库，来到电梯前，手里拎满东西的三人好巧不巧地和贺原碰上了。

苏答这几天一直没遇见他，本以为虽然同住一栋楼，碰面的概率还是不大的，没想到现在就碰见了。

佟贝贝一愣，下意识地看向苏答，想问又不敢问："他……"

苏答抿了一下唇："他住我楼上。"

贺原扫了一眼他们手里的东西，经过裴颂身边时停了两秒，什么都没说。

电梯门打开，他绅士地让了让，让佟贝贝和苏答先进，他和裴颂居后。

苏答三人双手都拎着购物袋，里面全是食物。

电梯内空间不大，贺原幽幽地问："你们打算聚餐？"

普通邻居之间碰面，或许会寒暄这样的话题，但他的声音天生有点儿冷，听起来意味不明。

裴颂之前一直没说话，听贺原开口问，当下微微一笑，回答："对啊，我们正准备吃火锅。"

贺原看了一眼他手上拎的袋子，声音低了两分："那是红酒？"

裴颂顺着他的视线看，很大方地解释："喝点儿酒增加气氛。这是我自己从公司带过来的，味道还可以。"

贺原蹙了一下眉头，不动声色地睨向苏答。

她酒量一般，以前也只喝一些度数比较低、味道偏甜的酒。

电梯上行时间短，他们没说几句，电梯到达楼层。

电梯门打开，裴颂看了一眼贺原，有些犹豫地道："贺先生要不要和我们一起——"

苏答先一步开口："他不要。"

她答得有些快，裴颂略微尴尬："Lily……"

贺原看着苏答，她却不看他。她穿得休闲，手里拎着购物袋，有种少见的居家感。

苏答丝毫没有要邀请他的意思，用胳膊肘儿碰了碰裴颂："他不吃，我们自己吃就行了，快走吧。"

裴颂无奈，朝贺原点了下头，走出电梯。

佟贝贝则当自己不存在，一言不发，老实地跟上。

一行三人走到苏答家的门前。

贺原站在电梯里，视线落在她背上。

苏答抬起右手输密码，塑料袋在掌心勒出红痕，她使不上劲，自然而然地把右手的东西递给裴颂，叮嘱："小心，我的茼蒿在里面。"

她将公寓门打开，玄关正对客厅的窗户，光线明亮。

贺原看见她屋里暖色调的地板和墙壁，下一秒电梯门就在眼前合上了，阻隔了他的视线，像是某扇通往她的世界的门，不再对他开放。

贺原的公寓很干净，以灰白色调为主，东西不多，和他其他的住所一样，除了必备用品，几乎没有什么杂物。

贺原换上了居家服。留在公司给助理们开会的徐霖结束工作，来电询问他晚上吃什么。

平时他要么和客户一起用餐，要么订餐在办公室解决，偶尔闲暇在外，吃的也多是西式餐点。

不知怎么突然想起苏答手里拎的那些东西，贺原鬼使神差地开口："火锅。"

徐霖愣了一下，似是没想到他会说这个，但本着一个合格助理的职业修养，马上反应过来："好的，贺总。我立刻给您安排。"

贺原没多说，没表情地挂掉电话。

屋子里静得可怕，贺原倒了杯温水，回书房看书。

忙碌了一天，他有些倦，看着看着，不知不觉就在小沙发上睡着了。

寂静的傍晚，空调调节着室温，让温度处于一个舒适的区间，外头是冷是热，是干是湿，都与此间无关。

他再睁眼，天已经黑透。贺原大脑混沌了一秒，坐直身，发现身上盖着一条毯子。他一愣，下意识地起身朝外走，步子莫名有点儿急。

餐桌边有人，是徐霖，正在摆放火锅配菜。

贺原脚步停住，微微绷紧的肩膀瞬间塌下，前一刻轻快地飞起的心又急速坠落。

徐霖听见动静回头："贺总。"

他加快速度将餐桌上的东西放好，不一会儿后道："火锅准备好了。"

贺原站着不动，表情似乎有些怅然。

徐霖疑惑地问："贺总？"

唇瓣轻轻地抿了一下，贺原缓慢舒气，低声回答："知道了。"

徐霖不明所以，只当贺原是刚睡醒有点儿起床气，将碗筷摆放好就离开了餐厅，去客厅的茶几前处理工作。

他一向不和贺原一起用餐。他这个职位，餐补够他顿顿都吃五星级餐厅的食物，忙完老板交代的事，自己去吃什么都行。

锅底是从火锅店里打包回来的，红白两色的汤在鸳鸯铁锅里翻滚。火锅料分量适中，都是单人的量，肉、蔬菜、海鲜……将圆锅周围的位置占满。

热气氤氲，锅开以后，飘起一股带点儿呛人辣味的香气。

贺原坐在桌前看了火锅许久才动手，慢条斯理地执起筷子夹菜，在锅里煮熟，细嚼慢咽。

公寓里很快便飘满了火锅味。

徐霖正在工作，闻见香味忍不住嗅了两口，却见贺原放下筷子，起身从略高一些的餐厅走了下来。

徐霖盘腿坐在茶几前的地毯上，不明所以地抬头："贺总，怎么了？"

"没什么。"贺原淡淡地道，示意他不用管，径自走到落地窗边，点了根烟。

黑夜之下，鳞次栉比的高楼逐渐亮起了灯。

他很少吃火锅这种东西，尝了半天，还是不习惯。

贺原吐出烟，燃烧的烟尾顶部的火星在指间闪烁。

苏答他们或许在楼下吃得正开心。

以前她和他在一起的时候，他们常去各式各样的高档餐厅吃饭，从来没有试过火锅或是其他小吃一类的东西。

他好像真的忽略了很多细节，以为他给了她最好的，就是做到了最好，却忘了问她真正想要的是什么。

他从没想过，或许她更喜欢像今天这样，穿着松垮舒适的衣服，和朋友采购很多食材，准备一顿火锅。

她这样兴致勃勃，这样快乐。

贺原望着窗外沉思。

他和她在一起的那段日子，一切都太顺理成章，他不论何时看向她，她的眼里满满都是他。

或许苏答说得对，他在这段感情里感受到的所有愉悦和满足，都是因为她的退让和迁就。

他们在一起快一年，直到分手那天他才第一次发现，苏答的眼里原来会有那样的情绪。

她为他将领带系紧，比平时还要细致，却毫不犹豫地松开手后退，让他们之间的那条纽带彻底断裂。从那双眼里，他第一次看见了属于她的光芒。

在分开的这几年里，他试过不去想和她有关的事情，最煎熬的时候也麻痹自己，觉得时间一久就会忘记。

可他还是记得清清楚楚。

她说不爱他的那一天，选择放弃的那一天，他的心口扎进了一根刺。

那一根刺带来的痛感，从她笑着说结束的瞬间开始，一直到现在，从未停止。

苏答回国后休息了这么久，经纪公司终于将画展一事提上日程。

过几天要去经纪公司见黄可灵和她的同事们，苏答翻遍衣橱，觉得没有合适的衣服，趁天气晴朗，太阳不算毒辣，打算出门购物。

佟贝贝被家里抓去公司学习，暂时脱不了身，没法儿作陪。苏答不打搅她干正事，自己开车去了上次和她一起逛过的那个商场。

在商场后的停车场里停好车，苏答穿过车与车之间的缝隙，一边朝大门走，一边听佟贝贝发来的语音消息。

走着走着，一辆白色车子突然打开门，她差点儿撞上。

苏答及时停住脚步，正要开口说话，对方看了她一眼，先道："苏小姐？"

手臂上挂着的包包轻晃，苏答拿着手机愣了愣，几秒后认出他来："贺先生？"

从车里出来的正是贺骐。几年不见，他还是那副样子。

贺骐脚踩在地上站直身，关上车门，温和地冲她一笑："这么巧。苏小姐出来逛街？"

苏答点了点头，唇角微勾，客气又疏离——他们没什么交集，原本就不算熟。

另一边的车门也被打开，下来一个穿米色套装的夫人，通身富贵气派，保养得宜，见苏答看过来，含笑冲她点了点头，对贺骐道："我先去那边等你。"

贺骐道"好"，那位夫人转身款款走开。

见苏答多看了她两眼，他温声解释："是我家里的长辈。"

苏答唇边笑意浅淡，并不是很想知道，只觉得那位夫人眉眼看起来有几分熟悉，顺嘴便问了句："您母亲？"

"不是。"贺骐淡笑着否认，"是我婶婶，贺原的母亲。"

苏答没料到这个回答，闻言愣了一下。

难怪，那夫人的面容和贺原是有两三分相似。

贺原和贺骐关系不好，贺骐和贺原的母亲看起来却似乎很亲厚。

苏答心中闪过疑惑，不过只是瞬间就把这丝情绪压下。这是人家家里的事，和自己也没什么关系，她更犯不上问。

她没再多说，寒暄两句就跟贺骐告辞，快步走进商场。

苏答到服装专卖楼层逛了几家店，转眼过去一个多小时，总共收获三四件新装。

逛得差不多，看时间也该走了，她在店里选定最后一件衣服，让店员包起来，随后到柜台结账。

她从包里拿卡，一道身影缓缓靠近："这位小姐……"

她一扭头，见是那位不久前在停车场见过的夫人——贺原的母亲。

苏答愣了一下，反应过来，礼貌地回应："您好。"

"你好，我姓骆。"她主动自我介绍，冲苏答笑了一下。

这位骆女士很有气质，举手投足十分优雅，她慢声细语地问："刚刚看你和贺骐说话，你和他是朋友？"

苏答解释："我和贺先生只是有几面之缘而已。"

骆女士眼里闪过一丝可惜："这样啊……"

她很快又笑起来，对苏答似乎很热络："方才他送我进来，和我提到你几句，对你评价很不错呢。你什么时候有空，来阿姨家坐坐。"

苏答不是傻子，立刻便听出了其中的意思。

这位骆女士好像是误会了她和贺骐之间的关系？

视线在骆女士脸上一扫，苏答语气里多了避嫌："我和贺先生不太熟，还是不了。"

骆女士眼里的遗憾更明显："我还以为你们是朋友呢……"

她对贺骐的事好像格外上心。

苏答看着那张有几分熟悉感的脸，目光顿了顿，鬼使神差地道："其实比起贺骐先生，我和贺原更熟。"

听到"贺原"这两个字，骆女士面色忽然一僵。

苏答默然盯着她。

"哦……"骆女士眨了两下眼睛，眉眼间的殷切消散，明显冷淡了两分，语气中多了些古怪的别扭感，"他啊。"

骆女士的态度一瞬间来了个一百八十度的转变，语气里的微妙之意不言而喻。

苏答一下子不知如何接话。

她刚刚说那句话，带点儿冲动成分，只是因为这位骆女士对贺骐的态度让她疑惑，这张脸又让她想起贺原——她没忍住。

苏答和贺原在一起的那一年，没见过他家里的人，顶多算是认识贺骐和蔺阳。

如今他们分手了，她好像更没有立场去探究贺原的事了。

苏答冷静下来，仿佛没察觉骆女士话里的微妙情绪，只笑了一下，唇边弧度小得几乎可以忽略。

不知是不是因为她提到了贺原，骆女士聊天儿的兴致霎时减淡，没再继续纠缠她，颔了颔首就走开了。

这一场碰面完全不在苏答意料之中。敛好情绪，她拎上购物袋，走出店门。

这件事实在过于莫名，她理不清，于是干脆抛到脑后。

隔天，苏答去经纪公司见过黄可灵以及整个工作组。对这些在幕后出力的人，苏答态度很好，并不以身份颐指气使，没有半点儿架子。

她订了水果、蛋糕和咖啡，请整个团队的人喝下午茶。

苏答回国后在国内的第一场画展正式排上日程，开始进行方案策划。

裴颂在国内，她自是希望能由他的团队来承办画展，一是信任，二是认可他们的审美与能力。公司尊重她的意见，两边很快开始接洽。

没过几天，苏答听说裴颂遇上了点儿事。

苏答知道得不算太晚，第一时间打电话关心："你怎么了？我听说你最近心情不好？"

"没事。"裴颂在那边还是语带笑意，只是不如平时爽朗，"接到家里的电话，有点儿麻烦。"

很少见他这样，她问：“头痛吗？有没有我能帮得上忙的？”

裴颂让她别操心：“真的不用，我会想办法处理。”谢绝她的好意，他停了几秒，忽然道，“Lily。”

“嗯？”

“你当初离开那个家，有没有后悔过？”

他问这句话，像是好奇，又像是带着点儿别的情绪。

裴颂是知道苏答和蒋家的事的，他们以前谈心的时候曾经聊过。他晓得她在蒋家过得不快乐，只有一个长辈真的疼爱她，出国于她而言是逃出牢笼。

而苏答也知道他久居国外，独自打拼，一个人将公司做起来，没有什么助力，但再具体的就不知道了。

他们做朋友，很少深入探听彼此家里的事。

裴颂不经常提起家人，唯一那回还是被苏答不小心碰见，才敞开心扉地聊了一次。

突然被这么问，苏答一下子愣住，察觉他内心似乎有些挣扎，轻声道：“我不后悔。”

“有一天再让你回去你愿意吗？”裴颂不等她回答，又加上后半句，“如果是你那位长辈的要求，你会吗？”

苏答原本张口就要否定，因他补充的后半句，话停在嘴边。

离开蒋家后，她从没想过回去。

可要是蒋奉林让她回蒋家，她愿意吗？

苏答吸了口气，喉咙微微发热。

蒋奉林还在的时候，她从没动过离开蒋家的念头。为了留在他身边，她甚至愿意做一辈子蒋家小姐，哪怕代价是头顶永远压着一座大山，要不停地和蒋家人纠缠不清。

只要是蒋奉林的愿望，别说是回蒋家，就算是要跳火坑她也可以照做。

苏答没说话。

裴颂见她沉默，喟然长叹：“算了，不说这个了。”他笑笑，就此打住话题，语气不由得多了几分怅然，“或许有的时候，真的没法儿不低头吧。”

云拿月 著

下册

青岛出版集团 | 青岛出版社

第十章　相　亲

本来是想安慰裴颂，苏答和他聊完，反而被勾起了和蒋奉林有关的记忆，整个人陷入了低落的情绪中。

苏答翻出相册，坐在房间的地板上，用纸巾一页一页地擦拭。在苏答小时候，蒋奉林带她去过很多地方，这整整一本都是她和他的合照。

搬出蒋家自己住时，她对首饰、衣服什么的都不在意，但和他有关的这些东西一样都没落下。

细细擦拭照片的过程中，苏答将照片从头到尾看了一遍，不知不觉就过去了一个多小时，直到被何伯的电话打搅。这一通电话来得意外，自从蒋奉林的葬礼结束后，她和蒋家再没有过明面上的来往。

苏答收敛好表情："喂？"

何伯叫了一声"小姐"，态度还是和以前一样，说不上亲近或冷淡，距离恰到好处："老先生请您回来一趟。"

她已经许久没有接过蒋家的电话，何伯的声音显得分外陌生。

苏答握着手机的手微微用力，心里习惯性地生出一股抗拒。她尽量把抗拒表现得不那么明显："有什么事吗？"

何伯没绕弯子，直截了当地告诉她："奉林先生留下了东西给您。"

苏答赶到蒋家的时候已经快到傍晚了。

和蒋老爷子的每次会面好像都在书房里，苏答又一次踏进这个地方，恍然有一种时间倒流的错觉。

"听说这阵子，你在网上闹出了不小的动静。"蒋老爷子坐在桌后，不似批评，也没有训斥，陈述居多。

面对这样不好不坏的话，苏答轻轻"嗯"了一声。

"工作方面做得好像还不错，"他睇她一眼，算是夸奖，"倒也没有白学。"

苏答不习惯他这种态度，只能说："还行吧。"

蒋老爷子淡淡地瞥她一眼："知道我叫你来干什么吗？"

不等她答，他放下手中的毛笔，悠悠地道："你也年纪不小了，是时候考虑终身大事了。"

苏答闻言面色一凛，皱了皱眉头。

"我知道你在想什么。"蒋老爷子将她的反应看在眼里，也不多说，拉开左边抽屉，拿出一封信扔在桌上，"你自己看看。"

苏答默然片刻，向前两步拿起信封拆开，抽出信纸。熟悉的字迹映入眼帘，她指尖霎时一顿。

这是蒋奉林的笔迹。

"这次是老二的意思。"蒋老爷子说，"他走前最后的心愿，我遂了他的，我们蒋家与你两清。你不再是我蒋家的人，按道理我本来也不应该管你，只是……他最终还是放不下你。”

蒋奉林一生的牵挂唯她一人。

“信里交代的那位老太太和奉林是忘年交。奉林年轻的时候曾经跟她学过棋，这些年私下一直有联络。

“老太太有个外孙，奉林走前和那边通过气，算是说定了你们两个的事。只是当时那孩子在国外，两边不好把话说得太死，现在人回来了，老太太的身体状况又不太好，所以就把这事提上了台面。”

蒋老爷子慢条斯理地道：“人是老二选的，他的眼光、他对你的心思，想必不需要我多说。”

这件事对蒋家其实也有好处——若是这门婚事成了，那边或多或少都会记蒋家的好。

“老太太也是喜欢老二，相信他一手养大的姑娘不会差。”蒋老爷子没有要她如何，只道，“是见是不见，你自己决定，若是拒绝，就找个空到老二灵前自己跟他说吧。”

苏答捏着信纸的手指节略微泛白。她许久没出声。

她看着信，就好像在和蒋奉林对话。

他说那位老太太良善仁慈，家里早年有些龃龉，现在已经过去了，老太太的话信得过，既然她说她的外孙性子像她，为人品行必然不错。

他还说，如果苏答看到信的时候已经有了心仪的人，就不必理会这件事，若是没有，那可以见一见。

阳光澄澈的午后，苏答突然鼻尖泛酸。

她在来过不止一次的书房里，陡然又生出了归属感，但不是因为蒋家，而是因为这张信纸上留下的笔迹。

即使到最后，蒋奉林对她也不曾有半点儿逼迫。

相亲的事，苏答没有告诉任何人，包括佟贝贝和裴颂。

何伯告知她对方定好的时间和餐厅，苏答看过信息，回了一句“知道了”。

相亲当天，她一出公寓，又接到了何伯的电话。

怕她认不出人，何伯特意转达：“袁老太太的外孙个头儿很高，今天穿正装，系蓝色领带，他……”

苏答听了几句，没等何伯把话说完，就应付两句挂断了电话。

她心里有种说不上来的烦躁感。

蒋奉林为她好，她可以不在乎任何人，唯独不能不在乎他的心意。

这一趟她是心甘情愿去的。

可她自己也不知道，现在这股莫名的情绪因何而生。

电梯下行，从楼上下来，她看着那个鲜红的数字，眼神沉了沉。

电梯门“叮”的一声打开，里面空无一人。

她在原地站了两秒，直至电梯门快闭合时才提步进去。

苏答开车到达约好见面的餐厅，找到座位，桌上已经有一杯柠檬水，但不见人影。

领路的服务生说：“那位先生刚刚还在，应该是去洗手间了。”

苏答冲他笑笑，没多说，坐下也要了一杯柠檬水，其余的菜打算等对方回来再要。

日渐西下，正是吃晚餐的点。

苏答喝了两口柠檬水，余光瞥见一个人影朝这边靠近，连忙放下杯子，一抬头却愣了。

“裴颂？”

裴颂穿着一身正装，身前打着一条蓝色的领带。

除了他们刚认识那会儿，后来她鲜少再见他穿得如此正式的模样，他平常不是穿休闲装便是穿运动装。

此刻四目相对，两个人都有些愣怔。

“你在这儿……”裴颂难得失语，看了看她，又看了看座位和桌上的水，确认无误后，紧绷的表情顿时变得哭笑不得，“你该不会就是来和我相亲的人吧？”

苏答沉默一会儿，试探着问：“你外祖母贵姓？”

“袁。”

她的相亲对象还真是他。

裴颂咳了一声，隔着桌子在她对面坐下。两人突然都不知道要说什么。

“你外祖母……”

“你叔叔……”

两人双双止言。

而后，裴颂笑得十分无奈：“我以为今天要见的是一位蒋小姐。”

某种意义上来说，她确实是“蒋小姐”。

苏答原本拘谨的姿态放松下来：“我还以为我要见的是袁先生。”

裴颂解释：“那是我外祖母的姓。”

苏答想起什么，问：“所以这就是你前段时间心情不好的原因？”

裴颂默认，叹了口气，眉间堆积的郁色此刻已然消散：“我外祖母最近身体不好，我只能硬着头皮来。我本来心里挺抵触的，没想到相亲对象是你。”

他忽地一笑：“既然这样，我们谈一下婚期吧。”

苏答差点儿呛到，对上他促狭的笑，反应过来，瞪了他一眼。

裴颂不再耍贫嘴，坏心情一扫而空，笑吟吟地问：“饿了吧，你想吃什么？先点菜……”

两人的座位后，那团茂密的绿植轻轻晃了晃。

白鹭脚步急停，像是听到了什么惊天大消息一样，眼瞪得像铜铃一般大，嘴巴抿得死紧，急匆匆地沿来路退回去。

今天贺总约见客户，徐霖觉得她近来表现好，特意带上了她。

她正高兴，上了个洗手间出来就瞧见苏答和一个男人在这边说话。

苏答可是她加薪的主要原因，白鹭立刻打起十二分精神，假装经过他们那边想看看是什么情况，谁知道一靠近就听见这么劲爆的消息！

相亲！婚期！苏答这都要结婚了！

贺总搬进东洲花园的事，她们几个行政助理私下在群里聊了好几次，都认定贺总是追人去的，怎么这才刚开始，苏小姐那边就要结婚了呢？

白鹭不由得加快步伐，火急火燎地赶回包间门口。

徐霖守在包间外面，见她如此浮躁，眉头轻蹙："跑什么？贺总在里面谈事，你小心——"

"徐哥！"白鹭顾不上那么多了，一把捉住他的手臂，"苏小姐……苏小姐在相亲，都聊到结婚了！"

徐霖一愣，嘴张开些许，正要说点儿什么，门"唰"的一下被打开了。

贺原那张没表情的冷淡脸出现在两人面前。

白鹭吓得一颤："贺总。"

贺原咬着根烟，应该是打算出来透气的，此刻脸色沉沉的："相亲？"

他大概听见了他们刚才的话。

白鹭咽了咽口水，点头："是。我刚刚看见苏小姐，就在外面……”

大厅里，苏答和裴颂聊得正欢。对这次相亲，两人心里其实本来都有些抵触，苏答还好，裴颂是真的被赶鸭子上架，如今发现见的人是苏答，那股无可奈何的感觉便轻了许多。

前菜上桌，裴颂给苏答倒了点儿酒：“Li——”

桌边突然多了一个身影。

裴颂话音顿住，和苏答一道看向来人。

贺原一手插着兜，身形高大。他今天将头发全梳了上去，配着一身西装，英俊精干，压迫感十足。

他垂眸打量坐着的两人，先扫了一眼微怔的苏答，又看向她对面的裴颂，眼里有暗色涌动：“两位今天在外面聚餐？怎么没叫上另一个人？”

他说的“另一个人”自然是佟贝贝。

裴颂眉头挑了一下。

大家都是成年人，有些事不需要说得太明白。上次在电梯里碰见他，得知他搬到了苏答楼上，裴颂便猜到了他的心思，现下听着他这隐隐不善又带着火药味的语气，一切更是明朗。

苏答回过神，正要动唇，裴颂忽地一笑，抢了先。

“不是聚餐，”他缓缓勾起唇角，压下眼里一闪而逝的玩味之色，像是怕贺原听不清楚，故意说得一字一顿，“我们在相亲。”

裴颂含笑说完，贺原的太阳穴“突突”地跳了两下。

这段时间，他搬到她的楼上，一直克制着没有过多地去打扰她，裴颂却几次大摇大摆地出入她的公寓。

说不清的烦躁和郁闷感，他忍了又忍，现在是怎么回事，他们又开始相亲了？

一股无名火生起，贺原原本只觉得这个人碍眼，这会儿再也忍不住了。

“我有话跟你说。”

眸中闪过一丝戾气，贺原从裴颂身上收回视线，一把拽起苏答的手腕，不由分说地拉着她朝外走。

裴颂没料到他会直接上手，看见他的动作，眉头一挑，站起身想要阻拦。

贺原没给他机会，冷冷地冲赶来的徐霖扔了个眼神。

徐霖立刻会意，二话不说，三步并作两步上前拦住裴颂。

苏答被贺原拉到门外：“贺原！”

她试图挣了几次，挣不开他。

他像是没听见她的声音，径自将她带出餐厅，带到车边。

好不容易脚下稍缓，苏答站定，质问：“你干什么？”

贺原充耳不闻，打开车门，将她塞进副驾驶座里。

苏答跌坐在座上，想要起身，贺原站在车外弯下腰，一只手撑着车门，半个身子探进来，另一只手给她系安全带，皱着眉沉声说：“别动。”

苏答一抬头，唇瓣差点儿蹭到他线条刚硬的下巴。

他的脸近在咫尺，胸膛离她不过些许距离。这个姿势，她像是被他压着一般。

贺原扣紧她的安全带，将她“拴”在座椅中，旋即用力将车门一关。

苏答刚反应过来，就见他大步绕过车头，从另一边上车。

她摸索几下，解安全带的动作才进行一半，他已然坐进车内。

她伸手拽了两下车门开关，车门纹丝不动。

贺原看也不看她，悠悠地道：“锁上了，别白费力气。”

苏答扭头，面带薄怒地看向他。

贺原拿出根烟咬住，一边点着，一边发动车子。

车如离弦的箭一般开了出去，贺原单手握着方向盘，拨了个电话。

他开了免提，没避着她，那边是徐霖的声音。

“贺总。”

“跟宋总说，我有点儿事先走了，改天请他吃饭赔礼。”

徐霖道：“好。”

贺原没多说，言毕就将电话挂了。

苏答被束缚在副驾驶座上，有点儿生气，又有点儿无语。

深呼吸几次，她拧眉说：“你放着正事不做，把我带出来干什么？”

“不然呢？”贺原语气凉飕飕地道，话中隐约带着点儿火气，“让你在那儿继续和裴颂相亲？”

贺原打方向盘的动作有点儿用力，他说到“裴颂”两个字时，字音咬得重了几分。

苏答反问：“我相亲关你什么事？”

她不是第一次说这种话。

贺原抽了口烟，脸色阴沉得吓人，干脆闭口不言。

他不回答，苏答更生气了。

不一会儿，车正好开至红绿灯路口，缓缓停下。

她心里烦，伸手去扳车门开关，见车门仍然分毫不动，越发烦躁。

“放我下去！”

贺原将她的表情看在眼里，烟的味道苦涩，熏得喉咙里更干燥了。他微微拧眉，沉默了一会儿后道：“我记得你以前脾气没这么差。”

“你吃着饭被人莫名其妙地拽走试试。”苏答一脸冷淡，顿了一下，又说，“我一直这样，你不知道而已。”

贺原看着她数秒没说话，末了像是妥协又像是无奈地道：“是就是吧。”

“……”

说什么他也不听，苏答实在无力。

不远处红灯的秒数渐渐减少，她坐了几秒，咬牙问：“你到底要干什么？”

红色的信号灯转绿，贺原压根儿不回答她，继续开车。

苏答看了他半天，手机忽地响起，屏幕上显示来电的不是别人，正是裴颂。

裴颂被扔在餐厅里，她一路上光顾着生气，忘了问他的情况。

苏答刚要接，贺原余光瞥见她的手机屏幕，不等她接起就伸手拿过手机，直接将电话挂断。

她一愣：“你挂了？”

贺原目不斜视地看着前方，语气冷淡，理直气壮：“他太烦。”

也不知道是谁烦。

苏答很想把手机抢回来，但顾及这是在车上，肢体纠缠容易发生危险，憋着口气，忍了又忍，面色不悦地靠着椅背。

车里的空气好像都格外令人烦躁，她心里窝火没地方撒，抬脚恨恨地踹了下车门。

贺原淡淡地瞥她一眼，什么都没说，又开了片刻，忽然在路边停下车。

他只是停下车，并不开门，慢条斯理地抽着烟，一派优哉游哉的样子。

苏答不懂他葫芦里卖的什么药："你又干什么？"

贺原说："你不是要踹门吗？继续踹，等你踹过瘾了我再开。"

"……"

苏答深吸几口气，绷着脸将头别开看向车窗外。

车内一片安静。

贺原淡定地抽完一根烟，仿佛很体贴地问："确定不踹？"

苏答不想理他。

他将烟摁熄在烟灰缸里，重新开车上路。

苏答往后一靠，头抵着靠枕，实在没力气挣扎了："你要带我去哪儿？"

贺原说："去吃饭。"

他出来前没怎么吃东西，那位宋总不爱喝酒，两人滴酒未沾，愣是在包间里品了半天的茶。

"吃饭？"苏答都快被气笑了，"我已经在吃了，吃得好好的，你非把我带出来。怎么，你的饭更香？"

贺原不接她的话，也不在意她戗他，直接开始了下一个话题："火锅如何？有家店锅底不错。"

打是打不赢他的，也不可能真从车上跳下去，苏答一脸冷漠，再度别开脸不说话。

又开了二十多分钟，车在一家火锅店前的停车坪上停下。

贺原开了车门锁，苏答坐直身体，解安全带的动作前所未有地快。

"你只有两条腿，车有四个轮子。你想跑可以试试。"贺原悠悠地道，平淡的声音听起来寒意十足。

他不急不缓地说："裴颂还在那间餐厅，今天我走得急没打招呼。不过没关系，我们刚合作过，以后接触的机会想必也很多。"

他咬重“接触的机会”几个字，听上去很正常的话莫名透出几分威胁的意味。

苏答刚碰到车门开关的手不由得停住。她闭了闭眼，再开门，动作已然慢了下来。

火锅店里香味浓郁，一进门，热气扑面而来。

这家店的位置不在闹市，装潢精美，古色古香，很是雅致。这种环境和火锅组合在一起，透着几分奇异的和谐。

苏答和贺原在角落的桌边坐下。

服务生送上菜单，她没心情点菜，看都不想看，指尖摁着菜单推到贺原面前，让他自己决定。

贺原拿起笔，动作随意而熟练，一笔一笔地在菜单上画钩。

苏答喝了口茶，懒散地看着别处，目光却不自觉地暗暗瞥向对面。

以前他们外出就餐，去的都是各式各样的高档餐厅，像这种锅边飘着热气，周围一大堆客人，吃久了衣服还会沾上味道的餐厅，以贺原的生活习惯，根本不在他的考虑范围之内。

现在他却主动带她来到火锅店里，这在以前是不会发生的事情。

选好锅底和菜，贺原将菜单和笔还给服务生，一转头，对上了苏答打量的视线。

她猝不及防被逮个正着，匆匆移开眼。

锅底很快被端上来，方便料理的食材也第一时间被送到桌上。

贺原用纸巾擦拭筷子，递给苏答。

她没要，别扭地道：“我自己来。”

贺原不勉强，见她抿着唇擦拭筷子，脸上还是不大高兴，沉吟片刻，轻声说：“我最近吃了很多火锅。”

苏答瞥他一眼，没说话。

“每次我都有放茼蒿，”他顿了顿，用一种复杂的语气道，“一开始不觉得，吃得多了才感觉味道不错。”

苏答淡淡地道：“你吃你的火锅，跟我有什么关系？”

贺原倒了两碟菜下锅，缓缓地直视她：“上次你说的那些话，我好好想过了。”

苏答不动声色，等他继续说。

他喉咙动了动，声音微哑地道：“我想追你。”

“……”

苏答都说不清自己现在是什么感觉。

从火锅中飘起的水汽扑到她的脸上，又闷又湿的感觉让她不太好受。

苏答深吸一口气，半晌才找回声音：“你想要什么样的女人得不到，何必呢？”她的表情多了几分认真，“我不觉得我有哪里特别到值得你这样。”

她只是一个很普通的人，普通地活着，会爱而不得，会难过，会有不体面的时候。

安静弥漫了片刻，桌边只剩下锅底沸腾的“咕噜”声。

贺原说：“我不想要别的。”

他声音轻了些，却带着执拗。

苏答抬眸朝他看去，略感诧异。

她是第一次听他说这种话。

他性子有点儿傲，骨子里冷冷的，和她在一起的时候，几乎没说过什么亲昵的话。

“和你在一起的时候，心里很安宁。”他顿了顿，又说了一句。

苏答回过神来，轻声说：“你当然安宁。”

勾了一下唇角，她略带讽刺地道：“世上没有百分之百契合的人，至少我们不是。我变成了‘适合’你的人，所以你才觉得好。但我不想那样了，我也根本不是那样的。”

她的话就像在说，即使他喜欢，喜欢的也不过是假象。

贺原沉默片刻，开口：“你回国以后没有再忍让我，我也没觉得你现在不好。”

她对他冷言冷语，他不觉得有什么。他没有要她磨掉棱角，也并不要她事事都迁就他。

她怎么样都好，以前是，现在也是，只要看着她，他心里那个空荡荡的洞就能被填满。

贺原垂下眼，说：“我明白，现在做什么好像都晚了。”

他吃以前不会吃的火锅，吃她喜欢的茼蒿，感受不在他身边的她是什么样的，虽然这有点儿迟。

“但我在开始了解你。”

锅中飘起的白汽像是将他凌厉的眉眼和棱角分明的下颌线蒙上了一层朦胧的纱。

贺原的声音低沉，在四周的嘈杂声中无比清晰。

他喉头滑动，似乎有点儿紧张。

“再来一遍行不行？”

从前跳过的乐章，被他忽略的细节，还有更多遗失的美好，他想再来一遍。

“我们可不可以，重新来过？”

如果是以前的苏答，听到他说这样的话，或许早就受宠若惊得不知该如何自处了。

现下，她也无法形容自己的感觉，但心境确实与以前截然不同了。

她曾经喜欢过他。那朦胧的爱意生根发芽，根越扎越深，却越来越难以获得营养，于是那爱意未曾开花便枯萎了。

当初决定分开，她是深思熟虑过的，不是玩笑也不是什么为了博取关注的泄愤之举。

他们一别几年，此刻他说得认真，她心里多少还是有点儿波动的。然而苏答又觉得讽刺。

人和人之间的感情，有时候好像就是不对等的，不是一个人放弃得太快，就是一个人醒悟得太晚，那些步调一致、完全契合的人，真的极其幸运。

火锅的热气熏得脸发烫，半晌，苏答说："我不知道怎么回答你这个问题……我猜我现在要说的话，你大概不会想听。"

她没把话说得太透。

锅里的东西煮得差不多了，她不再作声，拿起筷子低头进食。

贺原沉沉地看了她一会儿，没有逼她。

他暂时停止了话题，从锅里捞起茼蒿夹给她。

苏答护着碗，往旁边挪了挪，避开他的动作："我自己夹。"

她看也不看他，像是真的很饿了，只是埋头吃饭，什么都不管，什么都不理会。

桌上无话。

吃完火锅，贺原送她回去。

他们住在同一个小区，是楼上楼下的邻居，再顺路不过。

苏答没力气再跟他较劲。他们去往同一个目的地，才刚在一个桌上吃完饭，这一会儿她更没必要惺惺作态地拒绝。

一路上谁都不言语。

苏答没有踹车门，像是饱足后生出疲惫，歪头靠着座椅，目光没有焦点地落在玻璃车窗外，像在看风景，又像什么都没看。

车缓缓开进地下车库，两人下车，一前一后地踏进电梯。

贺原见她脸色不好："累了？"

苏答淡淡地摇头，沉默间，电梯抵达她住的楼层。

踏出电梯前，她顿了一下，低声道："今天这顿就算了，下次别再这样了。"

言毕，她匆匆走了出去。

贺原看着她的背影，直至她的身影彻底被挡住，目光都没有移开。

除了阻拦裴颂，徐霖举止还算客气。苏答到家就给裴颂打了电话，知道他没什么事，放下心来。

裴颂心情颇好，还饶有兴致地调侃了她和贺原几句，末了笑吟吟地说："下次相亲要穿得更漂亮点儿哟。"

被他提醒，苏答想到蒋奉林对这桩婚事的期许，不客气地刺了他一句，挂断电话。

而后一连几日，苏答在电梯和车库遇到贺原的次数越发频繁，多到苏答甚至忍不住怀疑他在她门口安了监控摄像头。

好在两人只是遇见，他没再做出像上次那样强行拽她去吃饭的举动，她戒备的情绪逐渐转淡。

佟贝贝被家里人关了一阵，终于得闲，一被放出来就忙不迭地邀苏答出去喝酒，地点约在城东新开的酒吧。

酒吧面积很大，分闹和静两个区域，她们在安静的那侧人少的地方找了个角落里的小卡座，点的都是度数不高的酒。

苏答歪坐在沙发上，一袭浅紫色裙装在昏暗的灯光下颜色淡得像是银色，长发披在肩头透出几分慵懒和性感。

给她递了杯酒，佟贝贝目光忍不住在她脸上流连。刚才两人进门后，就是这张脸，一路上不知勾住了多少双偷看的眼睛。

“你怎么看起来这么累？”

苏答揉了揉太阳穴：“这段时间在忙画展的事。”

她去黄可灵公司的次数越来越多，和工作人员聊想法聊风格，常常一聊就是几个小时。

“嗯？”佟贝贝端起酒杯浅酌一口，“我听说你的画展交给裴颂筹备了？”

苏答说“是”。他们早先合作过，又是朋友，她信得过他。

两人难得像这样正儿八经地聊天儿，说着说着，苏答问起佟贝贝和宋绍彬的近况。她出国前，佟贝贝和宋绍彬就差捅破那层窗户纸了，如今在一起的时间也不短了。

“你们打算结婚了吗？”

她冷不丁一问，佟贝贝差点儿呛到：“哪儿有这么快？我才十八岁，什么结婚，结什么婚？”

苏答轻笑，拿起酒杯和她伸来的杯子轻轻碰了碰：“行，你十八岁，且谈着吧。”

“你跟我妈似的……”佟贝贝嘀咕几句，嘴上这么说，眼里却美滋滋地亮着光。

话题扯到宋绍彬身上，佟贝贝话匣子哪里还关得上，三句不离宋绍彬，不知不觉开始秀恩爱。

她们出来的时候已经是晚上九点，边喝边聊，转眼就快十一点了。佟贝贝正想着换个地方继续聚会，被她们聊了大半晚的宋绍彬突然来电。

那边打来电话的是他朋友，说宋绍彬应酬喝醉了，让佟贝贝去接。

佟贝贝一听，紧张和担心霎时间写在了脸上：“醉了？他有没有吐？你们在哪儿……”

问清以后，佟贝贝挂断电话，看向苏答满眼都是抱歉。

“行了。”苏答堵住她要说的话，让她省了废话的工夫，“今天就到这儿，赶紧去接你男朋友吧。”

佟贝贝扑过去抱了抱她，结账出去，叫来代驾，不放心她一个人：“你呢？不然我先送你回去？”

苏答说：“不用，你去就是了。”

她掏出手机叫车，让佟贝贝赶紧走。

佟贝贝叮嘱她几句就离开了。

路上车影匆匆，苏答的手机屏幕上显示正在等候接单。

她站了一会儿，喝了一晚上低度数酒，喉咙有些发干，见对面有家便利店，步行过去买水。

几分钟后，她拿着矿泉水和纸巾从便利店里出来，穿过停车坪后一拐弯，忽地和人迎面撞上。

她撞上一个结实的胸膛，对方比她身板硬得多，高她半个头的男人身上的气味并不难闻，只是混杂着浓浓的酒气，有点儿冲。

苏答被对方撞得后退小半步，对方却一下子跌坐在地上。她正纳闷儿这怎么还碰起瓷来了，定睛一看，顿了一下。

蔺阳不是第一次在她面前坐在地上了，但这回脸色比上次被她踹倒还差，眉头深锁，一张脸煞白。

苏答站定，眉头轻挑：“你搞什么？”

蔺阳捂着肚子瞥她一眼，少见地什么都没说，嘴唇隐隐发白，像是使不上力，额头开始沁汗，挣扎着想站起来。

苏答瞧出他不对劲，念头一转，很快便猜出他大概是胃疼。

胃不好还来酒吧喝酒，他纯粹是自己找死，她并不想上前帮忙。以他们的关系，她更没理由帮他。

苏答撇嘴，当没看到一般，提步走开。

“喂……”苏答身后传来蔺阳虚弱的声音，和他平时趾高气扬的声音可谓是天壤之别。

苏答停住脚，回身：“你叫我？”

“我难受……”蔺阳有气无力地看向她，咬牙喘着气，手撑住墙，“你就这样见死不救？”

苏答觉得好笑：“你搞错了吧？我可不是倪棠。”

他自己不会打电话找人？她不在他尸体上踩两脚就算不错了，又不欠他的。

苏答一脸事不关己地收回视线，继续朝前走，任蔺阳在背后有气无力地叫了她两声，都当没听到。

她走了几步，背后突然没声了。苏答抿了抿唇，缓缓停下回头一看，蔺阳倚着墙缩成一团，一点儿一点儿地往地上滑，而后“咚”的一声倒在地上。

三秒后，苏答拧起眉头，长叹一口气，随即快步走回去拉起蔺阳，有些费力地架起他的胳膊，低低地骂了一声，动作利落地掏出手机打电话叫救护车。

医院走廊里充斥着刺鼻的药水味。

苏答本来想把人送上救护车就行了，不承想被医护人员一块儿带上了车。

医生给蔺阳检查完，说是急性胃炎。蔺阳在临时病房里输液，人还没醒，苏答忍着不耐烦给他办完手续。护士要家属签字，她没办法，硬着头皮拨出那串曾经倒背如流的电话号码。

回铃音响了三声，那边接通了电话。

“哪位？”

贺原冷淡低哑的声音通过听筒传来。

苏答吐了口气："蔺阳在医院，要家属签字，你现在过来。"

只一瞬，贺原就听出了她的声音："苏答？"

她不想多说："我把地址发给你。"言毕，她立刻挂了电话。

半个小时不到，贺原赶来医院。

苏答坐在走廊的长椅上，朝他一瞥，懒得相迎。

他大步行至她面前，垂眼在她疲倦的脸上打量片刻，见她没有异状，这才问："怎么回事？"

"他喝酒，胃炎犯了。我老好人送他来医院。"苏答自嘲地说，朝护士站示意，"那边还在等你。"

贺原目光在她脸上流连片刻，将手揣进兜里，提步过去签完字，将剩下的手续交给远远地跟着的徐霖处理，很快回到苏答面前。

见他处理完，她坐直了身，作势要走："既然你来了，那我先走了。"

"你们怎么会在一起？"

她拎着包语气随意："在酒吧门口碰上的，剩下的你自己问他。"

即使站起来，苏答仍比贺原矮了不少，说完没走两步就被他拉了回去，肩膀撞到他的怀里，那股不陌生的淡香味瞬间将她包围。

"你……"贺原拉着她，低下头，嗅到她身上的酒气，微微拧眉，"喝酒了？"

他温热的气息离她耳畔不远，那双眼墨色浓郁。

苏答愣了愣，回过神，从他怀里退出来，和他拉开距离："去酒吧不喝酒难道喝水？"

她理好包带，正要再提步，贺原又反握住她的手腕。

"我送你回去。"像是知道她要说什么，他道，"太晚了，不安全。"

贺原说着，视线在她身上来回扫了几遍，眸色微沉，几不可察地蹙了蹙眉头。

她穿了一条裙子，不知道在替谁省布料，脖子、锁骨、胳膊露了一大片，娇嫩的皮肤白得晃眼，走廊上的风一吹，身上淡淡的香味混着酒的甜味，盖过了所有刺鼻的味道。

她那张喝了酒的脸上透出一片薄红，像是带着热意，烫得人眼睛也热。

走廊上的两个人还在僵持着，病房护士过来打破了他们之间的气氛。

“两位病人家属，临时病房十一号床的病人醒了，说要见你们。”

苏答和贺原双双朝她看去。护士飞快地打量他们一眼，尴尬地笑了一下，抱着病历本快步走开。

苏答率先回神：“他醒了要见你，你还不去？”

贺原知道她想走。

已经快十二点了，大晚上的，她又喝了酒，他不放心她一个人打车：“你和我一起去，我等会儿送你回家。”

他不由分说地拉着她一起往病房里走。

蔺阳看了天花板好久，脑子里浑浑噩噩的，胃还是疼，所幸痛感已经轻了很多。他记得苏答扔下他走远，只是昏倒前看到的最后一个画面里又有一双女鞋。

药水一滴一滴地沿着针管注入血管，门口传来脚步声。

他转头，见是贺原，顿了一瞬，眼中的光刚暗下去，下一秒又看见了贺原身后跟着的另一道身影。

贺原行至床边，睇他一眼，不冷不热地问：“好点儿了？”

苏答在贺原背后一脸不悦，眉眼间隐约透着不耐烦。

蔺阳愣愣地看了看她，回过神，冲贺原点了点头。

贺原没有半点儿要安慰他的意思，只是问：“晚上和你喝酒的都是哪些人？”

蔺阳微微错愕：“哥，你……”

贺原的意思他再明白不过，这是要算账了。

他喉咙干哑，脸上稍有惊慌：“跟他们无关，我——”

“你不说没关系，”贺原眼里情绪淡漠，“这件事我会让徐霖处理。”

蔺阳正欲解释，就听见苏答轻嗤的声音响起：“自己胃不好喝出麻烦，到头来让别人遭罪，真是了不起。”

贺原侧目看她。她懒懒地别开眼，撇了下嘴，脸上嘲讽意味明显。

“关你什么事？”蔺阳又恼又羞，微白的脸上闪过薄怒，“我的事跟你有什么关系，你在这儿说什么说？”

“你以为我想在这儿？”苏答淡淡地道，“要么你就有骨气一点儿，别哼哼唧唧地求我。”

“你——”

苏答懒得理他，扭头往外走，贺原伸手拉住她。

蔺阳气得脸发红，目光落到她那截被贺原握住的白皙手腕上，眼神莫名黯了黯。

苏答拧眉：“病房里太闷，我出去待会儿不行？你要讲什么就快点儿，我赶着回家。”

她被他拽得烦躁极了，想要挣开他的手。

贺原看她两眼，知道她这话的意思是不会先走，松了手让她出去，声音也轻了几分：“我马上出来。”

苏答的脚步声渐远。

贺原回过头，蔺阳慌张地收回视线。

没察觉他的异状，贺原沉声道："你年纪不小了，也该正经起来了。"

蔺阳躺着受教，不说话。

"你十几岁的时候打架斗殴，再大点儿跟'飙车族'满大街飙车，还有那年瀚城……"贺原不知想起什么，眸中郁色加重几分，到底没说下去，"我可以给你善后，贺家也会为你兜底，但你最好有个限度。"

蔺阳胸口仿佛压着千斤大石，有些喘不过气："哥，我今天只是出去喝个酒，没想到会——"

"我不管你怎么想。这次是胃炎，下次是什么？我只能告诉你，命是你自己的。"贺原不想听他解释，"你少捅点儿娄子，这是最后一次。再有下回，我直接把你交给爷爷处置。"

听到贺原提起外公，蔺阳脸色立时一变："哥我错了，我下次再也不这样了，你千万别跟外公说！"

贺原淡淡地扫他一眼，不想多言："好好躺着，我让徐霖通知姑姑。"

贺原的姑姑就是蔺阳的妈妈。她要是知道这件事，蔺阳少不得挨骂。

蔺阳看贺原的脸色，知道这次他是真的不悦了，求饶的话到了嘴边，最后还是悻悻地吞了回去。

车披着夜色下昏黄的灯光朝东洲花园小区行驶。

"你就这么把他扔在医院里？"苏答看着窗外不时闪过的路灯，玻璃映出她白得过分的脸。

贺原握着方向盘说："有徐霖在，不会有事。"

苏答没作声。

又开了一会儿车，贺原忽地道：“我没想到你会帮蔺阳。”

她语气冷淡：“我没想帮他。”

他只是非常不凑巧地倒在了她面前，换成别人这样她一定会救，是他反倒犹豫了一下。

贺原问：“你很讨厌他？”

“要是有一群神经病有事没事就找你碴儿，你会喜欢？”苏答懒散的语气略带不善，“整了你还不准你反抗，你反抗了，他们就恼羞成怒、变本加厉。我能喜欢他就怪了。”

贺原沉默了几秒，识趣地打住这个话题。

他从烟盒中取出烟，单手握方向盘，正要点火，旁边的苏答皱眉：“能不能别抽烟？要不然你半路放我下去，自己抽个够。”

她话里有点儿火气，是冲他来的。

拿打火机的动作顿住，他瞥向她，她一脸不高兴。

要说其中没有因为蔺阳而迁怒的成分，他是不信的。

没说什么，贺原默默地把打火机和烟放回原位。

苏答板着张脸，抱住自己的手臂，似乎有些冷。贺原看在眼里，将车内空调的温度调高：“说话能不能别这么冲？”

苏答想都没想地道：“不能。”

她有点儿困了，神色也恹恹的。

贺原无奈，为了缓和气氛，换了个她爱听的话题：“画展准备得怎么样？”

苏答盯着窗外，一声不吭。

“苏答？”贺原拧眉。

“别跟我说话，省得我开口你嫌我说得不好听。”

两人一个不肯说话，一个说多错多，车内又安静下来。

贺原不时瞥她。她无言地看着窗外的夜色，将鬓边的头发撩到了耳后。

她看得专注，肩膀上的吊带滑落些许，露出圆润小巧的肩头，那精致的锁骨处深深凹陷，弧度优美。

贺原目光微顿，眸色不由得暗了几分。

车下了高架桥，很快驶到东洲花园的车库里，贺原还得赶回医院，公司那边也有事情要处理，便没打算下车。

苏答径自打开了车门。贺原视线扫过她已经被遮上的肩头，冷不丁地道："你这件裙子不好看。"

刚伸出去一只脚，听见这话，苏答回头莫名地看了他一眼。

贺原脸色平静，一本正经地点评："太土了。"

这条裙子是这季的新款，她上次逛商场时刚买的。

苏答因他的"审美"停顿了几秒，懒得鸡同鸭讲，推开门下车。

她走进电梯时，他的车还停在原地。从电梯处看过去，有黑色的玻璃挡着，看不见车内任何东西，但她能感觉到他的视线，像是在和他对视。

直至电梯门缓缓闭合，那辆车也没开走。

画展要用的画基本已经定下，不去公司也不见朋友的时候，苏答就把自己关在公寓里画画。

送蔺阳去医院后的第二天，她睡到中午才起，吃过午饭，正准备动笔画点儿什么找找手感，贺原打来电话。

他原本没有她的新号码，她在医院时打电话给他，他大概存下了。

看着屏幕上一串未备注的熟悉数字，苏答犹豫片刻，摁下接听键。

她也不打招呼，开门见山地问："有事？"

她一个多余的字都没有，大有他说一句废话立刻就挂电话的意思。

对上她不太友善的语气，那边的人静默片刻，沉声说："你有东西落在医院了。"

苏答下意识地怀疑他诓她："什么东西？"

"钱包，"听出她的怀疑，贺原语气里多了几分无奈，"你昨天落在护士站了。"

苏答思忖片刻，想起她给蔺阳办手续时翻包找东西，拿出钱包后好像确实忘记收起来了。

她沉默。贺原道："我送过来给你。"

电话被挂断，二十分钟后，公寓里响起门铃声。

苏答透过猫眼看见门外贺原挺拔的身影，将门打开，伸手："给我吧。"

他站在门口，语气自然："不请我进去坐坐？"

"我为什么要请你坐坐？"苏答对他不见外的话不为所动。

见他半天没动作，她就要关门，他忽地伸出手将门缝卡住。

门夹到他手指的感觉分外明显，苏答一愣，连忙将门打开。

贺原皱着眉头，丝毫没叫痛。

他似是叹了一声，低沉的嗓音中略有无奈："脾气怎么这么大？没说不给你。"

苏答瞥向他的手，被夹过的地方留下了深深的印子，手掌红了一块。

贺原把钱包递给她，将那只泛红的手插进兜里，仍站在她的门外，语气放低："开车太急，有点儿渴。"

一口气堵在胸口转了几转，半晌后，苏答到底还是退开，抿着唇不看他："喝完就走。"

苏答让他进来，扔了双粉色的拖鞋给他。

看见这个颜色，贺原脸上闪过一丝犹豫。

她挑眉："只有这个，不穿就出去。"

"……"

贺原面无表情地穿上拖鞋，跟在她身后进入客厅。

她的公寓雅致温馨，和他的住所有一个共同点——简洁。

贺原在沙发上坐下，安静地打量几眼房间。

苏答端来一杯温水。

贺原说："你的公寓和以前住的差别不大。"

苏答弯腰的动作一顿。她不轻不重地将水杯放在他面前，语气淡淡的："有些东西没必要变。"

没有必要变的，比如居住风格，比如画画，比如她的好友圈，这些都是她的习惯和爱好，在她身上延续了多年，早就是她的一部分了。

而他并不在这个范围内。

贺原脸色黯然了几分。

苏答像是没看到他的脸色，只说："喝完快走。"

她拿起放在餐桌上的钱包回房间，留他一个人在客厅，收拾好东西后再出来，见他那杯水只喝了几口，忍住催促的欲望，坐到画板前去调颜料。

贺原在侧边沙发上静静地看着她。

分手前他也到过她住的地方。

那是他们去黎门岛之前，她在衣柜前挑衣服，他靠坐在她的床头。她时不时拿着两件衣服转过来，问他选哪件好。

她的房间幽暗，有很好闻的味道。

那个时候，她还喜欢他。

当时他没有想到，后来他们会那么迅速地走到分开的岔路口。

贺原在沙发上不出声，苏答也没管他。

她调了几个颜色感觉都不对，拿起湿巾擦手，起身去隔间找其他颜料。

翻找半天，苏答找到要用的几管颜料，走下餐厅和客厅之间的矮阶，抬头就看见贺原正站着打电话。

她想绕开他，他却提步朝她走来。

看着他递过来的手机，苏答皱眉："干什么？"

他的语气和表情一样淡："接。"

手机屏幕上是蔺阳的名字。

苏答忍着不悦接过手机放到耳边："有话快说。"

那边的人沉默了许久。苏答等得不耐烦，刚想把手机还给贺原，忽地听见蔺阳低沉的声音："对不起。"

"……"

他上次也和她说了"对不起"，不过是在交通队，碍于工作人员的调解加上贺原的施压。

他这次的"对不起"来得没头没脑。

苏答抿了抿唇，看向贺原。他没什么表情，好似也不打算开口。

气息微沉，她沉下声反问："对不起什么？"

"高中时候的事，是我的错。"那边的人说，"我和当时的朋友排挤你、整你，带着其他人对你施加冷暴力……还有和你动手打架。

"对你造成了伤害，我很抱歉。"

没有了平日的轻狂和刻薄，蔺阳声音有点儿哑，每一个字都说得很认真。

窗外的太阳光斜斜地落进室内，这一瞬间，苏答突然觉得世界有几分不真实。

对那个时候的事情，她并不是完全无所谓的。

那时她无法向蒋家求助，因为知道他们会冷眼旁观，也不敢告诉蒋奉林，因为不想让他在病中操心担忧。

她用自己的方式不屈服地和那些试图让她低头的人斗争，打落牙齿和血吞，宁愿狼狈也不肯向他们伏低做小，像一只困兽，在笼中逃不出去，只好故作凶狠。

她其实很怕，也难过极了，难过到不愿意回忆起那个时候，无论过去了多少年。

苏答从没想过，有朝一日会得到其中哪怕一个人的道歉，而今天，她印象中最不可能低头的蔺阳在手机那端开口道歉了。

“对不起，”他说，“非常对不起。”

苏答什么都没有说，气管像是在被火灼烧。

沉默许久，她一言不发地将电话挂断，公寓里也变得安静起来。

苏答把手机还给贺原。

“没必要这样。”这话是对贺原说的，她喉头动了动，“你不必强迫蔺阳道歉。”

“不是强迫。”

苏答抬眸看向他。

他站在窗前，背着光，她的视线落进他的眼中，触到一片郑重和柔软。

“这是他欠你的，”贺原说，“你理应得到。”

第十一章　践　踏

以前她受了委屈，蒋奉林也会为她讨回公道。因为他的疼爱，小时候的她有那么一段时间也曾经肆无忌惮。

只是随着年岁渐长她才渐渐明白，人的肆意是需要底气支持的。

走出蒋奉林的保护圈后，她再没有奢望过会有谁护着她。

轻轻握了握手中的几管颜料，苏答沉默许久，最终还是什么都没说，从他身旁走过，垂着眸坐到画板前。

贺原在她背后看了一会儿，表情被外面的光线映照得浅淡："可以续杯吗？"

苏答扭头一看，桌上那杯水已经被他喝得差不多了。

低落的情绪被冲淡了不少，她低低地说："续什么杯，这里又不是咖啡店。"

贺原似是笑了一下。

并没有要真的留下继续喝水，听她的语气恢复正常，他神色稍缓："那我走了。"

苏答不做回应，沉默地挤出颜料，慢条斯理地化开。

脚步声在背后渐渐远去，不多时，玄关传来门开了又关上的声响，很快彻底静下来。

颜料盘上终于调出了她想要的颜色，嫩生生的，分外好看。

苏答停下动作，几秒后，回头看去。

静悄悄的客厅里空无一人，茶几上水杯中的水一滴不剩，空气中只留下一股淡淡的、属于他的气息。

蔺阳住院的第二天就转入了贺氏旗下的私人医院。他妈去看了他几次，叮嘱和教训的话说了一大堆，责令他调养好之前不许再出去胡闹。

倪棠得知消息，也第一时间赶去探望他。

病房里的日子沉闷无聊，每天只能吃些清淡的东西，以流食为主，蔺阳正是无聊的时候，见她来了，撑着床就要坐起来。

倪棠放下慰问品，连忙摁住他："不许乱动。"

她带了不少营养品和水果，挑的都是最好的。在床边坐下后，她语气关切，细细地问起他这两天的情况。

蔺阳憋得慌，滔滔不绝地和她吐槽起住院的日子有多无聊，末了抱怨："我哥也真是的，非得把我送到这儿来，都几天了还不让我出院。"

"他也是为你好嘛。"倪棠笑笑，脸上一派温柔，慢条斯理地给他削苹果。

蔺阳愁眉苦脸地道："我知道他为我好，可是他这回脾气也太大了……和我喝酒的那几个人都没落着好，其他人听说了这件事，吓得躲着我走。我看等我出院了，怕是没几个人敢再找我玩儿了。"

倪棠微微抿唇，轻声问："你哥这几天来看你了吗？"

“没有。我哥那么忙，哪儿有空天天来看我。”蔺阳也不是很想每天挨贺原的训，这段时间见不着贺原反倒合他的意。

他撇嘴：“徐霖每天来一趟就够我头痛的了。”

倪棠笑了一下：“他让徐霖来看你就表示担心你，你别跟他闹脾气。他要是不在意，送你来医院以后才不会管你。”

蔺阳没发表评论，随口道：“不是他送我来医院的。”

“不是贺原？”

他顿了一下，表情有点儿僵硬：“嗯……是苏答。”

削苹果的手停住，她瞬间抬眸：“苏答？怎么会是苏答？”

“我那天喝酒，刚好在酒吧门口碰到她了嘛……后来她就帮我叫了救护车。”蔺阳语气略带别扭，省略了中间的过程。

倪棠有一会儿没说话，目光闪了闪，继续手中的动作，语气越发温柔：“那还蛮让人意外的。苏小姐不喜欢我，我还怕她会因为我迁怒你，没有连累你就好。”

蔺阳看她一眼，稍感莫名：“怎么会？真要说起来，她应该更讨厌我才是。”

“嗯？为什么？”

“我们高中时同过班，那时候有些过节儿。”蔺阳皱了皱眉，“不过我已经跟她道歉了。苏答送我到医院的第二天，我哥就让我好好反省。后来我哥还打电话来，让我在电话里跟苏答说了对不起。”

倪棠唇角僵住一秒，片刻后若无其事地将苹果削完。

她将苹果递给蔺阳，噙着笑看他吃了几口，轻声说：“苏小姐真厉害啊，刚好碰上你，又忍下脾气好心送你去医院，现在不仅让你道了歉，也算是化干戈为玉帛，你承了她的好意，贺原也欠她一份人情……

“我要是有苏小姐这么厉害就好了。你也知道的，我总是因为不善交际头痛，烦都烦死了。”

她似乎在夸苏答，然而蔺阳听着莫名地觉得别扭，心里隐隐有点儿不舒服。

倪棠就好像是在说苏答救他是有目的、有预谋的。

然而蔺阳再清楚不过，那天在酒吧外碰见苏答纯属凑巧。苏答根本不想救他——如果不是他扶着墙叫住她，她可能早就走了，更别提什么要和他“化干戈为玉帛”。她如果真想自己承她的好意，就不会在他刚醒来的时候戗他。要不是当时贺原在，她说不定还会趁他躺在床上给他一脚。

倪棠轻飘飘地说完，很快岔开话题，给他倒了杯温水。

蔺阳扯了一下嘴角，笑意转淡：“放桌上吧，我等会儿喝。”

倪棠道：“好。”

蔺阳抿了抿唇，咬下一口苹果，忽然觉得味同嚼蜡。

他们又聊了一会儿，倪棠不打扰他休息，没再多留，叮嘱一番后起身离开。

出了病房，倪棠回身关上门，离开前冲蔺阳笑了笑，待彻底隔绝病房内的视线后，唇边的弧度瞬间放平。

行至拐角处等电梯，她垂下眼，犹豫许久，从包里拿出手机，拨通贺骐的电话。

苏答的画展进入筹备阶段，不仅她的经纪公司上心，徐霖也时时让人盯着，不敢懈怠。

得到确切消息，徐霖立刻赶去见贺原，将第一手消息汇报给他：“成艺公司接了承办苏小姐画展的事情。”

成艺就是裴颂的公司，上次贺氏工业园区的展会就是他们做的，收尾部分还是裴颂亲自操刀。

贺原对这个名字异常敏感，拧眉问：“负责人是谁？”

徐霖将脖子压得更低了些，小心地道：“裴颂。”

又是裴颂。

贺原把手中的钢笔一扔，那张微寒的脸更加冷淡。

察觉出老板的不愉快，徐霖大脑飞速运转，出声提醒：“成艺最近接了个大单，程氏新园区的开放沉浸式体验展由他们负责。”

贺原闻言，目光幽幽地朝他看：“程氏？”

“是的。”

北城这个圈子里，和贺原关系不错的人，程家老大就是一个。

贺原眼皮轻颤，淡声道：“跟程远洲通个气，让他们点名把事情交给裴颂亲自负责，不要给他一点儿空闲的时间。”

徐霖立刻应下：“是。”

收到裴颂不能再负责她画展的歉意时，苏答有点儿蒙。不过她很快就接受了这件事，连道两声“没事”，让他不必放在心上。

他的团队审美水平和设计水平都是一流的，原先常年和他一同在国外奋斗的同事，这次也被他安排远程参与画展设计。

他虽然忙，但抽空看一眼定下的方案的时间还是有的，除了不能常常亲自去她的经纪公司沟通，和以前没什么差别。

有他定下的大方向在，虽然他转去负责公司其他项目了，团队其他人的工作进度也没落下，画展比预计时间提前三天布置完成。

苏答的画展在网上售票，筹备期间已经做了几次宣传。

因先前网上的闹剧，她的知名度比刚回国时高了许多，售票渠道一开，票卖得飞快。

黄可灵拿着合作方传来的数据给她看：“比我们预期的好，半个小时票就已经售罄了。”

画展展期一般没有限制，可以办一两个月甚至更长时间，但苏答一贯求质不求量，画展只办两周就结束。

开展第一天，第一拨观展的人在早上陆续到来，多是为了图清静，因为人少的时候更适合好好欣赏作品。

到了下午，展厅中的人逐渐变多。

苏答亲自去了现场，只是在后台没有露面。

公司给她安排了两个采访，其中一家是上次合作过的媒体，上次双方都挺愉快，这回便再度合作。

美术协会那边，会长岑昊东和副会长潘正茂分别送来花篮。

狄禹和杜蓝也送了花篮。他们俩是现今国内年轻一辈的佼佼者，苏答和他们不算太熟，只在活动上见过几次，聊过天儿。

这次苏答办画展并没和他们打招呼，他们这般举动透出几分亲近的意思，也算是对她实力的一种认可。

苏答一直待在休息室里，见了几拨人，接受了第一个采访。

时至傍晚，黄可灵突然跑来找她："贺先生来了。"

贺原买过她的画，还是以全场最高价拍下的，在圈内一度引起热议，黄可灵和整个公司的同事都对他印象深刻。

苏答一愣："他怎么来了？"

问完，她意识到这话多余——黄可灵哪儿会知道贺原来干什么？她敛好表情起身："我去看看。"

这会儿已经快要到闭馆的时间，场馆里没什么人，苏答在风景画展区找到了贺原。

他一身西装，妥帖的剪裁将他的身材衬得格外挺拔颀长。两手插在兜里，他微微仰头，正看着她画的一幅海浪图。

光从窗外照进来，勾勒出他沉静的侧脸线条，让站在画廊里的他也像一幅画。

苏答稍稍停了两秒，贺原似乎是察觉到她的视线了，转头朝她看来。

她吸了口气，提步行至他身旁。

贺原没和她说什么，将头转回前方，目光回到那幅海浪图上。

他看得专注，苏答不由得问："在看什么？"

贺原淡淡地说："在看你。"

"……"

他在看她的画，也在透过她的画看她。

他又侧头，问她："今天的画展快结束了？"

苏答勉强应了一声："嗯。"

"明天闭展后一起吃饭。"

"明天？"

贺原语气没有起伏，话说得还挺体贴："今天你应该要和同事聚餐庆祝，我不好打扰你们。"

苏答一下子没反应过来："我为什么要跟你吃饭？"

他道："庆祝画展顺利举办。"

画展顺不顺利跟他有什么关系？苏答唇角轻撇，还没反驳，黄可灵出来找她。

"苏老师。"

黄可灵压低了声音，但在空旷的展馆里还是产生了回音。

苏答闻声看去，黄可灵站在不远处招手："要采访了。"

第二家采访的媒体来了。

苏答下意识地瞥了眼贺原，对上他的视线，问："你还不走？"

他不动："我再看一会儿。"

他要看就看吧，爱看多久就看多久，反正闭馆了都得走。

苏答忍住还嘴的冲动，懒得再理他，扭头匆匆走开。

她回到后台休息室时，另一家媒体的记者已在等候。苏答温声致歉：“不好意思，让您久等了。”

记者忙说：“是我们该说抱歉才对。路上堵车，来得晚了点儿，您不介意就好。”

两人面对面坐下，戴着证件的记者是个年纪不大的小姑娘，她将录音笔打开，翻开采访稿，准备开始采访。

苏答接过黄可灵递来的温水喝了一口，放在膝上的手机轻轻振动，顺手拿起手机一看，是一个没保存的号码发来的信息。

号码是贺原的。

他说：“明天闭馆我来接你。”

苏答看完消息，一个字都没回，将手机收了起来。

采访在闭馆之前结束，过程很顺利，场馆的工作人员过来通知他们要清场了，黄可灵应下，顺势邀请记者一块儿去吃饭。

小姑娘不好意思地推辞，但在这方面黄可灵十分老练，一番推拉后成功把人留下。

黄可灵提前一天就订好了包间，加上公司同组的所有同事，一群人热热闹闹地赶往餐厅。

苏答离开场馆时，贺原早就不在了。苏答也没问他的去向。

她是今天庆功宴的主角，一群人一个接一个地过来，恭喜的话说个不停。

画展办得好，对公司，对幕后这些辛苦的人来说，同样是值得庆祝的喜事。众人说说笑笑，气氛非常好。

苏答略微喝了点儿酒。

菜陆续上桌，吃到中途，她感觉有些热，和身旁的黄可灵说了一声，离席去洗手间洗了把脸。

出来后，苏答沿着走廊往回走，刚下小阶梯，恰逢服务生带着两个人上来，过道瞬间显得狭窄起来。

她正想往旁边让，服务生身后的两人朝她看来，三人视线对上，彼此都有瞬间停顿。

倪棠穿着一袭蓝色长裙，脸上的妆容精致无比，娇艳极了。

贺骐和她走在一起，很快回过神，面色平静地朝苏答微微一笑："苏小姐？"

苏答淡淡地颔首："贺先生。"

她目光落到倪棠身上，态度不冷不热。

倪棠穿着蓝色的裙子，衬得皮肤白了不少，不知道贺骐是不是也觉得她很好看。

苏答看着倪棠的同时，倪棠也在打量苏答。她今天约了贺骐，特意精心挑选了最衬自己肤色的蓝色长裙，没想到会在这儿和苏答碰上。

相比倪棠，苏答穿得很简单。清浅的淡色长裙，剪裁规规矩矩，穿在她身上却像风景画里飘逸的云，那张脸在这种衬托下越发迷人。

倪棠眼神阴沉了一瞬。身旁的贺骐收回扶在她腰上的手，看着苏答一脸笑容："苏小姐今晚在这儿用餐？"

苏答"嗯"了一声。那声音听得倪棠心里分外不舒服。她垂了垂眸，脚下像是不稳，忽地往旁边一歪。

贺骐手疾眼快地拉住她："没事吧？"

"没事。"倪棠笑笑，"我们走吧，我饿了。"

见贺骐朝苏答看去，倪棠顺着他的目光也看向苏答，弯唇带着点儿歉意似的问："苏小姐约了朋友吗？要不要和我们一起？"

"不必了。"苏答才没空和他们凑在一块儿，想也不想就拒绝了。

服务生再度领路，贺骐朝她颔首告别。

苏答站在墙边避让，打算等他们过去再动。

一行三人与她擦肩而过。那抹摇曳的蓝色裙摆，在她眼皮底下一晃而过，很是刺眼。

画展第二天，苏答没去现场。

傍晚时，贺原四十分钟里发了三条消息问她在哪儿，她看完没拉黑也没回复他。

许是没得到回应，他打来电话问：“今天没去画展现场？”

他大概是去画展找过她。

昨天他说等她画展结束接她去吃饭，今天她却压根儿没到场。贺原语气平静，铩羽而归也没有半点儿质问的意思。

苏答端着玻璃杯喝水，言简意赅地道：“没。”

他稍做停顿，似乎觉得她语气不太对劲，又问：“你在哪儿？”

“在家。”

贺原道：“等我一会儿，我很快就到。”

苏答没问他来干什么，直接挂了电话。

半个小时后，贺原出现在苏答公寓门口。

苏答踩着门铃声走到门后，透过猫眼看了许久。

铃声停止半晌她都没动作，他等在外面，也一直未动。

苏答缓缓地将门打开，态度疏离，语气略微透着凉意：“来干吗？”

贺原看着她，视线顿了一下。

她看他的眼神，似乎又变回了她刚回国时那样，只是眼里情绪重一些。

那时候她是全然无所谓地将他当成陌生人，而现在，这般冷淡的态度下藏着些许火气。

明明昨天在画展时她还好好的。

贺原微蹙眉头：“怎么了？”

苏答望着他一言不发，说不上来的烦躁感堵塞了胸口，有点儿不舒服。

下一秒，她将门关上。

像上一次一样，贺原伸手挡在门缝里，她却没像上次一样立刻松手，力道不减地继续关门，他的手始终不收回，半个手背已然红了。

角力片刻，苏答长长地吐了口气，手上一松，将门让给他，扭头往回走。

贺原站了一会儿，顾不上发红的手背，提步进来，反手关上门，在玄关换上她上次给他拿的那双拖鞋，一副充满经验的样子，跟在她身后进屋。

苏答站在客厅的茶几前，背对着他，闷声喝水。

贺原看着她的背影颇为莫名——她似乎在生气。

可距离两人昨天在场馆里分开已经有二十几个小时，现在还是他刚见到她。

贺原声音里有淡淡的不解：“苏答？”

他在背后叫她，苏答像没听到一样，微仰着脖子自顾自地喝水，完全不理会他。

贺原皱眉，加重语气：“苏答。”

“咚”的一声，她放下杯子的动作稍微有些重，转过身看他。

贺原打量她片刻，视线扫过她的脸：“你在生气？”

苏答被他不退让的目光盯着，沉默几秒，猝不及防地扔出一句：“我昨天碰见倪棠了。”

贺原微滞，表情沉下来：“然后呢？”

他买了不少倪棠的画，那是他们分手的导火索之一。

先前他已经解释过，他和倪棠的渊源来自大学那次的突发事故——倪棠替他挡了一下，脸上留了道疤，他买画只是出于弥补。

苏答补充一句："和她在一起的还有贺骐。"

这个名字让贺原眸色更深："他们怎么了？"

苏答回答："就是看见了，觉得烦。"

她说得蛮横，但难以遮掩其中的冷意。

贺原顿了顿："所以这就是你今天不开心的原因？"

"还有你。"苏答冷声道，"你们三个我都烦。"

太阳穴重重地跳了两下，贺原一时没说话。

她比起以前，脾气有些大，有时候就跟个炮仗似的。

贺原喉咙微动，面上闪过一丝无奈，识趣地跳过这个话题："我给你准备了礼物。"他说，"之前就想等画展结束后送给你。"

贺原从兜里拿出一个丝绒小盒递给她。见她不接，他将盒子塞到她的手中："打开看看。"

她没打算要他的东西，随手打开盒盖就想关上还给他，却见里面装的是一只蓝色的手镯。

她目光顿住，莫名地，胸口那股烦躁感又上来了，挑眉道："蓝色的？"

贺原见她似乎更不高兴了，问："不喜欢？"

苏答"啪"地关上盒子扔回他怀里："昨天倪棠也穿了件蓝色的裙子。"

贺原拧眉："你介意这个颜色？"他说，"我让人换一个。"

苏答听得忽然想笑。

昨晚见到穿蓝裙的倪棠和贺骐，她瞬间被勾起了一些不好的情绪。

她以为自己忘记了。

苏答看着他道："你和贺骐关系不是很好吧？"

贺原没料到她突然说起这个，正要回答，就听她道："贺骐跟我说过，他最喜欢蓝色。"

因她这句话，贺原眉头皱得更深。

苏答一直觉得，在感情里，讨说法有时候是一件很丢人的事，被伤害了还要追着对方问为什么，很没意思。

她只是没想到，过了这么久，有些事情会又一次被推到她面前。

这次苏答不想忍了。

"你和倪棠是什么关系与我无关，但是有些举动真的没有意思。

"倪棠和贺骐差点儿在一起，对吧？后来你们学校盛传，你撬了贺骐的墙脚。

"让贺骐不好过，真的有那么痛快吗？

"是因为贺骐喜欢蓝色，还是因为倪棠为他穿蓝色，你才这么中意这个颜色？"

她第一次把话摊开说。

寂静的公寓里，她语气平淡，一字一顿地道："你送这个手镯给我，究竟是想硌硬谁？"

贺原在她第一次说到贺骐之后，脸色就一点儿一点儿地沉了下来。

此刻他脸上阴云密布，像有什么情绪在涌动。

"他是这样跟你说的？"贺原喉头缓慢地动了一下，声音压抑，"你是这样认为的？"

苏答反问："不然呢？"

换作以前，她从不会这样和他针锋相对。

但很多事情已经变了，她不想再一次经历同样的事。他们的纠葛是他们的，她不要再被卷入。

苏答话已说尽："没事就走吧，我要休息了。"

她转身进入卧室，淡淡地扔下一句："走的时候把门关好，谢谢。"

贺原一把拉住她的手腕。

苏答被拽得转回身，这一次没有挣扎，只是站定，皱眉："松手。"

他的手掌很热，掌心有些粗糙，拽住她的力道不算重，他没松开，也没动。

好一会儿，久到苏答眉头拧得更紧，贺原闭了闭眼，轻声说："我跟他关系确实不好。"

他那张紧绷的脸上有一种难以形容的情绪。

苏答眼皮一颤，抿着唇，没有挣开他。

"倪棠最开始确实差一点儿和贺骐在一起，你说得没错。"

苏答眉头皱了一下。

他没看她，喉结艰难地滑动了一下，声音低沉发紧："当时我确实是故意想让贺骐不好过，但我真的没做什么。

"我只是和倪棠多说了几句话，透露出一种模棱两可的态度，让她误以为我在关注她。我没有追过她，没有对她表露过半点儿喜欢，她就对贺骐冷淡下来了。

"我是动过给贺骐添堵的念头，但是倪棠的反应让我觉得没意思，后来我就没有再理过她了。

"我不是在为自己开脱。"他第一次语气如此难堪，"这件事里我确实下作，你怎么说都可以，可我对你真的是认真的。"

苏答的手腕还在他手里，她感觉到他微微地用了点儿力，又缓慢地放松下来。

"他说的那些并不是真的。"贺原道，"我和你的事，从一开始就跟他们无关。"

苏答深深地吸了口气，又问："那倪棠的印章呢？她大学时用的印章和你大学时用的款式一模一样。你们没有关系，这么私人的东西为什么也是同款？”

贺原愣了一瞬，随即皱起眉：“我的印章大学用了很长时间，那时候身边的人都知道，跟倪棠没有任何关系，我没有送过她同款。她自己私下去刻的东西，我并不知道。”

苏答沉默了好一会儿才沉声说：“我应该相信你的话吗？”

她像是在反问，又好像不是。

贺原淡淡地扯唇，自嘲道：“你不信也正常。”

这些话，他以前没有说过，她是第一次听。

“我做什么、送什么，和别人没有半点儿关系。我送你蓝色的东西是因为我想送。”

贺原的视线落在她的脸上，他像在观察她的表情，放柔语气又把话题带回来：“我只是觉得你配蓝色很好看。”

蓝色的丝巾、蓝色的裙子、蓝色的首饰，蓝色特别衬她，他不管看多少次都移不开眼睛。

“我和倪棠没有任何关系。”贺原松开了她的手腕，他又一次重申，神色再认真不过，“我追你、和你在一起，也跟这些事情没有半点儿关系。”

贺原的眉眼俊朗，他静静往这儿一站，风流倜傥。

“或许以前是我不够认真。”

窗外的光线落在他身后。此时此刻，他仿佛被笼罩在阴影里，像一个祈求神明垂怜的人，卑微地低下了头。

“但这喜欢即使不够认真，也真的没有掺假。”

苏答的眼睛被外面照进来的光刺了一下，她长睫微颤，从他脸上收回目光，垂下了眼。

贺原沉默片刻，打开手中的盒子：“挑这个镯子没有别的意思。”

他垂眸盯着盒子，让人看不清表情。

“分手前我想送给你的那个，也是镯子。”

他的后一句话声音有点儿轻，慢悠悠地落下。

那天他挽留她被拒绝，没送出去的同样是一个丝绒盒子，里面也是一只手镯。

“这个和那个有点儿像，但款式更新。”

他用大拇指关上盒盖又打开，抬眸看向她，再一次关上盒盖，将盒子塞到她手里：“你要是不喜欢，下次我换别的颜色。”他顿了顿，说，“不想戴放着也行。”

他轻轻舒了口气，语气低得不能再低：“别生气了。”

贺原没有在她的公寓里多留。他说了那么多，苏答一直没吭声。他并没有非要她开口，只是深深地看她两眼，转身走向玄关换鞋出门，将大门关上。

室内很快恢复宁静。

苏答站在客厅里，看着大门的方向，他刚才说的那些话仿佛还在耳边。

他说他的喜欢没有掺假。

苏答喉间那股灼热的气流盘旋着，许久后才一点儿一点儿地冷却下来。

首饰盒在她手里，被捏紧又被松开。

苏答站了一会儿，走回房间，拉开放首饰的抽屉，将盒子扔了进去。

上午九点，苏答起得有些迟，没来得及吃早饭，收拾一通便立刻动身出门。画展进行到第四日，经纪公司有个关于她后续工作安排的会议，要她亲自到场参与。

助理本想来接她，碍于住的小区离东洲花园有些距离，苏答不好让人家一大早就折腾，便拒绝了。

走出电梯，她找到自己的停车位，却见旁边不知何时停了辆车，将她的车出去的路彻底挡住。

苏答拿着钥匙绕到车尾看了看，左右张望。地下车库里静悄悄的，没什么人。

附近不见车主人影，也不知道这是谁家的车，她正头痛，一辆车缓缓地开到她身旁停下，车身颜色低调，车头的标志可一点儿都不低调。

车窗降下来，贺原的脸出现在她眼前。

他问："去哪儿？我送你。"

苏答第一反应是拒绝，动了动唇，又略有犹豫。

她的车被堵得死死的，她联系物业管理人员要费时间，而且也不知道车主能不能联系上，什么时候才能来挪车。

贺原也不催促她，平静地道："上来。"

苏答思忖两秒，不想像傻子一样站在原地纠结，将车钥匙一收，拉开他的车门坐进去。

车缓缓地往车库出口开，苏答系好安全带，贺原握着方向盘，表情沉稳。

车驶出小区门口，在路过便利店的时候放慢了速度。

她微微抬眼，就听他问："吃早饭了没？"

她一顿，抿了下唇，随意地道："等会儿再吃。"

这话就是变相承认了她没吃早饭。

贺原并未多说，在路边找了个位置停下车："等我一会儿。"言毕，他开门下车。

苏答猜到他要去干什么，想叫住他，但没来得及。

她透过车窗看见他进了便利店，没多久拎着一杯豆浆和一份豆沙包出来。

贺原坐回车内，将豆沙包塞到她手中，又将豆浆放在座位中间的置物处："豆浆有点儿烫，先吃豆沙包。"

三个豆沙包又大又圆，苏答看了看塑料袋里的豆沙包，没作声。

他重新启动车子，不急不缓地问："你去哪儿？"

苏答报出经纪公司的地址。

她出国几年，对如今的北城不是很熟悉，不知道自己和他顺不顺路。贺原好像压根儿没考虑这个问题，"嗯"了一声，轻摁几下车内导航系统后便径自开车，仿佛完全没有"不顺路"这个概念。

不到半个小时，贺原的车在经纪公司的写字楼前停下。

苏答吃了一个半豆沙包，把剩下的拿在手里。

贺原提醒她："带上豆浆。"

苏答的一只手已经摸上了车门开关，闻言动作稍顿，她什么都没说，解开安全带后，用另一只手拿上了豆浆。

苏答走进写字楼一层，进电梯时还能看见贺原停在路边的车，直到电梯门缓缓关上。

电梯快到经纪公司那一层时，她拿起豆浆喝了两口。

豆浆已经有些凉了，她顿了一下，后知后觉地想起来自己好像忘了问他有没有吃早饭。

从公司回去以后，堵住她车尾的那辆车不见了，苏答和物业管理人员反映了一下情况，希望他们提醒其他业主规范停车，不要给别人造成不便，这件事就此翻篇儿。

之后几天她没有出门，再没碰上贺原，他却开始让人给她送早餐。

一开始她还以为是送错了。

送餐员全副武装，手里拿着大大的保温餐盒，确认地址没错：“贺先生订的餐，小票在这儿，您看看。”

听到“贺先生”，苏答这才了然。

送餐小哥一走，她立刻发消息给贺原，用三个问号道尽一切。

贺原回复得很快：“怎么了，不好吃？”

这跟好吃不好吃没关系。

苏答只道：“别送了。”

这句话发出去，他就没再回复，然而第二天，早餐还是准时送达。

此后每天早上九点，门铃声必定响起。

有一两回，苏答做完瑜伽，刚准备自己下厨弄早饭，外卖就到了。

外卖每天还都是不同的样式，但必有豆浆和牛奶。

豆浆是现磨的，牛奶是草场现挤的，送到她手里时热腾腾的，杯身还能焐手。

此外还有各类面包，有时是中式餐点，咸的甜的、汤汤水水都有。

贺原没给她打电话，消息也没发一条。苏答已经找过他了，不想再主动和他联系，于是只能按捺下来。

每天送来的早餐精致可口，送餐小哥只负责送到，她拒收不了，扔了又实在浪费，就这么无奈地吃了好久。

直到画展最后一天，苏答终于在场馆中见到了贺原。

上午他让人送来了庆祝画展圆满结束的花篮，她正想着要不把早餐钱算一算还给他，傍晚时黄可灵就过来告诉她：“贺先生又来了。”

画展第一天和最后一天，还都是马上闭馆的时候，他真是惯会挑时间。

苏答拎着裙摆从休息室出去，见贺原站在上次那个地方，看着同一幅画。

她本来想说早餐的事，贺原听见她的脚步声回过头来，昏黄的阳光从窗口照进来，她的视线猝不及防地和他对上，愣了一瞬，话到嘴边，突然间又咽了回去。

苏答深吸一口气，走到他身边。

贺原看向面前的画，问她："介绍一下？"

她答非所问："你怎么这么闲？"

贺氏不需要他操心吗？同一幅画看两遍，他是真的越来越有空。

贺原没在意她的话，只问："这是你什么时候画的？"

他对这幅画确实有几分兴趣。

这幅画主体是蓝色的，又不完全是蓝色的，青、白、黄，还有隐藏在天际的橙，蔚蓝的海浪图中其实潜藏着许多色彩。

"在利加尔海。"苏答撇了一下嘴角，略微不耐烦，但还是答了，"去采风的时候在海滩边坐了一会儿，那时候画的。"

贺原低低地"嗯"了一声。

画展最后一天，在这快要闭馆的傍晚，他们忽然一同欣赏起她的作品来。

苏答也不知道自己是怎么了，难得心平气和，陪他走了好一会儿，看了好几幅画——他问，她便答。创作者本人给他讲解，比任何一个解说人员都要到位，气氛少见地和谐。

两人看了半晌，苏答的手机忽然响起。

那是黄可灵打来的电话，大概是后台有什么事找她。

贺原淡淡一瞥，顺势道："聊了这么久，介不介意我讨杯水喝？"

“你除了这句话还有别的吗？”苏答瞥他一眼，没说行也没说不行，转身朝后台方向走。贺原自觉地跟在她身后。

苏答一进休息室，就发现里面又多了几个花篮，本来就不大的空间这下更加显得拥挤。

开展那天，好多人送来贺仪，当时没送的今天闭展也都送了，贺原就是其中一个。

左右摆着六个硕大的花篮，看着眼生，她记得她出去的时候还没有，正疑惑着，黄可灵拿着一张绑了绸带的淡紫色贺卡递给她：“刚刚送来的。”

苏答接过一看，几句祝福的话下写着“唐裕”两个字。

贺原站在她身后，眼眸一低，不经意间就将贺卡上的字看了个清楚。

他皱眉：“唐裕？”

苏答闻声回头朝他看了一眼，没说什么，将贺卡合起。

唐裕肯定不会闲得没事时时关注她，估计是看到网上的新闻得知她办画展的事，这才赶着最后一天送了花篮。

苏答提步想去沙发上坐下，手腕忽地被拉住。

她被拽得回身，迎上贺原的视线，一阵莫名：“干吗？”

贺原表情微沉，比起刚才，眼神多了几分凝重：“离唐裕远点儿，他不是什么好人。”

苏答不喜欢这种命令的语气。

他们可以相安无事，但得在她愿意的前提下。

她不悦地反问：“他不是，你就是？”

贺原眉头微拧：“你和他很熟？”如果两人没有交情，唐裕不会特意让人送花篮。

唐裕送来花篮，苏答其实也很意外，但贺原这莫名其妙的质问态度让她心里不舒服。

她眼神冷下来："我好像没有必要事事都跟你解释。"

两人先前在外面看画的好气氛一扫而空。苏答挣开他的桎梏，看也不看地嘱咐黄可灵："给他倒杯水，等他喝完送他出去。"

言毕，她甩开他，径自走进卫生间。

画展结束当天，苏答和贺原闹了个不欢而散，最后是坐黄可灵的车回去的。

第二日开始，送早餐的外卖员没再来，苏答自己下厨，照样吃得很满足。

她休息了几天，黄可灵通知她，北城博物馆和美术协会展开文创合作，包括她在内，协会推荐了一批年轻画家参与这次设计。

苏答欣然应下。

发布酒会在周末举行，出席当天穿的服装交给助理准备，苏答照旧窝在家里不出门，除了画画，偶尔下下厨、练练瑜伽打发时间。

只是夜里不小心受凉，周四一醒，她整个人被重感冒侵袭得头重脚轻，呼吸都艰难起来。

苏答喝了一整天热水，情况没有好转，头反而越来越沉。

不想麻烦助理奔波，等药送上门又要时间，她实在难受，裹上秋款风衣，穿得比平时厚几倍，去小区外的药店买感冒药。

她买完药回来，电梯从地下车库上行，门一开，苏答混沌的大脑卡顿了两秒，后知后觉地认出电梯里贺原的那张脸。

她难受得不行，头重脚轻，顾不上什么别扭和不愉快，只想快点儿回家吃药躺下，垂头走进电梯。

电梯里无比安静，她的呼吸声重得分外明显。

她贴着电梯厢壁站着，离贺原有点儿远，一张脸无精打采，平时是仿佛能掐出水的白皙透亮，这会儿只剩惨白。

贺原垂眸睨她，扫过她手里拎的那袋药，眉头皱紧了几分，板着脸开口：“病了？”

苏答冷不丁听见他的声音，缩在风衣里颤了一下，朝他看了一眼。她病得难受，又想起上次和他闹了别扭，闷闷的，不答话。

电梯门一开，她就要往外走，刚提步就被大力拉回来。

苏答本来就软绵绵的没力气，一下撞进他怀里，挣扎不开，有气无力地问：“你干吗？”

贺原一手搂着她的腰，一手摸上她的额头，只觉得温度烫得吓人。

他蹙起眉，什么都没说，紧揽着她，手臂一伸摁下关门键。

苏答扭头，眼神迟钝地看着电梯门闭合，还没来得及反应，电梯转瞬就到了他住的那一层。

苏答呼出的气都是热的，无奈地问：“你带我去哪儿？”

装着药的袋子在她手上晃了晃。

贺原脸色阴沉，不作声地拉着她进了自己的公寓。

苏答无奈地脱下鞋，被他牵着，一路带到沙发上坐下。她没什么力气，身体软绵绵的，想骂他都没精神。

贺原站在茶几边打电话，吩咐医生过来。

她撑着沙发坐直：“我买了药，不用——”

“坐着别动。”贺原不给她拒绝的机会，话都没让她讲完。

他走进餐厅，不多时回来了，端了杯水放在她面前，顺便拿了张薄毯给她盖上。

没病时拗不过他，病了更不是他的对手，苏答提不起劲，忍着没动。

医生来得很快。

贺原的眉头从医生进门开始就一直蹙着，他沉默地站在一边看医生简单检查完，问：“严重吗？”

医生说：“只是感冒，没什么大碍，我开点儿药就行了。”

要不是没力气，苏答真的很想吐槽——她手腕上还挂着一袋药，他大老远地把医生叫来，这不是多此一举是什么？！

贺原像是不信：“不用去医院？”

医生再三说“不用”，他的医药箱里正好备着几样对症的药，当场开给苏答，随后告辞。

医生一走，公寓里安静了片刻。

贺原站到她面前，低头打量她的脸色。

苏答懒懒地道：“我可以走了吧？”

他说：“把药吃了再走。”而后，他给杯里倒满热水。

明明她去药店买的药和医生开的差不多，他非把它们扔到一边，只给她吃医生刚开的。

苏答没办法，坐起身，光着的脚从薄毯下伸出。

贺原瞥见，不赞同地皱眉，在她面前蹲下：“地上凉。”

他说着，握住她的脚腕将她的脚塞回薄毯里，起身去玄关拿了双棉拖鞋过来，又在她面前蹲下，给她穿上。

苏答怔怔地看着他的动作。

他很小心，轻柔地握着她的脚腕，像对待什么易碎品。

贺原察觉到她的视线，抬眼：“怎么了，不舒服？”

他的掌心离开她的脚腕。

苏答喉头轻动，沉默着摇了摇头。

她吃完药，贺原没有多加纠缠，送她下楼，看她进屋后就走了。

苏答把带下来的药放到桌上，脱掉外套躺进被窝儿，呼出的气息滚烫滚烫的，眼前浮现贺原的脸，脑子里乱糟糟一团，脚腕好像有股别样的火烧感。

她什么都没来得及想，很快就睡了过去。

苏答吃完药的第二天感冒就好了，精气神很快恢复。助理将选好的衣服送来，给她过目。

联合文创发布酒会举行当晚，苏答化了个淡妆，由助理陪同出席。

美术协会的岑昊东等人都到场了，前来祝贺她画展成功的人络绎不绝。

苏答一一致谢，寒暄了好半晌才得空，连忙躲到一旁喝酒。

年轻画家里，叫得上名字的几乎都到了，倪棠也在列。

苏答和其他人都是点头之交，只跟狄禹和杜蓝能说上几句话。他们两人来得稍晚，从人群中脱身后，特地过来和她交谈。

三人在一起正聊得投机，一道女声突然插进来："苏老师。"

苏答循声看去，是倪棠。她看着苏答，目光微微闪动："我想和你聊聊，可以吗？"

狄禹和杜蓝交换了一个眼神。

苏答被媒体诬蔑的时候，倪棠在背后落井下石，趁机踩过她。若不是后来画作抄袭的事得到澄清，舆论反转，这时候他们可能已经看不到苏答在圈内活动的身影了。

明眼人都看得出她们之间的暗流涌动，此时倪棠突然找来，这个举动还真是耐人寻味。

不过这是苏答自己的事，见她没有拒绝的意思，狄禹和杜蓝识趣地告辞："我们先去那边转转，晚点儿再聊。"

苏答颔首冲他们微笑。

等两人走开，她脸上的笑意瞬间收敛干净："倪小姐要和我聊什么？"

倪棠组织语言，尽量笑得温和：“苏小姐似乎对我有些误会。”

误会？

苏答自认对她没什么误会。

倪棠接受采访没有问题，但采访稿件发表前都是要受访人先过目的——那篇最终发表的稿件字里行间抬高她自己，贬低苏答，这是不争的事实。

“我想了很久误会的根源在哪儿。”倪棠轻声说，“之前我并不知道你和贺原在一起过，那天听到也挺震惊的。后来想一想，你可能是误会了我和贺原的关系，因此才……如果这一点让你有什么不愉快，我——”

苏答打断她：“你到底要说什么？”

倪棠尴尬地扯了扯嘴角：“我和贺原大学的时候就认识，因为他，我和蔺阳也熟悉了。前段时间蔺阳受伤，你送蔺阳去医院，我非常感谢你。至于贺原，他这个人——”她欲言又止，最后缓缓说道，“希望苏小姐能好好照顾他。”

她的语气温婉大方，苏答听后却觉得好笑。

眉头轻挑，苏答勾了下唇：“我记得没错的话，你和贺原应该没有在一起过？希望我好好照顾贺原……我有点儿好奇，倪小姐说这话的立场是什么？”

倪棠因她的话愣了一刹那，反应过来后，眼神微闪，马上解释：“我不是那个意思。我只是不想你误会，你和贺原……”

她和贺原如何，是他们的事。

苏答不想听倪棠废话，正要告辞，话题的主人公到了。

贺原每次出现在这种场合，身边都会围着一堆人。

这次他没有多做停留，淡声和身边的人道了句“抱歉”，视线找到苏答，马上就朝这边走来。

倪棠瞥见了他过来的身影，话没说完就停住了。

贺原目光触及苏答，涌现出几分难察的柔和，又见倪棠在她对面，似乎在说着什么，目光顿了顿，缓缓沉了下来。

苏答瞥了他一眼，几乎是在他过来的同时，端着酒杯扭头就走。

贺原想也没想，提步跟上她，没有分半点儿注意力给倪棠。

苏答走到另一侧，在一张空的圆桌边停下。

贺原跟来，打量她的脸色："和倪棠聊了什么？"

苏答往杯中续酒，喝了一口，淡淡地道："没聊什么。"

她面上看不出端倪，像是生气，又像是已经消气。

贺原沉默片刻，问："吃饭了吗？"

她说："没有。"

他提步走向最近的取餐区，取了一盘点心端到她面前："垫垫肚子。晚点儿要是还饿，我带你去吃别的。"

苏答看向他那张俊气的脸，他的迁就和退让显得那么突兀，又表露得分明。

她目光落在他身上的时间有点儿长，不知在看什么，也不知在想什么。

贺原被她盯得莫名，不由得问："看什么？"

苏答忽地说："你上次说画展结束后请我吃饭，还算数吗？"

贺原听她主动提起这件事，略感意外，但很快点头："当然。"

她要是想吃，现在去吃都行。

苏答突如其来的这句话有些意味不明，但贺原没多想，只当她饿了，问："你想吃什么？我马上让人订位子。"

苏答的态度很平和："这顿饭，我想吃什么、去哪里、怎么样都可以？"

"都可以。"

她眉头挑了一下，和他约时间："那明晚。"

贺原想也没想地道："好，明晚。"

洗手间里的灯光颜色惨白。

倪棠弯腰在洗手台前掬起一捧水打湿了脸。

她的妆是防水的，一丝都不曾花，冰凉的感觉让她冷静了许多。

她直起身，镜中照出苏答的身影。

倪棠一怔，回身看去，苏答不知何时来的，站在洗手间外浅浅地冲她笑着。

苏答率先开口打破沉默："你刚刚跟我说的那些话，我都听到了。我思考了一下，好像真的是。"

她淡笑着说："我们之间确实有些误会。"

倪棠没料到她会突然改变态度，心下略微防备，但还是扬唇微笑，顺着她的话说："苏老师能这样想就好了。"

苏答笑意不改，冷不丁地发出邀约："明天晚上一起吃个饭吧。"

这下倪棠是真的愣了，半晌没说话，面上闪过一丝犹豫。

苏答将她的神色看在眼里，挑眉："怕我害你？"

"怎么会？"倪棠嘴角僵硬地勾了一下，"明晚吗？"

"对。"

缓缓吐了口气，许久，倪棠弯唇应下："好。"

晚上六点，位于市区内的佛罗餐厅灯火通明。

贺原白天让徐霖订好位子，立刻发消息告诉了苏答。

他本想去接她，但她说不用，他便没有勉强，忙完公事赶到包间，却见除了苏答，倪棠也在。

贺原脚步微顿，停在门边。

苏答是最早来的，倪棠刚到不久，她们俩才坐下说了没几句话。

见贺原出现，倪棠先是高兴，眼里亮光还没消失，心中马上生出忐忑，有那么一丝怀疑苏答把她叫来是为了使坏。

苏答则镇定自若地坐着，招呼贺原："坐啊。"

她坦然地对上他深邃的眼神，不闪不避。

贺原抿了抿唇入内，拉开椅子坐下。

苏答扬唇笑道："我多请一个人，你不介意吧？"

她事先没有告诉他倪棠会来。

如今人已经叫来，况且她的语气，半点儿都不像是在赔罪。

贺原不知道她到底在想什么，又想做什么，面色略沉，不轻不重地"嗯"了一声，不置可否。

服务生送来菜单，安静的包间里，空气中仿佛流动着某种说不清道不明的东西。

气氛有点儿尴尬，然而这尴尬只在另两人之间，苏答倒是从容自若，丝毫不受影响。

她一页一页地翻开菜单饶有兴趣地看着，不时抬头询问贺原和倪棠有什么喜欢吃的或是忌口。

贺原和倪棠话很少，一个板着脸，一个不自在，和她形成了鲜明对比。

苏答点完菜，笑吟吟地将菜单还给服务生。

服务生走到门边时，她又蓦地叫住对方："对了，拿副扑克牌来。"

"好的。"服务生应声出去了。

苏答看向倪棠，轻声问："会玩儿扑克牌吗？"

倪棠摇头："不会。"

苏答语气轻松地道："没关系，比大小就好，我教你。"

倪棠看看她，又看向贺原，实在拿不准她要搞什么，笑得勉强："不如你和贺原玩儿？"

"他是男的，我和他玩儿多没意思。"苏答语气淡淡的，"还是和你玩儿好了，反正没那么快吃饭，打发时间嘛。"

言谈之间，服务生将扑克牌送了进来。

离上菜还有好一会儿，倪棠不得已陪苏答玩儿起了牌。

苏答说比大小，真的只是比大小。

一人抽三张牌，计算点数总和，结果时而她大，时而倪棠大，输赢完全随机。

贺原面色阴沉地在旁边看着，苏答也不理会他。

又一局，倪棠把牌亮出，总共十一点，不大不小。

苏答垂眸睇着手里的牌，突然说："不如我们赌点儿什么吧。"

倪棠已经亮了牌，这时候听见苏答这话，眼里闪过警惕之色。

苏答看见她的脸色，知道她估计是觉得自己在给她挖坑，浑不在意地摆弄着手里的三张牌，轻声道："三个人吃饭，你觉得尴尬吗？"

倪棠脸色一变，动了动唇："苏——"

苏答先开口道："你要是输了，就把你耳朵上的耳环给我吧，挺好看的。"

这个赌注让倪棠惊讶极了。

她不想被苏答比下去，出门前精挑细选，特意打扮了一番，但耳环并不是多贵重的东西，她不信苏答没有。

倪棠不觉得她是看上了自己的首饰，下一秒，就听苏答道："我要是输了，就把贺原给你。"

"什么？！"倪棠一愣，以为自己出现幻听了。

一直没说话的贺原闻言，脸色霎时间冷了下来。

“不对，”苏答补充道，“他不是我什么人，我没资格把他给你。不过今天这顿饭是他说好要请我吃的，如果我输了的话，这顿饭就让他请你吧，我走。”

苏答笑了笑，格外柔媚，眼里含光，再没有一刻比这时候更生动。

她说：“我要是输了，今天这一餐，他就算我输给你的。”

话音落下，苏答也不等倪棠说什么，直接将手里的牌亮出，七点，比倪棠小。

“呀，真不巧，我输了。”她惊讶的语气有些做作。

苏答眉眼弯弯，毫不留恋地起身：“那我就先走了。”

包间里的空气像是凝固了一般，苏答动作干脆，真的说走就走，在倪棠惊愕的目光中悠然地走向门边。

脸色铁青的贺原再也忍不住，上前拉住她。

他眼神压抑，眼睛黑沉沉的，涌动着未明的情绪。

苏答看着他，像是在开玩笑，但一字一顿又说得无比认真：“我把你输给她了，你好好吃。”

而后，她挣开他，打开门快步出去。

行至走廊拐角，苏答再次被他用力拽住。

贺原握着她的胳膊，一向冷淡的脸绷到极点，眉间阴沉：“你什么意思？”

“什么什么意思？我技不如人，当然要认输。”苏答看着他问，“这一顿饭，我怎么样都可以，不是你说的吗？”

贺原胸口憋闷，手死死地握住她的胳膊不放，喉咙里像塞了一团棉絮，一点儿一点儿地挤出声音：“闹够了没有？”

“闹？”苏答挣脱他的手，直视他道，“受不了了吗？

“不是你说喜欢我吗？不是你问，我们可不可以重新开始吗？”

苏答的语气很平静，甚至有点儿冰冷，她眼角微热，脸上却没有丝毫表情。

自从回国以后，贺原对她处处纵容、迁就，无论她怎么冷淡怎么抗拒，他都照单全收，下一回又继续靠近。

他越是这样，她就越是难受。因为他每退让一次，她就会更加清楚地意识到，原来他不是不会喜欢一个人。

他对现在的她有多珍重，她就替以前的自己多不值。

“心意被践踏难过吗？要是难过，那就对了。”苏答直视着他的眼睛，告诉他，“喜欢一个人，把心交给别人，就是有可能会被轻视、被践踏的。”

“我现在在教你，你明白了吗？”她眼里有微微的讽刺，“你还想追我吗？”

苏答不再多言，转身就走。

贺原用力拽着她，脸上结了层霜似的。

他用了力气，握住她的手臂，要将她扳过来面对他。

挣扎间，苏答急了，手一扬——

“啪”的一声，贺原脸上出现一个鲜红的巴掌印。

苏答一愣。

贺原凝视着她，额头隐隐暴起青筋，深深吸了口气。

沉默的气氛弥漫开来。

几秒后，苏答垂下眼，什么都没说，挣脱他放松力道的手，转身快步走开。

贺原站着没有跟上，看着她匆匆走远的背影，又一次被扔在原地。

第十二章　吃　醋

一顿没吃成的饭让苏答的整个世界都安静了。

苏答后来在美术协会办公楼又和倪棠见了一次。倪棠看见她简直像看见鬼一样，脸青一阵白一阵，躲得比谁都快，再也不到她面前说什么化解误会之类的废话了。

贺原也仿佛消失了。整整一周，苏答都没有碰见他，无论是电梯、车库，还是公寓一楼大厅，通通不见他的身影。

说出那些话的瞬间，她很痛快，积压的情绪齐齐发泄干净，但同时又有一点儿说不清的痛感，再之后就是空寂。

苏答心里说不清地烦闷，把自己关在家里待了好几天，闲暇时间全用下厨来打发。饼干越做越多，根本吃不完，她干脆用铁盒装好，叫同城快递上门取走，全给佟贝贝送了过去。

游走在变胖边缘的佟贝贝吃了几天饼干，忍无可忍，把她叫出门喝酒。

是夜九点，北城最大的几个夜场之一，门口一排排全是豪车。

苏答是打车来的，在路边下车，司机师傅看那些车标看得眼神有些发直。

这时还算早，天越晚，这夜场里面越热闹。

苏答拎着裙摆进门后直奔角落。佟贝贝嫌包间闷得慌，在宽敞的大厅里找了个卡座。桌边围坐着七八个人，没有等她，早就已经喝开。

见她来了，佟贝贝招手，往旁边挪，让出个位子："怎么这么晚？"

苏答坐下说："堵车。"

"来晚了，得罚酒啊。"不知是谁说了一句，其他人立时招呼起来，手忙脚乱地给她选了一杯最花里胡哨的鸡尾酒。

这些人都是佟贝贝的朋友，苏答以前和她们见过几次，都不是生人。她无奈地讨饶："先让我喘口气行不行？"

满座的人都不同意。

坐在最边上的一个人和她好久不见，调侃道："要不是贝贝组局，我们还真难见你一面。这杯酒你说什么都得喝了。"

苏答推拒不过，认命地喝了半杯酒。

在座这些人都是北城长大的，以前都在一个圈子里玩儿，和佟贝贝关系一等一地铁。

苏答因着佟贝贝，和她们认识的时间也长，她们说起话来便都没什么顾忌——谁和谁有龃龉，谁跟谁有绯闻，一个个陌生又有点儿印象的名字在苏答耳朵里乱窜，八卦消息满天飞。

众人聊着聊着，不知谁突然开口："蒋家的事你们听说了吗？"

桌边安静了一刹那，所有人都下意识地看向苏答。

她虽然明面上已经和蒋家没了关系，但到底还是从蒋家出来的，众人拿不准她会不会介意。

说话的人后知后觉地意识到不妥，脸上闪过一丝尴尬，冲苏答道："不好意思啊。"

"没事。"苏答不在意，反而主动问，"蒋家怎么了？"

许久前购物时碰见蒋沁，她很阴损地给蒋沁支着儿，教蒋沁对付薛谭雅。后来事情一多，蒋沁的事就被她抛到了脑后。

见她确实不在意，提到这个话题的姑娘轻咳了一声，说："还不是蒋沁跟薛谭雅。她们最近闹得可厉害了。前阵子蒋沁到处找人卖包，每次被人问起来，就说是她大嫂管理家用，停了她的卡。

"现在好多人在笑话蒋家砸锅卖铁都养不起一个女儿，脸丢大了。听说蒋沁被叫回去训了一通，不过薛谭雅也没讨到什么好处，被蒋家长辈敲打了好几次。蒋沁哭哭啼啼地说钱不够用，说薛谭雅限制她买东西的花销，闹得鸡飞狗跳的。"

除了这一桩，蒋沁和薛谭雅还闹出了好些事情。

两个人针锋相对，互不相让。蒋沁将"一哭二闹三上吊"用得出神入化，薛谭雅气不过，用规矩和大嫂的身份压她，她却变本加厉。蒋沁她妈当然护着自己女儿，也跟着闹了几次，不知情的人还真以为她们孤儿寡母被薛谭雅怎么着了。

苏答把这些消息听在耳里，笑笑没发表任何言论。

她从前是局中人，如今已经置身事外。这热闹虽然有她的功劳，但她半点儿不想掺和。

众人继续喝酒聊天儿，很快换了别的话题。

酒吧里气氛热闹，嘈杂声不断，空气中飘满酒味，五颜六色的灯光不时闪烁。

苏答听她们聊天儿，渐渐不再说话，歪头靠在佟贝贝身上。

佟贝贝侧头看她，耸了耸肩："怎么了？你别给我来不胜酒力这出啊。"

苏答半合着眼，嘴角似乎噙着笑，极淡极淡的，声音也轻：“累。”

佟贝贝打量她一会儿，忽地问：“你最近是不是心情不好？”

听见这句话，苏答抬起眼皮，眉头轻挑，并不承认：“有吗？”

“没有心情不好，你天天烤那么多饼干？”

苏答反问：“我就不能是心情好？”

“心情好？”佟贝贝轻嗤，“这饼干我怎么吃可都是一嘴苦味。”

苏答枕着她的肩，离她的下巴极近，看了她一会儿，又低下头：“那是你的味觉出了问题。”

佟贝贝“嘿”了一声，抬掌朝她脑袋上摁。

苏答笑得更开心了，随她闹，始终懒散地靠着她不愿意起身。

不多时，离席去上洗手间的一位朋友回来，坐下兴冲冲地道：“里面那个包间好像是程家老大做东。”

北城那么多姓程的，能让人用这种语气讨论的，自然是其中最有头有脸的那个。

马上有人接话：“程远洲？”

“对，他们那一帮人都在呢。”

“难怪。我说晚上怎么好几个群里都有人要奔这儿来，说是有什么大局。”在座不知谁看了一眼手机，转达最新消息，“一堆三四线小明星都来了……”

苏答对这番谈话毫无兴趣，脸色倦倦地喝完杯中酒，起身：“我去吧台弄点儿吃的。”

佟贝贝轻轻扯了一下她的手，低声问：“没事吧？”

程远洲和贺原走得近是尽人皆知的事，他们那些人相交多年，关系好得很。虽然没有证据，但佟贝贝总觉得苏答这段时间的情绪变化和贺原有关。

苏答轻笑，让她收好多余的担心："我就是饿了。"

离开卡座到吧台前，苏答让调酒师调了一杯低度数的甜酒："有没有吃的？果盘、点心，什么都行。"

调酒师说"有"，吩咐服务生去给她准备。

苏答在高脚凳上坐下。

酒吧里空气热得人脸颊泛红，调酒师在吧台里面，不遗余力地耍起花样给她表演。

她将手臂压在冰凉的大理石桌面上托腮看了片刻花式调酒表演，微微一笑，将散在颊旁的长发捋到耳后，在包里翻找小费。

将几张纸币放在吧台上，苏答刚抬头，入口处走进来几个人。

贺原一身笔挺的西装，单手插兜，迈着长腿步伐稳健地走进来。

他被其他人簇拥在中间，发丝和衣襟一丝不苟，在灯红酒绿的喧闹气氛下显出几分高冷的气质。

苏答和他目光相接，片刻后贺原淡淡地别开眼，像是没看见她一样，和身边另一位手持香烟的公子哥儿说话，朝里面的包间走去，带起幻觉般的风。

调酒师递来一杯酒，苏答回神，扯了下唇，表情慵懒地端起酒杯浅酌。

包间里热闹非常，到最后，程远洲自己都不知道叫来了哪些人，左不过是抱着各种心思来暖场的网红、模特儿、小明星。

难得心情好，但凡爹着胆子来敬酒的，只要说话好听，他都意思意思，用杯沿碰碰唇。

打发走乱七八糟的人，他们几个关系好的人坐成一圈，在一片吵闹声中安安稳稳地说话。

贺原自打落座起就滴酒未沾，烟倒是一根接一根地抽个不停。

程远洲注意到他的异状，端着一杯酒在他旁边坐下，一脸不解：“你什么情况？”

贺原一脸淡漠：“没什么。”

程远洲将酒杯递过去。他无动于衷，眼皮都没抬一下：“不喝。”

“好好的不喝酒？谁惹着你了？”程远洲摸不着头脑。贺原坐下后一杯酒都没喝，他只好自己拿起杯子，和身旁其他人碰了碰杯。

说话间，一个身材火辣的长发美女走过来，笑得殷勤：“贺先生，我敬您一杯。”

她边说边要坐下，屁股还没沾到沙发垫，贺原眉头轻蹙，语气冷淡至极：“我没那个耐心，上一边去。”

女人娇艳的面庞上笑意僵住，尴尬之色一闪而过。

程远洲笑着打趣：“他连我的酒都不喝，你快算了吧。”他朝另一边抬了抬下巴，“去，跟他们喝。”

女人脸上立刻堆起笑，端着酒杯到另一边去敬酒。

程远洲瞧出贺原情绪不高，虽然不知道他为什么不痛快，但还是很识趣地没有触他霉头，拍了拍他的肩，也不强求他，自顾自地和身旁的人喝起来。

众人喝了半晌，不知哪个人出去后又进来，一坐下就语气夸张地道：“我刚刚在外面看见一个美女！”

有人嗤笑：“美女？你在这屋里随便拽一个都是。”

“不一样。那个真的漂亮极了，气质干净，又艳又纯。”他说得像煞有介事，见他们不以为然，无奈地道，“不信算了。”

他端起酒杯刚要喝，忽地想起什么，又道：“嗯！等一下周弘回来你们问他，他让服务生去打听那个美女是谁，跟着人家去搭讪了。”

“周弘？他刚才好像是跟我说了。”程远洲听得直乐，喝了口酒，对贺原道：“他不是跟你一道进来的吗？他说吧台那儿坐着一个美女，完全符合他的审美，你瞧见没？”

贺原夹着烟的手一顿。他没说话，目光沉了沉。

程远洲只当他没兴趣参与这个话题，也没想等他回答，转回头去继续和别人闲聊。

最先带起话题的那个人还在说：“周弘刚刚让人去问了，好像是个画画的，难怪气质好……”

贺原抿唇坐了片刻，脸在包间灯光的照射下晦暗不明。

半晌，他将烟摁在烟灰缸里，沉着脸起身：“我出去一会儿。”

程远洲在他背后问：“去哪儿？”

贺原根本没回答，不知有什么急事，几步就出了包间。

苏答离开吧台时就觉得有人在盯着她，那道目光如影随形。

她暗自提防，洗完手立刻从卫生间出来回了大厅，刚到吧台附近，不期然被一个陌生的男人拦下。

见她一脸防备，男人忙不迭地解释：“小姐你别紧张，我就是想跟你交个朋友。”

他穿得不差，手腕上的表看着价格不菲，苏答虽然对奢侈品不太热衷，这些东西还是认识的。

她表情不变，不咸不淡地拒绝：“我的朋友够多了。”

说完，她往旁边绕开他。

男人一急，伸手想拦：“哎！”

苏答下意识地避开，脚下没踩稳，微微一绊。

男人手疾眼快地扶住她：“当心当心。”没让她摔，他松了口气，“你别怕啊，我真不是坏人。我只是想请你喝杯酒而已。”

苏答堪堪站稳，见他还挺规矩，礼貌地托着她的小臂，脸上倒真有几分诚恳的味道。

抵触感略轻了一些，她正要说话，身后响起一道熟悉的低沉声音——

“周弘。”

两人闻声回头。

贺原面色阴沉地站在不远处，目光灼灼地落在苏答被他扶着的那只胳膊上。

视线在他们之间来回扫视几秒，贺原声音低沉地对周弘说：“程远洲找你。”

周弘一脸诧异。

他都说了出来搭讪，程远洲找他干什么，这不是添乱吗？

他还没反应过来，就见贺原沿着矮阶走下来，自己握起了苏答的手腕，看也不看他，对她道：“我送你回去。”

半点儿拒绝的时间都没给她，他不由分说地拉着苏答就往外走。

周弘后知后觉地回过神：“贺……”

望着快速走远的那两道身影，他愣了半晌，回过神来，低低地骂了一声。

贺九搞什么玩意儿？

苏答慌了一会儿神儿，被贺原拽到门口才反应过来，不愿意再往前走，皱眉：“你干吗？”

贺原身上有淡淡的酒味，像是被酒吧里的空气熏出来的，正缓缓消散。他的眼睛颜色比夜还要深，璀璨的霓虹灯光落在他眼里，照出一片化不开的暗影：“太晚了，送你回去。”

苏答板着脸：“用不着，我自己会回去。”

他和她发梢、衣物上都沾着酒的味道，夜风吹来，两股相似的味道融合在一起。

贺原无言地看她几秒，不和她争辩，拉着她朝自己的车走去。

他打开车门将她塞进去，半个身子探进车里。

见她动了动，贺原将她整个人堵在座椅上，不待她动弹，冷下脸盯着她，暗含警告地道："你跑一个试试。"

苏答一怔，下一秒，车门被"砰"地关上。

贺原从另一边上了车。苏答深呼吸，胸口起伏几回。

他倾身靠过来给她系安全带，她霎时间绷紧脊背。

贺原盯着她的眼睛，脸和她的面庞只隔几厘米，近得呼吸可闻。

系好安全带后，他坐回去，面无表情地转动方向盘。

苏答慢慢地放松脊背，找回理智。

"你又要干什么？"

"这句话我听厌了，换一句。"贺原望着风挡玻璃外的道路，神色平静。

苏答脸上涌起淡淡的热意，半是因为酒，半是因为无奈。

和他待在一块儿总是容易激动，她吐了一口气，努力将那股烦躁感压下去，换了种平和的语气："我以为上次我说得很清楚了。"

他道："是很清楚。"

苏答扭头看向他。

贺原望着前方抿唇不语，好半天后，眉头皱了一下，语气缓缓松下来，暗含无奈："打也打了，骂也骂了，还不消气？"

要说他完全不生气，那是假的。

苏答说输了就把他给倪棠的那一瞬间，他只觉得气血上涌，面子、骄傲、自尊全被她扔在地上踩。

她真的是半点儿情面都没给他留。

但气过之后就过去了，想起她那副招人恨的表情，那张说起伤人的话毫不留情的嘴，贺原真想掐死她，可又舍不得，光是想想就自己跟自己较起劲来，无力得很。

这几天他没有联系她是因为有一点儿尴尬。她的那一巴掌用足了力，他从没被这样对待过，不知道该以什么方式面对她。

贺原这段时间常常觉得自己好像在犯贱。她一点儿面子都没给他留，他却一步一步地退，退到没路，还是不愿意放手。

苏答今天化了淡妆，似乎是为了配合酒吧的气氛，比平时浓些。

刚刚一进酒吧，贺原就看见了她。她坐在吧台前，长发披肩，脸在灯光下优雅又美艳。他只看了一眼就冷冷别开视线，怕时间再长那么一点儿，自己就会忍不住冲到她面前。

贺原无声地吐了口气："那天那一巴掌打痛快了吗？"

苏答被他这么一问，抿了下唇："我说没打够你还让我打？"

他被气笑了，一边转着方向盘一边道："行。你还有什么不痛快的，不如一并撒了。"

苏答听见他的回答，愣了愣，反倒别扭起来，脑袋转向车窗，看着外面葱郁的树影闭口不言。

贺原一直是高高在上的，习惯了被人捧着，要什么有什么，很少有人会违背他的意愿。

在她面前，他口吻还是带着傲气，姿态却放得很低。

贺原握着方向盘道："不说话？那我就当你气消了。"

苏答不知道该如何接话，闷声不语，干脆假装没听到。

车平稳向前。

苏答先前喝了几杯酒，这会儿酒劲儿上来，脸颊越发烫了。她将车窗降下些许，风从狭窄的缝隙里吹进来，凉凉的，让她好受很多。

贺原用余光睨她，轻轻皱眉："晚上喝了多少酒？一身酒气。"

他的后四个字，苏答总觉得有一股嫌弃的味道。

她"唰"地将脸扭过来，看了看他，醉意上来，面上显出不高兴："你要是有意见，可以在路边停车放我下去。"

贺原没接话。

苏答偏回头去，不再看他。

没几分钟，车悠悠地在路边停下。

不等苏答说话，贺原单手解开安全带："我下去买烟，你待着别动。"

苏答懒懒地靠着座椅，半闭着眼，似应非应地"哼"了一声。

便利店的招牌亮着光。不多时，贺原回到车上，递给她一瓶水，苏答接了。

他拆开烟盒，取了支烟叼着，摸到打火机，"咔嚓"两声将烟尾点燃。

她拧开瓶盖，喝了几口水，正要将瓶盖旋上，贺原伸手从她手里拿过矿泉水瓶，动作自然地喝了一口。

他喝完水又将瓶子还给她，苏答看了他两秒，眨了眨眼，接过来旋紧盖子，将水瓶往座位中间一放："我不要了。"

贺原夹着烟的手放在车窗边，他看着她眉头轻挑。

"都是烟味，难闻死了。"苏答唇角轻撇，像是没感受到他的视线，轻轻环抱住自己的手臂，半合起眼假寐。

贺原默然抽完烟，继续开车。

回到东洲花园，在地下车库停好车，两人一起进了电梯。

电梯停住，苏答走出去，忽地发现贺原跟在身后。

她在公寓门前停下，回头微微嗔怒："你去哪儿？"

贺原目光低垂，淡淡地睨她："送你进去。"

"送什么送，我都到家了。"苏答蹙眉，警告他，"你别跟进来啊。"

她走向密码锁，还没抬手，忽地一下就被贺原拽了回去。

背撞上他的胸膛，结实的手臂将她紧紧搂住，她一僵，耳边拂过他灼热的气息：“又穿这么土的裙子。”

苏答涨红了脸，想说“你才土”，下巴被他捏住。

贺原低头亲下来，温热的唇舌撬开她的牙关。苏答被他的手臂轻轻一带，转身面向他。他脚下动了几步，将她压在门边，搂着她的腰，一点儿一点儿地将她口中的酒香尝了个遍。

他嘴里是很淡的微涩烟草味，是和她完全不一样的味道。

热意“轰”地在苏答脑海中炸开。她发不出声音，闷哼声全被他的呼吸声盖过。

他高大温热的身躯贴着她，不留一丝缝隙。苏答感觉到他的皮带扣冰凉，连同更坚硬的东西硌着她。

像是要被他摁进胸膛里，这个吻持续了好久，直到她快要喘不过气，他才终于放开她，搂在她腰上的手却未曾松开。苏答重重喘气，脖子都红了，瞪着他的眼神极尽所能地凶恶，殊不知在贺原看来，她水光潋滟的眼睛毫无杀伤力，反倒娇媚得让人想做更多。

“烟味难闻吗？”贺原贴着她的唇角低声问，那双眼里黑黢黢一片，亮着熄不灭的欲望。

不难闻。

那烟草味很淡，苦涩感和他身上淡淡的薄荷香混杂在一起，让苏答喉咙酥麻，根本说不出话，被他的气息拂过的地方，皮肤一阵一阵地发热。

贺原的手掌在她腰上摩挲，他贴着她的脸颊问：“刚刚在酒吧里，周弘跟你说了什么？”

苏答大脑有些迟钝，愣了半秒才意识到他说的是酒吧里找她搭讪的那个男人。

那个人说了什么？她突然想不起来了。

贺原见她不吭声，眸色一深，嘴唇在她唇角蹭了一下，呼吸加重，又亲下来。

苏答喉间只来得及发出一道短促的音节，随后，安静的公寓门前，只有急促的呼吸声和“啧啧”的接吻声。

两人头顶的灯光亮了又暗。

许久许久，苏答伸手抵着他的胸膛，一点儿一点儿地将他推开。

她喘息连连，他的气息也粗重了几分。

苏答连忙从他怀中出来，拉开微乎其微的距离，用手背抹了抹嘴唇，恨恨地瞪他：“我进去了，你不许进来！”

她像是逃一样，慌忙开门。

贺原又在背后叫她：“苏答。”

她转头，脸上的潮红未退，眼里满是防备之色。

贺原视线落在她的领口，悠悠地道：“有片叶子掉进去了。”

苏答下意识地低头，果真有片极小的碎叶子不知何时落进了胸前的沟壑处。她一愣，连忙伸手将它拿出来，抬头对上他的目光，脸烫得更厉害了，飞快地打开门躲进公寓，重重地将门关上。

贺原站在她家门口，对着紧闭的门看了半晌，拿出一根烟叼上，慢条斯理地走进电梯，回到公寓时烟才抽了一半。

安静的屋内响起手机铃声，贺原在沙发上坐下，接起电话，淡声问：“什么事？”

“你怎么走得这么早？”程远洲在那边问，“这才几点，你人呢？”

贺原没解释太多，只说：“你们喝吧。”

“别价！干吗这么扫兴？他们刚又喊了一群模特儿，个儿顶个儿地漂亮！”

贺原对模特儿没兴趣，敷衍地“嗯”了一声。

贺原这个反应让程远洲很有意见：“你是不是自个儿上哪儿潇洒去了？别是偷偷找地方快活去了吧？周弘可跟我说了，你把他看上的妞带走了，什么情况啊？”

贺原直起身，在茶几上的烟灰缸里弹了弹烟灰，眸色微深：“告诉周弘，让他死了那条心。下次再碰我的人，我把他的手给撅了。”

程远洲一愣。

贺原懒得再说：“就这样。”

不给那边说话的机会，他下一秒就挂断了电话。

将手机扔到茶几上，贺原靠着沙发安静地抽烟，朝那支起的“帐篷”一瞥，漆黑的眸子越发暗了。

他默不作声地抽完一根烟，“啧”了一声，把烟头摁进烟灰缸，起身去冲澡。

苏答从前了解的贺原，是个工作狂，他性子高傲，略微有些目中无人，在房事上虽然投入但并不过分纵欲，大多数时候对人十分冷淡。

她从没见过他像现在这样热情的一面——每天从早到晚，他乐此不疲地给她发消息。

苏答和他不是微信好友，他大概也知道她没那么容易加他好友，于是干脆将短信当成微信使用。

说他热情，其实也并不准确，他的行事风格始终有几分沉稳，和真正的热情还是不大相同的感觉。

他给她发早餐、午餐的图片，有时甚至是下午茶的图片，附带只言片语。

他似乎不在意她有没有回复，仅仅是给她看，态度十分平和，像是在说：喏，你看我。

但贺原的拍照技术着实不怎么样，傍晚时收到一张他发来的疑似火锅的照片后，苏答越发觉得这个评价很对。

照片里的餐桌是白色的，没有任何装饰，鸳鸯锅和盛放食材的瓷盘都是家用款式，他大概是在家里。

苏答下意识地朝楼上看了一眼，给他发了个问号。

“要上来尝尝吗？”

他回复得很快，果真是在公寓里。

苏答轻轻撇嘴，想也没想地答复：“不要。”

她才不去，在她家门口他都敢摁住她亲，去他家里还指不定会发生什么。

自打那天晚上在门外被他亲了以后，苏答已经好几天没跟他见面了。她的工作不需要天天出门，而他早晚不得闲，只要她待在屋里不动弹，就不可能和他碰上。

苏答收起手机，不去看他发来的被他的拍照技术拍到快变形的锅，思考起晚上吃什么。

冰箱里食材不够，她翻了翻手机外卖软件，犹豫着是买点儿菜回来自己做，还是干脆吃现成的。

她没有纠结很久，门口就响起了门铃声。苏答以为是贺原下来了，趿拉着拖鞋到猫眼后一瞧，发现门外是个外卖小哥。

小哥拎着巨大的食盒，比贺原给她订早餐那一阵的还要大得多。

她一愣：“什么东西？”

“您的火锅外卖。”小哥脸上挂着敬业的笑容，将小票递给她核对。

苏答愣愣地拎着不轻的食盒回到餐桌边，捏了捏手腕，给贺原发消息，这次内容变成了两个问号，疑惑也翻倍了。

贺原却没有回复。

苏答左等右等不见回复，站着没事，将小锅、锅底料包、食材一一摆开，摆完觉得眼熟，点开他发来的图片，这才察觉，这满桌的东西和他先前发给她的那张照片一样。

她说不上去，他居然就让人送了份一模一样的火锅来。苏答不知该怎么吐槽他，对着桌上现成的晚餐看了一会儿。

没等她开始料理它们，手机在白底黑格的餐桌上振动起来。

以为是贺原的电话，苏答拿起手机一看，来电的却是裴颂。

诧异一瞬，她摁下接听键。

裴颂简单地寒暄几句，问她："你这两天有空吗？我外祖母想见见你。"

苏答愣了一下，随后拉开凳子在桌边坐下。

这段时间让她分心的事情太多，他不提，她都快忘记她和裴颂还有相亲这回事了。

手指抚了抚额头，苏答趁势道："这件事我差点儿忘了。你和你家里解释一下吧，免得他们再误会。我这边也会和蒋家通个气。"

这件事对他俩而言，就是个乌龙。他们在相亲的饭桌上自得从容都是因为他们早就认识，彼此是朋友。

他们做朋友行，真往情侣关系发展，别说她，裴颂怕是也别扭。

"这个我心里有数。"裴颂拎得清，"我外祖母最近正在调养身体，状态好了很多，过段时间我会和她说。她倒不在乎我们能不能成，想见你主要是因为你叔叔。"

他道："她说想看看故人留下的孩子。"

蒋奉林不是她父亲，但一手将她养大，说苏答是他的孩子也并无不妥。

提起蒋奉林，苏答心里总有块地方格外柔软。

面对他的故人提出的要求，她思忖了片刻便应下：“我最近都有空。你让老人家安排时间吧，我随时都可以。”

干脆利落地约定好，他们便没再多聊。

苏答挂了电话，视线扫向桌上等待下锅的一堆食材，握着手机，点开短信又看了看。

贺原发的图并没有因为她多看几眼就变得顺眼，还是那么丑。

她挑了下眉，放下手机，给锅开火，在安静的公寓里煮了一锅和他一样的晚餐。

苏答和裴家人的见面约在周四晚上。

地点是裴颂定的。他选了一家环境清幽的私人庭院式餐厅。

袁老太太是个慈祥面善的老人家，皮肤很白，微微有些富态，手上戴着松香珠串，斑白的短发梳理得整整齐齐，脸上一派浅淡的笑，看得出年轻时非常有气质。

对苏答，老太太很是亲热，仔细端详了她片刻，握着她的手就不再松了。

“是很像。

“像他，笑起来尤其像。”

袁老太太握着她的手，声音轻颤，有些激动。

苏答能够理解老太太的激动心情，尽管并不觉得自己和蒋奉林有多相似——她不是他的孩子，能像到哪里去？况且以前蒋奉林就总说，她的长相带着点儿冷淡的感觉，容易得罪人。

蒋奉林笑起来比她要温柔得多，老人家对她的这种情感，或许就叫爱屋及乌。

包间里除了裴颂，还有一个袁老太太身边的人，除此之外再无其他人。老人家还嫌不够清静，坐了一会儿，让苏答陪她到庭院里去逛逛，还不许裴颂跟着。

裴颂玩笑道："你一来我都失宠了。"

他故作失落地叹了一声，老老实实地坐着，肩负起点菜的职责。

苏答笑笑没吭声，搀着老人家的手，陪她到院子里转悠。

袁老太太似乎有很多话要说，可都不知道怎么说，末了只问："你过得好吗？听裴颂说，这几年你在外打拼很不容易，吃了不少苦。"

"还行，"苏答语气谦和，"没他说的那么夸张。我在国外就是学习和参加比赛，大多数时间在画画，生活上的事，您也知道，叔叔他不会让我操心，全替我安排好了。"

"他那个人，就是那样。"袁老太太语气里多了几分笑意，然后微微收敛，又带上遗憾，"好人不长命，好人不长命啊，像我这样没用的老太婆反倒活了这么久。"

苏答忙道："您别这么说。"

袁老太太曾经教过蒋奉林一段时间。他下棋颇有悟性，是她教过的所有学生里最得她喜欢的一个。

他天资聪慧，少年老成。那会儿他们都说，蒋家有这个儿子是百年修来的福气，将来他必能撑起门楣。

只是没想到，他一身才华还没来得及施展，就先被命运的恶意击中了。

袁老太太话匣子一开，和苏答说了很多蒋奉林年轻时的事，都是苏答从前没机会了解的。在庭院里逛了许久，两个人越说越怀念蒋奉林。

"不早了，我们回去吧。"说得差不多，袁老太太收了情绪，话锋一转，"对了。裴颂那孩子，我曾经教养过几年，性子什么都是好的。只是这缘分的事不能强求，你和他……"

苏答刚想说话，袁老太太已经猜到了她的心思，拍了拍她的手背："你们如何，那是你们的事，我不管。不论你们成不成，我都把你当自家小辈看待，你没事可以多来走动走动。"

老太太的喜爱是发自内心的，苏答能够感觉得到。蒋奉林离开以后，她已经许久不曾体会过这种来自长辈的关爱了。

苏答心暖洋洋的，诚恳地道了声"好"。

她们往回走，裴颂看时间差不多，正好寻出来接她们。三人碰上，苏答和他一左一右，脚步轻缓地陪老太太走回包间。

车破开傍晚的霞光一路向前，贺原晚上和客户有个饭局。

后座安静无比。贺原靠着座椅，不时拿出手机浏览。

徐霖知道贺原是在和苏答联系。这两天自己老板碰手机的次数大为增多，他不小心瞄见几次手机屏幕，没敢多看，但也瞧见一条一条几乎都是自家老板这边发的消息，反观那位，倒是没怎么回。

车开到客户预订的一家环境极其不错的私人庭院式餐厅前。

徐霖出声提醒："贺总，到了。"

贺原收起手机，没多说，轻轻理了理衣襟下车。

客户早就在雅致的包间里等候，徐霖陪着贺原进去，没有跟得太紧，保持着一个合格助理应有的距离。

谈来谈去无非是生意上的事，贺原不是个喜欢聊天儿的人，偶尔在程远洲那几人面前能说上一些，其余人即使想聊，看着他这张冷淡的脸也只能败兴而归。

包间里这位客户就是如此，试着和贺原说笑，见他反应不大，趁着气氛还没尴尬，识趣地把话题拐回到生意上。

一说正事，贺原话就多了。

两人各自喝了几杯茶，正谈着，贺原的手机响了。

他看了眼来电显示，是另外一位生意上有往来的朋友，对面前的人道了声“抱歉”。

“您稍坐，我接个电话。”

年过四十岁的男人客套得很：“不着急不着急，贺总请便。”

贺原走出包间，行至走廊拐角处接电话。

和那边的人聊了片刻，说完事情，他收起手机往回走，没走几步，忽地瞥见不远处长廊上的几个人里有个熟悉的身影。

苏答穿着典雅简约的米色裙装，搀着一位老人家，另一旁的男人露了个侧脸。

贺原一眼就认出那是裴颂。

他们往走廊尽头的包间走——老人家一只手握着苏答的手，另一只手握着裴颂的手，晚辈扶着慈祥的长辈，看起来就像一家人，气氛再和美不过。

徐霖从包间方向过来：“贺总？”

贺原没回头，问：“什么事？”

徐霖看着他的侧脸，总觉得他表情不太对，略感莫名，小声道：“张先生问您想喝什么酒……”

远处的人影早就消失了，贺原收回视线，淡淡地垂下目光，沉着脸一言不发，提步回到包间。

裴颂将苏答送回公寓。

车停在地下车库里，两人坐在车内聊了一会儿。

“今天谢谢你。”

“我才应该说谢谢。”苏答说，“我一直没什么长辈缘，你外祖母能喜欢我，我很高兴。”

她语气真诚，是不是客套听得出来，裴颂把玩着手里的香烟，浅浅地笑了笑。

裴颂放在座椅中间的手机忽地亮起，开始振动。他关了铃声，若不是手机“嗡嗡”振动，根本发现不了这通来电。

裴颂瞥了手机屏幕一眼，什么话都没说，直接挂断。

那是他父亲打来的电话，来电显示上是他父亲的全名。送她回来的路上，他父亲打来了好多次，他一次都没接。

苏答见状不由得抿唇，低声问：“你父母……还好吗？”

裴颂语气还是一如既往地温和，只是眼里闪过难明的神色，似笑似讽地道：“他们当然好得很。”

苏答不知道该说什么，不想揭他伤疤，默默地打住话题。

裴颂将手机收进口袋，没有多言：“你上去吧。”

苏答“嗯”了一声，下了车，发现他也从车上下来了。

裴颂站在车前，见她面带不解地回头，道：“我下来抽根烟，不用管我。”

即使隔着不近的距离，她也能感觉到他正被一股浓重的低落情绪包围。

苏答知道，他在想他妹妹。

从初见开始，裴颂就把她当妹妹看待——真的在他生命里出现过、存在过，与他血脉相连的亲妹妹。

他对她照顾有加，也正是因为如此。

在国外时，有一次苏答因公事去找他，碰巧撞见他独自喝闷酒，从来以温和笑面示人的裴颂少见地伤神。

那天她与他聊了一会儿就走了。在那短短半个小时的交谈中，她听他说了很多从没提过的事情。

他妹妹从小就梦想当一名美术家，这也是他选择会展策划这个行业的原因。

如果他妹妹还在的话，或许她的梦想真的能实现。

苏答明白失去亲人的痛苦，稍站片刻，默叹一声，提步走回去，在裴颂诧异的目光中走到他身前，轻轻抱了抱他。

“别想了，她也希望你开心。”

她抱得很轻，和他隔着适当的距离，只抱了一瞬就松了手。

裴颂愣了一下，眉目舒展开，轻轻一笑，抬手拍了拍她的脑袋。

“你……”他正想说什么，一道明亮的灯光直直照来，车前的两人被刺得眯起眼往光源那边看去。

贺原的车开进车库，停在他们面前不远的地方。

他坐在车里朝他们看，眼里一片阴沉。

贺原将车停进两人旁边的停车位，从车上下来，“砰”的一声，关车门的力道极重。

他行至苏答和裴颂面前，扫了后者一眼，便一言不发地盯着苏答。

裴颂察觉气氛不对，又见贺原脸色不好，怕他乱来，微微皱眉正要开口，贺原却先说话了：“裴先生还不走？”

他语气冰凉，不带一丝温度。

苏答在裴颂要说话时叫住他：“裴颂。”她点头，“你回去吧，没事。”

这种情况怎么看都不像没事，贺原的脸色沉得仿佛要杀人，可苏答都已经这样说了，裴颂只好压下那一丝担忧，顺了她的意思，走前不忘叮嘱：“有什么事及时给我打电话。”

苏答轻声说：“好。”

裴颂睇了贺原一眼，不再多说，回到车里。

引擎低沉的发动声中，苏答看了看贺原，转身迈开步子，没回头，但知道他跟上来了。

两人走进电梯，门关上，遮住外头渐渐起步的车。

苏答和贺原谁都没说话，沉默蔓延开来。

她想开口，话到喉间，又被这凝滞的气氛压了回去，最终还是没有出声。

转眼间电梯到了。

“我回去了。”她低低地说了一句，不看贺原，垂眸快步朝外走。

没走几步，后头响起脚步声，苏答闻声回头，猝不及防地被贺原摁在门边。

她没防备，轻呼一声，背重重地撞在墙上。

贺原的视线直探入她的眼中：“和裴颂吃饭开心吗？”贺原语气冰冷，恶劣到极点，“相亲不够又去约会，你是有多舍不得他，到家了还要停下来抱抱？”

苏答两只胳膊都被他钳制，皱眉道：“我只是去见他——”

贺原眼里一片风雨欲来，截断她的话头：“见什么？见他家人？”

她发脾气、使性子、冷言冷语，他都能接受，唯独不能接受裴颂。

这个人从出现的第一天起就让贺原生出了浓浓的抵触之情。

苏答大晚上亲自赶到机场，就为接他下飞机，还带他去吃自己读书时吃过的夜宵摊，和他相处时，态度亲近自然，毫无距离感。

而裴颂几次出入她家，更别提后来和她相亲的事。

贺原不喜欢这种感觉。

另一个男人一而再、再而三地过分进入她的生活，他只是想想就觉得心情烦躁。

刚才在车里看见她抱裴颂的那一瞬间，烟灰落到了掌心上，烫出一个红点，他却一点儿都没察觉。

贺原捏住她的下巴，让她直视自己：“怎么不说了？”

苏答伸手去掰他的手掌，他不放手，反而渐渐加重力道。

痛感越来越明显，她脸微白，脾气上来了：“我去见谁关你什么事？”

贺原知道她被他捏得很疼，脸都白了。他忍着不松手，力度却不由自主地放轻了两分。

他沉沉地看了她两秒，胸腔怒意汹涌，捏着她的下巴，俯首亲了下去。

他又这样。

这个吻比起上一次多了太多火气，两个人都不甚痛快。

苏答推不开他，被灼热的气息纠缠，气得狠狠咬他，嘴里尝到一股淡淡的血腥味，不知是他的还是她的。

她下意识地抬手，被贺原抓住：“还想再打一次？”

苏答急促地喘了两口气。她没想打他，只是想推开他。

她道：“你要是这样，我们永远没办法好好说话。”

“是没办法说还是你不愿意说？”他口吻正常了些，眼神还是很阴沉，“你和裴颂就有的说？”

“你真的不可理喻。”

苏答不想再理会他，狠狠地推开他的胸膛，从他怀中脱身，动作迅速地将门打开，头也不回地重重在他面前摔上门。

佟贝贝得知他们吵架已经是一段时间以后的事，听完大为吃惊：“我还以为你们感情要升温了呢，前阵子他不是还老给你发消息？”

升温个屁。

苏答面上平静，心里骂了一句。

“他那个臭脾气。”苏答想起贺原就头痛。那天在门口吵完，她晚上没睡好，第二天胃口都差了。

佟贝贝说：“哎呀，你俩脾气都不好，尽量好好说嘛。”

苏答闻言轻轻皱眉：“我脾气不好？”

那头“呃”了一声，笑得尴尬：“没有没有，你脾气最好。”

佟贝贝的敷衍之意简直要透过听筒砸到苏答脸上。

苏答轻轻舒气，心里不得不承认，其实她做得也不好。

那天的事本来是能解释清楚的，可是他太气人了，不分青红皂白，不听人说话，一瞬间，解释的话她都不想说了，满脑子都是怒意。

原本这段时间她已经没有那么抵触他了，两人的关系有所缓和，但现在一切似乎又回到了原点。

苏答现下不想再提这件事，闲聊两句后结束通话：“我还有工作，下回再聊。”

她最近很忙，一家知名时尚集团的分部找上她，邀请她为当下炙手可热的人气演员夏尔岚设计出席星光盛典的礼服。

这家集团计划和美术家们合作，推出面向国内市场的“画作”系列服装，夏尔岚在这场盛典中穿“画作”系列的礼服，就是为这个新系列造势的噱头。

苏答近来发展势头迅猛，画作拍出高价，备受外界瞩目。资方经过考量，从众多画家里选中了她，如果“画作”系列反响好，之后的新系列，大概率也会由她担任主笔。

相关的宣传通稿已经发了不少，对苏答而言这是新的挑战。

画画需要灵感，一周内，她连着去了好几个地方，还到附近的城市采风，满意的、不满意的，总之完成了许多幅画作。

苏答将这些画稿带回家整理了一番，从中撷取灵感，创作出了最适合在礼服上呈现的内容，可以说是忙得连饭都没顾上吃。她将作品交到与她合作的服装设计师手里，本以为万事大吉，结果没等松口气，夏尔岚那边传来消息，表示不满意。

苏答没办法，今天得去见设计师一面，收拾一番，赶到了约好的私人茶庄。

设计师姓方，对于夏尔岚的意见，同样显得很是苦恼。

“她本来就长得艳丽，礼服是根据她的个人特色设计的，浅淡的颜色能衬出她的气质，否则配合她的五官，只会显得过于艳俗。”方设计师叹了口气。

艳上加艳并不是什么好事，浓墨重彩的图案再配上繁复的装饰反而不经看，很容易使观者产生视觉疲劳。

苏答和方设计师看法一致。她在画里特意没有选用太多的颜色，原因就是这个。

但夏尔岚不领情，认为她的画太过素淡，放到礼服上不够抢眼，执意要改。

按理来说，苏答、夏尔岚、方设计师跟资方都是合作关系。如今夏尔岚这个态度，反倒像是把自己摆在了跟资方差不多的位置，苏答和方设计师都很无奈。

和方设计师交换了彼此的创意与想法，苏答将杯中的茶喝尽。

她不想生事，只道：“我回去再改改吧。”

和设计师道别，苏答从包间出来，呼吸了几口新鲜空气，穿过庭院长廊，不期然遇到一个半生不熟的面孔。

唐裕在廊下抽烟，瞧见她相当意外，抬手打了声招呼：“这么巧？你在这儿干吗呢？”

苏答停下脚步：“出来谈工作。”

“上回你画展办得还挺成功？恭喜啊。”

“谢谢。”

唐裕打量她的神色，没几秒，话锋一转："你和贺原怎么回事啊？他最近好像对你特别殷勤？"

苏答眉头蹙了一下，很快舒展，对他的消息来源很好奇："你听谁说的？"

"这有什么难知道的？"唐裕轻笑，"早先他花那么多钱买你的画，前段时间不是还有谁……哦对周弘，说是看上个妞，结果弄得贺原不高兴——那个妞是你吧？"

他语气肯定："我一猜就知道是你。"

在北城，只要有人脉，什么风吹草动探听不到？这些事情也不是秘密，随随便便就能知道。

苏答不清楚谁是周弘，猜想大概是上回在酒吧里遇到的那个人，但对其余事情并不清楚，便没有发表评论。

唐裕笑着说："贺原是不是真在追你？你没接受他吧？"不等她答复，唐裕又来了一句，"不然我追你呗？"

苏答并不讨厌唐裕，许是觉得这个人还算真实，闻言皱着眉笑道："你这么说的话，那我就要离你远点儿了。"

"我有那么糟吗？"唐裕没生气，话里玩笑成分居多，"贺原有的我什么没有？真的，你考虑考虑，你要什么我都给你……"

他说着自己都乐了："你要是跟我在一起，我都能想象得到贺原的脸色会难看成什么样。"

见他对贺原不是一般地在意，苏答突然好奇："你干吗这么执意要和贺原过不去？"

唐裕叼着烟，略显意外："他没跟你说？我姐以前跟他有婚约。"

苏答愣了。这个她真不知道。

"是我表姐。其实那也不是婚约，就是大人口头上的约定。我姐吧，也是肤浅，一颗心全拴在他身上，还真想着要嫁给他。"

唐裕的姐姐比他大两岁，对他很好，虽然性格刁钻被家里人宠坏了，和他的感情却十分不错。

他抽着烟，悠悠地道："我姐大学跟他考进了同一个学校。贺原跟倪棠也是校友，只是不同系，你知道吧？有段时间他们走得近，我姐那个脾气哪儿忍得住？隔三岔五找倪棠麻烦，两个人针锋相对，闹得鸡飞狗跳。"

苏答对这些自然无从得知。

"倪棠那个女人不是什么好东西，"唐裕嗤笑，"特别会装无辜。要不是她暗地里几次三番刺激我姐，我姐也不至于忍不住。"

苏答听到这儿，不由得问："她怎么了？"

唐裕说："他们学院晚会，我姐喝多了把贺原叫出去。"

他吐了口烟，"啧"了一声："贺原是什么人，不用想也知道他那张嘴会说什么。我姐一怒之下把酒杯砸碎，冲着贺原的心口就扎过去了。"

苏答的眉头诧异地一挑。

他叙述得轻描淡写，但苏答细细一想，话里那位"姐姐"可真是个狠人，她得不到贺原，就让其他人谁也别想得到。

"倪棠好巧不巧地突然出现，推开贺原给他挡了一下。"唐裕说，"这件事情一出，我姐被家里人嫁到了国外，到现在都没回来过。"

原来这些人之间还有这番爱恨纠葛，苏答先前是真不知道，听完后也着实不知道该如何点评。

唐裕朝苏答看过来："她也挺有意思的。"

"谁？"

"倪棠啊。我姐玩儿不赢她，灰溜溜地被送走，但她好像也没如愿。她原本就跟贺骐不清不楚，如今在这两兄弟之间搅和来搅和去。你说说她是不是很有意思。"

他也知道倪棠和贺骐的纠葛。可能除了她，贺原身边的人都知道这些事。

也对，毕竟他们本来就是同一个圈子的人。

苏答微微垂眸：“你跟我说这些没什么意义，我和贺原之间早就没关系了。”

唐裕也不在意她说的是真还是假，语气又不正经起来：“那你考虑考虑我呗？我比贺原强多了，真的，不信你试试。”

苏答沉默，随后轻轻翻了个白眼：“大白天的别说荤话。”

唐裕“扑哧”笑出声。

他还真是那个意思。

耽搁这么半天，苏答得走了：“不跟你说了，我该回去了。”

唐裕靠在廊下的柱子上，夹着烟，还在推销自己：“真不考虑我？”

苏答瞥他，不留情面地道：“你？我怕我跟你出去买东西，你跑去跟别的女人搭讪，把我扔在店里。对了，你不是有女朋友吗？”

“那回是意外，说得我好像多靠不住似的。我和那个女朋友早就分手了。”唐裕见她听见后半句立刻露出“看吧”的表情，连忙解释，“和平分手！感情没了自然就分手了。你可别当我是满脑子废料的色坯，要绅士要正经我不是没有，我也是当过好人的。”

见她不信，他说：“真的。你别看我们这种人身边围着那么多女人，对那些不该下手的妹妹，我还是有基本的道德和底线的。”

他是好人也好，是坏人也罢，跟她都没太大关系。

苏答被他说得头都大了，不想再听他满嘴跑火车，边笑边提步：“我真得走了，你找别人吧。”

不给他挽留的机会，她敷衍地挥手，朝走廊外行去。

苏答从茶庄回来，一进电梯就和贺原碰上了。

他们有段日子没见了，空气里涌动着莫名的尴尬。他就站在她身边，在这片安静中，存在感无比鲜明。

苏答垂眸，瞥见身旁贺原的衣角，唐裕说的那些话不由自主地在脑海中浮现。

有人喜欢他喜欢到得不到就把利器往他心口捅的地步。

他们大学时的那些事，还真是纷纷扰扰。

苏答突然想叹气，不知道为什么，心里有一种怅然感，不大痛快。

她忍住了，默默地往旁边挪，和他拉开距离。

电梯很快到达，苏答提步走出去。这次贺原没有跟她说一句话，更没跟上。

回到公寓，她稍做休整，下厨给自己做了份简单的晚餐，一荤一素一汤，吃得满足。吃完饭收拾碗筷，远远地听见手机振动声，苏答擦了擦沾湿的手，匆匆地从厨房里出来，没能接到电话。

电话是黄可灵打来的。她正想回拨过去，那边立刻又打来了。

察觉出黄可灵的焦急，苏答接通后直接问："怎么了？"

黄可灵说："夏尔岚那边对礼服很不满意。"

苏答知道，下午去见设计师为的就是这事："我和方设计师谈过了，马上会再改——"

黄可灵打断她："她要换人。"

苏答一愣："换人？"

"对。他们找了倪棠。"

第十三章　礼　服

夏尔岚将合作的画家换成了倪棠。

苏答不知道这两人是怎么搭上线的，思索再三，决定亲自去见一见夏尔岚。

黄可灵一整晚都在协调沟通，为这件事几乎没有睡觉。

当晚，苏答也没怎么合眼。第二天临近午饭时间，黄可灵那边传来消息，夏尔岚在杂志社拍摄内页，终于同意见她。

下午两点不到，苏答打扮得整洁干练，驱车去往杂志社。

摄影棚位于大楼第九层。

苏答和前台道明来意，对方让她稍候，给楼上打内线电话，可过了许久，迟迟没有人来接应。

苏答足足在大厅里坐了将近四十分钟，前台才过来传话："这位小姐，你可以上去了。"

她笑容淡淡的，不想为难无关的人，没多说，拎起包上楼。

到了九楼，苏答被带到一间休息室里，接待她的小姑娘给她倒了杯温水："夏老师还在拍摄，您先在这儿等等。"

苏答点头并未作声，安静地坐了一会儿。蓦地，门被人推开。

她抬头一看，进来的却不是夏尔岚身边的人。

一个戴着黑色大墨镜，身材清瘦，脸上妆容精致的年轻女孩儿推门进来。见屋里有人，年轻女孩儿低了低头朝苏答看去，从墨镜后露出眼睛。

"走慢点儿！"另一个助理模样的人随后赶到，不期然地瞧见在休息室里坐着的苏答，顿了一下，"怎么有人？"

那个戴墨镜的女孩儿看起来很年轻，摆了摆手，不在意地道："算了算了，就这么坐吧。"

言毕，她在苏答斜对面的沙发上坐下，看起来是来拍摄照片的艺人。

苏答不是很了解娱乐圈，没有认出她，淡淡地点头，没有主动说话。

因为苏答的存在，助理模样的人稍显拘谨，那女孩儿却不怎么介意，像是极累，细细地看，还能瞧出她脸上被妆容遮盖住的疲惫劲。

助理放下东西，见桌上空空如也，转身出去："我去给你倒杯水。"

年轻女孩儿冲她的背影喊："加块糖行不行？"

助理不知是没听到还是怎么，总之没有回应，女孩儿瞬间怏怏不乐起来。

苏答默默地瞥了女孩儿几眼。她忽地直接看过来："你看我干吗？想要签名？"

苏答一愣，尴尬地道："没有。"

"你不认识我？"

苏答笑笑没说话。

女孩儿狐疑地盯着她，发现苏答好像是真的不认得自己，挫败地往后一靠：“唉，看来我还是不够红啊，得努力。”

瘫了没一会儿，她立刻又坐起来，介绍自己的语气莫名诚恳：“我叫丛兰。你搜一搜，我演戏不错的。”

苏答正为礼服的事烦闷，被她这么一弄，烦躁感淡了几分，唇边弧度不由得扩大，认真地应下：“好，我回去看看。”

丛兰成功推销出自己还挺高兴，只是没一会儿，脸上又浮现出倦怠之色。

苏答见她的神色，试探地问：“你低血糖？”

“啊？”丛兰抬眸，点头，“啊。”

做艺人真辛苦。

苏答心下感叹，想到自己带了糖，从包里翻出罐子打开：“我这儿有糖你要不要？”

说完她忽觉自己莽撞，为了安全起见，艺人好像不会随便吃别人的东西。

她正想将糖收回去，丛兰却小鸡啄米一样点着头伸出手：“好啊，来一颗。”

苏答顿住，见她大方，索性也大大方方地给她倒了一颗糖。

不多时，丛兰的助理端着热水回来，嘴上说着：“我问过了，还要等很久，前面那个没那么快拍完。”

丛兰一听，脸上闪过不耐烦：“她事情怎么那么多啊？上午就能完成的拍摄，非要拖到下午，占着摄影棚不放，就她一个人要拍？”

助理没忘苏答还在，下意识地朝她瞥了一眼，示意丛兰少说两句。

苏答来时问过，目前只有夏尔岚一个人在拍摄。

心下了然，她敛了敛眸，没说话。

从兰不高兴地撇嘴，又转头和苏答闲聊起来："哎，美女，这个糖还蛮好吃的，哪儿买的？"

助理这才发觉她嘴里在吃东西，大惊失色："姑奶奶，你怎么乱吃东西？"

"我都快饿晕了，"从兰皱眉，"真晕倒了还拍什么？"

苏答夹在她俩之间，稍显尴尬，沉默一会儿，轻声回答："在东区那家豫家会员商场买的。"

"听见没？赶紧记下。"从兰冲助理挑眉，而后转过头来，对苏答笑："这个糖味道蛮清爽的，还有吗？"

苏答当然还有，又给她倒了几颗："这个是柠檬味的，薄荷味的也不错。"

"是吗？那我下次试试。"

助理拦不住，只能头痛地看着她俩你一句我一句地聊起来。

她们正说着话，夏尔岚的助理推门进来，一见屋里聊得热络，表情微顿，透出些许古怪。

苏答认得夏尔岚的人，当即站起身。

视线在她和从兰身上扫了扫，夏尔岚的助理表情淡淡地道："我们时间不多，你过来吧。"

苏答跟着她出去。

化妆室里，夏尔岚妆容浓艳，坐在转椅上，态度比助理还冷淡。苏答和她打招呼，她眼皮都没抬一下："坐吧。"

苏答在旁边的沙发上坐下，酝酿好说辞，认真地跟她谈起礼服的事。然而无论苏答说什么，夏尔岚都一副似在听似没在听的样子。

好半天，夏尔岚像是没了耐心，打断苏答道："行了别说了，我已经决定要请倪棠来画了，你不用再多费口舌。"

苏答沉默两秒："我能问问为什么吗？"

"我觉得你画得不好，这有什么为什么？"夏尔岚睨她，表情敷衍，语气里的不满毫不遮掩，"你画的那东西，颜色那么素淡，让我怎么走红毯？"

"那样设计其实是……"

"琳姐——"夏尔岚根本不听苏答解释，自顾自地喊来助理，"该拍摄了吧？扶我出去。"

被她叫作"琳姐"的女人上前托住她的手臂，看也没看苏答。二人就这么双双走出化妆室。

苏答缓缓止言，抿了抿唇。

夏尔岚的态度如此恶劣，她丝毫不留商量的余地，这件事已经没法儿再谈了。

苏答长长地舒了口气，识相地起身走人。

出去时又在走廊上碰见丛兰，苏答心情不佳，朝她笑了一下便快步走开。

丛兰放缓脚步，待人过去后问助理："她脸色怎么那么差？她找夏尔岚干吗？"

助理小声说："她好像是给夏尔岚设计衣服的画家。这次星光盛典，夏尔岚肯定是要出风头的。"就算没有跟时装公司合作，按照夏尔岚的行事作风，定然也不会放过这种机会。

助理道："估计是方案不合夏尔岚的心意，被刁难了吧。"

丛兰朝苏答离去的方向看了几眼，想了想，对助理道："你去打听打听。"

倪棠近来公开活动不断，不是在这个展就是在那个会上，各大艺术类营销号时不时就会推送她的消息。

黄可灵经过多方探听后称，倪棠背后似乎有推手在帮忙造势，助她回春，推手跟贺家有关。

贺家。

那人不是贺原就是贺骐。

苏答压下心里的猜测，不想深究，集中精神解决眼前的麻烦。

这几天她不停地往公司跑，黄可灵和同事们小组会议一个接一个地开，讨论这件事到底该怎么办。

傍晚时分，苏答才从公司回来，晚上还得去见资方负责人，拖着满身疲惫上楼去换一身合适的衣服，马上又要动身。

她太累了，累到和贺原在电梯里遇见，连给出反应的力气都没了，脑子全被工作的事占据，已经想不了别的了。

贺原面色沉稳而平静，黑色的眼眸淡漠如常，脸上没有一丝表情。

苏答在他身旁，和他隔着两步站定。他身上的香水味散开，是她熟悉的味道。

和上次一样，他仍然没有要和她说话的意思。

苏答想转头，但似乎有什么东西在阻碍着她。

她身体略微僵硬，控制视线投向前方，不去看身边的人。

电梯上升，轿厢内一片死寂。

苏答觉得自己仿佛在寂静的深海中沉沉浮浮，一会儿觉得压抑窒息，一会儿又觉得被海水这么安静地包围着也好，好像暂时逃离了人世。

仿佛过了一年，又仿佛只过了须臾，电梯门缓缓打开。

苏答的手机正好响起，她深吸一口气接通电话，再次回到现实中。

助理在那边问她晚餐吃什么。

她一边往外走，一边叹气道："随便吧，我没什么胃口，买些在车上方便吃的，我换好衣服马上下来……"

身后那股香味渐渐地淡了，不知为何，她忽然觉得越发疲惫起来。

书房里静谧极了。

将处理完的文件放在手边，贺原暂停工作准备歇息一会儿，一看时间，已经快七点了。

天黑了。

电脑屏幕亮着光，他靠在椅背上，眼神深沉不知在想些什么。

自上次他和苏答不欢而散后，他们至今还未说过话。方才在电梯里，她走进来，脸色比平时苍白，整个人看着清瘦了很多。

一阵一阵的烦躁感涌上贺原的心头。

苏答总是说"关你什么事"，总是拒他于千里之外，那天吵完他便想，或许他是该冷静冷静了。

这段日子他有意冷处理——她不来找他，他也不再主动。

工作和生活，贺原自认过得很好。

然而刚才见了她一面后，他心里突然又静不下来了。

贺原抬手捏了捏眉心。

苏答的事情，徐霖隔三岔五就会跟他说，即使顶着他的冷眼，依然事无巨细地如实汇报。

电脑屏幕散发的光朦胧而微弱。安静的书房里，那张微白疲惫的脸在他眼前不停浮现。

烦躁感逐渐将贺原的胸口堵住，他的心绪又不平静了。

她也不知道是怎么吃饭的，锁骨比之前还明显，再过不久就会瘦成竹竿了，风一刮就能把她吹跑，明明这么大的人了，连自己身体都照顾不好。

贺原眉头拧了又拧，好半晌，把笔一扔，拿起手机。

免提功能将拨号声放大，不一会儿电话就接通了。

“贺总？”

“给程远洲的二叔打个电话，就说我有事找他。”

那端的徐霖沉默了一瞬，很快反应过来：“您是说星光盛典的事？”

贺原没吭声，默认了。

程氏集团影视娱乐部分的产业都归程远洲的二叔打理。

贺原的意思已经再明白不过，徐霖瞬间会意。

看嘛，他这还是心疼苏小姐了。

但这话可不能直接说，徐霖只道：“明白了，我马上去办。”

和资方负责人见过面，回程的车上，苏答头痛地靠着座椅闭目休息。

夏尔岚态度坚决地要换了她，资方已经有所动摇，毕竟在她之前，倪棠在国内青年画家中风头无两，真要换也不是不行。

事到如今，苏答最好的应对方法就是从资方旗下代言人或和资方合作过的明星中选一位，承接对方礼服设计的工作。

盛典红毯，追求话题度的艺人不在少数，夏尔岚可以换人，她也可以换。只要她设计的礼服能达到预期效果，资方自然知道在她和倪棠之间选谁。

现在苏答面临的问题就是该找哪位艺人。

助理在一旁安静地开车，苏答心里烦闷，将副驾驶座的车窗降下一点儿。

风吹进来，苏答心中的烦闷稍稍散去。

手机铃声忽然响起，助理朝她看去。苏答瞥了一眼来电显示上的“黄可灵”三字，接起电话。

“有进展了！”黄可灵一点儿废话都没有，兴奋地道，“刚刚有一位和夏尔岚咖位差不多的女明星联系我们，说是愿意穿你设计的礼服。”

苏答闻言坐直身体：“谁？”

黄可灵说：“丛兰。她是这两年拍古装剧红起来的，话题度很高。她的粉丝虽然不如夏尔岚多，但是凝聚力挺强的，真要比起来不输夏尔岚。”

休息室里那张清瘦的面孔在眼前一闪而过，苏答倍感意外：“她怎么……？”

丛兰出道早，今年才二十一岁，苏答虽然还没看她演过的剧，但那天回去后真的搜了她的资料。

“她和夏尔岚有过节儿。”黄可灵给苏答解释，“从出道开始，这两个人明里暗里一直互相针对，这次大概也是因为这个。”

夏尔岚不接的，她来接，较劲就是这么个较法。

山重水复疑无路，柳暗花明又一村，苏答一时有些反应不过来。

黄可灵不等苏答反应过来，道：“丛兰今晚有空，你方不方便当面去和她谈一下？能马上定下来最好。”

苏答回过神道：“好。”

“我把地址发你。”

电话刚挂断，苏答马上就收到了黄可灵发来的地址，让助理改道，不回公寓，直接去见丛兰。

助理应了一声，掉转车头，重新规划路线。

窗外的风变得猛烈了几分。

苏答拿出手机，浏览微博上的新资讯。

不知是夏尔岚还是倪棠那边做的，网上多了很多给倪棠造势的新闻。倪棠的风评像是回春了，微博上冒出一茬又一茬夸赞的声音。

关于夏尔岚这次盛典所穿的礼服，早先资方放出风声说会由苏答亲自操刀，如今操刀人变更为倪棠，就有人问："不是说由苏答和设计师联合设计吗？"

夏尔岚的粉丝自是维护自己的偶像，这几天在网上针对苏答的业务水平发出了不少质疑和"爆料"，到后来更是直接颠倒黑白说她专业水平不过关，创作死板，没灵气，跨界发挥不好。

就在一个小时前，夏尔岚的助理还点赞了一条暗讽苏答的微博，彻底将她"水平低导致被换"这一说法坐实。

苏答默不作声地浏览相关的八卦消息帖，如今帖子中的人都在说她专业能力不行。

她快速刷完微博，沉着眸子看向窗外夜色，收起手机。

半个小时后，苏答到达丛兰的工作室。

负责接待的姑娘一听她的来意，当即告知："丛兰老师在里面的休息室，我带你过去。"

苏答见她手里拿着一堆东西，正忙着整理要发出去的公关礼盒，便不劳烦她："我自己过去吧，在里面第几间？"

"最后一间。"

苏答道了声谢，让助理留下来帮忙，拐过弯，快步走向长廊尽头，找到最里边的休息室，还没抬手敲门，里面传来一阵争吵声。

"姑奶奶，你这样是不是太草率了？就算你对夏尔岚有再多不满，也不能拿工作来发泄啊！礼服和珠宝早就已经定下，你突然换掉，我们怎么跟赞助商交代？"

助理无奈的声音透过门板传来。

从兰说了什么，苏答没听清，而后又是她助理苦口婆心的劝诫声。

“下次再借？你看人家还借我们吗？啊？这不是儿戏！”

苏答站在门口，一时不知该不该敲门。

她进退维谷，还没想好怎么办，门突然打开了。助理看见她一愣，眼里闪过一丝尴尬，和她面面相觑。

苏答淡淡地笑了一下，没说什么。助理愣愣地让开道，她提步走进去。

“来了。”从兰靠在沙发椅上，抬了抬下巴，“坐。”

苏答在从兰对面坐下，沉默了几秒，开口道：“你们刚刚争执的我都听到了。”轻叹一声，她说，“礼服的事，我看还是算了。”

助理眼睛微亮，从兰抬手止住助理的话，拧眉：“你不用放在心上。”

苏答说：“来的时候我不知道你已经有赞助的礼服了，既然你们已经和品牌方说好，那我就不能再接这份工作了。”

从兰闻言打量她：“夏尔岚突然换人，你不头痛吗？”

“头痛，”苏答坦白承认，“但我也不想为了自己完成工作而连累别人。”

不管从兰是纯粹为了和夏尔岚较劲还是出于好心，若是因为穿她的礼服使从兰和品牌方产生纠纷，苏答心里过意不去。

苏答语气诚恳，从兰见她表情不似作伪，沉默下来。

从兰本来只是因为和夏尔岚较劲才想穿苏答设计的礼服，苏答如今的状况网上都看得到，专业水平被贬得一文不值，要说其中没有夏尔岚的手笔谁都不信。

苏答头痛的事还没完呢，倒先为从兰考虑起来。

从兰忽然觉得她人挺不错，这会儿也多了几分真心：“我敢这么说自然有我的办法，品牌方那边不是什么大事，你用不着担心。”

苏答还是不答应，笑着摇了摇头。

从兰发觉她实在执拗，想了想，只好说：“那这样，你先找别人，如果实在找不到合适的人选，你的礼服我再穿。这总行吧？”

她眼神真挚，苏答拒绝的话在嘴边停住，半晌咽了回去，缓缓点头。

双方说定，苏答没再多留，闲聊几句就告辞了。

回去的路上助理问她：“您和从兰小姐说定了吗？”

苏答捏着眉心摇头：“我拒绝了，再换别人吧。”

嘴上是答应找不到人选就找她，但苏答已经打定主意，不能麻烦她。

苏答回到公寓没多久，黄可灵打来电话询问进展，得知她拒绝了从兰，很是不解。

苏答只说：“这事我会再想办法。”

黄可灵叹气：“从兰真的是目前比较合适的人选。”

“我知道，”苏答说，“但是不止她一个。”

她已经看了一遍星光盛典的出席名单，里面有几位明星对艺术很感兴趣，私下常去看展，也时常画画，还有两个点赞过她的画作评析文章。

苏答决定从这上面下功夫，有自信可以说动对方。

时间不早，忙了一天，她累得精疲力竭，洗漱一番躺下。

一夜无梦。

睡到第二日中午，苏答打起精神，准备继续处理礼服的事，一通意料之外的电话打到了手机上。

来电的是一串陌生号码。

她轻声问：“您好，哪位？”

那边的人声音干练："是苏答小姐吗？我是卓钰红的经纪人。"

苏答一听就愣住了。

"卓钰红"这个名字，国内的观众基本不陌生。

她年轻时手握两座"视后"奖杯杀入电影圈，如今早已跻身国内一线演员行列，手握电影界重奖，是实至名归的影后。

在她面前，从兰和夏尔岚都只能算资历尚浅的后辈，和她完全不是一个等级的。

"您好，我是苏答。"苏答放下瓷杯，不解地问，"您找我有什么事吗？"

"是这样的，"卓钰红的经纪人说，"我们想和您谈一下合作的事。"

下午一点，星光盛典受邀媒体陆续摆好机位。

粉丝们等候多时，直至三点终于可以入场，到傍晚，铺开的长长红毯两边站满了人，水泄不通。

国内一众当红偶像明星都受邀前来，今晚注定又是争奇斗艳的一晚，不仅记者争着拍照，扛着"长枪短炮"的粉丝也不甘示弱，闪光灯亮个不停。

星光盛典正在进行现场直播。

直播间里守着众多观众，每出场一个明星，直播间里便有观众发出大量弹幕。

红毯环节到中后段，几个名气大但人气不够的演员走过，紧接着就是一身艳丽礼服的夏尔岚。

她一出现，记者立时将镜头对准她，"咔嚓""咔嚓"地拍个不停。

夏尔岚单手叉腰，一脸得体的笑容，毫不怯场地展示着自己的美丽。

弹幕飞快地被她的粉丝占据。

走红毯的过程不过短短几分钟，夏尔岚在签名墙前稍微拖了一会儿，而后速度越发慢，慢悠悠地入场。

她是有备而来，团队造势速度很快，微博立刻出现了相关话题。

“夏尔岚礼服”空降热搜，其中各个角度的夏尔岚的美图数不胜数，粉丝们排开长队在下面夸她美。

微博里实时刷新着星光盛典的相关内容，新帖子一个接一个。夏尔岚的图片在微博扩散，随即就有人问起礼服是谁设计的，倪棠的名字被提起，苏答也被夏尔岚的粉丝们拖出来“鞭尸”。

一个拥有百万粉丝的时尚博主却在这时候站出来唱反调，配图是夏尔岚的红毯照：“这礼服真的太喧宾夺主了，像一朵被月季围了一圈的牡丹花，看得人眼睛疲劳。”

不少同样觉得礼服花哨的看客好不容易找到说话的地方，在其下附和。

夏尔岚的粉丝们就像闻到味的苍蝇，第一时间攻占了评论区，不满地吐槽批评的人毫无审美水平，于是觉得好看的和觉得不好看的人吵作一团。

而星光盛典此时迎来重头戏。

一个婀娜窈窕的身影走上红毯，虽然不再年轻，但风情依旧，在场好些人都看愣了。

“那不是卓老师？”

“卓钰红？！”

“她怎么来了？这种级别的活动她不是都好久不参加了？”

交头接耳的讨论声中，卓钰红身着一袭淡雅长裙一步一步地行来，每走一步，洁白的裙摆上就荡漾起一道水墨波纹，端的是风姿绰约，仿佛画中仙子。

裙摆上有画笔留下的痕迹，每一笔都恰到好处。

卓钰红五官明艳大气，多年行走娱乐圈，气场远非刚红不久的“小花”们可比。

她像是被百花簇拥着的人间富贵花——淡雅素净的礼服点缀着她的美貌，将她衬托得贵气十足，却并不喧宾夺主。她是全场最抢眼的那个人，令人见之忘俗。

记者的闪光灯疯狂闪烁，红毯边挤着的各家粉丝愣怔过后，也争先恐后地拍照。

直播间里的弹幕早就刷疯了。

“天哪，好美！”

“仙女下凡！”

“大美女看我啊啊啊啊！”

“整个人像画里的一样，天哪！”

“裙摆扫到我心上了，大美人就是大美人！”

…………

卓钰红未在红毯上多做停留，很快就进入会场。

一个男偶像的粉丝对着她的背影猛拍几张照片，直至彻底看不到她才收起相机检查里面的照片。

“卓姐这是要秒杀全场啊，这气场，绝了。”

旁边不知哪家的粉丝也感叹着附和：“真的，太美了。”

“卓钰红压台”的话题飞速登上微博热搜。

各大娱乐博主纷纷发图，点开图片的网友们本是随意看看，结果不少人被她许久不见更胜往昔的美貌震惊了。

微博里开启新一轮的讨论，马上有人问：“卓钰红这次穿的礼服是哪家的高定啊？好美！真的绝了！”

一条条回帖将“楼”盖得极高，有人说像是这家的，有人说像是那家的，可迟迟没有大牌出来认领。

就在礼服所属差点儿变成一桩悬案之际，卓钰红工作室发了微博：“本次服装由青年美术家苏答老师与独立设计师威廉·方老师联合设计，感谢两位老师的倾情设计。”

微博配图是卓钰红在走红毯前拍的官方图，加上气氛和场景的衬托，照片中的卓钰红越发夺人眼球。

夏尔岚团队花了钱，话题在热搜榜单固定位置卡着不动。但“卓钰红”这个名字本身就自带热度，吸睛能力十足，话题很快冲上热搜，好巧不巧地停在夏尔岚的话题下面，网友们点进去看了这个，再看下一个，不由得拿她们做对比。

微博瞬间被相关的帖子占据——

“夏尔岚和卓钰红的礼服看了吗？本来还觉得夏尔岚今天挺好看的，突然感觉她俗了。”

“卓姐太美了吧！热搜第三和第四，这算不算吊打？”

“卓钰红的礼服原来是苏答和方设计师联手设计的！”

“不是说苏答业务水平不行被夏尔岚换掉了吗？夏粉怎么不出来走两步？”

“卓美人的礼服太美，有生之年我也想穿一穿这么好看的衣服，嘤嘤嘤。”

…………

夏尔岚热搜下的夸赞声渐渐被吐槽声取代。

那位最开始说她礼服不行的时尚博主又发了一张图——卓钰红的红毯照。

“把自己堆得花里胡哨的审美水平真的有待提高，来看看正确的美貌展现方式，这才叫美。”

该条微博一经发出，不过一会儿转发数就过万了。

一时间，倪棠和苏答也被拱上热搜，关于她俩水平高低的讨论再度掀起。

这场盛典，夏尔岚在卓钰红震撼全场的美的对比下输得惨不忍睹。

倪棠刚回春的风评，也因为那件由苏答创作的礼服瞬间被打回谷底。

微博上热热闹闹，盛典会场外，房车内部，卓钰红正和苏答面对面地说话。

走完红毯，又坚持了大半场盛典，卓钰红不免有些累，不过对苏答的态度还算客气："要不要喝点儿什么？"

苏答淡笑着婉拒："谢谢，不用。"

对于卓钰红突然找上自己，苏答其实至今还有些疑惑。

那天卓钰红的经纪人打电话表明来意后，和苏答见了一面，看了画和礼服的大致模样，只说希望苏答能再根据卓钰红的风格改改，没有提任何额外要求。

从自己改动礼服，到卓钰红试穿，再到最后正式定下设计方案，整个过程顺利得让苏答觉得自己在做梦。

助理已经将网上的言论告诉了卓钰红。她心情不错，撩了撩裙摆说："这条裙子真的挺漂亮的，可惜红毯的礼服只能穿一次，我只能带回去收藏了。"

苏答对她的夸奖报以一笑，想了想还是没忍住好奇心："我冒昧地问一句，您到底为什么会找上我？"

像卓钰红这种咖位的明星，大牌礼服随便就能借到，况且苏答还听说，她原本并没打算要来参加这次盛典。

卓钰红被苏答一问，面上有些疑惑："你不认识程氏娱乐的老总吗？"

苏答愣了愣，如实回答："不认识。"

"不认识？"卓钰红略微诧异，"是程氏娱乐老总的助理打电话联系我的经纪人，让我穿你的礼服。"

她说："我接下来和程氏影业有合作，虽然和他本人不太熟，但他都开口了，我能不答应吗？"

卓钰红见苏答表情不似作伪："你真不认识？"她皱了皱眉，而后道，"那可能是有人托他帮忙吧。"

程家的人，苏答只见过程远洲，和他并不是很熟，要说他们之间有什么联系，那只有贺原。

贺原和程远洲经常在一起玩儿。

苏答确实不认识什么程氏娱乐的老总，但如果说是谁让对方帮她，那么答案已经昭然若揭。除此之外，她想不到其他的可能。

卓钰红见苏答一副若有所思的模样，没多问。她对别人的隐私不感兴趣，况且有些事情知道得太多也不是好事。

止住话题，她和善地问："天不早了，我送你回去？"

苏答回过神，婉拒道："谢谢，不过不麻烦卓老师了，我助理还在等我，我自己回去就行。"

既然如此，卓钰红没多留她，笑着点了下头。

助理和苏答都是坐公司安排的车来的。司机先送苏答到小区门口，苏答让他再把助理送回去，自己到便利店里买了点儿喝的，走出来时脑子里还在想着卓钰红说的话。

苏答脚步缓慢地往小区大门口走，正出着神，蓦地感觉有谁在看自己，抬头一看四周，只有一辆黑色的车正好从面前开过，经过抬杆门时，放慢了速度。

车窗玻璃上贴了防窥膜，苏答看不见车里的人，没过两秒，车已经开远。

苏答收了目光，只当是自己感觉错了。

她拎着一袋饮料往小区里走，几分钟后行至楼前，忽地瞧见有个人影站在树下抽烟。

苏答停住脚。

贺原回过头来，那张苏答熟悉的脸在黑夜中不甚清晰。

被他盯着，苏答莫名生出局促感，脚僵着不会动了。

见贺原掐了烟走过来，她不知怎么一时有点儿慌，下意识地往后退，没退两步，脚一崴，低头一看，鞋跟卡在花坛边的雨水箅子的缝隙里了。

苏答使劲抬脚想将鞋跟拔出来，然而怎么用力都拔不出来。她又试着挣了挣，鞋跟纹丝不动，没办法，只好把鞋脱下。

贺原看见她的举动，眉头一拧，加快步伐走近。

苏答脱掉鞋的脚刚踩到地面上，面前就多了一道身影。

穿着整洁西装的贺原没有一丝犹疑，径自在她面前蹲下，将被卡住的鞋跟拔出来，轻轻捉住她的脚腕。

苏答躲了一下，没躲开，轻轻一晃差点儿没站稳，手掌撑在他的肩上。

贺原用手拂去她脚底的灰。她刚刚才踩过地，他丝毫不介意，细致地给她擦干净。

她看不见他的神情，只觉得脚腕被用力握了握，昏暗的路灯下，那么安静。

他拧起的眉头像是积蓄着这段日子的不满，语气中又有几分无奈。

“苏答，有时候我真想掐死你。”

撑着他的肩，苏答不知怎么接了一句：“从掐断我的脚腕开始？”

贺原抬眸沉沉地朝她瞥来。她抓着他的肩膀，识相地闭嘴。

四下只有树叶“沙沙”摇动的声音。

苏答的视线落在他的脸上，搭在他肩上的手，指尖不由得动了动。

许久，她叫他：“贺原。”

“嗯？”他不轻不重地应了一声，给她穿鞋，没抬头。

“那天我去见裴颂的外祖母是因为她和我叔叔是忘年交，她说想见见我，”苏答温声一字一顿地道，“不是因为裴颂。”

贺原动作停住。

她的声音很轻，仿佛风一吹就散。

这是她这么久以来第一次认真地跟他解释误会。

贺原听见她的话，给她穿好鞋，站起身来看了看她，什么都没说，牵起她的手朝楼里走。

苏答怔怔地跟着他，恍惚间什么都忘了，直至进到电梯里才反应过来，一下挣开他的手。

贺原侧头朝她看去。她一脸别扭又带点儿嫌弃：“你刚摸了脚。”

贺原有一刹那无语，看着她的表情颇为无奈：“我摸的是你的脚。”

苏答立场坚定：“那也不行，摸过脚的手不准牵我。”

贺原：“……”

电梯很快到达，苏答提步走出去，在电梯外停住。

过了几秒，又像是过了很久，她回过头来，眼里闪过不自然的神色，声音低低地问：“喝杯茶？”

她的声音不大，她又怕他听到，又怕他听不到。

目光微动，贺原还没反应过来，电梯门已经在两人中间渐渐闭合。

苏答脸色黯然了一瞬，下一秒，即将关上的门又“唰”地打开了。电梯里，贺原伸手摁在开门键上，眼睛一眨不眨地看着她道：“好。”

苏答别开目光，佯装镇定地开门。

她的公寓还是那般，一应摆设丝毫没有变动，画板仍然立在窗边，只是板上空空的，暂时没有铺上画布。

贺原在沙发上坐下，静静地看着苏答在餐厅和厨房之间走动。

她烧了热水，在白底金边描花的茶壶里撒了一点儿茶叶，让冲泡出来的茶味道清淡。

大晚上的茶喝多了影响睡眠，虽然她累了一天，等会儿沾枕头就能睡着，但还是控制了茶叶的分量。

苏答先给他倒茶，然后给自己也倒了一杯，两人在茶几边不太讲究地品起茶来。

苏答手里捧着热乎乎的杯子喝了两口茶，朝他瞥去。

贺原发现她的举动，挑起一边眉头：“看我做什么？”

苏答沉默了一下，唇抵在杯沿轻啜两口，垂眸轻声问：“程氏娱乐的老总是不是你找的？是你让他联系卓钰红穿我的礼服的？”

贺原没有承认，也没有否认。

贺原不清楚谁是卓钰红，但事情总归是程远洲他叔叔办的。

苏答看他那副神情就知道自己猜对了，一时间不知道该说什么好。

她已经冲他甩了很多次脸色了，有时是事出有因，有时是纯属不高兴了需要发泄。

上回因为裴颂的事发生争执后，她以为他应该是彻彻底底动怒了，不会再出现了，没想到他又一次放下了身段。

他这样的人什么时候服过软、低过头？一次两次忍让可以说是克制，类似的情况一次又一次发生，苏答心里有种难以形容的感觉。

茶几边静了一会儿。

她喝了半杯茶，没话找话："你……为什么叫贺九？"

贺原抬眸睹她，对这个突如其来的话题稍感莫名，但还是回答："出生的时候，赶上那年重阳节。"

重阳节？

他出生在九月初九，所以外号带"九"？这简单得有些无厘头的理由和他还真不搭。

苏答顺嘴又问："这么晚了，你刚刚站在楼下干什么？"

"等你。"贺原答得毫不犹豫，"我进小区的时候在车上看到你了。"

他的目光扫向她："你今晚问题特别多。"

苏答："……"

她只是觉得他们之间的气氛僵了太久，不想尴尬才找话题。

苏答微微撇嘴，没再开口。

贺原扫了一眼她的脚踝，想起方才的事："下次别穿那种鞋子。"

苏答含混地"嗯"了一声，继续喝茶。

杯中很快就空了，时间不早，贺原没觍着脸让苏答续杯，干脆地起身，走了两步又停下，在茶几边站定，看了她好一会儿。

苏答已经坐上沙发，蜷在角落里，迎上他的眼神："干吗？"

她懒洋洋地靠在那儿，清瘦的脸上都快没肉了。

贺原蹙了蹙眉头，没多留，只道："早点儿睡。"

他离开了，关门声的余韵荡了一会儿也消失了。

苏答捧着茶杯看向空无一人的玄关处，薄唇抵在杯沿上，好久才垂眸浅浅地抿了两口茶。

空气中有一股很淡很淡的香味，是他的味道。

苏答为礼服的事忙了这么久，如今尘埃落定，终于安心睡了个好觉。

佟贝贝为了庆祝她事业顺利，约她出去吃饭，大下午的接连打来电话，把她骗出去后，二话不说拉着她开始在商场里扫荡商品。

苏答陪佟贝贝买了几条新的秋冬款长裙，顺便也给自己买了两瓶香水。

两个人逛累了，就近在同层找了家甜品店吃下午茶。

点单的事交给佟贝贝，苏答找好座位坐下，刚放下东西，就见邻桌的长发美女扬起笑冲走来的人道："这儿，快来。"

她闻声随意一瞥，和正要落座的唐裕打了个照面儿。

苏答愣了愣。唐裕也顿了一下，旋即朝她笑道："这么巧。"

自己走到哪儿都能遇到他，也是绝了。苏答心里吐槽，面上带着淡笑，轻轻地点了点头。

长发美女的视线在苏答和唐裕身上来回扫，眼中隐隐有些敌意："Baby（宝贝儿），她是谁啊？"

唐裕拉开凳子坐下："我朋友。"

苏答不是很想做人家的电灯泡，免得这个不知是他新女朋友还是女伴的女生误会，奈何桌与桌之间的距离并不大，一时间也避不开。

吧台处，佟贝贝点好甜点，服务生将几样成品先端上桌。

佟贝贝走过来，见唐裕侧着身像是在和苏答说话的样子，脚步稍顿，带着迟疑坐下。

“你朋友？”唐裕十分自来熟，瞥了佟贝贝一眼，边说边笑着冲她颔首。

苏答接过果汁，淡声向佟贝贝介绍了一句：“这是唐裕。”

她没多说，佟贝贝也没多问，弯了下唇算是问候。

佟贝贝点了满满一桌东西，还没怎么动勺，有电话进来，立刻起身去店外安静的地方接听。

唐裕瞥见苏答面前的那份冰激凌，不见外地问：“你们女孩子都喜欢吃这个？”

苏答抬眸，说：“店员推荐的，随便尝尝。”

“这个是在瀚城流行起来的。”唐裕也不知是不是交往过的女朋友太多，对这些女生喜欢的东西分外了解。

苏答笑了一下，随口道：“是吗？我没去过瀚城。”

“说到瀚城，有件特别好笑的事。”唐裕忽地想起什么，也不顾自己对面女生的脸色，和苏答闲聊起来，“蔺阳前几年去过瀚城你知道吧？”

唐裕不管她知不知道，接着往下说：“瀚城有个蔚蓝山庄，是那儿最大的赌场，他跑到那儿赌，结果跟人出老千被扣下了。要不是贺原连夜赶去赎他，蔺阳差点儿就让人打断了胳膊。”

他把这件事当笑话说给她听：“你说蔺阳那人逗不逗？”

苏答拿着小勺子的手一顿，眼睫轻颤：“贺原赶去赎他？”

“是啊。跟蔺阳赌的那个人和贺原在生意上有些过节儿。你说说，这他都敢出老千。在赌桌上被抓到出老千，那可是被打死都没的说的，蔺阳那个人可真是……”唐裕不留情面地嘲笑蔺阳。

苏答听着他的话，手里的勺子停在冰激凌上半天没动。

那时，贺原说好陪她去参加酒会，后来临时有事缺席。

他去了瀚城，之后她看到新闻说倪棠当时正好也在瀚城，那一瞬间不是不难过的。

伤心完，理智逐渐胜过感情，她开始思考她和贺原的未来。

贺原和她解释过，几年前就解释了——他说他和倪棠没有关系，买画是出于弥补，去瀚城是因为蔺阳。

她想信他，但又不敢全信。

如今同样的话从唐裕这个局外人嘴里说出来，那股真实感终于不再虚无缥缈。

苏答有些恍惚。

唐裕说了半天见她径自出神，停下来，皱眉问："你怎么了？"

苏答连忙敛好神色，扯了扯嘴角："没事。"

倪棠一整晚都没睡好，闭上眼就是网上的舆论，睁开眼心也跳个不停，不管梦里梦外，都让人喘不过气。

她联系了好久，夏尔岚那边终于接了电话。夏尔岚的经纪人火气冲天，一张口就忍不住痛骂她。

"我真的没想到事情会这样，我也不想的。"倪棠焦急地解释，"我给夏小姐设计的礼服绝对没问题，上身效果你们也看到了……"

"看到了？现在全网都在嘲笑我们，这就是你说的上身效果？我们因为信任你才换了苏答，结果呢？你害我们丢了这么大的人！你知道这对夏尔岚的形象损害有多大吗？造成的商业损失你赔得起吗？！"

倪棠喉头干涩："这件事是意外，背后一定有人在推动。"倪棠顿了一下，慌忙道，"是苏答！肯定是她！这次就她受益最大！"

"我不管是谁在推动，现在事实已经摆在眼前了！"

夏尔岚的经纪人听不进去倪棠的解释——她真的要被气死了。

盛典一结束，夏尔岚就发了好大的火，被卓钰红艳压就算了，网上还有那么多嘲笑她、嘲笑他们团队的声音。资方那边现在决定选苏答做新的主画师，“画作”系列的羹，他们是一杯都分不到了。

夏尔岚任性骄纵，气得想找苏答麻烦，结果公司高层马上发话，让她不许再有小动作，甚至还停了夏尔岚最近几个月的全部工作。

苏答背后的靠山肯定不简单，他们这下是惹了大麻烦，自己一身臊，还得想办法向苏答道歉。

“我告诉你，你的礼服不够好就是最大的问题！”夏尔岚的经纪人越想越生气，放狠话道，“现在结果已经这样了，以后我手下的所有艺人都不会再跟你有任何层面的合作，你别再找我们了！”

“我——”

“嘟”的一声，电话挂断。

倪棠都没说完话，看着手机气得咬牙，深吸几口气，点开联系人列表，给蔺阳打电话。

蔺阳接到电话的时候正在看财经频道。出院以后，他就被他妈关在家里，出门都得提前报备。

为了让他长点儿记性尽快成器，他妈开始逼他学这学那，恨不得把他送到公司从底层的员工做起。

倪棠打来电话，没说几句话就哭得不行。

以往蔺阳一听她哭就忍不住为她着急，可这次内心毫无波动，不仅没有想为她出气的冲动，甚至有些说不上来的厌烦感。

苏答在这件事上挺不容易的，他都在网上看到了，那个小明星把苏答换掉的时候，好多人嘲笑苏答。

现下倪棠在电话那端哭得起劲，他越听越忍不住想，那苏答当时又是什么感觉呢？

昨天他看了苏答设计的那套红毯礼服，真的很美。那个女明星好看，礼服也好看，他还顺手点了几个赞。

蔺阳越想越出神，倪棠哭了半天听他没回应，在那边叫他："蔺阳，你在听吗？"

"啊，"他回神，应了一声，"在听。"

"我现在该怎么办？夏尔岚……夏尔岚那边说他们公司的高层施压，要夏尔岚去向苏答道歉，这是不是贺原的意思？他是不是要为苏答出气？我们认识这么多年……"

这个"我们"，不知说的是她和贺原，还是她和蔺阳。

蔺阳懒得去分辨了，敷衍道："好了，你别哭了，事情没那么严重。"

"可是……"

"我哥不是那种人。你好好休息，没事不要乱想。"

倪棠还欲说什么，蔺阳抢先道："我这边还有事，等会儿还得学着看文件，不说了。"

言毕，他一句都不多讲，挂了电话。

看着手机，蔺阳叹了口气。

认识倪棠的时候，他还在上高中。她是贺原的校友，和贺原当时的朋友们走得近，渐渐地时常出现在那个圈子里。借着贺原的那些朋友、校友，她和他也认识了。

他那时觉得她是个温柔又有气质的大姐姐，说话慢条斯理，与那些毛毛躁躁的小女生简直是天壤之别。

这么多年过去，他一直把她当姐姐看待。她受了气被人欺负，他总是一马当先地为她找回场子，为此不知被贺原训了多少次；他在国外读书的时候，休假了还常常去找她。

那年她去瀚城工作，他特意坐飞机大老远地过去见她。

她身边的那些工作人员还有当地的朋友对他极为热情，她忙，没时间陪他出去逛，那些人就带他四处去玩儿。

也是那时候，他不知被谁挑动，跑去了蔚蓝山庄，惹出出老千的事情，差点儿被人弄断胳膊。

他干的那些事情怪不到别人头上，也没有要怪谁的意思。只是以前他从不会去想自己干过的混账事，现在想起来，很多事自己也觉得荒唐。

不知道从什么时候开始，他越来越不想接倪棠的电话了。

蔺阳心里烦，锁上手机，扔到一旁。

逛完街回到家，苏答接到了黄可灵的来电。

夏尔岚的人一直在联系黄可灵的团队，说想亲自给苏答道歉。

“道歉？”

“嗯，你想见吗？”

苏答没心情：“不见。”

黄可灵顿了顿，没有劝她的意思，道了声“好”，又说了几句就挂了电话。

苏答洗干净手和脸，换上居家服，正要往沙发上躺，门外送来一个快递，长方形的盒子，知更鸟蛋蓝色的包装严严实实，非常有质感。

她拆开盒子一看，里面是一双鞋子，嵌满了细钻的鞋面亮闪闪的。

苏答拿起盒里的卡片看了看，这双鞋是本季最受瞩目的时尚大牌的特别定制款，码数刚刚好是她的尺寸，不用想就知道是谁送的。

手机安安静静毫无声响，苏答忍不住发消息问贺原。

“鞋子是你买的？”

那边不久就回复：“好看吗？”

苏答看着屏幕上的三个字，不说话了。

鞋子很好看，不仅好看，而且只此一双。

他给她送的东西好像都是这样，尽可能地独一无二。

苏答刻意地抑制住回复他消息的念头，把鞋子收起放好，走进厨房将要放进汤里一起煮的参还有其他食材一一清洗完毕。

她忙活了好半天才出来，又不自觉地瞥向桌上的手机，到底还是没忍住，拿起来看了一眼。

贺原十分钟前发来消息：“鞋子还算好看的话，今天能喝杯茶吗？”

苏答看着消息抿了抿唇，半晌后打下几个字。

“没有茶，有汤。”

没一会儿，她又说：“不是给你的，只是不小心多做了一点儿。”

这句话隐约带点儿欲盖弥彰的味道，苏答不由得将唇抿得更紧，想放下手机，结果手机还没触到桌面，又被重新拿起来。

她看了屏幕好一会儿，半晌动作飞快地还是加上了一句。

“要喝吗？”

贺原踏着月色而来。

苏答给他开了门，瞥他一眼，立刻转身往里走。

贺原换了鞋跟到厨房里，见苏答挽起衣袖在料理最后的菜。

他问：“要帮忙吗？”

“不用，”苏答动作利落，背对着他道，“你出去坐吧。”

贺原站着没动，倚着厨房门，手插兜静静地看她忙碌。

苏答在他的视线之下稍稍有那么一些不自在，背全程绷直，一眼都没回头看。

直至最后的菜做好，贺原入内搭了把手，将菜端上桌。

两荤两素一汤，就两个人而言，算得上十分丰盛。

两人面对面地在餐桌边坐下。

贺原吃相斯文，苏答同样，餐厅里好一会儿都没人说话。

最后还是苏答先开口的。她趁着夹菜的时候朝他看了一眼，状似不经意地问："你给夏尔岚团队施压了？"

贺原没答，只问："他们找你了？"

"嗯。我不是很想见。"

贺原说得随意："不想见就不见，不是什么重要的人。"

苏答看了看他，想说什么，话又咽回喉咙里。

贺原动作优雅地夹菜，很认真地细细品尝，像是对待什么珍馐美味。

他吃了一会儿，忽然夸道："很好吃。"

苏答突然被夸，道："只是很普通的菜，别夸张。"

贺原表情真挚，只说："我没怎么吃过家里的菜。"

因为很少吃，所以觉得格外好吃，他随意一说，苏答夹起青菜的筷子却顿了两秒。

说来也好笑，她见过他妈，不是因为他，而是因为凑巧和贺骐碰上。

他们在一起的那一年里，她一直没问过他家里的事，总是下意识地觉得自己还不够资格开口，现在更是不知道怎么问。

菜有些辣，沉默地吃了片刻，贺原额头出了点儿汗。他停下筷子，见水壶在厨房，起身去倒水。

厨房离餐桌不远，贺原端着两杯温水回来，将一杯放到她面前，一杯留给自己。

他坐下拿起筷子，忽地发觉碗里多了一块肉，抬眸看向对面，苏答正埋头吃着饭，看上去很专注，饭桌上只有斯文的咀嚼声以及扑鼻的饭菜香气。

贺原弯了下唇，弧度很小，拿起筷子继续吃饭。

平平常常的家常菜，平平常常的家的气氛，坐在桌边的两人仿佛正过着属于千家万户的，普通又珍贵的日子。

上一次和蒋家联系是为裴颂的事，苏答见过袁老太太以后就联系了何伯，让他转告蒋老爷子，她和裴颂的事没成。

时隔多日，苏答又一次接到何伯的电话。这次的事情让苏答大为惊讶。

“订婚？”

“是的。蒋沁小姐订婚的日子已经定下来了，就在这周末，如果您有空的话，欢迎您来参加。”何伯没有多言，挂掉电话后将地址和确切时间发给了她。

苏答对着消息愣了半晌。

蒋沁怎么突然就订婚了？

苏答给佟贝贝发消息一问，她也不知道。她让苏答别急，说找人打听打听。

半个小时后，佟贝贝带着长长的聊天儿记录回来。

蒋沁订婚的对象姓孙，孙家和蒋家门户相当。

据说这一阵蒋家的财务状况不太乐观，为求不退甚至再进一步，蒋家和能给予助力的孙家很快搭上了线。

至于蒋沁的未婚夫，一般的富家子弟是什么样，他就是什么样，没有哪里特别强，也没有哪里特别不堪。

单就这一点，老爷子像是还留了几分仁慈之心。

“大概就是这么个事吧。”佟贝贝说，“这件事定得太仓促了，她们好像也是才听到风声。要不是你问我，大家都不知道事情已经定下了。不过其他人应该很快就会收到消息。”

苏答半晌没说话。

佟贝贝察觉到她的异常，问：“怎么了？”

“没有。只是……”她说不上来。

曾经差点儿被安排联姻的是她。她以离开蒋家的方式躲开了这个“责任”，如今又轮到了蒋沁。

佟贝贝也感慨：“她那个脾气竟然没有拒绝也没闹，事情定下得很顺利，真是奇了。”说着佟贝贝又问，“你会去吗？”

“不知道，”苏答还没拿定主意，“我再看看吧。”

两人聊了一会儿便结束了通话。

面前的小饼干没胃口吃了，苏答将饼干收好，打开大屏幕，窝在沙发里，心不在焉地看着电影。

时钟“嘀嗒”走到三点，黄可灵又有事找她：“有个东西我想给你看一下。”

苏答微微坐起一些：“什么？”

“夏尔岚那边一直锲而不舍地联系我们。我听了你的意思本来没打算理的，但是那边今天发来了这个。”

黄可灵把相关文件发给她，余下的话便用文字说了。

黄可灵：“这几天，夏尔岚团队里的一个助理忽然挥霍无度。夏尔岚的团队一查之下才发现，助理是收了钱才在夏尔岚身边煽风点火要换掉你的。”

黄可灵：“夏尔岚那边发来的证据我们看过了，应该是真的。据那个助理说，给她转账的人是她很早以前在酒会上认识的。我们就想问问你，这个叫薛谭雅的人你认不认识，我们是不是应该小心一些？”

苏答将截图还有黄可灵拍下的文件看了一遍，目光在黄可灵提到的“薛谭雅”三个字上停留。

又是薛谭雅。

握着手机的手不禁用力，苏答深吸一口气，过了好一会儿才回复。

Lily：“这件事我知道了，我会处理。”

黄可灵猜到这可能是她的私事，没有多问。

苏答扔下手机，给自己倒了杯冷水一饮而尽，好不容易才压住心中那股火气。

一次又一次，薛谭雅简直不知收敛。

上次的账她还没来得及算，薛谭雅当她是软柿子，捏上瘾了。

苏答不再犹豫，给何伯打了电话，告诉他：“那天我正好有空，麻烦您转告一声，蒋沁的订婚宴我一定会出席。”

蒋沁订婚这天风和日丽，日历上写着“诸事皆宜”。

苏答换上准备好的套装，简单化完妆便出门了。

蒋沁的订婚宴在东区山庄举办，苏答让助理开车送她到门前就先回去了，不用等她。

她先去见了老爷子。一把年纪仍然精神矍铄的老人什么都没说，淡淡颔首表示知道她来了，接着就让她自己活动。

蒋诚铎在各处招待男宾，作为订婚宴主角的蒋沁则在休息室里候着。她的一帮闺密尽数到场，围着她说讨喜的话。

苏答不是很想去看蒋沁，但还是去走了个过场。

看见她来，蒋沁眼里闪过一抹复杂的光，却也没说什么，只是道：“你来了。”

苏答点点头，稍稍沉默，应景地轻声说了句：“恭喜。”

蒋沁似是笑了一下，像是讽刺又像是自嘲，总之怎么看都不是开心的样子，但转瞬间就恢复了端庄的模样。

苏答和蒋沁的朋友圈几乎不重叠，插不上话，待了一会儿就出去了，绕了一圈，在侧厅找到了薛谭雅忙碌的身影。

后者井井有条地安排其他人做事，分发任务，脸上笑意不断，看得出来极其高兴。

苏答站了片刻，薛谭雅转身瞥见她，笑意顿住一秒，马上笑着朝她走来：“你来了，我还以为你要晚点儿才到呢。”

苏答连笑容都懒得装，不动声色地在她脸上扫视几秒，直接道：“我们聊聊？”

薛谭雅望了望她，嘴角压下去，又若无其事地勾起来：“好。”

她们离开偏厅，沿着走廊走了一会儿。

苏答挑了间安静的休息室进去，薛谭雅跟着入内，掩上门：“你要跟我说什么？”

苏答站定，细细地打量她。

薛谭雅摸了摸脸颊，似乎不解：“我的脸怎么了吗？你怎么一直盯着我？”

“天天摆出这样一副面孔，累吗？”苏答挑眉。

薛谭雅顿了一下，目光轻闪：“我不知道你在说什么。”

“不知道？”苏答轻勾唇角，眼里隐约现出寒意，“别装了，你有完没完？”

第十四章　过　往

薛谭雅定定地站着，还在演："你说什么，我真的不明白。"

她有心思修炼演技，苏答可没兴趣陪她，直接摊牌，把她在自己背后作过的妖、使过的绊子一一细数。

"够清楚了吗？还用不用我做成 PPT（幻灯片）到宴会厅里去放给大家看看，让大家一起欣赏欣赏？"

没料到苏答已经调查得这么清楚，薛谭雅沉下脸色，哑口无言。

苏答上前一步："我离开蒋家这么久，跟你无冤无仇，劝你少在我身上费心。咱们井水不犯河水，否则我一定撕了你这层脸皮。"

她道："别忘了，我名义上是蒋家的人，你嫁过来就使手段构陷妹妹，被人知道了，你在太太小姐们当中的好名声怕是要保不住了。你最好离我远点儿，再让我有一点点不高兴，我一定会把你干的好事印成册子让圈子里的人人手一份。"

薛谭雅和苏答不一样——薛谭雅要名声、要脸面，在外一直言行得体，力求做个人人夸赞的蒋家长媳。苏答撕了她的这层面具，会比杀了她还让她难受。

话说到这个份儿上，苏答眼神冰冷："你好自为之。"

见她转身就走，薛谭雅忽地出声："无冤无仇？你自己做了什么你不知道？"

苏答停下脚步，反问："我做了什么？你说说看。"

"蒋诚铎——"

薛谭雅声音陡然尖厉几分，那双一向蒙着笑意的眼再也绷不住，浮起恨意。

见苏答沉默，她笑得有点儿狰狞："说不出话来了吧？"

苏答只是觉得莫名，回过神，一脸平静："我有什么说不出话来的？"

"你不要脸，不知羞耻。"薛谭雅怒道，"你别以为我不知道蒋诚铎对你是什么心思，我看见你就想吐……"

薛谭雅是何等心思缜密的人，嫁给蒋诚铎之前不知道，结婚以后慢慢就察觉出了不对劲，所以恨死了苏答。她每见苏答一次都恨不得撕烂苏答的脸皮，却只能端着架子，强颜欢笑。

苏答冷下脸，揪起她的衣领："我不知羞耻？你有这个本事怎么不去管管他？他是什么心思关我什么事？你以为我对你的男人有兴趣？我告诉你，我看不上！"

薛谭雅当蒋诚铎是什么宝贝值得她上心？

她看上的东西和人，只要归了别人，她就再也不屑去要，更何况是她压根儿没看上的。

苏答嗤笑："你有这么多手段怎么不去找他，偏偏来为难我？你真当我不敢动你？"

薛谭雅用力推开苏答，被苏答不屑的态度气到，一怒之下扬起手要打。

苏答抓住她的胳膊，先她一步，反手一巴掌扇得她一阵踉跄。

薛谭雅的腰撞上桌子，桌上的茶杯晃了晃，摔到地上"啪"的一声碎了。

门突然被敲了一下。

剑拔弩张间，蒋诚铎推门进来，察觉不对，眉头微皱："你们在干什么？"

他见苏答和薛谭雅一起进了这间休息室，感觉不太好，于是跟过来看看。

休息室里气氛古怪，她们两个人像是争执过。

蒋诚铎问："在吵什么？是不是有什么事——"

苏答懒得遮掩，直接道："这位蒋太太——你的妻子，背地里几次三番给我使绊子。最早是花钱在网上让人开帖诬蔑我，试图抹黑我的事业；前不久她又花钱让人挑唆合作方，让我本来差不多定下的项目突然换人。"

苏答不是要他做主，只是告诉他："我今天来就是把话跟你们说清楚，你们夫妻的事你们自己解决，麻烦以后不要牵扯到我身上。"

她又看向薛谭雅："我告诉你，惹急了我，就算当着今天满场宾客的面，我也敢把你摁进水池子里。你还要在人前博美名，我可不用，劝你最好别逼我撕破脸。"

蒋诚铎听到她这番话，脸色变了几变——薛谭雅做的这些事他并不知道。

他试图拦下苏答，手刚碰到她就被狠狠甩开。她仿佛躲避什么脏东西一般，锐利的眼神让他心里一阵刺痛。

门重重地在他面前被摔上，他想跟，犹豫两秒，又停住脚步——他当务之急不是跟上苏答，而是解决面前的人。

蒋诚铎脸色阴沉地问："你背着我做了什么？"

薛谭雅眼里泛起血丝，心里那股气再也忍不住：“你以为我不知道？她在蒋家这么多年，你对外称呼她是‘妹妹’，可对她怀着什么样的心思？你还有脸问我？”

蒋诚铎脸色一变：“你胡说八道什么？”

“我胡说？新婚后不到一个月，你出去应酬喝醉了回来，醉醺醺地在叫她的名字，我听得清清楚楚！”薛谭雅质问他，“你知道我心里是什么感受？我照顾你换衣服洗脸，为你忙前忙后，可你呢？你心里只有那个女人！蒋诚铎你恶不恶心？你们从小一起长大，她对外是你妹妹，你——”

蒋诚铎眉头紧皱：“你闭嘴！”

“你敢做不敢让我说？你就是个变态，你……”

蒋诚铎眼里血丝密布，闪过一抹狠厉之色，不想再听她说下去，直接上手去捂薛谭雅的嘴。薛谭雅不愿被他捂住嘴，两个人在休息室里吵嚷起来。

宴会还没开始，薛谭雅突然因为“身体不适”被送回去，蒋诚铎也缺席了好一会儿，来宾们私下讨论了一番，但都没深究。

苏答猜测薛谭雅是和蒋诚铎起了争执。

该说的话都说完了，苏答坐了一会儿，心里仍然不大痛快，想去找何伯说一声先离开，还没穿过走廊就被蒋诚铎拽到了一旁的房间里。

“你干什么？！”挣脱他的手，苏答对他怒目而视。

蒋诚铎解释：“她做的那些事我并不知道，以后我会让人盯着，不会再让她胡作非为。”

苏答觉得讽刺又硌硬：“你和我说这种话？拜托，她是你的妻子，你把她撂到一边来找我？”

蒋诚铎眼神阴郁，上前一步："你知道我在意什么，别人怎么样我不管，只要你——"

"够了。"苏答听不下去了，"蒋诚铎你知道吗？你让我觉得恶心。她为什么恨我，为什么找我麻烦，你心里不清楚？你要是真的为我好就离我远一点儿！"

他问："你就这么烦我？"

"对。我不仅烦她，还烦你，你们夫妻能不能一起离我远点儿？"

蒋诚铎脸色铁青，手钳住她的胳膊，一下将她抵在桌边。

见苏答挣扎，他狠狠用力："是不是我太好声好气，让你产生了错觉？"

"每次都来这一套，你够了没有？从小到大，你每次不顺心就发疯，发完疯又恢复正常。蒋诚铎，我看到你就害怕。"苏答冷着脸直视他，"我告诉你，哪怕这世上的男人都死绝了，我也不可能会喜欢你。"

她其实是隐约知道蒋诚铎的心思的。

这么多年同在一个屋檐下长大，他突然跑到她的住处堵她那次，佟贝贝一下就察觉出了他的不对劲，她自己又怎么可能完全感觉不到？

她和他关系不好，不仅是因为他总是对她没有好脸色，更是因为他这份超出界限的心思。

蒋诚铎掐着她的胳膊更加用力："你再说一遍！"

他不管她疼不疼，不知是不是被她刺激到了，往常的沉稳模样不复存在，眼里隐隐透着疯狂之色："再说一遍！你别以为我不敢弄死你——"

小时候她刚来蒋家那会儿不是很适应，在蒋奉林的疼爱下才渐渐开朗起来。

一开始她很喜欢跟在他身后跑，也会叫他“哥哥”。

他从来都是冷眼相待，次数多了，她慢慢避开他，加上年岁渐长，自然而然地与他划清界限。

蒋诚铎比任何人都厌恶她，却也比任何人都关注她。他亲眼看着她一点儿一点儿地长起来，看着她身量拔高，一天比一天水灵。

她和蒋沁斗智斗勇从来不落下风，在蒋奉林跟前又是温暖贴心的小棉袄，有时被老爷子罚，连闷闷不乐的样子都是生动的。后来她性子逐渐沉稳，在学校里受了气，低落难言，也开始学会自己消化。

他见过她全部的喜怒哀乐——甚至她初潮时，蒋奉林不在家，她痛得把自己关在房间里不吃饭，也是他悄悄让家里的阿姨去买了止痛药给她。

他厌恶她、憎恨她，却在这样年复一年的注视下，悄然产生了一种连他自己都没察觉的感情。等他意识到的时候，它已经长成了参天大树，让他时时痛苦又深陷阴霾。

苏答挣扎：“你松手，松开！”

在这样的场合，他不敢真的对她做什么，闹大了，丢的是整个蒋家的脸面。

蒋诚铎知道她有恃无恐。但他恨。

凭什么，凭什么只有他一个人这样痛苦？

“你以为你又是什么货色？”蒋诚铎阴沉地看着她，心中藏了多年的恶意再也压抑不住，终于喷涌而出，“你以为你妈又是什么好东西？”

苏答怔了一下。

“她受我们蒋家资助，却跟我爸滚到一张床上，你觉得恶心吗？”蒋诚铎眼里只有疯狂，“你说你妈要跑为什么不跑远点儿呢？她找了男人为什么又要回来，被我爸找到？她真是好本事，把我爸迷得神魂颠倒，连她肚子里有了别人的种也不介意。”

他用力钳制着她的胳膊，嗤笑：“从你踏进我们蒋家大门开始，我就在想，凭什么只有我一个人不好过？苏答，我从来没把你当蒋家人看。男人对女人做的事，我早就在脑子里对你做了无数遍，你恶不恶心？”

他说的每一个字都如同惊雷一般在苏答耳边炸响。

她下意识地拒绝相信，仓皇地推他：“你闭嘴！”

蒋诚铎看她露出这副惊慌无措的模样，心里突然一阵痛快。

“叔叔说——”

蒋诚铎打断她：“他说什么？你以为我小叔是什么好东西？”

他将她死死地摁在桌边，强迫她听清楚他的每一个字：“外面的人曾经传闻你是我们蒋家的私生女，实际上你连私生女都不是，不过是一个破坏我父母婚姻、破坏我们蒋家的女人从外面带回来的野种！

“你知道我有多硌硬吗？我爸甚至想让你当真正的蒋家人，我们有的都给你一份。更可笑的是，连我小叔也动了这样的念头。你说他是不是也和你妈有什么见不得人的关系？他当年私下照拂你妈多少次，我看他早有龌龊的心思，否则何必这么上心？为你奔波操劳，你真以为他是什么光明磊落的好人？不过是一个比一个肮脏……”

苏答僵住，一股凉意从脚底蹿上来，胸口起伏着，脑子里一片“嗡嗡”声。

她触电般回神，用力推他：“你滚！滚——”

蒋诚铎说得更加起劲：“你嫌我恶心，你妈呢？她周旋在男人之间，跟我爸、跟我小叔纠缠不清！她又是什么下贱东西？”

“你闭嘴，你给我滚！”苏答不想再听下去，膝击他的腹部，猛地推开他，“滚——”

蒋诚铎没站稳，退开几步。

苏答冲他怒吼完，脸色苍白，脚步踉跄地扑到门边，开门冲了出去。

她直直地奔出宴会山庄，没有叫车，沿着长长的山路疯狂地往下走，什么都没法儿想，什么都看不清。

喉咙好热，她感觉心像被压瘪了，难受得快要死掉了。

苏答不知走了多久，天黑下来，开始下雨。

包里的手机响了好多次，她一个电话都没接。

山上的宴会还没结束，雨越下越大，视线已经模糊不清，苏答怔怔地停下，站在雨中慌神儿。

蒋家为什么收留她？因为好心？

蒋奉林为什么对她这么疼爱？

她妈和蒋家又是什么样的关系？

到底什么才是真的？

一直以来，母亲是苏答心里潜藏的最后一份温暖。

她们在一起的时间很短，苏答对她的印象早就模糊了，只记得她总是不开心。可是仅有的那些时光里，她对苏答真的很温柔。

而蒋奉林是她精神世界的建立者，她对亲情所有的概念，都来自他。

她不敢去想了。

豆大的雨滴打在身上，不仅冷而且疼，但都比不上她此刻心里的痛苦。

苏答抹了抹脸，雨水很快又淌下来，包里的手机再度响起。

对着屏幕上那串没备注的号码看了好久，在来电结束响铃前，她呆滞地接通。

“你在哪儿？”

他低沉的声音一如既往地好听。

苏答忽然很想哭。

“我在……”

“你那边雨声很大，你在淋雨？”

苏答抿唇，唇上、脸上都湿漉漉的。

许久，她“嗯”了一声，眼泪淌下来，和雨水混在一起。

她忍不住哭出了声。

在这寒意侵人的雨夜，她站在盘山公路上，被漫天的悲伤和无助包围。

“贺原，你来接我好不好？”

贺原在山道上接到了苏答。

她浑身湿透，被雨打得眼睛都睁不开，不知道淋了多久。

她身上淌下的水把车座弄湿了，贺原毫不在意，吩咐司机把空调温度开到最高，拧着眉把外套脱下给她披上。

苏答眼皮红肿，靠着座椅闭口不言，满脸都是疲惫。

车上虽然开了暖风，但她还是打起了寒战。

贺原怕她受凉，一到地下车库就立刻牵她下车。苏答没有挣扎，极其顺从。

到她公寓门口，他问：“记得密码吗？”

苏答脸冻得有些发白，没有回答，反应迟钝地输入一串数字。

她这般模样，贺原放心不下，让她找出衣服去浴室洗热水澡，自己坐在沙发上守着。

苏答进去没多久，浴室里就传来“咚”的一声。

贺原刚点了根烟，迅速掐灭，一个箭步冲到浴室门前，敲了几下门发现无人响应，眉头一皱，用力将门撞开。

浴室里的花洒还开着热水，苏答全身湿透，倒在地上。

贺原将她抱回卧室，顾不上自己也被淋湿了，先给她换了一身干净的睡袍，马上打电话让徐霖叫来女医生。

苏答发烧了，身体烫得吓人，整个人迷迷糊糊的，半梦半醒间一直在说胡话。

医生来检查过后，开了一些药。

她烧得神志不清，张不开嘴。他只得用水化开药，抱起她让她靠在自己怀里，一勺一勺慢慢地喂，足足半个小时才喂完那一小碗药。

喂完药，贺原在她床边守着。

她睡得不太舒服，时不时惊悸，像是做了噩梦。

他原本坐在床沿上，渐渐躺到被子上，再后来将她连人带被子抱进怀里耐心地安抚，直到后半夜，苏答的情况总算好了些。

贺原和衣抱着她，不知道什么时候闭上的眼，渐渐地躺进被子里，就这么凑合睡了一夜。

第二日，苏答出了一身汗，烧退了一半。

她一睁眼，入目的就是贺原的下颌线。

贺原早就醒了，单手抱着她，另一手拿着手机似乎在看什么东西，察觉她醒来，低头对上她混沌又疲惫的眼睛，放下手机："醒了？"

他抬手在她额头上摸了一下，感觉温度没那么高了，表情缓和了几分。

苏答还是怔怔的，贺原起身下床，对她道："你先洗漱，我给你拿吃的。”

他已经洗漱过了，徐霖也来过一趟，粥都在厨房里煨着，就等她醒。

苏答缓缓从床上坐起，发现身上的衣服被换了，自己只穿着一身睡袍，里面什么都没穿。

这里只有贺原，想来衣服是他换的。

她对着安静的房间好半天没动。

空气中，属于她的味道里混进了他的味道，二者纠缠不清。

前一晚的事情慢慢地在脑海中浮现，苏答想起前因后果，眉眼间闪过郁色，再度消沉下来。

蒋诚铎受刺激后提起的陈年旧事，偏偏和她的两个至亲之人有关。

苏答脑子里乱糟糟一片，不愿意再去想这件事，掀开被子下地，去浴室洗漱，不顾自己尚在病中，用冷水冲了把脸。

贺原端着早餐进来了。苏答刚洗漱完就被他摁回被窝儿里，靠坐在床头吃东西。

想起昨晚自己在山路上哭，他赶来接她，她声音略微沙哑地问：“你陪了我一晚上？”

贺原瞥她一眼：“嗯。快吃吧。”

没多说什么，他将手里已经搅拌了一会儿的白粥推到她面前。

他准备的食物都是清淡的，一点儿油腻辛辣的东西都没有，是完完全全的病号餐。

贺原担心她没有好彻底：“你昨晚发烧了，等会儿再吃一次药。”

苏答默默地看了他几眼。

他坐在床边，眉眼温和，全然看不出在外处事果决、手腕狠厉的样子，那双漆黑的眼睛淡泊而平静，看向她时再平和不过。

贺原察觉她的目光，问：“怎么了？”

她摇摇头，拿起勺子，小口小口地吃粥。

苏答没问衣服的事，反倒是他主动说道：“你的衣服是我换的，换下来的衣服已经让人送去洗了。”

咀嚼的动作停了一下，她“哦”了一声。

他们曾经肌肤相亲，再亲近不过，她从头到脚没有哪里是他没看过的，索性不在这个话题上多纠结。

苏答喝了半碗粥，没胃口了：“不喝了。”

贺原没勉强她。

她坐在床头，看他端起托盘，起身前用指腹替她擦了一下嘴角。

他走到门口时，苏答忽然叫他：“贺原。”

贺原停下回头：“怎么？”

苏答却又沉默下来，几秒后说：“没事。”

他什么都没问，从昨晚回来到现在，没有问她为什么难过、为什么哭，只是小心仔细地照顾她，将她破碎的心一片一片地捡起来粘好，保护周全。

苏答看着他走出去，他的脚步声轻得几乎听不到，就连关门的声音都很轻。

吃完早饭，苏答又吃了一次药。没多久，药劲儿和困意上来，她又睡了一会儿。

等她醒来时，公寓里静悄悄的。苏答以为贺原已经走了，下床出去一看，见他正坐在客厅里处理正事。

不知是什么时候他让人送来了文件，茶几上堆了好些。他开着电脑，严肃正经的脸在回头看到她的瞬间浮起温和之色。

现在时间接近傍晚。

“饿不饿？”贺原放下手中的工作，“想吃什么，我给你煮点儿汤？”

苏答沉默了一下，缓缓点头。

见她答应，贺原没再管手边那些东西，起身：“你去休息一会儿，汤好了我叫你。”

苏答还是跟他到了厨房。

他提前让人送了食材，打算自己下厨。大概考虑到她在生病，他做的都是比较清淡的东西，准备得也少。

苏答从来没见过他做饭，出去喝了杯温水的工夫，回来就见他在厨房里对着一包作料面露难色。

“怎么了？”她嗓音暗哑，带着点儿病气。

贺原对上她的眼神，少见地为难：“我在想先放哪个。”

苏答说：“汤料包和鸭肉一起放进锅里就可以了，不用分顺序。”

贺原没有怀疑，照她说的将东西尽数放入汤锅，马上又让她去休息：“你躺一会儿，别站着。”

苏答看他做饭十分不熟练，想帮忙，但拗不过他，只好走开。

她一边朝卧室走，一边回头看。

那个高大的身影在厨房里忙碌，就好像本来就该在那里一样。

入夜，苏答又开始发烧了。贺原想叫医生来，被她摇头制止：“吃药就行了。”

吃完药稍做休息，她躺下睡着了，仍像昨晚一样，睡得不太安稳。

贺原陪在她身边。

中途她醒来一次，他坐在床边问：“哪里难受？”

她摇摇头，觉得喉咙痛，没说话。

贺原伸手摸了摸她的脸，和额头一样，很烫。

苏答正感觉难受，下意识地朝着凉意靠近。

她像是醒了又像是没醒，眼神恍惚，看向贺原的模样困顿不已。

贺原注视着她，掌心下的皮肤细嫩，只是静静地贴着他也能感觉到热意。

她贴着他的手掌，很轻很轻地蹭了一下，又闭上眼。

这一刻，她是这样脆弱又安心地依赖着他。

心里好像有什么地方开始生起熟悉的、久违的充实感，贺原垂下眼，手贴在她的脸颊上，很久都没移开。

苏答睡着以后，贺原就回楼上换衣服洗漱。等她睁眼，他必定又在公寓里。

他就这么陪了她两天。

这天吃过午饭，苏答又睡下了，她的病差不多好了，除了骨头缝里还透出一点儿疲乏，体温已经正常，应该很快就会没事。

公司有个会议需要贺原回去。他想和苏答说，但见她睡得香，估算了一下时间，觉得可以在她醒来之前赶回来，便没有叫醒她。

贺原开完会第一时间往回赶，尽管车开得快，抵达苏答的公寓时已经是傍晚，一进屋就见苏答光着脚坐在窗前，身边是空了的红酒瓶。

她闻声回头看，脸颊酡红，放在一旁的酒杯还没喝干净。

她已经开始喝第二瓶红酒了。

看见贺原，苏答动作有一瞬间的停顿。

今天睡醒以后没看见他，她以为他走了。此刻，他突然又出现在她眼前。

她没问他怎么知道大门密码——那天她当着他的面输了一遍，

他大概记住了。

贺原的视线在她身上打量，眼里闪过一丝不赞同的神色：“怎么不穿鞋？”

他从玄关进来，翻出一双棉拖鞋，走到她身前蹲下。

苏答转过身来，还是坐在飘窗的窗台上，目光从他的眉眼落到鼻尖上。

贺原握起她的脚踝，动作轻柔地给她穿鞋，像是怕把她碰碎，细致又温柔。

他不在的这几个小时里，她面对空旷的公寓，只觉得世界安静得可怕。

以前从来不觉得独处难熬，不知是因为生病还是因为别的，她忽然变得格外敏感。

脚踝处传来温热的触感，她轻声道：“贺原。”

贺原抬眸看向她。

苏答没说话，缓慢地朝他伸出手。

她有点儿醉了，眼神蒙眬，宛若孩童一般伸手索要他的怀抱。

贺原只顿了一秒，随后便将她抱起。

拥抱的感觉让人安心，苏答抓着他胸前的衣襟，额头在他怀里蹭了蹭，叹息般地说：“我想休息。”

她身上的酒气清清淡淡的，并不难闻，给她平添了一分柔弱。

贺原“嗯”了一声，抱她回卧室，将她放到床上，她却不松手。

贺原怕压到她，不敢放松力道，紧绷着身体低下头。

她晕晕乎乎地紧盯着他：“贺原。”

“嗯？”

只说了这一句，她看着他再无下文，只用手钩着他的脖颈。

贺原靠近一些，手臂撑在她身侧。她在他胸膛下依旧不语。久到他以为她睡着了，她却突然红了眼眶。

贺原蹙了下眉，不住地抚摩她的发顶。

她闭起眼，眼泪顺着眼角滑落，一滴一滴地淌进枕头里。

他低头亲吻她的眼角，很轻地亲她脸上的水迹。

好半晌，她睁开眼，长睫被沾湿，眼里水盈盈的。

他和她四目相对，有什么东西在无声间蔓延开来，将房间充盈。

贺原垂下眸子，先亲了亲她的脸颊，再是唇角，最后覆上她的双唇。

苏答怔怔地缓慢闭上眼迎接他的唇舌，一点儿一点儿地抱紧他。

她好像喝醉了，又仿佛很清醒，眩晕中，亲吻变得深入而热烈。

窗台边的窗帘温柔地摇晃，在炽热的风中，就这么持续了一整夜。

苏答浑身酸软地醒来，一睁开眼就发现自己躺在贺原怀里，他的体温没有丝毫阻挡地源源不断地传来。

她愣了一下，前一夜的事霎时涌进脑海。

苏答想动又不敢，怕吵醒他。

以前他们也有过这样的时候，只是时间过了太久，她一时有些不习惯。

尽管她没动，贺原却像是有所感应，下一秒便睁开了眼睛，迷蒙的眼神不过瞬息就变得清明。

苏答更加不自在了，避开他的视线，想往后拉开些距离，可一动，薄被下两人的肌肤摩擦，不自在的感觉越发明显。

贺原看出她不自在，顿了几秒，什么都没说，率先起身穿衣服，把被子留给她，顺势帮她掖好被角。

抬眼间瞥见他健硕结实的胸膛和小腹，苏答连忙垂眸，没再多看。

这顿早饭两人吃得格外安静。

贺原不时望向桌子对面，苏答换上了宽松的长袖长裤睡衣，脖颈和衣领下露出点点痕迹。

昨晚有些没轻重，他尽力克制了，但还是有些控制不住。

他一时没说话，默默地往她碗里夹菜。

苏答烧退了，酒劲儿也退了，浑浑噩噩地过了两三天，脑子终于清明，现在略微有些不自在。

昨晚发生的事情在脑海里浮现，她脑仁生疼，像是直到这个时候宿醉才开始发作，一下子也不知道该说什么好，面对他夹来的菜，只能沉默地接受。

饭毕，苏答忍不住问："你不用忙吗？"

贺原瞥她一眼，说："还早。"

苏答还想说什么，又觉得多说像是要赶他走，想了想干脆闭嘴。

她其实有点儿恍惚。自己和他已经走到了这一步，退后不了，可若要往前一步，她又迈不动脚。

贺原没忘她那天在山道上的模样，这几天顾虑她的身体一直没提，现下她状态好了，便稍稍斟酌，问出口："你回蒋家那天，发生了什么？"

苏答面露犹豫之色，没有立刻回答。

他等了片刻，没有强迫她，把一杯倒好的温水放在她面前："不想说就算了。"

苏答目光落在温热的杯身上，轻轻垂眸，过了一会儿低声说："我去参加蒋沁的订婚宴，蒋诚铎说了一些以前的事，和上一辈有关。"

她点到为止，没有细说。

贺原见她实在不愿意讲，就此打住这个话题。

公司还有事，贺原待她量过体温，确认她没什么大碍，这才离开。

苏答待在公寓里没出门，把这两天收到的微信消息一一回复完，看了会儿书，给阳台上的盆栽浇了一次水，继续休养。

晚饭时间，贺原风尘仆仆地赶回来。

“头还热吗？”

苏答听见他的声音趿着拖鞋从卧室里出来，迎面对上他关切的话语和视线，那一丝细微的别扭感霎时间消弭。

她说：“不热了。”

徐霖送来晚餐，菜品多样。

看着满满一桌吃的，苏答皱眉：“怎么点这么多？”

贺原说：“你这两天吃得清淡，怕你没胃口。”

她确实不大爱喝白粥，除了他炖的汤多喝了几碗，这两天吃东西几乎每次都能剩下大半。

苏答自己没放在心上，他却注意到了，连她吃多吃少都记得。

心里微动，她坐下用餐，一顿饭吃得慢腾腾的。饭后挪去客厅，贺原照常给她倒了杯温水。

“昨天……”他皱了皱眉，沉吟片刻，终于提到重点。

苏答刚端起杯子，听见这两个字，差点儿呛到。

他停下话头：“怎么喝得这么急？”

苏答接过他递来的纸巾擦嘴，躲开他的视线，有点儿想逃避：“昨天的事，是因为我病得不太清醒。”

她说话十分婉转小心，带着细微的逃避责任的意思。贺原听出来了，意味不明地重复：“病得不清醒？”

苏答喉咙动了动，“嗯”了一声。

贺原有一会儿没说话。

不知怎么，被他打量，苏答忽然有一种心虚的感觉，就好像做了什么亏心事一般。

“昨天发生的事情不少，你指的是哪一桩？”贺原不咸不淡地开口，“是喝醉酒，还是扑进我怀里，抑或是跟我——”

苏答脸上闪过一丝羞窘，没让他说下去，打断道：“大家都是成年人了。”

“所以？”

她神色尴尬：“昨天是我不对，我喝多了。”

苏答缩在沙发一角，没了前阵子和他针尖儿对麦芒儿的气势。

失意低落的时候缠着人家，病好了神志清醒后又划清界限，这做派怎么想都像是十足的“负心汉”。她本身不是特别占理，再加上生病的这几天被他悉心照顾，那种依赖心理留有残余，气势难免就比平时弱了许多。

但苏答还是忍不住为自己辩解：“但是，你也不亏……”

“不亏？”贺原唇角一勾，像是气笑了，眼神一沉，道，“我亏大了。”

苏答闻言望向他，目光略带诧异，与他对视后，又没什么底气地移开眼。

贺原在旁冷冷地睇她：“我那么卖力，现在你跟我说翻篇儿就要翻篇儿。你不舒服吗？还是我表现得不好？”

他问得露骨，苏答想还嘴一时却不知该说什么，耳朵莫名泛起了热意。

身体是最诚实的。她很久不曾和人亲热，昨晚确实舒服到了极致，更何况后来缠着他不放的好像是她。

贺原看着她的神色，知道她想起了什么，目光落到她露出的脖颈和锁骨上，眸色不由得深了几分。

这几年他沉浸在工作里，行程排得满满当当，再没有碰过女人。

他们本来就很熟悉对方的身体，她主动起来，他自然也就没把持住，忍了这么久，一晚上发泄了个痛快。

他本来还担心她哭得那么凶，今天醒了要闹脾气，结果脾气倒是没闹，想的却是和他撇清关系。

贺原看着那张脸，一下子不知该从哪里生气。

没等他再说什么，突然有电话打进来。瞥她一眼，贺原走到阳台前接电话。

苏答暗暗松了口气。

公司有事，贺原在电话里交代一番后挂断电话，走回沙发前垂眸看着她，一只手插在口袋里。

苏答小心防备，像是怕他会对她做什么。

贺原无言几秒，好看的眉眼神情淡淡，他叹气："你不用担心，我等会儿上去睡。"

听见他的话，苏答飞快地朝他看了一眼，表情明显放松。

她"哦"了一声："那你上去吧。"

贺原不急不忙地坐下，一边喝水一边盯着她，好半晌才喝完那杯水。

而苏答在这片沉默中被他看得发毛，动也不敢动。

今天是讨论不出个所以然来的，贺原也不想逼她，喝完水就干脆利落地起身。

她觉得别扭，他不留下就是。

"走了。"贺原伸手在她头上轻轻揉了一下，动作快得她没反应过来，以至根本来不及躲。

他走到玄关，停下步子，微微侧过头用余光朝她瞥了一眼。

苏答抱着抱枕正在看他，猝不及防地对上他的视线，佯装无事地转头看向阳台外。

直至关门声落下，室内恢复安静，苏答这才抱着抱枕转回头，对着他离开的方向看了好久，不知在想什么。

不知不觉间，苏答和贺原的相处方式起了变化。

她对他的出现多了些默许的成分，而他开始越发频繁地出入她的公寓。

每天下班，他必定会到她这儿来陪她吃晚饭，再坐上一会儿。

大门的密码她没改，有好几次对着密码屏，手已经抬起来，犹豫半天还是作罢。贺原也就得以堂而皇之地出入她的住所，简直快把她家当成自己家。

一连过了一个多星期，苏答情绪平复得差不多，已经不再去想那天的事。

蒋诚铎说的话，她不想相信又辨不清真假，索性压在心里，假装自己从来没有听过。

苏答开始考虑接下来的工作安排，这天傍晚，家里却来了客人。

高康上门的时候，她和贺原刚吃完饭，应她的要求，贺原把给她倒的热水改成了奶茶。

徐霖隔三岔五地在朋友圈转发的那些哄女孩儿的技巧，贺原不是没点开过。他知道喝奶茶易发胖，虽然对那些乱七八糟的文章不屑一顾，也对徐霖过于明显的行为略有不满，到她跟前还是会拿来卖弄。

贺原把冲好的奶茶往她面前一放，够温柔够细致，但实在怕她喝多，忍了忍，还是说：“大晚上喝奶茶容易发胖，你少喝点儿。”

苏答眼一瞪，有点儿难以置信：“你说我胖？”

贺原愣了一下，解释：“我不是那个意思。”

她当然不胖，腰肢纤细得不盈一握，肉都长在该长的地方，抱起来手感尤其好。她气质虽然清淡，但五官生得美艳，身材也当得起一句妖娆曼妙。

没有哪个男人不喜欢这种女人，他更是对她爱不释手。

“那你让我少喝点儿？”

“我只是说容易发胖……”

苏答坐直身子，像是要就这个话题和他好好探讨探讨，还没开始，门铃就响了。

贺原没有哪一刻这么庆幸他和苏答的相处时间被打断，立刻开门将高康迎进来。

高康跟在蒋奉林身边多年，自蒋奉林离世以后，已经许久不曾出来走动。甫一见他，苏答愣了两秒，随即起身相迎。

“高康叔。”

高康轻声问候：“小姐。”

苏答对他突然上门感到奇怪：“您怎么来了？”

“我听说您前些日子出席了蒋沁小姐的订婚宴。”

高康远离蒋家，不代表对蒋家的事一无所知。他还在打理蒋奉林留下的住宅，前两天回了趟蒋家，从其他办事的人嘴里听说苏答在订婚宴开始前头也不回地匆匆离开，似乎是和蒋诚铎闹了不愉快，于是他便来了。

苏答听他提起那天的事，表情僵硬了些。

她不想回忆蒋诚铎说的那些话。

“您有什么事，不妨直说。”

高康问：“我想问问，您和小蒋先生聊了什么，或者说，他是否说了什么？”

他语气意味深长，话里有话，苏答不会听不出来。

其中肯定有什么隐秘，不然他不会特意问蒋诚铎和她聊了什么，也不会只是听闻她和蒋诚铎闹了不愉快，便像是猜到了什么一般匆匆赶来。

苏答没办法不多想。

贺原见她脸色不太好，适时地道："你们去书房聊，这里东西多，不方便坐。"

苏答看他一眼，知道他这是主动给他们找谈话空间。

关系到她母亲和蒋奉林的声誉的事，不管怎样都不可以大声嚷嚷，苏答没拒绝，将高康请进了书房。

苏答和高康在书房里聊了很久，半个钟头以后，高康才出来。

不见苏答出来，贺原眉头轻蹙，从沙发上起身。

高康冲贺原颔首："小姐在里面，我就先告辞了。"

他不再多说，很快离开。

来时他似乎带了点儿东西，走的时候没拿，贺原顾不上问，去敲书房门，敲了几下，里面传来低低的应答声。

"进。"

贺原开门一看，苏答站在窗前背对着门的方向，捧着一本厚厚的本子。

他走到她身边，没看那笔记本上的内容，只问："怎么了？"

苏答抬起头，鼻尖泛红，眼里也是红红的一片。她抿着唇角，用力地笑了一下，下一秒，两行眼泪"唰"地淌下来。

这段时间，她哭得太多了。

苏答用手背抹泪，可是那眼泪越抹越多。她也不知道自己是在哭还是在笑。

贺原微微皱眉，伸手将她拥进怀里。

她僵了一下，没有挣扎，放松紧绷的身体靠着贺原，良久，一边哭一边说："我不该不相信他。"

贺原一开始不知道她说的是谁，后来渐渐听出来，她是在说养大她的那个人——蒋奉林。

苏答很少掉眼泪，和贺原分手的时候都没怎么哭，此刻却像个犯了错的小孩子，哭得声音发哑。

"他什么都帮我想好了，怕我联姻，帮我离开蒋家，送我出国；临终前还怕我无依无靠，千挑万选给我准备靠得住的婚事……连我会被人挑唆，会多想会怀疑他也考虑到了……他知道我会不相信他……"

他对她毫无保留，她却没有百分之百地信任他。

苏答深深地吸了口气，喉头灼热。

"不会再有人比他更爱我了。"

贺原顿了顿，手抚上她的背，声音和力道一样放得很轻，像是宽慰，又像是保证。

"会有的。"

以后会有人比蒋奉林更爱你，现在也是。

当贫穷和美貌这两个条件一起出现在一个人身上的时候，常常会造就其坎坷的人生。这一点在苏答母亲的身上得到了完美体现。

苏答的母亲自小家境贫苦，差点儿辍学，成为被蒋家资助的贫困生之一以后才能够继续完成学业。

作为品学兼优的学生，她时常拿奖学金，上大学后不久就不再需要蒋家伸出援手了。

原本她受了蒋家的恩，学成后很有可能会成为蒋家公司的一分子以回报这份资助，但偏偏和蒋诚铎的父亲牵扯上了。

蒋老爷子一生只有两个儿子，一个是小儿子蒋奉林，另一个便是这位蒋家大哥。

蒋家大哥并非不出众，然而有珠玉在前，从小被弟弟的光芒掩盖，名声、才气都远远不及弟弟，家族的厚望也不在他身上，行事为人便多了几分浪荡。

他对苏答的母亲有意，但苏答的母亲一直谨守分寸，和他保持距离。他听从家里的安排结婚后本来收敛了不少，和妻子的感情马马虎虎，然而天意弄人，在一次喝醉酒后竟强暴了苏答的母亲。

苏答的母亲从小受蒋家资助——因为这份恩情，她痛哭后没有追究，仓皇离开了这座城市，躲避他的纠缠。在另一座城市她好不容易开始新的生活，有了爱人，有了孩子。

然而天不遂人愿，孩子还没出生，她的丈夫在一场意外中离世了。

苏答的母亲病倒，不仅身体，精神也受到重创。

而蒋诚铎的父亲再次找上门。

后面的事情蒋奉林没有在信里说得太详细，不知蒋诚铎的父亲用了什么手段，总之，苏答的母亲又回到这座城市，在他的照顾下，成了一只关在笼中的雀，日渐颓靡。

蒋奉林和苏答的母亲本也相识，他知道大哥的所作所为，也劝过大哥强扭的瓜不甜，奈何大哥听不进去。

蒋奉林后来偶尔会照拂苏答的母亲一二，不过是因为他看见了她在其后的日子里，因产后抑郁精神一年差过一年，心中不忍。

她的状态时好时坏。坏的时候她自杀求死，但都被及时拦下；好的时候，因为挂念着女儿，放心不下，又不忍离去，于是就这样反反复复地活了好几年。

最后，在某一次和蒋诚铎的父亲争吵后的第二天，苏答的母亲自杀离世。

她一死，蒋诚铎的父亲仅存于表面的婚姻也维持不住了。

他病了一场后，和妻子办完离婚手续，一拍两散，没两年也病逝了。

最后便是蒋奉林把苏答接回蒋家，养在自己身边。

至于蒋奉林对苏答母亲的感情，他在日记里承认，有欣赏也有怜悯，还有一些说不清的成分，但这些东西没来得及播种生根，也就没有开始。

斯人已逝，那些感情烟消云散，更不必再提起。

贺原用冷水浸湿一块毛巾给苏答敷眼睛，肿消下来，她脸上哭过的痕迹渐渐淡去。

上一辈人的事，他大致明白了，但并不发表意见，只做安静的听众，陪她消释这一时的难过和烦闷。

苏答对长辈的事也没太多想法，她母亲一生坎坷蹉跎，被迫卷入别人的家庭，最后以生命为代价结束了一切，而蒋奉林更是问心无愧。

只要清楚这些，她就没有什么承受不住的。

前一阵的痛苦消散，取而代之的是郁闷，苏答感念蒋奉林的好，絮絮地念叨了很久。

贺原换了温毛巾给她擦脸，见她情绪平复下来，眉头微挑，只说："担心你无依无靠，千挑万选给你决定终身大事，就选出来个裴颂？"

苏答用微红的眼瞪他，不满地道："裴颂怎么了？"

贺原似笑非笑，扯了下嘴角，什么都没说，不以为然的意思却是丝毫不加掩饰。

苏答忍不住为裴颂说话："人家裴颂离开家去国外打拼，事业全靠自己，为人温和又有礼貌，还没有半点儿恶习，哪里不好？"

裴颂曾经有个妹妹。早年他在外求学，父母闹离婚，他妹妹才十几岁，两个大人把病得不省人事的小姑娘扔在家里，去民政局办手续。

他妹妹高烧至昏迷，几个小时后才被赶来当值的阿姨发现，送到医院时已经引发了严重的脑内炎症，大脑损伤得不轻，在医院治疗了好久，最后还是因为断断续续的并发症没挺过一年。

他的父母争吵了几年，反倒重新和好过起了日子。

裴颂自从妹妹去世就离开家再没回去过，和父母的关系降至冰点，若不是因为他外祖母，今年还不一定会回来。

苏答并不是觉得裴颂有多么适合做自己的丈夫，只是这是蒋奉林挑的人，对她来说，蒋奉林选的人自然是好得不能再好，难免要争辩几句。

贺原知道她对蒋奉林的盲目信任无法改变，淡淡地嗤笑一声，不跟她争。

她的奶茶已经凉了，贺原重新帮她冲了一杯。苏答记起先前他让她少喝奶茶的事，重新挑刺儿："你不是说我胖吗？"

贺原手一顿，镇定应对："我是说这种东西喝了容易长肉，你们女孩子不是在意这个？我提醒你一句而已。"

不等她回答，他马上道："不过你倒是没关系，长肉有长肉的好处。"

他的视线不经意地扫过她的胸前，在这样的夜里，带着一种说不清的暧昧。

苏答微赧，不再继续这个话题。

贺原顿了顿，有点儿不放心：“你刚才哭了这么久，晚上……”

“晚上会睡得好。”苏答接过话，略显别扭地说，“我感觉有点儿困了。”

贺原睨她一眼，知道她还在防着他，扯了下唇角，懒得跟她计较：“知道了，我上去。你早点儿休息。”

如前几日一样，他缓慢地起身，并没有强行留下。

高康来过以后，贺原变得有些忙。

他不出现正好，苏答压下纷杂的思绪，每天把自己关在家里画画，一坐就是一上午，中午草草吃口饭，下午继续画。

夜景图画到收尾处，佟贝贝见她许久没出门，和她聊起最近的八卦消息。

苏答听她说了才知道，蒋家近来情况不大好。

“薛谭雅的事你没听说？”

苏答不明所以：“没有。”

佟贝贝很是惊讶，道：“她在外面包了个小白脸儿，去开房时被人拍下来了，照片传得到处都是，闹得动静不小。

“本来这样的情况不少，感情不和的夫妻哪个不是各玩儿各的，但那都是人家关起门来的事，她这个事被人捅到明面上就有点儿难看了。

“我认识的那些太太、小姐私下都在聊，不知道她得罪了谁，被这么修理。

“而且她从薛家接手的那个小公司状况不太好，得力的年轻员工还有岁数不大的高管现在都被传跟她有私情，好几个都离职了。”

苏答听得愣了几秒，问：“蒋诚铎什么反应？”

佟贝贝“啧”了一声：“他哪儿顾得上这个？蒋家生意上的麻烦

一桩接一桩，你哥……不对，蒋诚铎忙得焦头烂额。我听认识的人说，蒋家的好几个项目都出了岔子，他估计有的头痛了，每天连饭都不怎么吃。”

她又道：“反正薛谭雅现在被蒋家关在家里不让出去，薛家自知理亏，也不敢说什么，没有一个出来给薛谭雅撑腰。”

佟贝贝把近来蒋家的情况跟她详细地说了，苏答听完坐着出神，泡的茶转凉了都没想到喝。

这是谁的手笔，她不用猜就知道。

那天高康来拜访，她哭完以后，跟贺原说了上一辈人的纠葛，自然包括在蒋沁订婚宴上，蒋诚铎说的那些疯话——那是事情的起因。

蒋家受挫，必定是背后有人使绊子，能教蒋家吃亏，这么大的能耐，哪儿是平常人能有的？能做到这些的只有那些蒋家都难以企及的存在。

贺原忙了这么几天，终于在今天晚饭的时候来了。

苏答趁机问起佟贝贝跟她说的事。

贺原没隐瞒，脸上淡淡的，口吻很平静：“不至于要蒋家倒大霉，只是让蒋诚铎长点儿教训，你不用担心。”

她对蒋家那些人没有感情，但无论如何蒋奉林都曾经是蒋家的一分子，他心里有数。

苏答动了动唇，最后“嗯”了一声，低声说：“差不多就行了。”

说完话她又有点儿别扭——他是在给她出气，那么，她是以什么样的身份在接受？

想到他们现在尴尬的关系，和她一直不愿意去面对的问题，苏答忽然没了胃口。

苏答在家休息的时间够长了，黄可灵重新开始给苏答安排工作。她连着参加了一次艺术展和一个讲座，裴颂忽然找她，说是要她帮个忙。

“对方的新宅子留了几面墙用来作画，执意要请个画家来完成。我朋友也是受托找到我，我只好找你来了。”

新买的豪宅，墙上不要设计师设计，而要画家作画，画好了之后拓印上去，这么有闲暇又讲究，果然是有钱人的做派。

苏答不在意报酬是否丰厚。裴颂开了口，她自不会推托，一口应下。

裴颂谢过她，随后没正形地调侃：“你和贺先生怎么样了？”

她装傻：“什么怎么样？”

“听你这语气，看来是不怎么样了。想来也是，他那么讨人嫌，你八成看不上。”裴颂顺着她的话开玩笑，“既然他不怎么样，那你不如考虑考虑我，怎么样？”

“你也不怎么样。”苏答嗤笑一声，不想和他谈这些有的没的，岔开话题闲聊几句就没和他多说。

挂了电话，苏答看了眼屏幕，因裴颂的话想起贺原那张脸。

他是有点儿讨嫌，但……

他给她穿鞋，给她洗脸，给她端早餐忙前忙后的样子在她脑海中一一闪过。

苏答抿了下唇，收起手机。

还好吧，有的时候，他也没那么讨厌。

几百平方米的大宅子，前面带院子，草坪开阔得可以赛狗，后面还有泳池和喷泉池，另外还有空中花园……有钱人的生活从每个细节都透出“奢侈”两个字。

苏答如今凭自己也能赚得不少，但比起金字塔顶层的人，多少还是有差距的。

下了车，被领进宅子里，苏答一路上不动声色地打量，将整座宅子的装修风格看在眼里，对主人的喜好已然有了初步认识。

到会客室落座后，用人奉茶上来，苏答端坐着颔首道谢。

她品了几口茶，长廊里传来脚步声，知道是主人家来了，便放下茶盏，起身以示礼貌。

礼貌的笑容拿捏得分毫不差，一抬眼，苏答却愣了一下，随后马上反应过来："您好。"

来人眼里闪过意外之色："是你？"

苏答冲她笑笑。

来人正是苏答逛商场时见过的骆女士，当时和贺骐在一起。

骆女士也记得苏答："你就是他们请来的画家？"

苏答点头："是我。"

骆女士笑道："那真是巧了。"

可不是巧？她出于朋友情谊接的单，结果遇上贺原的妈妈。

苏答想到进门时一路上看见的豪宅景致和自己的内心活动，后知后觉——

她差点儿忘了，贺原也是个万恶的有钱人。

第十五章　在一起

骆女士坐下，用人给她奉上热茶。

她本该聊聊对画的喜好和想要的风格，结果话题一转，变成了唠家常。

她向苏答介绍了自己的名字——骆菁。

骆菁笑着道："那天我还说请你来家里坐坐，你非说和贺骐只是普通朋友，拒绝了我。现在这样也能碰上，看看，这说明我们还是有缘。

"我最近新得了一些好茶，贺骐最喜欢喝茶，可惜今天他不在，不然可以一起尝尝。

"你看到外面那片被围起来的地方了吧？贺骐说在那儿帮我弄个茶园，种不了茶叶，但没事可以坐坐、泡泡茶什么的，比在室内好得多。"

骆菁笑吟吟地说着，对她印象十分不错，然而三句话不离贺骐。

苏答莫名觉得别扭，心里不太舒服，耐着性子听了一会儿，把话题扯回画上。

骆菁一脸不好意思："瞧我，一说起闲话就没完没了。其实不拘什么风格，你看着画就行，只要合适就好。"

关于画的事没聊多久，用人来报说先生回来了。

苏答以为是骆菁的丈夫回来了，收敛神色，不承想来的是贺骐。

骆菁才提到他不久他就来了，真是说曹操曹操到。

苏答看着骆菁高兴地起身相迎，跟着站起来，嘴唇轻抿，神色并无波动，依旧淡淡的。

贺骐瞧见苏答很是意外。骆菁给他解释："我想着廊上那面墙画幅画好看些，就让人去安排，没承想来的竟然是这位苏小姐，你说巧不巧？"她一边说，一边招呼他坐下，"快坐快坐，我泡了你喜欢的茶叶，你尝尝。"

言毕，她扬声让用人赶紧上茶。

贺骐陪她坐下，看向苏答："苏小姐，好久不见。"

苏答淡笑："贺先生。"

骆菁和他聊天儿，话更多了。

苏答本想先离开，正要开口，被骆菁突然响起的电话铃声打断。大概是哪家的太太打来的电话，骆菁连忙起身去应付，让他们两人先聊。

她一走，厅里霎时间安静下来。

贺骐带着歉意对苏答笑道："抱歉，我婶婶就是这样，有时候太过热情，别见怪。"

苏答眉头微挑："想来我是沾了贺先生的光。"

贺骐道："其实也不尽然，也有倪棠的缘故。"

见她抬眼，他解释："我婶婶不喜欢倪棠，总担心我会和她复合，动不动就催我成家，一看到我身边有什么年轻的女孩儿就忍不住想撮合。上次在商场的时候她可能是误会了。”

他道：“尤其前阵子倪棠事业不顺，求我帮忙，我于心不忍顺手帮了她一把。我婶婶知道以后，不高兴了好久。”

倪棠那一阵事业回春，黄可灵说她背后有推手，原来是他。

但他对倪棠好像又不是旧情复燃。

苏答听出贺骐话里对倪棠的不以为意，但还是没对别人的事多嘴。

贺骐朝她看过来：“说起来，我更没想到的是，贺原对你竟然这么上心。”

倪棠设计礼服的事情不是他促成的，但后续那些事他有所耳闻——贺原都请程远洲的叔叔出面了，他哪儿会不知？

贺骐喝了口茶，缓缓道：“当初倪棠和我就要在一起了，后来却和贺原走得近，大学里的同学都把这件事当作谈资。”

他自嘲地笑了一下，很快收敛：“这次倪棠回国，贺原对她好像不冷不热的，态度淡了很多，估计也是腻了，觉得无聊吧。”

他说着，问苏答：“你和他怎么样？”

苏答眼里的光轻微地闪了一下，他话里有话，声音莫名刺耳。

她拧了下眉，含糊地道：“就那样。”

下一秒，她反问：“你和你婶婶关系很好？”

贺骐没否认，还让她不要介意：“婶婶有失礼的地方还请见谅。”

他语气自然地说起贺原的母亲，仿佛比亲儿子还亲。

苏答压下心里那股不适感。

面前这个人也算是艺术圈的人。

她看过他写的画作鉴赏的文章，点评得挺到位，对作品有自己的见解。他是懂得欣赏艺术的，以往遇到这种人，苏答总是能和对方一见如故。

但苏答此刻对着他，却生不出丁点儿好感，说不上原因，就是有些气闷。

贺骐犹自不觉，饶有兴趣地和她说着婶婶的趣事，像骆菁方才一样，跟她聊起外面那块可以喝茶的地方。

“我婶婶就是这样，我其实只是随口一说，她就当真了。她看着我长大……”

苏答把这些话听在耳中，也不知道自己在想什么，脱口而出道：“那贺原呢？”

贺骐愣了一下，一脸微诧。

苏答反应过来自己莽撞了，缓慢地呼出一口气：“不好意思，冒犯了。”

她垂着眸，岔开这个话题。

苏答买了很多食材拎回公寓，洗了很久。

天色渐晚，她手里不停，偶尔分神看向窗外，直至听到门口传来开门的声响，悬着的那颗心才落回原处。

贺原见她在做饭，很意外：“怎么不等我？我让徐霖送饭来就是。”

“自己做也是一样的。”苏答道，“你休息吧，再过一个小时就能吃饭了。”

贺原感觉她的语气和平时不一样，但没多说，解了领带随手搭在沙发扶手上，没坐下，走进厨房想帮忙。

苏答嫌他手生：“你帮不上忙，快出去。”

贺原只好站在门边看。

汤锅里熬着汤，炒菜锅里在炖菜，暂时没什么要做的，苏答站着看锅，厨房里只有饭菜的香味和升腾的热气。

安静两秒，她故意不看他，不自在地开口：“等会儿炒个虾，还有你喜欢的芥蓝。”

贺原“嗯”了一声，觉得她像是有话要说，刚想问，就听她忽地问道：“你没怎么吃过家常菜？”

他朝她看，说“是”。

这件事他之前随口提过一次。

“从小到大一直都这样？”

“嗯。”他问，“怎么？”

苏答说：“没怎么。”就是今天见到骆菁和贺骐，她有点儿不舒服。

她亲人缘薄，和蒋家人并不亲近，但是从小到大，蒋奉林的疼爱弥补了她在亲情上的缺失。

蒋奉林身体恶化前的那些年，她都过得很幸福。

然而骆菁三句话不离贺骐，她待了一个多小时，没听到骆菁提起贺原一句。贺骐对此也习以为常，好像这是天经地义的一般。

骆菁是贺原的妈妈，可她和侄子的关系比和儿子还好。

贺原也几乎从不提起他家里的事。

苏答想起几年前贺骐和她说的，十岁时屋子着火，差点儿被烧死的那件事。

像贺骐一样，贺家人大概觉得那场火是贺原所放的。她没有参与的事情，无法打包票，无法拍着胸脯替他辩解。

站在“客观”的立场上，自己似乎应该和其他人一起抨击贺原才对，但她突然发觉自己好像没办法这样做。

苏答握着锅铲叹了口气。

贺原看了她一会儿，问：“你见了谁吗？”

贺原这样敏锐，苏答想说不是，话到嘴边又停住，沉默了一会儿，最后还是老实告知："裴颂的朋友托他找个画家给新房子的墙画画，我今天去了。"

她停顿一下，声音低下来："那位太太姓骆，我正好见过，之前逛商场的时候碰见贺骐和她在一起。"

空气安静了一刹那。

贺原脸上看不出什么，仍然一派平静。

苏答怕他不高兴，转头朝他看了一眼。

他没生气，沉默几秒，换了个站姿，"哦"了一声："我从小和她就不怎么亲。"

苏答难得听他提起自己的事，问："为什么？"

"我七八岁以前，我爸妈和大伯父大伯母都在国外拓展市场，偶尔才回来。我妈从我一生下来，就把我留在国内，但贺骐的母亲舍不得他，一直把他带在身边。后来我那个大伯母病了几年，身体不是很好，结果就经常是我妈在照顾贺骐。贺骐差不多是我爸妈一手抚养长大的。"

他语气中没什么情绪，像是在说别人的事。

"后来我爸妈回国，感情已经变得很差，一年到头没什么话说，平时都把我交给保姆照看。"

贺原一脸平静："贺骐是家里长子，大伯父、大伯母还有我父母都对他寄予厚望。我小时候脾气不好，性格强势，凡事不肯让步，经常跟他起冲突，次数多了他们总觉得我会跟他抢东西，对我就不怎么热络了。"

人都会同情弱势的那一方，且在本就偏向的情况下，这种心理更甚。

苏答听得微愣："他们……"

"他们想得没错，我确实会跟他抢东西，也确实抢到手了。他们希望贺氏能交到贺骐手里。”

贺原扯了下唇角。

“但现在，”他神情淡漠，眼里却有几分傲气，“贺氏是我的。”

贺氏的主要命脉，如今全在他手里。贺骐能够触碰的那点儿东西，不过是从他指缝里漏下的万分之一。

贺原静静地站在那儿，眼里满是对贺家人的轻蔑之色。

这个人就是这样，丝毫不需要别人的怜悯和同情，对于想要的东西，他会自己去取。

他高傲且不可一世，因为他有这个资本。

贺原又说：“我爷爷不管这些，谁有本事就谁上，他一向乐得看我们竞争。”

他抿了下唇，说到这儿莫名地想抽烟。

苏答听他说得轻描淡写，知道事实上肯定没有那么容易。

他没有提那场火灾的事情。

看贺骐和骆菁的态度，他在成长起来之前是什么样的处境，她不难想象。

如今他一个人把想要的东西一并握在手中，贺家的其他人，包括他的父母、堂兄通通都要避开他的锋芒，无人能够撼动他的地位。

走到这一步，他不知道吃了多少苦。

苏答心里很不是滋味——不需要怜悯和同情，有手腕和能力，不代表他该遭受冷落和诽谤。

苏答不想再聊这个影响他的情绪，玩笑地岔开话题：“这样啊。我今天看骆女士的宅子又大又漂亮，还觉得大开眼界。这样看来，她的宅子跟你的完全没有可比性了？”

贺原睨她：“你喜欢大宅子？房子太大了，一个人住显得太过安静，很冷清。”所以他总是住在名下各处公寓里。

他道："不过有花园和游泳池确实比较方便。我的宅子不少，有几个地段不错，还有温泉，晚上没人的时候可以一起泡。你要是喜欢，随时可以搬进去。"

"……"什么叫她喜欢随时可以搬？

苏答听他渐渐偏离话题，清了下嗓子，赶他出去："菜好像要烧干了……行了，你到外面去坐着，不要吵我。"

贺原被她赶回客厅，坐下没多久，听见厨房里传来轻呼声，立刻又起身过去。

"怎么了？"

苏答用纸巾捂着出血的手指："不小心切了条口子，没事。"

贺原眼神一沉，迈步入内："切到手了？"

苏答说："没事，不深。"

她不以为意，拿着手指要伸到水下冲。

贺原见状拉着她到客厅，让她坐下，找出医药箱，止血，消毒，包扎，用白色薄纱布细细地将她的手指缠起来。

苏答想笑他大惊小怪，瞥见他脸上郑重的表情，话到嘴边忽然停住，说不出口。

他眉目低垂，鼻梁高挺，微蹙着眉心，再认真不过。

贺原将她的手指缠了一圈又一圈，抬眸见她看着自己发愣，问："怎么，弄疼了？"

苏答回过神，摇头，轻轻扯了扯唇角："没有。"

他又低下头，不放心地将系结的地方又处理了一番。

喉头动了动，苏答忽然很想问他：你会一直这样对我好吗？

但她知道自己不能问，也不应该问。

将那句话咽回去，苏答垂下眼眸，一言不发。

有的东西，一旦说出口，就再也不一样了。

转眼又过去半月有余，冬天的氛围越渐浓厚。佟贝贝想来苏答公寓吃火锅，约了裴颂，奈何后者事情多，到年关公司太忙，抽不开身，她只好自己一个人过来。

菜都是挑现成的买的，直接在手机上下单，她前脚刚到，后脚食材和锅底也到了。

苏答厨房里备有火锅，是贺原让徐霖送来的，换下了佟贝贝带来的点外卖送的那个。

佟贝贝撑着桌沿，看苏答煮汤底："你这锅好精致啊。"

苏答闻言笑笑。

贺原样样都讲究，吃个火锅恨不得把店都搬回家里。

佟贝贝的厨艺不精，有苏答在用不上她帮忙。于是苏答准备食材，她便一个人在公寓里转悠，看看这儿，摸摸那儿。

逛了一会儿，她察觉出不对劲来。

"你这儿怎么有烟灰缸？"她记得苏答不抽烟。

苏答愣了一下回头，瞧见柜子上放的那个墨蓝色的半透明烟灰缸。

贺原抽烟——烟灰缸是他添的。他知道她不喜欢烟味，每次都很克制地只抽两口就掐灭。

苏答还没想好怎么回答，佟贝贝又注意到了玄关："刚才我进来时就觉得奇怪，这个是男式拖鞋吧？"

苏答家不常有客人，上次佟贝贝和裴颂来，两个人穿的都是粉色的女式拖鞋。

苏答一时哑然，这也是贺原添的。

"你的杯子怎么也是一对的？"佟贝贝绕了一圈，小跑回到苏答面前，狐疑地道，"你是不是谈恋爱了？"

火锅冒着热气，苏答对上她充满探究欲的双眼，半晌没说话。

多出来的东西都是贺原用的。除了在这里过夜，他对其他东西添添减减，她都睁一只眼闭一只眼。

苏答一时被佟贝贝问住，突然不知道怎么回答，好半天后清了清嗓子，说："没有。"

"这还没有？"佟贝贝不信，"我可是过来人，你别想蒙我。东西成双成对，一个人的公寓里多出了另一个人的痕迹，这分明就是谈恋爱了。"

"……"

佟贝贝追着她问："你男朋友是谁啊？发展到哪一步了？什么时候带来给我见见？"

贺原的脸在脑海中一闪而过，苏答被她吵得心里有点儿乱，躲开她的视线，伸手在她肩头一摁让她坐下，逃避这个话题："锅好了，坐下吃东西。"

佟贝贝絮叨个不停，苏答就是不接茬儿。见她油盐不进，佟贝贝只得无奈地作罢，这件事终于翻篇儿。

吃完火锅，佟贝贝帮苏答收拾了东西。

苏答擦干净桌子，忽然觉得胃里难受，一阵恶心感上涌，冲到厕所里干哕了半天。

佟贝贝跟到厕所门前，担心地问："没事吧？"

苏答摇头，让她别进来，过了一会儿平复下来，起身洗手洗脸。

"最近胃不大好。"

苏答舒了口气，这阵子吐了好几次，是该找个空去医院看看了。

佟贝贝站在门边，看着她的眼神渐渐不对，冷不丁地来了一句："你该不会是怀孕了吧？"

苏答愣住，扭头看去，佟贝贝犹疑的视线缓缓地落到她的肚子上。

她第一反应是不可能，刚想回复，忽地想到什么，扬起的嘴角霎时一僵。

佟贝贝这一问，苏答的心悬了起来。

吃完火锅送走佟贝贝，苏答立刻在楼下药店买了验孕棒。等待结果的时候，她手心出了一层汗。

直到看清两条红色的横杠，她愣在当场，再也宽慰不了自己。

什么吃坏肚子，什么胃不好，都是假的，最大的可能就是如同验孕棒显示的结果一样——她怀孕了。

苏答心里乱糟糟一片。

她见过骆菁后本来就不太想继续接这个活儿，这下干脆推掉，待在家里哪儿都不去。

还没有想好要不要把这件事告诉贺原，苏答犹豫不决。

隔天，贺原下了班特意提早赶回来陪她吃饭，察觉她的状态有些不对。

苏答心神不宁，脸色也不大好。贺原担心她哪里不舒服，见她倒水都会站在原地发怔，从她背后走过去扶了一下。她被吓得一颤，好像他是洪水猛兽一般，慌忙抽回手走开。

贺原眉头轻皱："你怎么了？"

苏答捧着杯子小口地喝水，避开他的视线："没什么。"

贺原想问，但见她神色躲闪，话到嘴边，忍住了。

这几天，她孕吐的症状越来越严重，好在贺原来的时候不怎么想吐，让她可以少紧张一会儿。

苏答挑了个天气晴朗的日子独自前往医院，一通检查下来，又等了几个小时拿到报告，整个人都是浑浑噩噩的。

她刚到家，佟贝贝就打来电话问："检查结果出来了吗？怎么样？”

苏答沉默。

那边问：“真有了？”

她长长地吐了口气：“嗯。”

佟贝贝本来想去陪她，听她说“不用”才作罢，沉默了一会儿，问：“孩子是贺原的？”

佟贝贝一早就这么猜了，但苏答一直回避这个问题，现在事情已成定局，“孩子他爸是谁”这个问题又被摆到了台面上。

苏答一时没说话，许久后才很轻地应了一声。

听她这般语气，佟贝贝一下子也不知该说什么好。

他俩这纠葛，真是没完没了了。

佟贝贝叹了口气：“你打算什么时候告诉他？”

“我还没想好。”苏答停顿几秒，又说，“我不太想告诉他。”

“不想告诉他？他也有知情权吧？”佟贝贝惊讶了一瞬，“还是说你怕他不肯要？”

“不是。”苏答倒不怕这个，自己又不是养不起孩子。

“那为什么？”

苏答也形容不了自己的心情：“说不清。”

她和贺原之间的感情纠葛还没理清，突然来了个孩子，本就纠结的局面一下变得更加混乱了。

这对她来说是个意外，对贺原来说何尝不是？

他才三十岁，想要承担这份责任吗？

即使他愿意，对这种意外产生的结果，接受起来总是让人不那么情愿。

如果现在她和他为了孩子走到一起，将来有一天他们之间有人反悔，又该由谁来承受后果？

佟贝贝经常看小说，乱七八糟的想法一大堆，听苏答这么说，语气立刻紧张起来："你别是想带着孩子跑路吧？"

苏答一噎："你胡说八道什么？"

佟贝贝嘟囔："你说你不想告诉他的嘛，那肚子里这个孩子怎么办？你别说你不想要。"她语气强硬起来，"我不管，你这段时间可得跟我保持联系，万一哪天你收拾东西不见了，你们倒是虐身又虐心像是言情小说里的男女主角，我们这些朋友可得为你操心死。"

苏答让佟贝贝别瞎想。她情绪不高，实在没什么聊天儿的兴致，简单说了几句就挂了电话。

她拿起检查报告又看了两遍，不知道是不是因为确定了肚子里有个孩子，疲惫的感觉比之前更明显。

早上出门的时候吃得很饱，现在又饿得难受，苏答懒得煮东西，从冰箱里找了个面包果腹，回房躺下。

这一觉睡下去，昏昏沉沉，睁眼时苏答都不知道自己睡了多久，侧头看向窗外，窗帘挡住了外面的光，不知道现在是什么时候了。

她翻出手机一看，已经快傍晚了。

手机上有两个贺原的未接电话。

苏答神志清醒了一些，掀开被子下床，拿着手机走到客厅，正想给他回个电话，转头瞥见客厅沙发上坐着的身影，吓得一愣。

贺原脱了西装外套放在一旁，墨蓝色的领带垂在前襟正中，肩膀线条平整，白衬衫扣得一丝不苟，其下的肌肉不夸张但又很结实，整个人透出一股浓烈的荷尔蒙气息，那张俊气冷然的脸庞阴沉似水，眉头微微拧起，正看着手里那份检查报告。

他今天没什么事，提早回来，见她在睡觉就没吵醒她，结果就发现了她扔在桌上的东西。

贺原缓缓抬头看向她，捏着报告问："这个，你怎么没跟我说？”

客厅里安静极了。

苏答坐在沙发的角落里，那份检查报告被放在茶几上。

贺原想抽烟，又想起她不能闻烟味，拿烟的动作停住。

他问：“什么时候查的？”

“今天。”

“上午？”

“嗯。”

“为什么不告诉我，自己一个人去？”

苏答抿了下唇：“不确定，我只是想去检查看看。”

贺原眼神深邃：“什么时候感觉到的？”

苏答被他盯得不自在，微微偏头，声音低了几分：“前阵子。”

贺原在她身边坐下，看她几秒，问：“有没有哪里难受？想吃什么？”说着他想到什么，眉头一皱，“我再让医生来一趟。”

苏答拽了拽他，很快收回手。

他这样的架势，让她很不习惯。

她道：“你先冷静一下。”

贺原顿了顿，收敛神色，重新坐定。

苏答斟酌片刻，缓缓地道：“我有话想跟你说。”

“你说。”

“这个孩子……”她放低声音，“是个意外，你不用有负担。”

贺原眼神一沉，眉头蹙了一下。

苏答掰了掰手指，继续道：“现在保姆和月嫂很多，照顾的人不难找，还有佟贝贝和裴颂，他们都会帮忙。我的工作也方便照顾孩子，等过阵子胚胎稳定了我就回国外去。将来我一个人照顾孩子应该——"

贺原听得太阳穴猛跳，忍不住打断她："你知不知道你在说什么？"

她说了这么多，没有半句和他有关。

他语气不由得重了几分："一个人把孩子生下来，这就是你的打算？"

苏答瞥他一眼，不讲话了。

贺原将她的身子扳过来，让她直视自己："我呢？"

他眉眼结霜，低声说："我以为这么久了，你至少会考虑一下我。"

"谈恋爱和过日子是不一样的，"苏答喉咙动了动，呼出一口热气，"我们连恋爱都谈不好，遑论更进一步。"

贺原不悦地道："谁说不好？我觉得挺好。"

每天他下班回来都可以看到她的身影，他的外套她总是接得很顺手，两人比在一起的那一年相处得还自然。

她会挑剔他的领带不好看，会陪他选烟灰缸的颜色。

她有时也防备他，就是不喜欢他留下过夜。

她也不喜欢他抽烟，他便故意含了烟去亲她，她躲都躲不及，每次都神色惊惶。

虽然她没有完全敞开心扉接纳他，但已经在习惯、在接受他们之间的这份亲昵了。

贺原在外向来雷厉风行。生意场云谲波诡，每天他都要驾驶着贺氏这条船在布满暗礁的航线上探索前路，真的很累。

只有在她这儿，他的心才能安定下来。

他已经在为两人的未来做打算，谁承想，如今意外之喜从天而降，苏答却想将他摒弃在外。

他放软了语气，尽量温和地问：“这段时间你过得不开心吗？”

苏答说不出话。

以前在蒋家寄人篱下，后来在国外颠沛流离，除了蒋奉林在的时候，她再没有比这段日子过得更轻松的时候了。

她什么都不需要想，闲时坐下画画，他在公司忙碌，会记得给她发消息。即使一个人待着，她也不觉得孤独。

傍晚太阳下山，他风尘仆仆地回来，会让徐霖买不同的晚餐，变着法子让她吃得开心。

有时她有空就自己下厨，他帮不上忙，也会寸步不离地在门边看着。

他们就像一对齿轮，终于磨合完毕，开始准确地咬合，稳定地工作。

贺原见她不语，沉默好久，喉结动了几动，再开口，声音无比低沉压抑：“苏答，你不能这样。”

苏答眼角略微泛酸，忍着心里那股怅然的感觉，沉默着不看他。

客厅里就这么静了好一会儿，贺原垂着眸，忽地说：“我到现在都记得我们第一次见面的时候。”

苏答瞥他，没开口。下一秒，他又道：“不是你上高中那会儿。”

她一愣。

“不是？”苏答微微坐直身体，“我们什么时候还见过？”

这回换贺原不说话了。

苏答还欲再问，忽觉胃里一阵难受，脸色一变，起身朝厕所冲去。

贺原见状也变了脸色，跟在她身后。

这是苏答第一次在贺原面前孕吐。

她脸色白得厉害，贺原陪在她身边眉头直皱，没心思再说别的了。

托孕吐的福，对话就此中断。

苏答平复下来后还记着他说的那句话，还想再问，贺原却不肯说了。她一问，他就和她谈将来。

苏答只能悻悻地放弃这个话题。

贺原让徐霖送了晚饭，都是适合孕妇吃的清淡滋补的东西。他还顺势让徐霖把楼上公寓的东西简单收拾出来搬到楼下。

徐霖先是一惊，随后满眼都写着“老板终于成功了真不容易”，看得苏答更加无语。

然而贺原打定主意住在这里，她赶也赶不走。

贺原这人霸道得紧，不仅睡她的床，盖她的被子，还要抱着她。

苏答试过反抗：“这样不太舒服。”

他岿然不动：“这样能睡得更好。”

苏答根本不信他的鬼话。

然而他的手在她的肚子上隔着衣服轻轻抚摩，一下又一下，极其轻柔，不满意的话她最终还是没能说出口。

每天晚上贺原都抱着她睡，顾忌她怀孕不能做别的，有时会亲她，亲脸颊，亲脖颈，追着她亲到彼此都呼吸不过来。

他不太懂得浅尝辄止，然后还要掰着她的脸，逼她正视他的眼睛，视线直白灼热，不给她半点儿逃避的空间。

苏答只有被他纠缠得晕头转向的份儿。总是还没来得及说什么，他又亲下来，深入热情，让她无处可逃。

就这么过了一阵子，苏答开始习惯他的存在。

贺原安排好医生，带她去做了一次检查，胎儿各方面状况都很好，只是关于结婚和将来这些话题，她仍然避而不谈。

贺原不想逼她，暂时将此事搁置不提。

佟贝贝来看过她两次，苏答的肚子大得慢，好不容易凸起来一点儿，被宽松的衣服一遮，完全看不出来。

贺原一心一意地陪她，太久没有出席社交场合。程远洲久不见人，来电约他出去吃饭。

他的朋友们都在，电话里吵吵闹闹的，他本不想去，他们非说他不去就找上门来。

贺原懒得纠缠，应下以后又不放心苏答，干脆带她一块儿去。

苏答这阵子不知是不是休息得好，容光焕发，不用化妆，皮肤比剥了壳的鸡蛋还嫩。

一群朋友看贺原带了个又娇又艳的女伴，美得出挑，不由得多看了几眼，又见他那做派，像是恨不得把人揣在怀里，越发觉得稀奇。

大家坐下聊了一会儿，程远洲打量苏答："这位好像有点儿面熟……？"

苏答说："几年前在香江宴所见过。"

前几年的事程远洲早就不记得了，但贺原身边的女人稀有得跟大熊猫似的，故而他对她多少有那么一些印象。

他想了一下，记起来了："哦，是那时候的那位苏小姐。"

他恍然大悟，随即表情里多了几分玩味。

几年了，贺原身体里的细胞都快完全代谢了一轮，身边的人还是这个人。

在座众人都不是傻子，咂摸出贺原和她之间不同寻常的关系，态度便郑重多了，不似对朋友身边一般的女伴那样随意。

贺原怕他们吵到苏答，来之前特意嘱咐他们要清静的地方。

这会儿菜还没上，几个人先开了酒。

"来来来，"程远洲说着，要和苏答喝一杯，"我敬苏小姐一杯。

这可是好酒，味道好得很。”

贺原拦下他：“她不喝酒。”

“不喝酒？喝一点儿，就一点儿，不怕什么。”

贺原面色不改，意思很明显。

他这么护着她，程远洲也不好再劝，悻悻作罢，那种太阳打西边出来的感觉却更重了。

贺原根本不在意他们或玩味或探究的打趣目光。

服务生端上水果，他挑苏答喜欢吃的，剥了皮喂到她嘴边。

苏答吃了几口，说：“有点儿渴。”

贺原马上让服务生倒水：“一杯冷的，一杯热的。”

等两杯水端来，他让人把水兑成温的，不烫也不凉，亲手端给她，看得一桌人两眼发直。

程远洲和贺原聊起最近的一个项目，苏答边在旁边听着，边剥了个澳洲橘。贺原回头见她手弄脏了，抽了张纸巾，一根一根手指地给她擦干净。

说着话的程远洲瞧见他这个举动，差点儿咬到舌头。

贺原一边看他，分明听得认真，一边却握着苏答纤细嫩白的手给人擦手指。程远洲哪儿还讲得下去？

好半天，苏答有电话要接，和贺原说了声：“我出去接电话。”

贺原点头，叮嘱：“别走远。”

苏答离开后，程远洲终于忍不住问：“你怎么回事？”

贺原瞥他：“什么怎么回事？”

程远洲“啧”了一声：“要不要这么亲昵？没见你这么在意过哪个女人。你这是老房子着火，一点着就一发不可收拾了？”

他一副被酸倒牙的模样。

贺原不跟他多说，语气不咸不淡：“你不懂。”

程远洲是不懂，没等他说话，另一个人忽地道：“哎，她是不是上回周弘看上的那个？”

一屋子人齐齐地朝贺原看去。

贺原抬眸扫向对面说话的男人，眼神微沉。

气氛一时有些尴尬。

大家都是说得上话的朋友，交情也还行，开口那位被他盯着，无奈地一笑：“不是吧？贺原你就这么护着人家，说一句都不行？”

贺原淡淡地收了目光，拿起杯子喝水，冷冷地回答那人先前的话：“周弘看上是他的事——他也就只能看看。”

贺原“宣示主权”的意思不要太明显。

从没看过贺原这副做派的程远洲来劲了，“嘿”了一声：“你那宝贝一点儿酒都不喝？那我让人送点儿果酒进来，喝两杯果酒总行吧？”

贺原和他的关系比和别人更亲近一些，知道他喜欢和别人反着来，别人越是拦着他越是起劲。

瞥他一眼，贺原松口：“要喝我陪你喝，她真的不能喝。”

程远洲正要说不行，随即就听贺原道：“你别招她，她怀孕了。”

苏答接完电话回到包间门口，正要推门，忽地听见里面传来程远洲惊诧的声音。

“真的假的？怀孕了？！”

她开门的动作一顿，下一秒，她听见程远洲感叹地道：“我说你这么捧在手心怕化了，原来是因为这个……等一下！等一下！”

苏答微微把门推开一条缝。

程远洲因为激动，音量并未加以控制，追问：“这是什么情况？她是不是要借孕逼婚？那些想借孩子生事的女人你见得还少吗？要打发这些人还不容易，你怎么也——”

苏答喉头微干，抿了抿唇，手从门把上收回，正要去院子里吹吹风，刚转身，程远洲的话就被打断了。

“你弄错了。”

贺原的声音并不大，却清晰地从包间里面传出来。

“她没逼我，是我逼她。”

他一字一顿，认真地解释着：“她不想结婚，想结婚的是我。”

在包间外听见的那些话，苏答权当不知，等他们换了话题以后才进去，什么都没说。

或许是贺原说的话起了作用，程远洲没有再闹着要她喝酒，态度也变得客客气气。

饭毕两人回到公寓，一切如旧，唯一不同的大概就是苏答发呆的次数开始增多。

因她怀孕，贺原经常留在公寓里办公，有时见她靠坐在床头看书，看着看着就停住，有时见她端着水，喝了两口便不知在想什么。他问她，她回过神，又只说“没事”。

那天聚会后，苏答怀孕的事就传开了。

蔺阳没多久也听到了消息，打来电话支支吾吾地问他。

贺原听得烦，直接答“是”。

蔺阳愣了一会儿，“哦”了两声，转而说起生日会的事，不知怎么有点儿磕巴。

年关将至，天气渐渐变冷，他本就准备邀请贺原来他的生日会，这会儿沉默片刻，说：“你带苏答一起来吧。”

苏答和蔺阳有过节儿，贺原没有立时应下，只道：“再看吧。”

蔺阳不由自主地又回到先前的话题：“她怀……你们打算怎

么办？”

他问的自然是苏答肚子里的孩子，还有他们的关系。

“什么怎么办？”贺原口吻平淡，“这不是你该操心的事。”

“我只是关心你……”蔺阳停了一下，问，“哥，她会生下来吗？”

“不然呢？”

“你想要孩子吗？如果不想要……”

贺原眉头皱了一下，语气冷了两分：“这些乱七八糟的话你以后别说，”他暗含警告地道，“尤其不要在苏答面前说。”

蔺阳沉默了半晌，道：“你们——”

贺原道：“她以后是你嫂子，你做事要有分寸。”

蔺阳还没说完的话霎时止住。

贺原懒得再聊：“就这样。生日会的事我考虑考虑，不一定去。”

蔺阳回过神，连忙叫住他：“哥，哥！你们打算结婚了？”

“该知道的时候你总会知道，少问。”

贺原不留情面地挂断电话。

他倒是想结婚。

贺原眉间闪过一丝不悦，被蔺阳几句话勾起烦躁感，撂下工作，起身去问苏答的意思。

她肯定没什么兴趣给蔺阳庆生，但又天天念叨不出门好无聊，或许会想出去走动走动。

苏答怀孕这件事，蔺阳知道以后愣了好久。

之前他就看出来，她和他哥之间的气氛有种说不上来的感觉，但又想，可能是因为他们以前在一起过，毕竟是旧情人，当然不同。

有好长一段时间，他想起苏答，心情都有点儿复杂，尤其是上次她送他去医院之后。

他总忍不住回忆当年同窗时的事，想着想着，就又想起那天她救他时凶巴巴且不耐烦的表情。

她肯定很烦他，他知道。

其实他很想和苏答聊聊。他也不晓得要聊什么，就是觉得他们之间有话没有说开。

高中那年，苏答转学到他们班上。

那天他记得很清楚，自己在课桌底下玩儿手机，旁边的男生突然用胳膊肘儿碰他，说："你看。"

他抬头看过去，就见讲台上站着一个眉眼艳丽、气质沉静的女生。

班上的男生很少有不在背后聊她的。她那会儿还没完全长开，不如现在艳光四射，像蒙了一层薄纱，但已经很吸引人的目光了。

他面上不以为然，心里却也认可她的好看。

后来和他一起玩儿的人里，有个女生和她闹别扭，他们自然是帮"自己人"，在日渐加深的矛盾之下，就那么和她闹得不可开交。

他妈常说他欠揍，几个表哥里，和他关系比较好的贺原也常常用一种"你有完没完"的眼神看他。

蔺阳现在想想，自己当时或许真的很可恶。

苏答越不搭理他们，他们越来劲。明明开始没他什么事，最后他反而成了针对她的主力。

于是所有的矛盾，最终造就了同学生日会上那场架。

手上当时留下的疤早就没痕迹了，可近来蔺阳有时挽起袖子看，总觉得被她咬过的地方还有痛感。

他就这么没头没脑地烦了一阵子，没想到回过神来就听说了她怀孕的消息。

蔺阳给贺原打电话，是询问也是探究。得到肯定的回复以后，他一晚都没吃什么东西，也不知道自己在不高兴什么，就是有点儿烦。

微信上狐朋狗友都在提前祝他生日快乐，说等开 party（派对）那天给他好好庆祝。

蔺阳没什么心情回复，打算去洗个澡，早点儿睡，从浴室里出来，却接到了倪棠的电话。

蔺阳和倪棠好久没联系了。上回她哭诉未果之后，又给他打了几次电话。他态度不温不火的，倪棠似乎感觉到他对她不再热情，渐渐便没再找他。

蔺阳打起精神接听，就听那边说了没几句，又转成了那种他熟悉的哀哀戚戚的语气。

倪棠柔声问："是我有哪里做得不好吗？你最近怎么都不找我了？"

蔺阳说："没有。只是我最近在公司学东西，没什么时间。"

这是实话。以前他读书留学，空闲时间一大把，现在每天都有一堆东西要学着处理，疲惫得很，玩乐的心思都淡了。

要不是正好赶上他的生日，那帮朋友说他最近太难约，他才不会搞什么 party。

"真的吗？我还以为是我哪里做得不好。"倪棠声音温柔，像松了一口气，又有两分惹人怜爱的小心翼翼，"蔺阳，我们认识这么多年了，我一直把你当自己弟弟看待。如果哪天我真的有什么做得不好的地方，让你不开心了，我希望你能跟我讲。"

蔺阳"嗯"了一声，嘴上答应，心里却不这么想。

人和人的相处方式很难永远不变，以前他们合得来，现在他却越来越觉得累。

她总是需要呵护，需要照顾，稍微有一点儿不对，就会露出一副哀戚的模样，让他充满负罪感。

他真的没有多余的精力再去应付她了。

这不是她的错，是他变了。

倪棠说了一会儿，话锋一转："过几天就是你的生日，我给你准备了礼物，你什么时候方便？我们见一面。如果不方便的话，我让人送过去给你也行。"

她又说起他工作的事，叮嘱他不要太累，不要太辛苦。几句话后，她又把话题转回蔺阳的生日："前几天遇见你的朋友，就是以前和你赛车的那个，要不是他说，我还不知道你今年准备庆祝。"她说到这儿，不提别的，只道，"你们玩儿得开心就好，记得别喝太多酒，你胃不好。"

蔺阳以前听这些话会觉得熨帖，现在却感觉她有些过界了。

他们毕竟是成年男女，她的过分关切模糊了他们之间的距离，他现在没有女朋友还好，将来要是有女朋友，不知会多麻烦。

她说话也总是这样，有什么都不直说，喜欢兜圈子。

蔺阳哪里听不出她是为他开 party 没通知她找来的，捏了捏眉心，无声地叹气，直接道："前段时间太忙，我忘了跟你说了。下周末我开生日 party，你有空吗？有的话就过来玩儿吧。"

果然，他这话一出，倪棠先是状似不好意思地说："我去方便吗？"然后没客气两句，她便应下了。

挂了电话，蔺阳感到一阵疲惫，把手机扔到一边，正要擦头发，铃声又响了。

他皱眉拿起手机，见是贺原打来的电话，眉头立刻展平："哥？"

"你生日那天我和苏答一起来。"电话那边说，"她正好想出去转转，你记得找个清静点儿的地方。”

蔺阳一愣，嘴角下意识地扬了一下，当即应“好”。

贺原吩咐两句，让他备点儿给孕妇喝的东西就没再聊。

蔺阳对着手机看了一会儿，想起什么，苦恼起来。

之前贺原没给他回复，他不知道苏答愿意来，加上刚刚自己又叫上了倪棠……

烦躁地叹了口气，蔺阳打定主意到时候好好看着，千万不能再让苏答和倪棠起冲突。

蔺阳生日当天，倪棠来得早，说是给他帮忙。

会场里几个包间的大门全部被打开，连成一整块宽阔的场地，一应东西都有工作人员事先准备好，其实根本不需要她帮什么忙。

倪棠便坐着陪他聊天儿。

她不喜欢苏答，蔺阳很早以前就察觉到了，想到苏答要来的事，趁机开口：“等会儿我哥会和苏答一起过来。你们聊不来，就尽量别碰面好了。”

他这话说得委婉，却仍教倪棠脸色一变。

“苏答？”倪棠嘴角微僵，“你和她关系这么好了？我都不知道。”

“不是我和她关系好。”蔺阳怕闹出什么事，干脆挑明，“她怀孕了，以后……”他顿了顿，声音沉了几分，“以后可能就是我嫂子了，我哥让我注意点儿。”

倪棠手一抖，水杯差点儿没拿稳。

见蔺阳看过来，倪棠极力掩饰，脸上的表情还是有些难看：“她怀孕了？是……”

“当然是我哥的。”

“当然”两个字，蔺阳说得有点儿重。

他皱了下眉，道："以前总把你和我哥凑作一对，是我瞎添乱。以后我们都别再提了。"

倪棠脸色有点儿发白，嘴角微僵，一边喝水一边强撑着笑了笑。

他们聊了一会儿，客人陆续抵达，贺原和苏答也到了。

苏答的脸美艳，并不显得妩媚，反而干净又柔和。她穿着宽松的厚衣服，脸上不施粉黛，头发柔顺地披在肩上，颇有种出水芙蓉的清丽感。

贺原瞥见倪棠，只当她和众多来客一样，视线扫过她后便平静地收回。

苏答这几天胃口大增，吃得多了，总觉得自己胖了。

贺原一进门就低声问："要不要吃什么？"

他怕她饿了却因为不想体重增长而忍着。

她是真的没长肉，除了肚子大了一点儿，其他地方还是瘦，连腰都依然纤细。

苏答摇摇头。

贺原半牵半扶着她到安静的小沙发上坐下。

他名声在外，蔺阳的朋友都不敢主动上前打扰。

忙着四处招呼朋友的蔺阳快步过来。他在外无法无天，在贺原面前乖得像只小猫。

视线落到苏答和以前略微不一样的腹部上，再看贺原小心的态度，他目光闪了闪，挤出笑容："哥。"

贺原抬头瞥他一眼，"嗯"了一声，没多说，顺手从果盘里挑出水果给苏答吃。

苏答最近喜欢吃酸的，尝了一口就嫌弃地皱眉，推开他的手："太甜了。"

"是吗？"贺原将水果送到自己嘴边咬了一口，确实味道甜腻，轻皱眉头道，“那不吃了。”

蔺阳不知为何突然觉得喉咙干涩，强行别开眼，叫来服务生：“弄点儿酸的水果来。”

苏答朝他看了看，没说什么。

他们两个相处和谐，别人很难融进去，蔺阳陪坐半天，插不上话，只觉得自己是个局外人。

他再也待不下去，和贺原说了声，像是逃跑一般，急匆匆地走开。

苏答吃完半盘水果，贺原陪她到庭院里逛了两圈。她现在肚子不大，有时着急起来跑跑跳跳，完全不像个孕妇，他不得不随时看着。

他们逛完回到厅里，程远洲家的几个弟弟来了，一群人闹着叫贺原过去。

走前他不放心：“你要不要跟我一起去？”

苏答懒得动弹：“你自己去吧，我不想去。”

贺原没有勉强她，再三叮嘱：“你在这儿坐着，哪儿都别去，等我回来。”

苏答懒懒地点头。答应得是快，然而等他真的走开，她没坐一会儿就觉得无聊了。

觉得茶几上的东西吃起来没味道，苏答喝了点儿水，起身出去透气。

她到庭院门口倚着，发了会儿呆看风景，身后传来脚步声，回头一看，是倪棠出来了。

她装作没看到倪棠，闻见倪棠身上的香水味有点儿不舒服，转身想走。

倪棠盯着她，开口就问："你怀孕了？"

苏答回眸。

倪棠自嘲地笑笑："你倒是好本事。现在他更是把你捧在手里，你想要什么都有了。"

苏答反问："你以为我想要什么？"

她眼神微寒，看得倪棠心里更不舒服。

回国后两人几次交锋，倪棠都吃了败仗，心头那股怨气积压已久。

方才贺原和苏答的相处她都看在眼里，一时控制不住情绪，道："你想要什么，自己不知道吗？"

倪棠轻笑："你真想和贺原撇清关系会撇清不了？怕是从一开始就没打算真的一刀两断吧？现在你不就重新回到了他的身边？"

苏答对倪棠和贺原的关系心存芥蒂，那是几年前的事。

和贺原分手的时候，苏答确实想过很多，但后来贺原不止一次地强调过，他和倪棠并没有什么感情。

这一点她是相信他的。

如果不是倪棠几次三番地在工作上给苏答使绊子，苏答真的没空理她。现下她这样一副愤懑的语气，让人听了想笑。

苏答勾了下唇："我和贺原的事好像跟你没有关系吧？你难道不是跟贺骐感情更好？我确实搞不懂，你到底有什么资格几次三番地对我和贺原的事情指手画脚。"

倪棠脸色一变："你……"

"我什么？"苏答眼皮微合，皱了下眉，"倪小姐还是走远一点儿吧，你身上香水味太重了，我闻着不舒服。"

倪棠看她这副模样，越发觉得她是故意恶心自己，心里来气，咬牙道："你现在这么得意，会不会为时过早？"

倪棠脸色阴沉地道："你别太高兴！贺原是什么样的人？你只不过是一时占了上风。你以为贺家有那么容易……"

她的声音太过聒噪，苏答听得不耐烦，正想走人，忽地觉得肚子不太舒服。

倪棠还在说着，见苏答没反击，刚想勾唇，就见苏答眉头紧皱，扶着墙一脸不适。

她愣了一下，不由得停住话音。

苏答已经转头喊人。

贺原和几个程家的人聊了一会儿，回到沙发边没看见苏答，正在找她，听见她的声音飞快赶来。

见她脸色不对，贺原搀住她的胳膊，眉头深锁："怎么了？"

他用余光朝倪棠一瞥，寒意森森。

蔺阳也闻声过来："怎么回事？"

倪棠咽了咽口水，低声道："我只是跟她聊了一会儿……"

苏答半倚在贺原怀里，脸微微发白："我肚子疼。"

贺原二话不说，打横抱起她，大步朝外走。

见蔺阳着急地要跟上，倪棠心里忐忑，拉住他："蔺阳！"

蔺阳回头看了她一眼，气不打一处来："我不是跟你说了，让你离苏答远一点儿？"

她们关系不好，她还往人家面前凑什么？！

倪棠解释："我真的什么都没做，我只是和她——"

"这些话你留着跟我哥解释吧！"蔺阳挣开她的手，匆匆追上去。

贺原把苏答送到医院，医生检查了一番没发现什么大问题。

他不放心，医生只好让苏答留院观察，等彻底查完再做决定。

蔺阳和倪棠前后脚儿赶到医院。

苏答在单人病房里休息，贺原没让两人进去，沉着脸出来，让蔺阳走开：“我有话和她说。”

蔺阳不敢反抗，老老实实地找地方避开。

倪棠被贺原盯着，心里慌乱，霎时间泪盈于睫：“贺原，我真的什么都没做，你相信我——”

“不管你有没有做什么，我只希望你以后离她远点儿。”贺原打断倪棠的话，语气冷淡至极，“她不喜欢你，你别往她面前凑，我不想她被你影响心情。”

有阵子倪棠事业受挫，找了他好多次，他都让徐霖挡了，现在是时候和她摊开说了：“以后不要再联系我。”

倪棠僵了一下，难以置信地道：“就……就因为她不喜欢我，你就要这样？我们认识这么多年了……”

贺原不为所动：“认识这么多年，你是什么人，我是什么人，大家不是都很清楚？”

他眼神淡漠，声音冰冷：“倪棠，我的容忍是有限度的。”

倪棠眼神闪了闪，豆大的眼泪立时掉下来，看着可怜极了。

贺原面无表情，眼里半点儿波澜都没有，语气比公事公办还冷淡：“以前买的那些你的画，我会让徐霖处理掉。”

他说：“我们两清。”

倪棠见他动真格的，顾不上擦眼泪：“你真的要做得这么绝？当初的事你都忘了吗？我脸上留的疤，到现在都还在。”

她语气哀切：“我也不求什么，你何必这样？”

贺原眼睫颤了下，淡淡地道：“当初的事是怎么样的，想必你心里清楚。”

她一愣。

“那天我和唐家小姐在庭院里说话，你为什么会出现，我没问，不代表我不知道。”贺原说的每个字都铿锵有力。

倪棠当时是自己跟去的。

贺原一开始是想给贺骐添堵的。

他知道贺骐追求倪棠就要追到手了。某次大学熟悉的校友聚在一起，倪棠也来了，在聚会上，他主动和倪棠说了两次话，表现得对她的画很有兴趣，倪棠便开始频频试图接触他。他一下子觉得无聊和烦躁，兴致缺缺地打消了添堵的念头，懒得再理会她和贺骐。

可倪棠不死心，逐渐和他身边的一些朋友混熟，有事没事就跑来找他。贺原对她一直很冷淡，学校里所谓的“撬墙脚”之说，全是无稽之谈。她转变态度对贺骐若即若离，完全是她自己的事。

那晚唐家小姐情绪失控地拿锐器刺他，倪棠扑上来推开他，帮他挡了一下，他才知道当晚她也在。

其实没有她突然冒出来的那一下，他自己也可以躲得开。再加上更早些时候，她和唐家小姐针锋相对，私下里互相使绊子，闹出了不少事，他不是完全没有听闻。

他并不需要也不想要她挡这一下，但不管怎么样，她受的伤是实打实的。念及这一点，他没跟她计较别的。

贺原冷冷地道：“我给你找了最好的医生，是你不肯按时擦药，本来可以全消掉的疤，却留下了一抹痕迹。这些年，你要我帮忙我也帮了，帮你经营、造势，我早就仁至义尽。”

“我……”

贺原不想听倪棠废话：“日后你的事和我再无关系。你要是再对苏答做什么，哪怕让她有一丁点儿不高兴，我都会断了你在这一行的路。”

他睨着她，语气平淡：“你不信的话，大可以试试。”

倪棠脸上青白交加，知道他说得出做得到。

贺原没再理她，冷淡地收回视线，转身走回病房。

倪棠下意识地向前一步，却不敢再叫他。

她僵在原地，看着贺原的身影离开视线，在这大冬天里，背后出了一层薄汗。

贺原这个人，心狠薄情，言出必行。

从今往后，她除了夹起尾巴做人，躲开他们，再没有别的办法。

病房里光线微弱。

苏答躺在床上，听见贺原进门的脚步声，在枕上微微侧头。

贺原搬了张凳子在床边坐下，握起苏答放在薄被上的手，沉默片刻，道："我和倪棠说清楚了，她以后不会再来烦你。"

苏答眨了下眼，没说话。

用指腹摩挲苏答的手指，他缓缓地说："我和她之间，没有任何不该有的关系。"

苏答说："我知道。"

这话贺原已经强调过很多遍，就是想说得更清楚、更明白一点儿，好完全打消她的怀疑。

"大学时年纪轻，不太稳重，做事比较冲动。"

贺原放低声音，将当年的事情娓娓道来。

"那会儿贺骐在追倪棠，我知道后，想过给他添堵。"贺原摸着苏答的手，顿了一下，"几个系的同学一起聚会，在聚会上我主动跟倪棠说了话……不过后来就真的没什么了。

"倪棠觉得我对她有意思，开始频繁地找我。我觉得烦，没再理会她和贺骐。后来倪棠不知怎么和我身边几个关系好的同学混熟了，反倒越来越常出现在我们周围。

“学校里传我撬贺骐的墙脚，都是假的。我跟倪棠说过我对她没兴趣。她自己不理贺骐，与我无关。”

说到这句时，他极力想撇清和倪棠的关系，语气难得地有几分别扭。

至于他随后说的唐裕姐姐的事，也和唐裕讲的分毫不差。

他说完，握着她手的力道微微加重。

苏答躺在床上“嗯”了一声。

“你还有没有什么想问我的？”他道。

病房里安静下来。

苏答沉默一会儿，语气很轻地问：“如果现在怀孕的是另外一个人，你是不是也会想要和她结婚？”苏答垂下眼，“是不是，也会对她这么好？”

贺原一顿，看向她。

她眉眼低垂，避开了他的视线。

贺原就这样看着她，良久，安静的病房里才响起他平和的声音。

“有些事情是没有如果的，苏答。”

苏答抬眸。床边的贺原握着她的手，喉咙动了动，并未看她。

“就像我们第一次遇见那天。”他的眼睛很轻很缓地眨了一下，“我有时候也会想，如果遇见的不是你，未来会不会就不一样。

“但事实是，我遇见的就是你。”

苏答听得愣怔。

上一次他说他们第一次见面不是她高中的时候。

见他又提起这个话题，她动了动，想坐起来，问：“你说的到底是什么时候？”

贺原没让她起来，和她对视时抿了下唇，心里无声地叹了口气。

和苏答在一起后，他也试探过，她是真的不记得那时的事了。

苏答对他的印象最早只到她上高中时。

他们第一次见面的时候她还小，好像也并不知道他是谁。过去这么多年，太过久远的事情她早就忘记了，他便没有提过。

“贺原？”苏答晃了晃他的手。

贺原捏着她的手指，轻声说：“第一次见是我十二岁左右，你还很小。”

她一愣。

“那天我去谁家参加聚会，大人都带着小孩儿，你是被蒋家的人带去的。我不认识你，你也不认识我。”贺原停了停，转而道，“我和贺骐的关系从小就不好。那年贺骐的房间着了一场火，门从外面被锁上了，他差点儿被烧死。”

苏答目光顿了一下。

她听贺骐说过这件事。

床边的人目光变得悠远，喉结缓慢滑动，语气很淡，听起来却莫名沉重：“所有人都觉得这件事跟我脱不了干系。”

当时的他才十岁。

“他们这么觉得也很正常。”贺原似是笑了一下，“我和贺骐从小争到大，总是找他麻烦……家里人都喜欢他，他从来都是文弱可怜被我欺负的那个。况且着火那天只有我和他还有一个照顾他的阿姨在家。”

那时贺骐生病，吃了药在房间里昏睡，阿姨有事出去了。

着火的时候，贺骐的房门被从外面用钥匙锁上了，偏偏本该在家的贺原，也在阿姨出去后偷偷溜出了宅子。

赶回来的伯父、伯母被吓了一大跳。伯母惊慌过度哭成了泪人，贺原的妈妈也哭，一群人生怕贺骐有什么事。然后等贺骐被救出来，得知房门打不开，泪眼蒙眬的人一个个眼神如刀，质问贺原为什么溜出去，贺骐的房门为什么锁了，火灾跟他有没有关系。

苏答听贺原平静的语气，喉咙有些发堵。

骆菁对贺原和贺骐的不同态度，她已经见识过。

如今的他可以轻描淡写地把这件事说出来，可十几年前，那样年幼的他又是怎么面对这些的呢？

贺原见她不语，轻声道：“你不问是不是我？”

苏答看向他：“不问。”

她和他对视，语气再笃定不过：“你说不是就不是。”

贺原看见她有点儿不高兴的抿唇动作，轻笑了一下。

他道：“其实我知道是谁锁的门，也说了。”

照顾贺骐的那个阿姨一向防狼一样地防着贺原，生怕他对贺骐做什么。

贺骐那天生病昏睡，阿姨要出门一会儿，走之前看贺原的眼神充满警惕，当着他的面把贺骐的房门从外面锁上，怕他趁没人进贺骐的房间捣乱。

贺骐的房间着火，起因是他桌上摆放的水晶制品折射太阳光，点燃了窗帘和被单——这是事后消防队调查后得出的结论。

那场火是意外发生的，事故起因怪不了贺原，门被锁上这一点就成了他们指责、攻击贺原的地方。

贺原说了无数遍，门是那个阿姨锁上的。阿姨声泪俱下地辩解，连声说“没有”，说贺原冤枉她，哭得比谁都惨。

家里的监控摄像头全安在大门外，没有拍下证据，而门把手上的指纹经过大火的高温以及救火时的破门而入，无法被提取，锁门的钥匙又好巧不巧“不见了”。

这件事就这么成了一桩悬案——一桩在贺家人心里，结结实实扣在贺原头上的“悬案”。

家里乱糟糟的闹成一团，最后贺原的爷爷看不下去出面辞退了那个阿姨，将他们所有人训斥一通，平息了这场闹剧。

“他们还是觉得是我锁的门，是我容不下贺骐，在他生病的时候也要欺负作弄他，才会害得他差点儿死在火灾里。

“我是恶人，是从小就蛮横霸道欺压兄弟的人。时间一长，传到后来，不只门是我锁的，那场火也是我算计好放的。‘贺原生性恶劣手段阴狠，小小年纪就害兄弟性命’，外面谁不这么说？”

贺原轻笑，带着丝丝嘲讽的意味，眼中透出几分漠然：“连我妈也是。那个阿姨被辞退后，我听见她给对方打电话，她很过意不去，给人家汇了一笔钱。”

苏答一怔，眼神诧异。

贺原很快收敛表情，仿佛那只是无关紧要的事，又继续说：“我名声在外，参加聚会的时候，其他的小孩儿都不敢靠近我。

“我一个人在院子里坐着，然后你来了。”

他脸上闪过一丝笑意，比之前的笑真切得多，眼神柔和下来。

苏答听他说到这儿，皱了皱眉：“我？”

贺原点头：“我姑姑让人给我放了一桌吃的。你走过来，馋我的零食，问我能不能给你吃。”

她有点儿茫然，想不起来这回事，但贺原随后描述的她当时的打扮又确实是她刚到蒋家那会儿的穿着——尤其是她穿的那条裙子，他记得清楚。苏答听他描述，想起自己确实有那样一条裙子。那是蒋奉林给她挑的，她特别喜欢，看得跟宝贝一样，一直穿到实在穿不了才扔。

他说：“那天下午你就在我旁边，一边吃东西一边和我说话。”

苏答好奇地问：“我说了什么？”

“很多。”

她说了她妈妈，说了蒋家，说她被欺负，说她反抗，说了好多好多。

苏答枕着枕头，听他提起的内容，确实是她会说的话，心中莫名地生出一丝丝可惜的感觉——她小时候生病的次数不少，有些事已经记不太清了。

心里酸酸的，她问："你一直认得我？"

贺原没否认："嗯。"

苏答想起高中时她和蔺阳打架，他来解围的事，还有那天蔺阳发消息骂她，说因为她被赶出国的事，缓缓地问："你还有没有事没告诉我？"

贺原没有马上说话，思考片刻后才开口："蔺阳和人打架，我本来不想管的，知道他打的是你所以才过去。"

贺原皱眉："后来蔺阳想找你麻烦，我嫌他太烦、太不安分，让他滚出国了。"

"……"

蔺阳那天骂的话竟然是真的，她一时不知说什么好。

病房里安静了一会儿。

"没了？"苏答轻轻眨眼。

"没了。"贺原顿了一下，加上一句，"应该。"

苏答无法形容自己此刻的心情，缓慢地吐出一口气："那你为什么不早跟我说？"

他们在一起的那一年里，他完全没提过这些事。

贺原瞥她一眼，眼神闪了闪，半晌吐出两个字："丢脸。"

"……"

苏答一愣，看见他闪躲的视线，一下子哭笑不得。

贺原原本是没打算说的，既然她忘记了他们的初次见面就算了。

他觉得丢脸，还有那么一些难以启齿。倒不是因为初遇时的自己太过幼小脆弱，而是因为他不知道该如何告诉她：很多年前我们就见过，我记得你，没有忘记。我对你的喜欢，比所有人以为的都要早很多。

以前是他做得不够好。他们在一起的那一年里，他没有想明白自己想要什么。

直到分手后她重新出现在他面前，他已经想清楚了。所有理由都不过是借口，他想要的其实很简单。

病房里隐隐有股药水味。

在这个略微寒冷的午后，他毫无保留地将自尊、骄傲和真心，连同那些曾经无法诉之于口的过去，通通摆放在她面前。

“我不知道换一个人如今会是什么情况，我不做这种假设。”贺原终于回答了她开始的问题，“现在是我们走到了这里。”

不管是缘分还是什么使然，这就是结果。

苏答好久没说话，微微偏头看向窗外，太阳光是暖的。

眼角泛起些许酸意，她轻轻地吐出一口气，问他：“你起名字了吗？”

贺原顿了一下，很快反应过来她说的是孩子：“还没。”

这段时间他们一直在刻意地避开这些话题。她不说，他不提，不谈将来。

苏答喉咙哽塞，脸上还是那副表情，语气却像是被窗外的光照得柔和了下来：“那你还不想？”

不需要更多的言语，一切尽在不言中。

贺原喉咙动了动，握住她的手，克制着激动的情绪，声音温柔：“不着急。”

“结婚之前想出来。”苏答垂着眼，小声说，“什么时候想好名字，什么时候结婚。”

贺原看着她。

她的手被他握在掌中，他的掌心有些粗糙，温热而真实地包裹着她。

许久，他低低地笑了一下，说：“好。”

苏答怀孕快五个月的时候，胎儿日渐稳定。

先前那次腹痛，医生说她是不小心吃坏了东西，只叮嘱她注意饮食，平时放宽心。

贺原见她实在太闷，考虑再三，带她去度假山庄散心。

苏答叫上了佟贝贝和她男朋友以及裴颂——贺原本不想让他来，奈何这是苏答的意思，只好忍了。

这山庄每年要交不菲的会费，不论时节，来的都是有钱有闲的人。

他们到的第一天，佟贝贝和其男朋友便兴致勃勃地去滑雪，苏答身子不便不能滑雪，只能坐缆车看看雪景。

其实贺原连缆车都不想让她上，怕磕着碰着，但架不住她一脸期待，他拒绝的话还没说出口就吞了回去，缴械投降。

佟贝贝三人在雪上撒欢儿，贺原陪苏答坐了两圈缆车，寸步不离。

她的脑袋被裹在大大的帽子里，围巾遮住下半张脸，她进出的时候脸颊上落了点儿雪，皮肤白嫩，像剥了壳的鸡蛋。

苏答从缆车上下来，眼里盈盈地亮着光，才站稳就被扶着她的贺原揽住亲了一口。

“冷。”她嗔怪着躲了一下，没躲开，被他扣住后脑勺儿，又亲上来。

天寒地冻，他的嘴唇也微微带着凉意，苏答被冰得吸了吸气瞪他。贺原不以为意，笑着扶她往出口走去。

山庄里除了滑雪，还有各种活动，比如喂狍子之类的项目。

苏答身体不方便，坐完缆车就回房间休息，贺原也留在屋里陪她。

随着她的肚子逐渐变大，贺原每天的必做活动多了一项——胎教。

平时在家，他晚上睡觉前总会给她和她肚子里的孩子讲讲故事，有时用英语讲，到后来拓展到法语、德语、西班牙语……他会的语言种类尤其多。

苏答初时听得诧异，他反倒一脸淡然，仿佛这是很普通的事，只说："读书时学的。"

他作为贺家的人，身上的担子非比寻常，所学的东西当然不只是学校里教的那些。

贺原时常和外国客户谈生意，所用的几门语言，基本都能听说读写。有时客户不知他懂，反倒给了他很多便利。

苏答听他宛如谈天气一样说起学过的东西，当时就捂住肚子。

贺原问她："干什么？"

她心有戚戚地说："替他累。"

有这样的爸爸，自家小孩儿的压力真的比别人家大几十倍。

贺原闻言只是笑，摸摸她的脑袋，而后大掌在她凸起的肚子上轻抚。

如今他们来了温泉山庄，胎教的活动更不能丢。

他们上午坐完缆车，吃过午饭，苏答小憩了一个小时，睡醒后贺原便坐到她身边开始胎教。

没有书也不碍事，他背书的功夫是一等一的。贺原声音温和、慢条斯理地讲着故事，语气不自觉地变得温柔。

苏答刚睡醒，听了没多久又昏昏欲睡，半梦半醒间忍不住道：“你就不能给他放个假吗？”

贺原让她把脑袋靠到自己肩上，想都没想地说：“不行。”

他是越来越严格了。

苏答撇了撇嘴。

贺原见她有意见了，讲了一会儿暂停胎教，伸手在她肚子上抚摩半晌，忽地道：“像个球。”

苏答“唰”地抬眸瞪他。

贺原淡淡地挑眉，没有半点儿在挑衅的自觉。

她低低地冷哼。他仍是笑，轻轻勾唇，低头凑过去，亲了亲她不大情愿的嘴角。

晚饭时间，一行人在餐厅中会合。

佟贝贝挽着男朋友的手玩儿了一天，心情别提多好了，笑得见牙不见眼。

裴颂还是那般斯文，穿一身浅色的冬衣，整个人干净温润。

他给苏答倒了一杯温水，半是夸张半是玩笑地调侃：“你歇了这么久，真是舒服，我差点儿被贝贝弄死在雪里。”

苏答刚落座，还没摸到杯子，身旁的贺原先伸手端起裴颂倒给她的那杯水，一言不发地喝了大半。

裴颂：“……”

他笑了一下，挑眉：“贺先生这么渴？”

贺原淡淡地说：“还行。”

说着，他重新给苏答倒了一杯水。

苏答无奈地剜他一眼。

裴颂面上含笑不语，倒没真的介意。

看来那次“相亲”给贺总留下的心理阴影不小。

服务生拿着菜单过来，众人依次点了餐。

等餐的时候，苏答和裴颂聊起画展的事，佟贝贝的男朋友因家里开画廊，也加入了话题。三人聊得很开心，贺原插不上嘴，在旁边没作声。

他不是小肚鸡肠的人。苏答和裴颂聊工作，他不至于连这种事都吃醋，只静静地给她弄好餐前水果，将碟子放到她面前。

几人正聊着，一个清瘦的身影经过，似是随意地往这边瞥了一眼，蓦地停下。

“苏答？”

苏答闻声看去，顿了一下，认出她来：“从兰？”

从兰戴着大墨镜，镜片挡住了大半张脸，苏答是通过声音认出她来的。

从兰一头长发如波浪，身形纤瘦窈窕，又比上次清减了不少，看来控制体重颇有成效。她这副打扮反倒惹眼，好在这里的人没什么围观明星的兴致，不然不知多惹人注意。

她看着苏答问：“你来度假？”

苏答点头：“你也是？”

“嗯。最近没通告，正好休息一阵。”从兰扫了一眼桌上其他人，视线落在苏答的肚子上，诧异地道，“嗯？”

苏答见她后知后觉的模样，笑了笑。

从兰把墨镜往下拉：“你怀孕了？！”

“嗯。”

从兰再度扫视桌边几人，除去一对情侣，剩下的就是苏答身边和对面的男人，看这座位安排，再加上苏答和身边人的亲昵姿态，谁是苏答的爱人根本用不着猜。

从兰看了一眼贺原沉静又威严的脸，一点儿都没被吓到，挑眉轻声问：“你老公？”她兴味十足地道，“你结婚了吗？”

她还是那么自来熟。

苏答笑了一下，没急着回答，看了一眼旁边的座位：“你要不要坐下？”

“不用不用，我和……和别人一起来的，他在那边拿东西。”从兰只是想闲聊两句，婉拒苏答的邀请，又回到先前的问题，“你什么时候结的婚？婚礼办了吗？怎么不告诉我，我来给你唱歌啊！”

苏答和贺原还没结婚，证件和婚礼都还没办。

那回从医院出来以后，他们便心照不宣地过起了两个人的日子——其实和之前也差不多。

苏答在医院时虽是松了口，但贺原顾忌着她的身体和情绪，暂时没着急结婚。

此时忽然被问起婚礼，苏答正在措辞，一直未开口的贺原替她道：“婚礼快了。从小姐若是想来，我们到时候一定送请帖上门。”

从兰笑吟吟地道：“那敢情好，等你们的好消息哟。”

毕竟苏答不是自己特别熟悉的人，从兰和苏答闲聊了一会儿就打算走开，省得打搅人家吃饭。然而没等她提步，和她一道的人过来了。

那人一看这一桌人，顿住：“你们怎么也在？”

这声音苏答并不陌生，扭头看见唐裕，愣了一下。

从兰略显意外：“你们认识？”

唐裕没答，目光灼灼地扫向贺原，嘴角一勾，立刻阴阳怪气地道：“竟然能在这儿遇见大忙人贺总，真是难得。”

贺原对他的挑衅充耳不闻，态度平静，神色慵懒。

唐裕好像早已习惯他这样，冷哼一声，看向苏答，见她和贺原坐在一块儿，姿态亲密，又注意到她的肚子，转瞬换上一副恨铁不成钢的表情：“我前阵子听说你怀孕了，还以为是谣言，没想到竟然是真的。孩子是谁的？不是贺原的吧？”

说最后一句话时，他满眼的期待就快溢出来了。

贺原蹙了下眉，冷冷地睇他：“不会说话就闭嘴。”

唐裕不屑地撇嘴。

他做梦都希望贺原被人戴绿帽子，然而看苏答浅笑不语的样子，心里明白这估计只能在梦里实现。

从兰听得皱眉，用手肘碰他：“你怎么说话的？”

人家一对情侣好好的，他说的这都是什么玩意儿？！就凭这张嘴，长这么大还没被打死真是他运气好。

唐裕眉头一拧想还嘴，最后还是没出声。

苏答望着他俩温和地笑着。

从兰和唐裕竟然认识，看起来关系似乎也不错。

从兰剜了唐裕一眼，向苏答和贺原道歉：“你们别理他，他脑子进水了。”

临走前，她仍对苏答道：“早生贵子哟。婚礼别忘了告诉我，我去唱歌！”

苏答道“好”，看她拽着唐裕走开，眼里含笑。

被拉走的那个人犹自不忿，低声骂骂咧咧：“唱什么唱，那家伙不是好人……”

佟贝贝瞧了半天热闹，等他们走远后才问：“你什么时候认识的从兰？”

苏答说：“很久之前了，因为工作见过。”

佟贝贝算是从兰的半个“路人粉”：“她前阵子的那部剧我还看

了呢，演技蛮好的，没想到性格也不错。”

多的是艺人镜头前谦卑有礼，镜头外趾高气扬、鼻孔朝天。丛兰虽然不拘小节，自来熟了些，但看起来还是挺讨人喜欢的。

佟贝贝又问：“刚才那个是她男朋友？”

苏答摇了摇头：“不清楚。”

她说着也有点儿好奇，转头问贺原：“唐裕和丛小姐在交往吗？”

贺原不像唐裕——唐裕时时盯着他，他对唐裕的事却没半点儿兴趣：“不知道。”

贺原语气淡淡的，但仍然不忘给唐裕上眼药：“他不是什么好人，少搭理他。”

苏答轻轻地笑了笑，没再继续这个话题。

吃完晚饭，佟贝贝到苏答的房间坐了一会儿。

裴颂知道贺原不喜欢看见他，干脆邀了佟贝贝的男朋友宋绍彬去打球，留她们两个女人开茶话会。

客厅里有一整面墙都是透明的玻璃门，白天屋外皑皑的白雪反光，照得室内亮堂堂的，晚上路灯亮起，片片雪花飘落，别有一番风景。

厅里的矮榻旁摆着软垫，桌上放着些不占肚子的果子，冲点儿热茶，两个人什么都不做，懒懒地倚着矮榻，吃点儿东西看看雪便是很好的消遣。

房间很大，为了不打扰她们，贺原到另半边去办公，关起隔音效果很好的门，互不干扰。

苏答觉得糯米果子味道不错，不是特别甜，起身端了一小盘给贺原送去。他正在桌前忙碌，见她进来，目光温柔，顺势捏了捏她的手。

没和他多说，苏答送完果子回到厅里。

佟贝贝倚着桌子，用调侃的目光看她。她早就习惯了佟贝贝的调侃，一点儿都不脸红地坐下。

两个人聊了一会儿天儿，佟贝贝看着远处的山头，忽地道：“哎，我下午听工作人员说，温泉山庄附近有个小庙，在那边山上，据说求姻缘很灵，要不要……”

话没说完她就反应过来，拍自己脑门：“差点儿忘了，你现在挺着个大肚子。”

苏答抬眼：“大肚子怎么了？”

“不是。”佟贝贝解释，“那庙要上去挺麻烦的，台阶有几百级，下雪天路滑，没有几个小时下不来。”

她道：“倒是有很多人特地为那座庙来这儿。”

苏答闻言，“哦”了一声，兴致不大：“这样的噱头你也信。”

见她不以为然，佟贝贝道：“不一样的。这度假山庄建成之前那座庙就在这儿了，有好几十年的历史呢。据说当时开发山庄的负责人觉得留着它也好，就没有拆掉，在外面围了一圈保护起来，结果现在成了一个景点，纯属误打误撞。那庙是真的灵——”她凑近一些道，“求姻缘啊，你不心动？”

苏答笑了一下，因她这个求姻缘的话题想起了什么，语气略淡：“这种景点我去过。”

佟贝贝问：“你去过？”

苏答点头：“刚出去留学的时候，同学带我去参观，去的那个景点有一条情人路。”她说，“它的台阶间距不一，一不留神就容易摔跤。据说如果有人一路走得平稳不摔跤，所求感情就会有好结果，上去不摔是恩爱，下去不摔是长久。”

佟贝贝来了兴趣："那你走了吗？"

她当然走了。

苏答敛眸，看向窗外，表情有些怅然："嗯。"

佟贝贝见她这样，哪里猜不到结果？她走情人路时念的是谁更不用想——这么多年她也就和屋里那位纠缠不清。

"你摔了？呃……有的时候这种东西也不准的。"

那时候，苏答刚和贺原分开。同学问她要不要走一走，她本来是拒绝的，后来不知道怎的，又抱着试一试的念头上去了，然而走了一半就在台阶上摔倒了。

她并不是因为后悔分手才去走那条路的。具体的原因她自己也说不清楚，或许，是有那么一丝不甘心吧。

摔下来后，她想，可能他们真的没有缘分。

佟贝贝安慰她："没事没事，等我吃饱喝足，去庙里给你求个同心符。你可能是在国外水土不服，这种事情还是得求我们本地的神仙。"

苏答被她的说辞逗笑了："快别，你等下爬山摔了，我可不好跟你男朋友交代。"

再者佟贝贝睡到日上三竿才起，苏答等她去爬山，黄花菜都凉了。

方才所说的已经是很久前的事情，苏答早就不放在心上，只是佟贝贝说到那座庙，才突然想起来。

玩笑几句，两人岔开话题，聊起别的。

九点多，裴颂和宋绍彬两人打完球了。宋绍彬来接佟贝贝回去，裴颂则略坐了一会儿，尝了两块糯米果子，然后回房。

贺原很快忙完，陪苏答洗了个澡。

洗完，两人换上睡觉的衣服在床上歇下。苏答翻阅一篇流派鉴赏的文章，看得入神，贺原则拿着手机查阅文件。

半晌，苏答看完文章，瞥向身侧，却见贺原像是在出神。

她道："怎么了？"

他手机上的页面和之前她瞥见的相差无几，似乎根本没怎么动过。没等苏答仔细看，贺原收起手机："没事，休息吧。"

孕妇本就嗜睡，苏答玩儿了一天也累了，点点头。

贺原关了灯，陪她躺下。她没法儿仰躺着睡，只能侧躺，他像往常一样从背后抱着她。

睡前闲聊，他的话比平日少了很多，都是她说，他才应。

苏答正觉得奇怪，忽听他开口："你们晚上聊的，我听到了。"

愣了一下，苏答反应过来，扭头想看他。

贺原低头用唇碰了碰她的后颈，手臂收紧，声音微沉："摔得疼吗？"

他不是故意偷听的，本来只是吃了两块她送进来的糕点想出去倒杯水，碰巧听见了她和佟贝贝聊到山上的庙，又听她说起她在国外走情人路的事。

苏答没有回答："都过去了。"

她想到自己先前说过的话，轻声说："那些都是噱头，不必放在心上。"

贺原没说话，只静静地抱着她。

安静中，两人的呼吸逐渐变成相同的频率。

她想再说点儿什么，又不知道如何开口。

他们分开的那段时间真实存在，一切都是真的，但都已经过去了。

苏答胡思乱想着，不知不觉间困意来袭，迷迷糊糊地睡着了。

她孕期多梦，加之肚子负担重，时常睡一会儿醒一会儿。

迷蒙间，她听见身后的人抱着她，似是问了一句什么。她迷迷糊糊地应着，自己都不知道说的是什么，待许久后清醒过来，身后只余均匀的呼吸声，搂着她的胳膊分外有力，两个人身上都暖洋洋的。

苏答恍惚想起他之前似乎说了什么，但脑子浑浑噩噩的，记不起来。她在黑夜中发了一会儿呆，见他睡着，便也没再继续想，合眼睡去。

不知几点，窗外的天蒙蒙亮了。

苏答动了动，发现身后空了。她伸手摸了摸，没摸到人，皱着眉睁眼。

贺原不在。

看了眼时间，才不到五点，苏答掀被下地，走出卧房，轻轻唤了一声："贺原？"

她的尾音在安静的房里荡开。

没有人回应。

屋里只有几盏昏暗的灯亮着，大概是贺原怕她起来看不清路，特意打开的。

苏答在房间里转了一圈，没找到他，想回房拿手机给他打电话，却见玻璃窗外有个人影远远走来。

她吓了一跳，随后看清，那人身形和贺原相近。

苏答转过身，看向外面的雪地。

那道高大的身影走近了，果真是贺原。

他穿着厚重的冬衣，帽子遮住头顶，余下的大半张脸在清晨的鹅毛大雪中被冻得发白，眼睛却亮如星辰。

他踩在厚厚的积雪里，一步步朝这边走来。

苏答忍不住提步，靠近玻璃。

贺原走上木廊，用戴着手套的大掌轻叩玻璃，发出沉闷的声音，隔着透明的玻璃和她相望。

“你去哪儿了？”问完苏答才意识到，门外的他听不清她的声音。

贺原笑了一下，举起手中的东西给她看。

那是一枚红色的小香囊，用金线绣着“白首同心”四个字。

苏答一刹那愣住了。

冰天雪地里，他笑得开怀。

玻璃是封死的，打不开，得绕到另一端的院子门口才能进来，贺原就站在门外，不急着走，手握着同心符抵在玻璃门上。

黑色的冬衣遍布泥土的痕迹，外面下着那么大的雪，山路湿滑难行，天又黑，他不知摔了多少跤，就像曾经走在情人路上的她一样。

那时她默念他的名字，摔倒在半途，想起他们已经结束的感情，更加黯然。

如今，他在大雪的深夜，在清晨那道曙光来临之前，一步一步地爬了几百级台阶，不知跌了多少跤，为这份感情求来了“白首同心”的祝福。

风雪呼啸的声音仿佛就在耳际，苏答蓦地鼻尖发酸，上前一步，微屈手指，隔着玻璃和手套同他的手相触。

没有听到声音，但她看到了他的口型。

他隔着玻璃，叫她“离离”，表情那么满足。

说不清的情绪涌上来，苏答弯起有点儿湿的眼睛，和他隔着玻璃相视而笑，像两个傻子。

她突然记起他昨晚说的那句话是什么了。

昨晚他问她：“我们结婚好吗？”

苏答吸了吸鼻子，笑得嘴角都发酸了，轻轻叩响玻璃。

她知道自己已经有了答案。

就在这一刻，她决定要给予他回音，驱散他所有的小心和忐忑，消除他一切的紧张和忧虑。

屋外大雪纷飞，银装素裹。

苏答想起好多年前的那场同学生日会上，她在走廊上和不对付的人厮打，忍着痛拼命还击，将齿尖嵌进对方的皮肉里，身上、脸上满是灰土，模样无比狼狈。

那时她躺在地上，透过朦胧的泪光看过去，那个替她解围的人背着光，像为她而降临的神，高高在上，一尘不染。

如今，昔日不食人间烟火的他也如她这俗不可耐的人一样，一路磕磕绊绊，为她顶风冒雪，摔得满身灰土。

眼泪溢出眼眶，苏答想哭又想笑。

冰天雪地中，贺原喊她的小名：“离离。”

—正文完—

番外一　一家三口

又是一年春节将近，冷了一冬的北城在即将进入正月之际，气温忽然开始回升。

两层半的宅子里飘起早饭的香气，苏答闻着味起床洗漱，下地没多久，床上的贺原察觉她的动静，也跟着睁眼。

阿姨早早就在厨房里忙碌了。她是本地人，儿子、儿媳在外地工作，要晚上才能赶回来，她中午返家也来得及，于是和苏答说，做完今天的早饭再回去。

儿童房里，贺臻卷着被子睡得四仰八叉，婴儿肥不怎么明显的脸颊压在手臂上，硬是挤出一团软乎乎的肉。

苏答走到床边，动作轻柔地把她弄醒。

贺臻那还没全然长成的眉头皱起来，意识不清地左右翻滚，来回滚了好几圈才趴住不动，没一会儿，迷迷糊糊地睁开眼。

苏答含笑看她，开场白万年不变：“宝贝早上好。”

贺臻还没完全清醒，眼睛也还没完全睁开，身体已经先做出反应，手脚并用地朝苏答爬去。

苏答抱她站起来，四岁的小姑娘头发齐肩，搂住苏答的脖子，脑袋往苏答肩上一搭，脸还泛着红。

洗漱完的贺原迈步进来："醒了？"

苏答回头说："醒了。"

贺原上前几步，朝贺臻伸手。贺臻撇了撇嘴，将苏答的脖子搂得更紧，声音委屈："不要。"

苏答安抚地拍拍她的背。

贺原无声地叹了口气，收回手。

贺臻能自己洗脸刷牙，只是要苏答帮忙拧毛巾。贺原倚在门边看她们，插不上手。等贺臻洗漱完，他再朝她展臂，她就不怎么抗拒了。

餐桌上的早餐香气四溢。清粥煮得软烂，包子小巧精致，能让人一口一个。包子皮是手工擀的，馅儿也是阿姨自己和的，包子上的每一道褶皱都清晰可见。

其余小菜被切得大小均匀，不同的酱料里加了芝麻油搅拌，味道鲜香且不辣，贺臻也能吃。

贺臻被贺原抱到餐厅里，落座时又闹着要去苏答怀里。

贺原把她放在自己和苏答中间的座位上，只说："吃饭时不许让妈妈抱，坐这儿。"

贺臻见苏答随即在她身边坐下，扭动的身子这才安分下来。

她倒不是不喜欢贺原，只是更黏苏答。

贺臻出生后的每个成长阶段，贺原都从未缺席。从她学会翻身、学会爬行到学会走路，再到开口说话，夫妻俩都一同见证。

贺臻出生的时候是年中，正是入夏时节。

那会儿苏答受了不少罪，产前休养的一个月里胃口极差，生生瘦了十多斤，不管怎么补，还是跟不上瘦下去的速度。

大概是知道妈妈不容易，贺臻一生下来就和妈妈亲近，即使不睁眼，也能分辨出苏答身上的味道，在她身边就是比单独睡摇篮床要安静乖巧。

如今贺臻四岁，那股黏糊劲头不仅没消，反而一天比一天重。

苏答不在的时候，贺臻能一整天都黏着贺原不放，但只要苏答在，贺原就只能排在第二位。

贺原早就接受了自己的家庭地位，见怪不怪地执起筷子，给贺臻夹了个小包子。

“妈妈，”贺臻吃东西慢，咽下嘴里的食物，捏着勺子问苏答，“我们今天去游泳吗？”

贺臻近日迷上了游泳，在幼儿游泳班学得不亦乐乎。

苏答摇头：“不行哟。”

贺臻的脸瞬间垮下来：“为什么？”

苏答说：“现在是春节假期，今天是二十九，明天就是除夕了，先过完节才可以上课。”

贺臻不太明白什么是春节，还是比较想游泳：“那我不过行吗？”

“你不过节，教练要过。”贺原插话，一边说一边给苏答夹了一个肉丁烧卖。

贺臻扭头看向贺原，学着动画人物的皱眉表情，不高兴地瞪他：“爸爸！”

贺原迎上女儿埋怨的视线，不为所动地拿过她的勺子，舀起粥喂到她嘴边：“快吃。”

她再瞪他教练也要回家过节。

贺臻不高兴地吃了一口粥，拿回勺子不理他，安静地在碗里扒拉两口粥，又问：“那我们今天干吗呢？”

贺原说："今天去曾祖父家吃饭。"

贺臻一听更不高兴了，小声嘀咕："我不想去。"

她的曾祖父即是贺原的爷爷。

贺臻出生前，苏答和贺原就领了结婚证。这几年，每年农历二十九，苏答都会陪贺原回贺家老宅吃饭。

贺老爷子膝下一共二子二女。

贺原的大伯与大伯母一年有大半时间不在国内，但春节一定会赶回来陪老爷子过年。他们夫妇和贺骐，加上贺原和他父母，在腊月二十九这天基本不会缺席。

至于贺原的两个姑姑，一个不婚主义至今未婚，一个即是蔺阳的母亲。腊月二十九这日，蔺阳的母亲同样会带着蔺阳一起出现在餐桌上，贺原的另一位姑姑也会在。

乍一看，场面还是热闹的，这些人正好能把一张大圆桌坐满。

贺原早就是贺氏掌权人了。这两年老爷子退居二线，他更加说一不二，贺家上下没人会傻到去招惹他，对他的女儿，自然也很是热络。

但贺臻就是不喜欢去老宅。

人都说隔代亲，贺原跟骆菁关系冷淡，骆菁却很喜欢贺臻。可贺臻并不喜欢这个奶奶。每次骆菁拿出一堆零食哄她、逗她，她都闷头玩儿手指，半天不吭声。

其他人在旁边开玩笑说小姑娘害羞了，只有苏答知道，那是贺臻不情愿时才有的表现，骆菁抱她的时候，这种情况更加明显。

去年从老宅回来，苏答就问过贺臻。那时贺臻托着肉乎乎的脸颊，讲话还有点儿不清晰，一脸不高兴地说："她不喜欢爸爸，我不喜欢她。"

苏答意外她竟然知道这个，追问："你怎么知道奶奶不喜欢爸爸？”

“她一直跟我说话，然后跟大伯说话，然后……然后又跟我说话，又跟大伯说话。”

贺臻的大伯自然是贺骐。

她虽小，心思却很敏感，讲话尚且不是十分流畅，思路已经很清晰：“奶奶有好吃的都不给爸爸，就给大伯，给我，又给大伯……我才不要吃。”

对贺臻来说，有些东西很简单。

爷爷、奶奶是爸爸的爸爸和妈妈，但是他们一点儿也不像爸爸、妈妈。

她的爸爸和妈妈，有好吃的第一个就会想起她。她摔跤哭了，妈妈会把她抱在怀里安慰，教她如何稳稳地走路，下次不再摔。

爸爸虽然总是偷偷地说她坏话——她假装睡觉的时候爸爸就喊她胖墩儿，非常讨厌——但他也会很耐心地给她讲故事，她去花园外面骑车的时候遇见大狗，他马上就会把她抱起来。

贺臻最喜欢的人里，妈妈是第一，爸爸是第二。

奶奶从来不给爸爸好吃的，看见爸爸也不笑，小小的贺臻心里便不大喜欢她。

然而贺臻再怎么不喜欢，老宅还是要去。

贺臻慢吞吞地吃完早饭，肉眼可见地闷闷不乐。

贺原当然知道女儿在不高兴什么——苏答去年就跟他说了，他面上不显，心里软得一塌糊涂。

一家三口上车，贺臻坐在后座的儿童座椅上，被两条安全带勒住，表情凝重，贺原看在眼里暗暗好笑，打开音乐播放器。最喜欢的儿歌声音一响，贺臻不知不觉就跟着唱起来，脸上的惆怅一扫而空，在座上手舞足蹈。

车开到老宅，老爷子身边的人出来迎接，厅里说话声轻缓，一群人正在桌边喝茶。

骆菁夫妻俩坐在同一侧，中间隔着半个人的距离，井水不犯河水。他们夫妻感情冷淡，相敬如宾多年，大家早就习惯了。

贺骐的父母提前几天回来了，一直在老宅住，坐在骆菁他们对面，贺骐的两个姑姑也在。

在座的都是长辈，起身去迎小辈显得太过，但除了老爷子，其他人都放下手中茶盏，殷殷看向他们一家，姿态足够热情。

苏答随贺原挨个儿叫人。

当初老爷子希望贺原能选一个对贺家有助力的结婚对象，他敷衍应付，拖到后面干脆不理了。

渐渐地，贺氏发展得越来越好，贺原用能力证明他不需要牺牲自己的幸福去换什么助力。老爷子对他的婚姻只好睁一只眼闭一只眼，再不过问，由着他去。

当初他和苏答领证的时候，老爷子早就想开了，一句话没说，只让人送了一对老太太生前留下的手镯给他们。

老太太留下的几对镯子里做工最繁复、最贵重的那对本该留给长媳，却被老爷子给了苏答，这般态度当然是因为贺原。

苏答原本担心其他人会有意见，然而贺家上下，谁都没出来吭一声，连贺骐都没有反对。毕竟如今贺氏已然是贺原的，老爷子给不给镯子都一样。

几个长辈淡淡含笑，冲苏答颔首。

苏答让贺臻叫人。贺臻生得好，长相肖似苏答，眉眼间又有贺原的影子，粉雕玉琢，别提有多讨人喜欢。几位长辈对苏答的态度以客气为主，这会儿被贺臻奶声奶气地挨个儿喊了一遍，笑容里多了几分真切。

贺骐还不知何时才能成家，蔺阳就更别提，毛毛躁躁的还像个少年人，至于贺家其他人，关系比起他们就稍微远一些，没那么亲近，论不到这上头。因此贺臻作为她这一辈的头一个孩子，即使抛开贺原的因素，家里这些长辈也都挺喜欢，就连老爷子严肃的表情也微微有些松动。

骆菁眼神殷切地想抱贺臻，伸出手去，金镶玉镯在腕上一晃，还没说话，贺原的小姑姑正好开口："臻臻来，姑奶奶抱抱。"

贺臻看了一眼苏答，见妈妈笑而不语，唇角一扬，飞快地奔进姑奶奶怀里。

贺原的小姑姑一直没成家，在贺氏担任要职，手腕果决，这两年因为工作忙，精力主要放在了工作上，没时间谈恋爱。

蔺阳妈妈脚边卧着蔺阳养的那只狗，和自己的妹妹坐在一块儿，逗弄她怀里的贺臻。

骆菁唇角微僵，神色黯然地收回手。贺臻和她不亲。她抱贺臻的时候，贺臻从来没这么高兴过。

苏答将一切看在眼里，只当不知，低头和贺原并排坐下。

"今天怎么来得这么早？"老爷子拨弄着茶盏里的茶叶，沉声道，"我听说，你前天召集股东开了个大会？"

贺原从容地点头，说"是"。

爷孙俩就着这个话题聊起正事，其他人陪坐，哪怕是贺原的父亲，也没插上一句话。

老爷子放权已久，贺原做事又有分寸，他只稍稍提了几句，就没多过问。

众人聊了一会儿，贺骐来了。用人把他领进来，点头退出去。

贺骐笑着入内："爷爷，爸妈。"

随即他又喊二叔、二婶以及两个姑姑，问候完长辈，瞥了眼贺臻，视线扫向贺原和苏答："臻臻看着又长高了。"

贺原没什么表情。苏答对他态度也比较冷淡，微微弯了一下唇角以示礼貌。

用人搬来单独的凳子，待贺骐坐下，老爷子例行询问两句，比对着贺原话少多了。

一直没说话的大伯夫妇关心儿子，问起他的起居，骆菁的态度也比先前热情。

说话间，用人端上几盏热茶。

蔺阳养的狗在地上趴累了，起身跑了一会儿，回到茶几边，在几下绕了几圈，尾巴扫到了桌上的茶盏，"啪"的一声，一只盛满热茶的茶盏在贺骐和贺原中间的地上摔得粉碎。

贺骐和贺原都往旁边避让，还是被滚烫的茶水溅到了。狗也被烫到了，"嗷"的一声跑开。

大伯母和骆菁忙不迭地起身去看贺骐，一个比一个着急。

"没事吧？"

"快拿毛巾来，拿药膏、拿药膏——"

苏答连忙握起贺原的手，见他的手背上被烫出了几个红点，脸色微变，正要叫用人，贺原摇了摇头，只说："没事。"

那边骆菁围在贺骐身边，朝厅外的用人催促："怎么还没拿来？"

她一眼也没往贺原这边看。

苏答听见骆菁的话，沉下脸，手反被贺原握住，抬眸对上他的视线，见他一脸平静，心里生出一股闷痛感。

贺臻瞧见贺原手背上的红点，急得不行，"噌"地从姑奶奶腿上跳下来，迈开小短腿快步跑回父母身边，好看的脸心疼得皱成一团："爸爸，你的手疼不疼？"

稚嫩又高昂的声音让那边关心贺骐的两个女人同时看了过来，

大伯母还好，骆菁一愣，身体霎时间尴尬地僵住。

贺原用被烫到的那只手握着苏答的手，又伸出另外一只手抱起贺臻，平静的眉眼间闪过一丝柔和之色：“爸爸没事。”

大伯母反应及时，回过神招呼用人：“快点儿、快点儿，给贺原拿药膏来，赶紧上药。”

小姑姑也问：“用不用喊医生来看看？”

一家人此时目光齐刷刷地聚集了过来。贺原还是那般淡定，婉拒道：“不用了，一点儿小问题。”

苏答可不觉得这是小问题。他手背上被烫出了好几个红点，有几个连在一起，看得她眉头直皱，心疼得要命。

用人匆忙拿来药膏，苏答二话不说接过，细细地给他上药，再把伤处用白色的纱布缠了两圈包扎。

贺原本来连纱布都不想缠，要不是苏答坚持，估计就那么随意处理了。

众人一番手忙脚乱后，老爷子发话了：“好了，都坐下，乱糟糟的像什么样子。”

蔺阳的狗被用人牵下去，大姑姑一脸歉意地向贺原夫妇道歉，无奈地道：“我说不带来，蔺阳说什么狗没人照顾，非要我一起带上，真是……”

贺原示意无事。

苏答的手放在贺原的腿上，他被烫伤的那只手放在她的掌中，她时不时地朝他被包扎好的手背看一眼，还是很担心。

一旁的骆菁回到座位上，姿态僵硬，神色不安，频频朝贺原这边看。

苏答余光瞧见她脸上那抹复杂的情绪，却没给予半点儿回应。

以往苏答对骆菁虽不亲近，但还算礼貌，这会儿看到贺骐和贺原两个人同时遭殃，骆菁却直奔贺骐而去，丝毫没将贺原放在心上，顿时生出一股火气，对她最后的那点儿容忍彻底消失。

骆菁教养过贺骐，对贺骐有感情，苏答可以理解，但贺原呢？贺原是她的儿子，他做错了什么？

生而不养，养而不教，骆菁夫妇把他带到这个世上，却没有对他尽到半点儿父母该尽的责任，就连贺臻一个小娃娃都看得出来骆菁偏疼贺骐。

贺原这个人从来不会主动说什么。他十岁时发生的那件事，苏答光是听着就觉得心里不痛快。

他背着一个莫须有的罪名，在那样的年纪，在所有人的有色目光下长大，甚至拼命解释也没人相信。

他们就那样在心中宣判他是个恶人。

人人都说贺原的脾气不好，可贺原如今手握大权——贺氏全由他说了算，他也从来没有故意刁难过他们这些人。

尤其是骆菁——其他人就算了，她可是贺原的生母，结果就连她都不站在他那边。

贺骐只是弄湿了裤脚，骆菁就紧张得不行；贺原被烫伤了手背，她却看都不看。要不是老爷子在场，苏答真的差一点儿就忍不住给她甩脸色了。

因这个小插曲，厅里的家庭茶话会没有进行太久，不一会儿，老爷子起身，大家便各自散了。

除了去书房聊事情的，剩下的人换了间屋子休息，几个妯娌和小姑子边吃茶点边聊天儿。

厨房里的事不需要她们操心。她们都是十指不沾阳春水的贵妇，帮不上忙不说，真进去能把锅炸了。

苏答倒是会做饭，但这样的场合没有让她来动手的道理，就在一旁陪坐，听几个长辈闲聊，不怎么插嘴。

骆菁看着她欲言又止，像是想说什么。苏答微沉着脸，直接屏蔽了骆菁几次扫来的视线，理都不理。

时间不早，午饭开席，众人按长幼次序坐在圆桌边。

贺臻坐在贺原和苏答中间，身下是特意给她弄的儿童餐椅。她要吃什么，苏答就给她夹。

骆菁坐在苏答右边，其间几次和苏答说话，或是说鱼汤不错让她给贺臻盛一些，或是问她要不要尝尝哪道菜。苏答态度都淡淡的，她不是推说贺臻不喜欢，就是借口自己最近不能吃，敷衍了事。

饭毕，贺臻被贺原的小姑姑带去玩儿。贺臻嘴甜，一口一个“姑奶奶”，叫得别提有多亲了，直把人哄得合不拢嘴。

骆菁和丈夫没话说，四处转了转，正对着院子叹气，用人从廊下经过，手里端着一壶茶和几碟点心。

她闻到一股熟悉的茶香味，叫住对方：“谁要的茶？”

用人说是贺骐。

骆菁一听，让用人把东西交给她：“我来吧，你去忙。”

她接过雕花木托盘，到用人说的茶室，一进去，发现屋里不止贺骐一个人，他父母也在。

一家三口瞧见骆菁，说说笑笑的声音戛然而止。

贺骐最先回神，笑了一下：“婶婶。”

贺骐的母亲随即也扬起笑容打招呼：“怎么你端来了，这种事让用人做不就好了？”

骆菁收敛微愣的神色，笑着说：“没事。”

她放下托盘，贺骐让她坐。

她在这儿，他们一家三口谈天的气氛明显不如先前随意。骆菁和大哥、大嫂关系是不错，可毕竟不是一家人。她就像个不合时宜地插进来的外人，始终有些别扭，没多久就坐不住了，找了个由头起身告辞。贺骐稍做挽留，见她执意要离开，也没坚持。

骆菁从茶室里出来，脸上的笑容霎时间消散，在廊下漫步一会儿，迎面就见小姑子抱着贺臻走来。

骆菁眼睛一亮，面上立刻恢复笑容：“臻臻去哪儿呀？”

贺臻瞥骆菁一眼，没说话，还是小姑子开口说：“我带她去骑车。”

贺臻喜欢运动，骑自行车也是她的一大爱好。老宅院子里有一片宽阔的空地，正好方便她玩儿。

骆菁道：“去骑车？今天风这么大，臻臻不怕冷？”

“我不怕。”贺臻小声说，嘴角撇了撇，“我喜欢骑车。”

骆菁闻言马上道：“那奶奶也去好不好？奶奶陪臻臻一起骑车。”

贺臻看了看她，转开脸又不说话了。

骆菁神情微僵，走近几步，试图抱她：“臻臻怎么了？来，让奶奶抱。”

她伸出的手还没碰到贺臻，贺臻立刻一扭身子，躲开她的手。

这下不只骆菁脸色难看，她的小姑子也面露尴尬之色。

拿着贺臻的儿童水杯出来的苏答正巧看见这一幕，顿了一下，走过来把贺臻接到自己怀里：“这么大了还让姑奶奶一直抱着你。姑奶奶累了，到妈妈这儿来。”

贺臻顺从地倚进苏答怀里，搂住她的脖子，一派兴高采烈：“妈妈，我们去骑车！”

“好。”苏答轻笑，把水杯给她，让她自己拿着。

贺臻没忘记身边的人，转头道：“姑奶奶也去。”

贺原的小姑姑被点名，笑得眉眼弯弯：“好，好，姑奶奶也去。”

骆菁仿佛局外人一般，脸色发僵。

苏答完全没有开口相邀的意思，只冲她淡淡颔首，什么话都没说，抱着贺臻和小姑姑一起走开了。

骆菁看着她们离开的背影，一时间忽然觉得胸口发闷。

然而那三个人有说有笑，头也不回，根本没有停下看她一眼，贺臻稚嫩的童声隔了好远还传回来，清脆娇憨。

骆菁在原地站了好久，失魂落魄地发着怔，忽然不知道该去哪里。

在老宅吃完晚饭，回到自己家，时间已经不早了，苏答和贺原先给贺臻洗完澡才去洗漱。

她很小心地盯着贺原，没让贺原的手碰水，当然也制止了他在浴室里胡闹的行为。

入睡前躺在床上，苏答那头长发被贺原吹干，在枕上铺开。

她倚在他的怀里，比平时更紧地抱着他的腰。

“贺原。”

她只是叫了他一声，什么都没说，他已经知道她想说什么。

贺原的大掌在她的后背上轻抚，将她的睡衣摸得有些皱：“没事。”

苏答想开口，话到嘴边又觉得没必要，他这么多年都是这样过来的，这时候再来安慰开解，好像没什么意义。

苏答把多余的话咽回去，越发紧地抱住他。

这一觉她睡得很沉。

大年三十早上的饭是苏答自己动手做的。

比起阿姨，她的手艺要差许多，贺原和贺臻却很捧场，一人吃了一大碗粥，还把小菜全吃得干干净净。

接下来中午的饭菜和晚上的饭菜都是大厨做的，因家里只有三个人，菜量不多。

按照传统，除夕夜要吃饺子。

阿姨已经擀好面皮放在冰箱里，饺子馅儿是苏答和的。

贺原这几年每年都会陪苏答一起亲手包饺子。头两年贺臻还小，只能在摇篮车里看，自从会走路会跑以后，没少祸害面粉。

见时间差不多，苏答把饺子皮和馅儿搬上桌，自告奋勇要包大饺子的贺臻却不见踪影。

她回头朝客厅的方向喊了一声，没听见回应。

贺原道："我去看看。"

贺臻在自己的房间里，盘着两条藕节似的小短腿，手里正摆弄着什么。

"臻臻。"

听见贺原叫她，贺臻手脚并用地站起身："我来了！"

小丫头扑到了贺原腿边。贺原抱起她，注意到她两只手背在身后，挑了挑眉头："在做什么？"

贺臻朝他一笑，把藏着的东西拿出来，差点儿贴到他脸上。

"送给你，爸爸。"

这是一个红绳编成的……结，贺原努力辨认了几秒，看着稀疏的网格，沉默了片刻。

他问："这是你编的？"

贺臻用力地点头："是姑奶奶教我的，如意结。"

她特意强调"最喜欢"三个字："姑奶奶说，要送给最喜欢的人，祝他新年顺利！"

贺原闻言微微挑眉："最喜欢的人？"那她不是该给苏答吗？

贺臻点头，郑重其事地把如意结塞到他的手掌里。

贺原向她确认："给我？"

"对呀。"

"怎么不给妈妈？"

贺臻脸上浮起纠结之色，手揪着他的衣领，小声说："今天先最喜欢你，”她凑到贺原耳边，嘱咐他，“不要告诉妈妈。”

她说着，去拉他的胳膊。

贺原顺着她的动作抬起胳膊，她拿着他被烫伤的手，对着包了纱布的地方“呼呼”地吹了两下，随后高兴地说：“吹走啦，马上就不疼了！”

她一向和苏答最要好，突然把他排在第一，还送给他自己亲手编的如意结，估计是因为看他烫伤了心疼。贺原心里一软，半晌无言，亲了亲她的脸颊。

一家三口在宽敞的餐厅里集合，包出的饺子各有各的特色。

贺臻包了几个饺子，催促苏答：“妈妈，硬币，硬币。”

苏答把一兜洗干净的一元硬币拿出来：“每个饺子里只能放一个哟。”

贺臻点点头。

她确实一个饺子只放一个硬币，但每个饺子都放。

饺子被撑得又圆又大，贺臻一脸认真地将面皮边缘捏得紧紧的，包完，用肉嘟嘟的手指着饺子的大肚子叮嘱贺原：“爸爸，我把最好看的硬币放在这个里面啦，你等下要把它找出来吃掉。”

硬币都长一个样子，哪儿有什么好看不好看，再者饺子在锅里煮熟之后，谁还认得出哪个是哪个？

但贺原还是一本正经地点头答应：“好。”

最终，饺子皮全部用完，肉馅儿正好没有剩下。

苏答把饺子放进锅里煮，窗外天已经黑了。

黄可灵和组里其他同事发来消息祝她新年快乐，她一一回复，紧接着佟贝贝就打来了视频电话。

大年三十这天，佟贝贝带了男朋友回家吃饭。她家里人不少，热热闹闹的。她找了个清静的地方和苏答聊天儿，还给苏答看厨房里的菜。

镜头一转，出现佟贝贝妈妈的脸，苏答读书时常去佟贝贝家玩儿，隔着屏幕给阿姨拜年。

不一会儿，裴颂也打来视频电话，开口就抱怨：“你怎么这么忙？我打了三个视频电话给你都没人接。”

苏答解释说刚刚在和佟贝贝聊天儿。

贺原听见裴颂的声音，眼皮跳了一下，默不作声地走过来站在苏答身边，也不说话，就安静地彰显存在感。

裴颂以拳抵唇咳嗽一声，随后将镜头转了个方向。

袁老太太慈祥的脸上满是笑容，在视频里问苏答：“离离呀，吃年夜饭了吗？”

苏答叫了声“袁奶奶”，说：“还没吃，在煮饺子，等会儿就吃。”

老人家笑吟吟地连说了几声“好”。

苏答用肩膀碰了碰旁边的贺原，后者敛了神色，一改对裴颂的不善脸色，微微地笑道：“袁奶奶。”

“唉唉，小贺啊。”老人家很是喜欢他，“正月来我这儿玩儿呀，带上臻臻一起，我可想她了。”

袁老太太对苏答好，苏答对她也亲近，贺原爱屋及乌，很给面子，陪着老太太说了好一会儿的话。

苏答又把贺臻叫来，老太太在那边笑得更是合不拢嘴。

他们和老人家聊完，贺原的手机响了，苏答瞥见来电显示，是骆菁。

他在厨房里接了电话，总共加起来说了不到十个字就挂了。

苏答问他：“怎么了？”

“没什么。”贺原语气平淡，“她问我们去不去吃饭，我拒绝了。”

苏答想起他烫伤手的事，表情微变，刚要说话，贺原轻拍她的背：“饺子要煮破了。”

他走到锅边，揭开盖，加了一碗水。

苏答跟过去，沉默了几秒，问：“你没事吧？”

贺原挑眉：“我有什么事？”

苏答知道他不在意，但还是免不了担心他会因为父母的事受影响。

贺原没再跟她聊这个，伸手揽住她的腰，[illegible]笑，忽地说：“臻臻刚才给我编了个如意结，说是给最喜欢的人。”

苏答愣了一下，就听他道：“你也不用气馁，明年继续努力，争取夺过我的宝座。”他语气里满是炫耀的意味。

苏答失笑，轻拍他一下，那些多余的心思瞬间一扫而空。

锅盖扑腾着冒出热气，两人回过神，连忙照看饺子。

贺臻在客厅里玩儿竹蜻蜓——那是她三岁生日时贺原亲手给她做的，是她众多生日礼物中的一个。

竹蜻蜓朝餐厅飞来，贺臻撒开了腿往这边跑。

“小心点儿，别摔跤了。”苏答回头叮嘱，“快去洗手，马上吃饭了。”

贺臻朗声说“好”，抓着她的竹蜻蜓跑开。

苏答看着贺臻的背影摇头轻笑，一转头，见贺原正看着她。

“看我干什么？”

贺原只笑不说话，旋即低下头，在她唇上亲了一口。

饭菜的香气飘满一室，暖意融融。

苦难和挫折都已经是过去式，如今他们有了属于自己的一方天地。无论外界如何，在这方天地里，他和她能够治愈所有创伤。

窗外，灯火璀璨。

春回大地，又是一载。

番外二　儿女琐事

贺臻怕狗这个毛病，早先其实没有。

自从她出去骑车，遇见同一住宅区里的人家养的法国狼犬，“见狗傻”的问题才开始出现。

法国狼犬本就是大型犬，那样的体形对几岁的小孩儿来说，天然带着几分可怕。在小小的贺臻眼里，法国狼犬无异于庞然大物。

养狗的那家人住在住宅区另一侧，法国狼犬原本不大容易碰上贺臻，但那天好巧不巧，贺臻见太阳好，闹着要出去骑车。

彼时苏答到国外参加完艺术展开幕式后回来没几天，错过了贺臻第一次自己英勇骑车下坡的壮举，当即二话不说就答应下来，和照顾她的保姆一起陪她出去。

贺臻骑着两轮的小自行车在宽阔的道上勇往直前。凉亭后边有条坡道，她“吭哧吭哧”地把车推上去，蹬着脚蹬迎风冲下来，满脸都是雀跃之色。

在坡道上不亦乐乎地玩儿了半个小时，贺臻心满意足地骑车回平坦的地方。她骑得累了，放慢了速度，苏答就在她背后迈着悠闲的步子跟着，不近不远。

骑着骑着，贺臻忽然在前面停下。

苏答发现原本将车蹬得飞快的小身影僵在原地，疑惑地叫了声她的名字，走过去一看，就见一只大狗蹲在前方不远处，脖颈上套着一道黑红色的项圈，牵引绳长长地拖在地上。

“妈妈……”

贺臻一动不动，声音也变了调，盯着狗眼珠都不敢转，脸色煞白。

苏答连忙快步走到贺臻身边将她抱起，顾不上管倒在一旁的车子，轻声安抚把小脑袋埋在自己肩上的贺臻。

那只黑色大狗坐在地上，吐着长舌，全程没有动一下，一脸老实巴交的样子，看起来格外无辜，是只挺温驯的狗。

很快狗主人就赶过来，嘴里抱怨着：“让你等我一会儿，一转眼的工夫自己怎么就跑出来了？”

狗主人捡起牵引绳后看见苏答以及她怀里微微发抖的小孩儿，察觉不对，愣了一下，问：“不好意思，我们家的狗惹麻烦了？”

苏答说：“没有，小孩子有些害怕。”

狗主人连声道歉，解释说自己本打算牵狗出来散步，只是一会儿的工夫没看住，狗就先溜出来了，吓到了孩子非常不好意思。

苏答不是胡搅蛮缠的人，轻声说“没事”，让保姆拿起小自行车，自己抱着贺臻回去。

晚上，贺原回家后得知这件事，特意到女儿面前询问。

贺臻苦着脸给他比画：“大狗，一只好大的狗——”她用两根食指把两边眼尾拉长，“长这样，黑漆漆的，好吓人。”

贺原一向捧女儿的场，顺着她的话说：“这么吓人？”

“嗯。”贺臻像煞有介事地点头，说着，小手掌还拍了拍胸口，

“呼”地舒了口气，“吓死我了。”

她这副模样惹得人好笑又心疼。

那之后，苏答再三叮嘱保姆要当心，陪贺臻出去玩儿时注意避开大型犬。她自己闲下来陪贺臻出去玩儿时也会留意周围，一旦看见有人牵大型犬出来散步，就提前把贺臻抱起避开。

但贺臻不怕其他的狗，像阿拉斯加犬，同样体形不小，她的反应却很正常。

她只怕那只法国狼犬，后来又遇见了那只法国狼犬几次，每次都被吓得面色惨白、僵住不动。

有一回赶上贺原在家休息。他陪她出去时又碰见那只法国狼犬，她被吓得趴在贺原肩上“呜呜”地哭：“又是它，又是它……”

贺原听得一阵阵地冒寒气，尽管知道自己很没道理，还是忍不住护着怀里的女儿，冷冷地剜了人家一眼。

狗主人这回牵着绳一秒都没放开，看见她哭，满脸不知所措。那只法国狼犬对自己的“可怕”一无所觉，吐着舌头晃晃悠悠地走过，连自己莫名其妙地被迁怒了也不知道。

经过驯化的宠物狗不大有攻击性，法国狼犬近年在国外挺受欢迎，不仅仅作为陪伴犬，还时常扮演护卫的角色，性格算得上温驯，然而贺臻还是被吓得眼睛都哭肿了。

这样下去不行，回家后，贺原和苏答惆怅地商量起来。

那只法国狼犬长得真的不吓人，体格较别的大型犬没有相差太多，两人思索半天，只得出一个结论——或许只是因为它长得太黑了。

贺臻每次提到它，都要用到“黑漆漆”这个词。估计就是因为它太黑了，在她看来很可怕。

春节过完，快出正月的时候，贺原给贺臻带回来一只狗。它就是居家旅行必备、陪伴儿童的不二选择——金毛犬。

贺臻看到狗的第一时间就停住了脚步，在贺原和苏答的鼓励下，才提起步子，一点儿一点儿地靠近它。

“它会不会咬我？”站在离狗足足有两米远的地方，贺臻缩着手，看向身后的爸爸、妈妈，眉头为难地皱起。

“不会，它不会咬人。”苏答说，“它是爸爸带回来的，怎么会咬你呢？”

贺臻听到苏答说狗是贺原带回来的，眼里那股怀疑减淡，胆子也大了。

贺原温柔地点头：“去吧。”

贺臻一小步一小步地靠近金毛，挪动的速度比蜗牛还慢，而做出伸手抚摩金毛这一动作更是足足用了十分钟。

苏答和贺原不催也不急，蹲在旁边陪她。

贺臻小心翼翼地摸金毛的背，性格温驯的金毛趴着一动不动。

她见状笑了笑，又摸了好几下，不一会儿就自来熟地和金毛沟通：“小狗狗，你吃饭了吗？”

被问候的金毛转头看了看她，并不回应。

苏答听得暗暗发笑，它明明和那只法国狼犬差不多大，贺臻说法国狼犬就是“黑漆漆”，说金毛就成了“小狗狗”，实属是双重标准。

这只金毛是母狗，并非刚生下来的小崽，已经一岁多了，是成年体形。贺原带它回来的时候苏答问过，他说是从程远洲那儿要的。

程远洲先前养的狗配种后生了一窝狗崽，其他几只狗崽已经送了出去，留了两只在家自己养，正巧贺原要，就送给他一只。

贺臻给金毛起了个名字，叫“核桃”。她最近正喜欢喝核桃味的奶。

核桃加入这个家庭以后，贺臻很快就和它混熟了，出去玩儿要带它一起去，吃饭惦记它怕它吃狗粮不香，连睡觉都在担心它睡不好。

转眼一个星期过去，贺臻的兴奋劲头依然没消。

这天把贺臻哄上床睡觉后，苏答和贺原洗漱完刚要歇下，冷不丁听见外头传来动静。

苏答披上衣服出去一看，贺臻的房间门开着，床上空无一人，循声下楼去找："臻臻？"

一身睡衣的贺臻拖着她的小被子去了客厅，坐在核桃身边，那条她睡觉必盖的被子正盖在核桃身上。

苏答一愣："你下来干什么？"

"核桃自己睡觉会害怕，我来陪它。"贺臻坐在核桃身边，说得一本正经，"妈妈你去睡觉吧，我今天就在这里睡。"

苏答哭笑不得，过去抱她："你不能陪核桃睡。"

贺臻不愿意离开："为什么？"

"因为……"苏答想了想，"核桃的床太小了，你在这里睡，它晚上睡不好。"

贺臻虽然机灵，但毕竟还是个小孩儿，被苏答这么一"骗"，产生了一丝动摇："是吗？"

苏答没给她太多思考的时间："听话，跟妈妈回房间去。明天起来，你不是还要带核桃去散步吗？"

好不容易把人抱起，见贺臻盯着核桃身上的被子，苏答道："明天妈妈再给你买条新的、一模一样的，这一条就送给核桃了，好不好？"

贺臻不是小气的人，虽然还是舍不得，但几秒后就忍痛割爱了，点头道："好。"

苏答抱她上楼，在楼梯口碰上出来看情况的贺原。

他问："怎么了？"

苏答好笑地道："你女儿说要陪核桃睡，把被子都送出去了。"

贺原眼皮一跳，从她怀里接过贺臻："你想陪核桃睡？"

贺臻点头。

贺原面上不显，心里莫名有点儿泛酸。

贺臻三岁开始自己睡一间房以后，晚上就再没跟他们一同睡过。苏答不忙的时候倒是经常能陪贺臻睡午觉，但他事情多，白天很少在家，基本没机会陪贺臻睡午觉。有几回贺臻大半夜跑来主卧让他讲故事，在他身边打瞌睡，眼睛都快睁不开了，还强撑着要回自己房间睡，任他怎么劝都不肯留下，只说："我长大了，可以一个人睡。"

女儿愿意陪狗睡，都不愿意和他睡。贺原一边拍着贺臻的背，一边决定撤掉明天用来给狗加餐的澳洲牛肉。

隔天，贺原忙完，早早就从公司回来了。

阿姨正在厨房里准备晚饭。

他和贺臻说了几句话，亲了亲她，去书房看苏答画画，没一会儿却听见外头传来贺臻的哭声。

苏答忙不迭地放下画笔，两人快步出去，就见贺臻站在核桃身边撇着嘴直哭，而核桃一脸无辜地趴着。

苏答蹲下哄她，接过贺原递来的纸巾给她擦眼泪："怎么了？"

贺臻哭得伤心，泪珠子一串一串地掉，呜咽着说："我踩到它的尾巴了……"

苏答和贺原齐齐地看向旁边毫无异状的狗，花了好一会儿工夫才安抚好贺臻。

苏答解释了好多遍，贺臻才信："真的吗？核桃真的不疼？"

苏答说："疼的话它会叫的，不用担心。"

贺臻收了眼泪，鼻子一抽一抽的，脸也红扑扑的。

这天睡觉前，苏答拿着给贺臻选好的新睡衣去找她，又不见她的人影，结果还是在狗窝旁找到她的。

贺臻拿着一套用来扮演医生的玩具，用玩具绷带在核桃的尾巴上缠了好几圈。

苏答下楼的时候，贺臻如释重负般长舒了一口气，正一边摸核桃的背一边宽慰它："不怕不怕啊。"

哭笑不得地把贺臻抱回楼上洗完澡，苏答和贺原说了这件事。他听着，心里又是一阵泛酸。

"至少她现在出去玩儿不害怕了。"苏答认为养狗还是有好处的，"前两天遇到那只法国狼犬，她牵着核桃的绳子，硬是挺着背从旁边走了过去。"

她跟贺臻说过，核桃是很厉害的狗，有它在，别的狗都不敢靠近。贺臻信了，面对法国狼犬时果真多了不少勇气。

苏答说："小孩子有个宠物陪着挺好。"

贺原揽着她："我又没说要把狗送走。"

贺臻喜欢核桃，他当然高兴，但是该吃醋还是吃醋，两者并不冲突。

苏答和贺原正闲聊，房门被轻轻地敲了敲，贺臻踮着脚拧开门进来。

他们一同坐起身："怎么了？"

贺臻试图往床上爬，苏答搭了把手，将她拉上床。

她说："刚刚洗澡没有亲亲，要亲亲才能睡。"

苏答一笑，任她抱住自己的脖子亲自己的脸，随即也亲了亲她的脸颊。

亲完贺原，贺臻露出满足的表情，伸出一根手指吐槽："核桃好笨哟。刚刚我跟它说亲亲，它都不理我。"

贺原把她抱到腿上："你又下去看核桃了？"

贺臻点头："对呀。"

人亲完了，贺臻要回去睡觉。

苏答问："你不跟爸爸、妈妈睡？"

"不，我是大孩子了，要自己睡。"贺臻摇摇头，"吭哧吭哧"地爬下床，走到门边，踮着脚慢慢地带上门，从缝隙里看着他们。

苏答看着她柔声道："晚安，臻臻。"

"晚安。"贺臻奶声奶气地说，"我最喜欢你们啦，第一喜欢妈妈，第三喜欢爸爸。"

门被关上，苏答扯了扯被子，正要躺下，却见身旁的贺原没动。

"怎么了？"

"她刚刚说什么？"贺原微拧着眉，"第三喜欢我？第二是谁？"

苏答没料到他在纠结这个，闻言愣了一下。

这个家里，除了他们一家三口，做饭的阿姨和照顾贺臻的保姆排名从来没有这么靠前过，不可能一下子跻身前列，那就只有……

苏答猜测："核桃？"

"……"

贺原的脸彻底黑了。

他比不过苏答，现在连狗也比不过了？

苏答被他的表情逗笑了，弯唇抱了抱他，重重地亲了亲他郁闷的脸。

在她的闷笑声中，主卧的灯缓缓关上。

这一夜贺原注定幽怨无眠。

苏答发现身体状态不对是在正月结束两个多月以后。

反胃、食欲不振、嗜睡，一切反应让人有种似曾相识的感觉。

头几天以为是吃坏东西的糊涂劲头一过去，她立刻联想到另一种可能，买回试纸一测，两条明晃晃的红杠显现，这一阵没来由地时好时坏的情绪都有了合理的解释。

怀贺臻的时候苏答还想躲着贺原，连告不告诉他都犹豫不决，贺原是后来意外知晓这件事的。如今情况不一样，尽管她说检查很简单让他不用担心，贺原还是坚持陪她一起去医院。

苏答上午检查完，很快就出了结果。

晚些时候两人回到家，自己玩儿了一天的贺臻兴冲冲地跑来，飞扑到他们身边，习惯性地要苏答抱："妈妈抱。"

苏答还没伸手，贺原先一步把贺臻抱起来："爸爸抱。"

贺臻不太乐意，撇嘴看向苏答。

以往苏答见她这个模样都会从贺原手中把她抱过来，然而这次，被贺原幽幽地扫了一眼，苏答伸手的动作立刻止住。她老老实实地只摸了摸贺臻的脑袋，没有更多的举动了。

苏答肚子里又有了一个孩子，行为举止不得不小心。

她自己还好，贺原是真的紧张。回来的路上，就连车开过减速带微微震动，他都要嘱咐司机"开稳点儿"，更别提上下楼梯时那股把她当瓷器护着的劲头了。

苏答刚怀上贺臻的时候，他们是新手父母，每一天都充满了新鲜感。转眼四年多过去，育儿经验有了，陪女儿成长的过程中，那些应该做得更好的地方早已被铭记于心，但即将迎来一个新的家庭成员，两个人还是有些紧张。

望着满屋子跑的女儿，他们俩首先面临的问题就是如何告知贺臻这个消息。

之前作为新成员的核桃在家里融入得很好，已经晋升为贺臻的重要玩伴。有什么好东西，贺臻总是第一个去找核桃分享。

对于女儿的大方和体贴，苏答和贺原从不怀疑。只是孩子毕竟和宠物不一样，他们担心贺臻会有抵触情绪，酝酿了好几天才开口对她讲这件事。

贺臻的反应比他们想的还激烈，她高兴得连蹦带跳，直拍手掌，不住地追问："我有弟弟了吗？真的吗？真的有弟弟了？"

得到苏答不厌其烦的肯定回答，她满屋子撒欢儿，立刻就要去翻玩具箱，给弟弟准备礼物。

贺臻毫无芥蒂的表现让苏答和贺原放下了心里最后一丝担忧。

苏答把贺臻抱到腿上，问："你这么想要弟弟啊？"

贺臻重重地点头："我们班有人有弟弟，我也想要。"

她已经开始上学，学前教育课程不比小学轻松，每天玩儿的时间大大减少，刚去上学的那阵子整天愁眉苦脸的，后来在班上认识了朋友，这才开始每天盼着去上学。

贺臻扭了扭身子，一边摸苏答的肚子，一边将声音放得很轻："弟弟在这里吗？我是姐姐，弟弟你听到了吗？"

她抬头看苏答和贺原："弟弟什么时候才能跟我讲话？"

"弟弟还小，还要好长时间呢。"苏答笑着跟她解释，顿了一下，又说，"也不一定是弟弟。"

"不是弟弟？"

贺原抬手理了理她的刘海儿，接话："也可能是妹妹。妹妹你喜欢吗？"

贺臻将两只手掌拍在一起，用力点头，一脸诚恳："喜欢！"

苏答弯唇。

贺臻忽地又敛了表情，莫名严肃。

苏答奇怪地问："怎么了？"

贺臻歪头想了想，提出要求："可以是弟弟和妹妹吗？我都想要。”她边说边伸出肉乎乎的手指，“一个弟弟，一个妹妹。”

B超（B型超声诊断的简称）的结果显示苏答怀的并不是双胞胎——这个愿望苏答没法儿帮她实现。

苏答抱歉地道：“不行哟，只能有一个。”

贺臻拖长尾音“啊”了一声，肩膀塌下来，撇着嘴一脸不高兴。

贺原怕苏答抱着她累，把她接到自己怀里：“以后你就是姐姐了，要照顾妈妈，知道吗？”

贺臻脸一板，用力点头表示明白。

苏答如今怀孕三个多月，胎象稳定，孕吐的症状慢慢轻了。

贺原想到贺臻快出生的那段时间苏答瘦得不行的样子，早早就开始给她补充营养。

苏答不怎么孕吐，胃口也一般，食量和以往没什么差别，甚至有时吃得更少。

贺原每每看她吃饭都一副焦心的模样，还是营养师说了不建议吃太多，他才勉强消停。

营养师根据苏答的身体情况和怀孕月份开了张单子，贺原又请了几个厨师，让他们照着单子安排三餐。这几位大厨个个都有绝活儿，或是擅长做点心，或是擅长做汤，经常变着花样给苏答做东西吃。原本负责家里厨房的阿姨则不用再过手饮食，只负责照顾苏答。

贺臻自从知道苏答肚子里有了小宝宝之后就更加喜欢黏着苏答了。每天从幼儿学校回来后就亦步亦趋地跟着苏答，苏答坐下，她就挨在旁边，给苏答肚子里的小宝宝讲课本上的知识。

苏答哭笑不得，只能一边听，一边摸着肚子感慨：贺原的胎教还没来得及开始，姐姐的教育倒是先来了，宝宝压力大啊。

贺臻对小宝宝万分期待，但又想要弟弟，又想要妹妹，为此十分纠结，问了苏答好几遍：“真的不能要一个弟弟和一个妹妹吗？”

在几次被明确告知“不行”以后，她断了弟弟和妹妹兼得的心思，继续苦恼到底是要弟弟好还是要妹妹好，想来想去下不了决心，哪个都舍不得，于是一会儿对着苏答的肚子喊“弟弟”，一会儿喊“妹妹”。

佟贝贝得知苏答怀孕来探望她那天，差点儿被贺臻弄蒙。

贺臻从房间里拿了个洋娃娃跑到苏答身边，对着她的肚子例行问候：“妹妹，我给这个娃娃绑了头发，等你出来就把它送给你哟。”

说完她转身跑开，没过多久，又拿着一盒糖过来：“弟弟，这个糖很好吃，我留给你。”

佟贝贝喝着茶，一脸惊讶地看向苏答：“你怀的是双胞胎？”

苏答无奈地道：“没有，就一个。”

“那臻臻怎么又叫弟弟又叫妹妹？”

苏答解释：“她两个都想要，两个都舍不得，还没考虑好到底是要弟弟还是要妹妹，干脆一会儿叫一个。”

佟贝贝无言以对。

保姆陪贺臻在客厅外的院子里玩儿，和佟贝贝一起上门探望苏答的裴颂端着点心过来坐下：“今天贺原怎么不在？”

苏答说：“他在公司。”

“他都是三十多岁的人了。”裴颂说起他，叹了一声，“上次我在程家的商业展会上碰到他，他看我还是那副眼睛不是眼睛、鼻子不是鼻子的样子。”

佟贝贝看热闹不怕事大：“没办法，谁让你跟人家老婆相过亲？”

苏答用眼刀子剜她：“那不算数好吗？”

佟贝贝吃着香瓜，举手投降，一脸“OK（好的），OK，我不说了”的表情。

苏答又看向裴颂，带着点儿歉意地道：“贺原就是那样，你别介意。”

“俗话说嫁鸡随鸡，嫁狗随狗。”裴颂一笑，温声道，“你都嫁给他了，我肯定不能跟他计较。”

三人说话间，贺臻跑进来。

苏答叮嘱她：“慢点儿，别摔了。”

贺臻从盘子里拿了块牛轧糖，裴颂又给她塞了一块饼干。保姆在她身后追着，她很快就跑得没影儿了。

裴颂又调侃了几句，明显是拿苏答开玩笑。

贺原对裴颂的敌意都是流于表面的，小打小闹。裴颂乐得跟他别苗头，有时见面还会故意刺激他。

说起来，这两个人都挺幼稚的。

三人的谈话内容也不是什么要紧事，苏答便没特意和贺原提，然而晚上吃饭时，贺臻突然在饭桌上问：“爸爸，什么叫嫁鸡随鸡，嫁……嫁狗给狗？”

“是嫁鸡随鸡，嫁狗随狗。”贺原纠正她，“你从哪儿听来的？”

贺臻吃着虾，说：“下午裴叔叔和佟阿姨来的时候，裴叔叔说的。”

贺原瞥了苏答一眼。

苏答低咳两声，给贺臻夹了个虾：“吃饭，别说话。”

当晚入睡前，贺原穿着睡衣进卧室，停在苏答身后，从她手里接过梳子，替她梳头发，同时还不忘追问：“裴颂是不是又跟你说我坏话？”

苏答侧头：“哪儿有说你坏话？他是开玩笑的。”

贺原冷哼：“他就是没安好心，你别听他整天胡说八道。”

苏答听得失笑：“你在展会上遇到人家，还给人家脸色看呢，怎么不说？”

“谁看他，”贺原语气冷淡，“他又不好看。”

苏答失笑，说不过他。

“他现在还是单身？”贺原忽地想起什么来，听苏答“嗯”了一声，眉头微蹙，“那么大年纪不去谈恋爱，老来我们家干吗？”

“他跟贝贝一块儿来看我。”苏答瞪贺原一眼，回头伸出手指在贺原身上戳了一下，“你怎么这么小心眼儿？”

贺原轻撇嘴角，面不改色地继续小心眼。

贺原给她梳完头发，两人坐到了床边。贺原不再聊其他话题，手抚上她的肚子：“宝宝今天乖吗？有没有闹你？”

苏答笑道：“没有，他现在可乖了，我吃东西的时候一点儿都没闹。”

贺原点头，面露赞许：“等再过一阵子，胎动就明显了。”

苏答怀贺臻的时候，月份越大，她在肚子里闹得越欢腾，时不时就踹苏答两脚。贺原当时还说，她闹得苏答饭吃不好，觉睡不踏实，等她出来一定要好好收拾她，可当真的看到那个皮肤皱巴巴的小生命的时候，心情一下子就变得很复杂。

从初次为人父母到如今，已经快要五年了，所幸他们做得还不错，对得起贺臻那一声声稚嫩的“爸爸、妈妈”。

“孩子的名字你想好了吗？”苏答问他。

贺臻的名字就是他们自己想的，没有问贺老爷子的意思。

贺原道：“还没，正在想。慢慢来，挑个好的。”

苏答点点头，手覆上他的手背。

苏答的肚子一天天大起来，随着天气转热，胃口越来越不好。见她这样，贺臻更加乖巧了，不乱跑也不闹她。

她怀孕五个多月的时候，贺原就说要回家办公，苏答不让；一直推到怀孕六个多月，贺原才把文件搬回家处理，除了开会或是见客户，其他时间都不出门，耐心地陪着她。

晚上贺臻回来，一家人一起吃过晚饭，入睡前，贺原会帮苏答捏脚踝、揉小腿，替她缓解因水肿引起的不适。

苏答比起怀孕前没有胖很多，还是和怀贺臻的时候一样，肚子大起来了，其他地方几乎没变。

贺原一边揉她的小腿，一边不满地道："水肿了你也就胖了这么点儿，比没怀孕的人还瘦。"

贺臻在旁帮腔："就是啊，就是啊。"

苏答笑着，老老实实地听这对父女的数落，不敢接话。

贺臻人小鬼大，见贺原每晚给苏答捏腿，闹着要一起，到点了就自己推门进来，"吭哧吭哧"地爬上床贡献力量。

她人小手小，力气也小，捏的时候像在挠痒痒，但苏答并不拆台，听到她问"妈妈这样舒服吗？"总是点头，很认真地回答："很舒服，臻臻特别棒。"

每到这时，贺臻就会朝贺原抛去一个得意的小眼神。

秋天来临之际，苏答生了。

伴随着响亮的哭声，六斤八两的贺泽来到了这个世界。

孩子被擦干净包好，私人生产中心的护士们纷纷道喜，将孩子放到苏答身边给她看。

贺原坐在床边，握着苏答的手始终没松，朝孩子通红的脸看了一眼，什么都没说，默默地用毛巾给苏答擦脸上的汗。

贺臻在幼儿学校上课，第二天才被带来。

苏答提前几天就入住了私人生产中心，贺臻感觉已经好久没见到她了，一进房间，扑到她床边就要哭。

苏答靠坐在床头，伸手给她抹眼泪："不哭啊。"

“妈妈。”贺臻看她穿着类似病号服的宽松衣服，吸了吸鼻子，“你生病了吗？”

贺原替苏答道：“没有，妈妈很健康。”

“那干吗来医院？”贺臻撇着嘴，忍着眼泪要哭不哭。

这里虽然没有那么重的药味，可是有穿白大褂的医生，还有好多护士，贺臻有些不安。

苏答温声解释：“妈妈是来生弟弟的。”

她说：“你不是想要弟弟吗？弟弟长大了，医生要把他从妈妈肚子里拿出来。”

“弟弟？”贺臻一听，想起家里的阿姨确实说过妈妈去医院生弟弟了，很快就会和弟弟一起回家。

贺原领她到婴儿床边看弟弟。贺臻趴在床边，新奇地睁大眼，看了又看，舍不得走。

晚上，贺臻留在生产中心与苏答和贺原一起吃晚饭。

苏答还有很多东西要忌口，吃得清淡。贺原本来陪她一道，吃的都是一样的，但贺臻来了，他只能另外点了不同的菜。

贺臻对贺泽分外上心，吃两口饭就要扭头看他，不停地问：“弟弟饿吗？弟弟饿了没有？”她生怕那个小小的弟弟被饿着。

吃完饭，贺原把婴儿床拉到苏答床边，抱着贺臻，一家三口一起围观呼呼大睡的家庭新成员。

贺原看了贺泽几眼，忽地说：“像我。”

苏答睨贺原：“他才多大，还没长开呢。”

贺原刚想说“还没长开也像我”，贺臻皱着脸“啊”了一声：“那弟弟是丑八怪啊？”

苏答一愣。

贺原皱眉捏住女儿的脸问：“谁跟你说弟弟是丑八怪？”

“弟弟像爸爸啊。”贺臻说，“我像妈妈，我们是美女，弟弟不像妈妈，那不就是丑八怪吗？”

贺原被她这番逻辑堵得哑口无言，一时不知该怎么反驳。

苏答在一旁笑出了声，引得刚刚生产完的身体有点儿不适，皱了皱眉头，强行把笑意压下去。

被女儿“讽刺”了的贺原提前终止了“观赏新成员”这项活动。

时候不早了，徐霖来接贺臻回去。贺臻不想走，但房间里没有她睡的地方，第二天还要上学，不得已，满脸不情愿地走向徐霖。

刚到门边，贺臻忽然又跑回床边，爬上凳子，扒着床的栏杆凑近苏答。

苏答扶住她：“小心点儿。”

贺臻在苏答耳边轻轻地和苏答说话。

爸爸告诉她，妈妈把弟弟生下来很累、很痛，比她打针还要痛好多好多，不能吃好吃的，睡觉也睡不好。

她和爸爸一样，都很心疼妈妈。

贺臻说完悄悄话，在苏答脸上亲了一口，从凳子上下去，迈开腿跑向徐霖，乖乖地任他牵着走。

苏答在床上看着她的背影，愣了几秒，回过神来，心头涌上暖意。

贺臻跟她说：“妈妈你辛苦了。”

她身旁的贺原也听见了女儿的话，没说什么，握着她的手轻声道：“躺下吧。”

苏答点点头，“嗯”了一声。

她的手指被他紧紧地握着，他的手掌温暖而有力。

贺泽降生的这一天，清秋将至，一切都很好。

番外三　人间璀璨

贺泽出生半年多后，苏答开始恢复正常工作。

其实生下贺泽后，调养的那段时间，苏答也在坚持画画，只是商务安排少了些。

公司非常体贴，事事都以她的意愿为出发点。不需要她提，黄可灵在她怀孕初期第一时间就将生产后一年的工作都安排至最妥当。

苏答飞抵黎日参加活动的前一天，出席了一场国内的酒会晚宴。

她许久不出来走动，美术协会内部对她的露面很是惊喜。她如今在国内美术界的地位早已稳固，每年都会在国外开几场画展，反响一直很好。

美术协会有什么盛事，邀她出席，只要有空她都会应下。

作为美术界一直在发光发亮的一颗星，比起初出茅庐时，她如今的地位已经不可同日而语，更别提她结婚的对象是贺原。那些非美术圈的人，不看艺术的面子，也会看贺原的面子。“贺太太”的名头重逾千斤，她代表的不仅仅是自己，站在她身后的，还有坐拥整个贺氏的贺原。

苏答一到场，上来搭话的人络绎不绝。

她和几个关系不错的画家聊了一会儿。岑昊东让人过来叫她，她道了声“失陪”，去另一边说话。

岑昊东欣赏她，她自己又争气——年轻一辈的画家里，能代表国内画家在国际上扬名的不多，她是头一个。

美协的理事们关切了苏答一番，自然问到贺原：“苏老师的先生今天没来？”

对贺原，美协里这些人早就不陌生了。他曾经是协会的赞助方，现如今娶了一位画家太太，这几年对美协的赞助只多不少。各位理事见了他和苏答，无不是好声好气的。

以往苏答出来参加活动，贺原十次有八次都会作陪。见多了他黏老婆的样子，乍一不见他露面，大家反倒不习惯。

苏答笑笑，说：“他公司有事，最近比较忙，不过来了。”

“原来如此。我们就说嘛，贺总是第一顾家爱太太的，苏老师在这儿，他怎么可能不来？”理事们奉承苏答几句，话说得格外好听。

闲聊片刻，人群散开后，苏答陪岑昊东去旁边说起别的。

美协最近弄了一些整改条例，岑昊东询问她的意见。苏答不轻易对不了解的事情发表言论，只选了几条她了解的给出建议，岑昊东听得频频点头。

“你说得有道理，我下次开会跟他们再商量商量。”岑昊东说着，想起她明日有行程，“这次黎日国际艺术交流会特别邀请了你，你拟好作品名单了吗？”

苏答说已经挑好了，黄可灵和同事开会，综合她的意见，选了符合主题以及预备主推的作品，已经包装好，到时会比她更早上飞机。

岑昊东又问了几句，得知她一切准备妥当，放下心来。

不多时，他被其他宾客叫走，苏答让他去忙，自己端着酒杯四处闲逛，逛到花园时，手包里的手机“嗡嗡”振动。

贺原发来消息，问她有没有喝多。

苏答笑了一下。

Lily：“没喝多，马上准备回去了。你呢？”

贺原：“我还在忙，今天晚上可能赶不回去了。”

苏答看见他的回复，有些失落。

明天一早她就要飞去黎日，接下去好几天甚至可能有一个星期都不在国内，临行前和他却连面都见不了。

Lily：“你在家要好好照顾臻臻和小泽，我很快就回来。”

苏答压下心里的遗憾，故意不把话说得太伤感，又发了一条消息。

Lily：“等我回来给你们带礼物。”

她这般哄小孩儿的语气让日理万机的贺总颇有微词。

贺原：“我是三岁小孩儿吗？”

贺原：“你早点儿回来，比什么礼物都好。”

苏答心想他嘴还挺甜，笑着打字道：“一忙完我就回来。我的大宝贝和小宝贝们一起乖乖等我。”

消息发出去，他不知是羞恼还是怎么了，好半天没回。

苏答上下滑动屏幕，见他没有回复，好笑地撇了下嘴，正要回厅里，他打来了电话。

她咳了一声，接通电话：“干吗？”

“想你。”他说得丝毫不害臊，“想听一下你的声音。”

唇角微微上扬，苏答倚着厅门：“我的声音有什么好听的？”

他“嗯”了一声，不多做解释。

夜色安静，两个人都不说话，透过手机听彼此的呼吸声。

苏答问：“你那边在干什么？”

他说："暂时休息一下，等会儿有个小会要开。"

苏答忍不住道："徐霖他们真是要累死了。"

这么晚，除了某些正在赶项目的员工，就只剩贺原和他的助理们，别的高层都不一定像他们这么拼命。

贺原理直气壮，说："在其位谋其政。"

"不管谋什么，注意身体才是最重要的。"苏答说，"你要多想想我，还有家里那两个小的。"

贺原说他知道。

苏答突发奇想地道："要不等下回去我给你炖点儿汤，你让徐霖来家里拿吧？"

"刚刚还说我奴役徐霖，这会儿不说了？"没等苏答反驳，贺原先道，"不用炖了，你回去早点儿休息，明天还要坐飞机。"

苏答抿了抿唇："好吧。"

两人在电话里聊了一会儿，贺原那边开始开会，苏答挂了电话，端着酒杯回到厅里。

没再多待，她和岑昊东等人说了一声就早早退场。

知道她明天还有行程，岑昊东很体贴地没有多留。

贺原说赶不回来果真就没赶回来。

苏答心里知道，若是能回家，再晚他也会回来，主动说不回来了，那就是真的太忙了。

此时贺臻和贺泽都睡了。他俩一人一间儿童房，贺泽由保姆陪着——不是照顾贺臻的那位——照顾贺臻的那位保姆白天才来上班。

苏答去看了看两个孩子，他们都睡得安分乖巧。她让保姆不用起来，轻手轻脚地关上门，回卧室洗漱。

第二天一早，苏答甚至来不及陪贺臻吃饭，助理就到了。

她叮嘱家里的保姆和阿姨照顾好两个孩子，有什么事就给贺原的助理们打电话，然后随着拎着行李箱的助理匆匆出发。

到黎日的第一天，她见了当地艺术协会的会长和副会长等人。主办方给她请了个翻译，苏答自己能够用英语和人交流，没怎么用翻译。

当晚，又是一个商业晚会，苏答象征性地喝了点儿酒，助理和经纪公司安排的助手一直陪同在侧。见时候差不多，她正准备回酒店休息，突然被一个陌生男人拦下了。看长相是个华裔，他很年轻，大概二十五岁，眉眼清秀，颇为英俊。

男人脸上闪过一丝羞赧之色，见苏答略带防备的表情，连忙说："我没有恶意，您别紧张。"

苏答微微挑眉："你有什么事吗？"

男人自我介绍说："我叫康肯。非常冒昧……不知道能不能请您跳支舞？"

不远处确实有舞池，今晚到场的不只有因工作来的人，许多艺术界相关人士也在，互有好感的男女在舞池中挽臂揽腰，迈着轻快的步伐，越跳越亲近。

这个叫康肯的男孩儿，眼里闪烁着男人对女人的爱慕的光。

苏答顿了一下。

她比他大五六岁，不说年龄差距，自己已经有丈夫，当然不打算在异国他乡和一个陌生的年轻男人跳舞。

苏答动唇正要拒绝，黎日艺术协会的副会长过来找她："嘿，Lily，大家都在等你。"

朝副会长看了一眼，苏答顺势婉拒面前的年轻男人："不好意思，我还有事。谢谢你的邀请，不过你还是去邀请别的女孩儿吧。"

苏答说着，颔首走开，那个叫康肯的年轻男人识趣地没跟上来。

苏答在晚会上待了一个多小时，有点儿疲惫，早早地回了酒店房间，刚要洗漱，门铃突然响起。

酒店的服务生来送东西。

她透过猫眼一看，一下子愣住了。

服务生送来一大捧红艳艳的玫瑰，每一朵都开得正盛。见她开门，他道："女士您好，这是一位客人让我们送给您的。"

服务生把花交给她，又递来一张卡片，鞠了个躬就离开了。

苏答站了几秒才走回屋里。

怀里这一大捧玫瑰，着实红得刺眼，她翻开卡片，上面是一句表达爱慕和欣赏的话，落款处的名字正是康肯——晚上拦她的那个年轻男人。

他是怎么知道她的房间号的？苏答打算问问助理，才放下花束，门铃声又响起。

这个时间太巧，苏答不由得皱眉，快步走向门口，本以为是康肯来了，然而一看猫眼，比先前还惊讶。

她回过神来，连忙开门。

见贺原高大的身躯站在面前，苏答满脸意外之色："你……"

"傻了？"

贺原拉着小箱子进屋，反手关上门，看了看她，抬手摸了摸她的头发。苏答回神，立刻投进他的怀里。

他风尘仆仆，苏答抱着他的腰，心疼地看向他的脸："累不累？"

贺原淡淡地摇头，抚摩她的脸颊："不累。"

长途飞行不是轻松的事，他想必是一忙完就来了。

苏答拉着他的手坐下："饿不饿？我叫人送餐上来？算了，我还是自己做吧，你想吃什么……"

套间里有小厨房，她滔滔不绝，拽着他的手不舍得松，蓦地又想起一个问题："对了，孩子呢？"

贺原眼神闪了闪，很快就镇定地道："在家。"

不等她说话，他先将她的手握紧：“我让小姑姑帮忙照看，还有留在国内的助理们，家里的阿姨、保姆都在，他们二十四个小时有人照顾，你不用担心。”

他解释得飞快，生怕她把他赶回去。

苏答佯装不满地瞪了他一眼，但到底没有说什么。

原本以为好几天都见不到他了，谁知道他追到了黎日来，她高兴还来不及，哪儿会责怪他？

苏答把他的领带解下来放到一边：“我煮点儿面给你吃。”

她刚起身，忽地听见贺原问：“那是什么？”

苏答顺着他的目光看去，顿了一下。她刚刚随手把服务生送来的那一大捧玫瑰花放在那儿，一时忘了这茬。

贺原的目光缓慢地扫向她：“玫瑰？”

苏答“呃”了一声，笑得有点儿尴尬：“是一个小男生送的。”她解释道，“晚上的酒会，我拒绝了他跳舞的邀请，不知道他怎么打听到了我的房间号，让人送来了这个。”

小男生？邀请她跳舞？

贺原的眸色转暗，眼神莫名危险。

苏答说：“这是刚刚送来的，服务生前脚走，你后脚就到了。”

贺原嗓音幽幽的：“这么说我来得不是时候？”

苏答一噎：“我哪儿有这个意思？”

她连忙坐下抱住他的手臂：“你来我高兴还来不及，而且我压根儿就没想到他会送花。

“明天我就让人把花处理掉。”

苏答本身就没想接受对方的追求：“房间号这件事我会跟助理说，让他们注意一下。”

她捂了捂他的眼睛：“别看了，别看了，我去给你煮东西吃。”

说着，苏答在他脸上亲了一口，起身去厨房。

贺原的脸色稍稍好看了一些，他坐在沙发上静静地等，等着等着，目光又不自觉地落到那束玫瑰花上，莫名觉得不爽。

这束花颜色艳俗，包得毫无品位，碍眼得很。

贺原静坐着，冷冷地往那边睇了几次，不自觉地和一束花生起了闷气。

苏答很快煮好了面。贺原坐下后拉着她不让走，她只好在餐厅里陪他，被他单手揽着，坐在他身边，也吃了小半碗面。

晚上洗漱后，苏答笑吟吟地倚进他怀里。

偌大的床，有人跟她分，她总算不那么寂寞了。

"我还担心我睡不着，还好你来了。"

贺原轻抚她的背，两人低声聊了一会儿天儿，渐渐睡去。

天一亮，苏答早早醒来，发现身边没人。

迷糊的大脑逐渐清醒，她想起昨晚的事，确认不是做梦，起床去找贺原，一走出卧室就见他开着灯在客厅里忙碌——

贺原正坐在沙发上，手里握着剪刀，面前是垃圾桶。那些玫瑰花在他手中，被他剪得稀烂。

苏答和闻声转头的贺原四目相对："……"

她问："你在干吗？"

他面不改色地转回头去，对着手里那枝玫瑰"咔嚓"一刀："清理垃圾。"

苏答道："我不是说起来就让人扔掉吗？"

他"嗯"了一声，动作不停："谁扔都一样。我正好没事干，顺手处理一下。"

苏答不知道他是真的起床后看到花顺手处理，还是惦记它惦记得觉都睡不好起来处理的。

没跟他纠结这个，她去浴室洗漱完，打客房电话让人送来吃的，之后再把剪完所有玫瑰终于满意的贺原拉去洗手，两人面对面地吃了一顿早餐。

贺原来了，自然全程陪着苏答。临近中午时，两人不期然遇见了康肯。

苏答正好要和他说花的事："康肯先生，以后请别给我送玫瑰花了。"

康肯以为她不喜欢玫瑰花："你不喜欢玫瑰吗？我可以……"

他话说到一半，贺原从另一侧走过来，不动声色地睇他一眼，揽上苏答的腰，问："怎么了？"

贺原眼神平静，但压迫感十足。

贺原生得俊，人也高大，久经生意场，又是实权在握，那股气势不是一般人可比的。

哪怕康肯是当地有名的富家子弟，在他面前气势也瞬间弱了不少，要说的话卡在喉咙里，吐不出来咽不下去。

贺原明明心里有数，还非要问这一句。苏答暗暗白了他一眼，没拆穿他，挤出一个笑容对康肯道："谢谢你的喜爱，不过我已经结婚了，这位是我的丈夫。下次请不要再让人往我的客房送东西了，这样我很困扰。抱歉。"

苏答不欲多言，说完就拉着贺原走开了。

她来拒绝还算好的，要是贺原开口，万一说得不好听，闹得场面难看，实在没必要。

康肯目光追着她的身影，想跟上去，却被身后赶来的人叫住。

来人是他叔叔，好奇地问他："那位贺先生，你认识？"

康肯看了一眼这位长辈，反问："贺先生是……？"

他叔叔道："贺氏你都不知道？去年那个矿山开发案，贺氏就参与其中。当时我和你爸下了多大的功夫，还是没能搭上线，错过了那么好的一个机会。”

他面上惋惜，道：“多少人想分一杯羹，真是可惜。”

康肯听着叔叔开始细数贺氏在华国实力是如何强劲，在黎日本地又有多少人想合作，而那个贺先生本人又是多么出色，越听脸色越黯然，彻底断了和贺原一较高下的心思。

苏答要在黎日待一个星期，贺原只能陪她三天，得先回国处理正事。

苏答知道他不想走，捧着他的脸哄小孩儿般道：“我很快就回去了，乖啊。”

贺原懒懒地眯眼：“你很想我走？”

“哪儿有？”苏答觉得冤枉，“我当然希望你多陪陪我了，可是你有工作啊，对不对？”

她摸了摸他的脸：“想想你的员工们，好好回去上班吧，贺总。”

贺原看了她一会儿，道：“我回去了，你不许跟那个康肯来往。”

苏答听得好笑：“他早就不出现了，昨天你又不是没看到，在饭局上碰见我们吓得都躲起来了。”

“其他的什么肯也不行。”

苏答连声保证：“好好好。”

见贺原还是不太高兴地坐着，苏答跪在沙发上，抱住他的脑袋，笑道：“回去我把臻臻的小车抢来给你玩儿。”

她在和他开玩笑。

贺原眉头微挑，面不改色地道：“我更想要小泽的口粮。”

苏答愣了一下。

他抬手揽住她的腰，靠向她，脸贴在她的锁骨下面。

苏答脸庞微微一热，低声说：“回去我买点儿奶粉喂你就是了。”

“那不行，”贺原一本正经地道，“我喜欢你亲自喂我。”

苏答耳根发热，伸手狠狠地拧了一把他的脸。贺原顺势将她压在沙发上，两个人顿时闹成一团，一整晚谁都没睡好。

第二天贺原出发回国，怕她休息不好，只让她送到房间门口。

他一走，偌大的套房又变得空荡荡的。

苏答长叹一口气，回去睡了个回笼觉，只能打起精神继续忙工作。

黎日之行结束，苏答回国，贺原到机场接她。

让人将行李送回家，两人在外面吃了顿晚餐。之后上车，贺原驱动车子却不是往家的方向开。

一周没见两个孩子，苏答有点儿想他们，虽然中间有和他们视频，但感觉还是不太一样，见他没往家开，问："我们去哪儿？"

贺原捏了捏她的手："到了你就知道了。"

十一点多，车开到贺氏大楼前。

苏答不明所以地被贺原牵着手带到办公室里："你带我来公司干吗？"

徐霖冲了热饮送进来，又端来一些水果和点心。

苏答倚在沙发上，听贺原说："稍等一会儿，我正好有两份文件要处理。"

苏答以为他匆匆赶回来就是为了解决剩余的工作，心下再次感慨了一番他的敬业，没说什么，安静地在沙发上玩儿手机。

十二点一过，窗外突然亮起一片刺眼的红色。

贺原忙得差不多了，顺势放下手中的东西。

苏答抬头，疑惑地问："那边怎么了？"

见贺原朝她伸手，苏答放下手机，行至他身边，被他拉着往落地窗前走去。

苏答朝外一看，江对岸那栋和贺氏大楼规模差不多的大楼上，透明 LED（发光二极管）显示屏上来回滚动着四个字，内容和她耳边响起的他的话一样——

“生日快乐。”

苏答愣了愣，后知后觉地想起来，她的生日好像是在这个月。

“这是你准备的？”

贺原“嗯”了一声：“你说我忙，你还不是一样，生日都忘了。”

他道：“明天……不对，是今天，让人送个大蛋糕回家，我们陪你好好庆祝。”

“一年比一年老，有什么好庆祝的？”苏答嘴上这么说，眼里的神色却还是柔和下来。

贺原告诉她：“这栋楼的 LED 屏也在亮。”

苏答好奇地问：“是吗？那这栋写的是什么啊？”

“你猜。”贺原淡淡一笑，从身后抱住她。

苏答生日这天，贺氏大楼和与贺氏大楼隔江相望的另一座大厦的 LED 显示屏亮了二十四个小时，每栋楼的屏上都有一句话，连起来便是：贺太太，生日快乐。

在视野开阔的办公室里，贺原第一次跟苏答提起：“几年前你出国进修的那天，这里也亮了一整夜。”

苏答回头看他。他说：“当时是一盏灯，还好，现在不一样了。”

而后，他将下巴枕在她的肩上，什么都没再说。

她离开的那一天，他在这间办公室里挑灯工作至天明。

忙碌的工作填满了每一分每一秒，却始终填不满他的心。

那是他第一次意识到，在这份感情里，自己真正想要的是什么。

在这一片被 LED 屏照亮的江景前，贺原在苏答身后，紧紧地将她抱住。

曾经孤灯一盏，如今人间璀璨。

—全文完—